JACK BARRON ET L'ÉTERNITÉ

Du même auteur

Aux Éditions J'ai lu

Bleue comme une orange, *JL 7299*

Il est parmi nous, *JL 9380*

Oussama, *JL 9668*

NORMAN SPINRAD

JACK BARRON ET L'ÉTERNITÉ

roman

Traduit de l'anglais (États-Unis) par Guy Abadia

Nouvelle postface de l'auteur traduite par Hélène Collon

Nouveaux Millénaires

Collection Nouveaux Millénaires
dirigée par Thibaud Eliroff

Retrouvez-nous sur Facebook :
www.facebook.com/jailu.collection.imaginaire

Titre original :
BUG JACK BARRON

Sommaire

Chapitre premier

— **Dégagez la piste, les boys**, fit Lukas Greene d'une voix traînante en agitant sa main noire (et il se plut, mauvais, en cet instant, à penser : noire) en direction des deux hommes (Nègres, formula-t-il perversement, par lassitude intérieure peut-être) revêtus d'uniformes de la police d'État et de la National Guard (bougnoule à gauche et gobi à droite) du Mississippi.

— Oui, monsieur le Gouverneur, firent les deux hommes à l'unisson (tandis que l'oreille de Greene, prise dans ce qu'objectivement il appelait son moment d'irresponsabilité masochiste, entendait : « Oui, Missié Gouve'neu' »).

— Bon Dieu d'Ébène, fit le gouverneur Greene à la porte quand elle se fut refermée sur les deux hommes.

Qu'est-ce qui me prend aujourd'hui.

Ce putain de Shabazz, pensa-t-il. Ce bougre d'emmerdeur de Nè…

Encore ce mot. Et c'était ça, en fait. Malcolm Shabazz, Prophète de l'Union des Musulmans Noirs, Président du Bureau National des Leaders Nationalistes Noirs, Lauréat du Prix Mao de la Paix et Cacique Suprême des Chevaliers Mystiques de la Mer, n'était ni plus ni moins qu'un Nègre. Il représentait tout ce que les Caucasiens voyaient quand ils entendaient le mot Nègre : un sauvage ignare et hurleur, un singe puant, un traîne-la-pine et un vendu à Pékin. Et cet enfant de putain de Malcolm le savait, s'en servait, se faisait le point de ralliement de toute l'hostilité caucasienne, la cible première de la tribu cinglée des adorateurs de Wallace, encaissait leurs injures, leurs saletés, s'en délectait, puisait des forces dans leurs hargnes féroces, leur disait : « Regarde-moi, blafard, je suis un Noir, un vrai de vrai, je t'abomine, l'avenir c'est la Chine, et ma bite est plus grosse que la tienne, blanc-mec, et des comme moi il y en a vingt millions dans ce pays et un milliard en Chine populaire et quatre milliards de par le monde qui t'abominent pareillement, tu peux crever, sale Cauc ! »

Comme le Bohémien, pensa Greene, faisait observer à la môme qui lui lâchait au nez une perlouze alors qu'il lui mignotait son furoncle : Ce sont des gens comme vous, Malcolm, qui rendent le métier dégueulasse.

Greene fit pivoter son fauteuil et contempla la petite TV perchée sur son bureau derrière la corbeille du courrier. Machinalement, il avança la main vers le paquet d'Acapulco Golds qui l'attendait sur le dessus immaculé du bureau, puis se ravisa. Quelle que soit l'envie qu'il avait d'une bonne bouffée d'herbe à cette heure de la journée, il n'était pas indiqué pour quelqu'un dans sa position d'être sous l'influence de quoi que ce soit un mercredi soir. Il regarda subrepticement l'écran éteint de son vidphone. Il se pourrait très bien que dans l'heure qui suivait il s'illuminât sur la trogne réjouie, souriante et sardonique du bon vieux Jack Barron.

Jack Barron. Lukas Greene soupira tout haut. Même un ami ne pouvait pas courir le risque de répondre en pleine vape à un appel public de Jack. Pas devant cent millions de téléspectateurs.

Et puis, ça n'avait jamais payé pour quiconque, y compris à l'époque bénie de Jack et Sara, de laisser un avantage à Barron. Quand Machin – qui se rappelait son nom à présent ? – avait fait l'erreur d'introduire un soir Jack Barron à son grill de la Birch Society, Jack avait collé à lui comme un putain de champignon vorace.

Et puis ensuite… fini Machin. Plus qu'une caméra, deux vidphones et le père Barron.

Si seulement… musa Greene, le « si seulement » familier des mercredis soir. Si seulement Jack était encore des nôtres… Avec lui de notre côté, la C.J.S. aurait une chance valable de battre le Prétendant. Si seulement…

Si Jack n'avait pas été un tel baisse-froc. S'il avait conservé un peu de ce dont nous avions tous ressenti plus ou moins la perte pendant les années 1970. Qu'est-ce qu'il avait dit (et comme il avait raison, loin de moi l'idée de prétendre le contraire !), Luke, avait-il dit, et Greene se rappelait exactement ses paroles, Jack avait une façon de vous marteler les choses pour qu'elles vous restent gravées à jamais, Luke, il y a un mauvais moment à passer quand on a décidé de se vendre. Mais je connais mieux : c'est quand on a décidé de se vendre et qu'aucun acheteur ne se pointe. C'est la pire chose du monde.

Et que répondre à ça ? songea Greene avec amertume. Que répondre quand on a la peau noire mais qu'on n'est qu'un demi-teinte, une grande gueule et un Nègre blanchi et qu'on s'est hissé à coups de fanfares et de banderoles à la résidence du gouverneur à Evers, Mississippi ?

Un soir à ne pas rester seule, se prit à penser malgré elle Sara Westerfeld sous l'œil sardonique et pour le moment inerte de la TV portable qui semblait s'être insinuée soudain dans son champ de conscience. Étaient présents dans le salon Don Sime, Linda et Mike et le Poméranien, montant à leur insu la garde contre la solitude, fantômes des mercredis soir passés ; et elle se rendit compte contre son gré (se rendit compte, contre son gré aussi, qu'elle l'avait toujours su) qu'il y avait longtemps (combien exactement, ne cherche pas ; tu sais très bien depuis combien de temps ; n'y pense pas) qu'elle n'avait pas passé un mercredi soir avec moins de trois personnes autour d'elle.

Mieux vaut jouer au jeu de Sime (j'y vais – j'y vais pas – cette nuit sera la nuit – ou bien jamais ?) que de rester assise, comme, peut-être, je ne demande qu'à le faire, face à l'écran de verre inerte qui me défie de l'allumer. Mieux vaut prêter une moitié d'oreille au Poméranien qui débite comme un disque rayé ses innocentes fadaises pour le plaisir de s'écouter parler, et laisser ma mémoire se fermer et mes pensées flotter dans le ronronnement d'un présent où la réalité du mercredi s'efface…

— Dis voir, gus, je lui fais, pourquoi est-ce qu'il n'y aurait pas un petit mandat pour moi ? était en train d'exposer le Poméranien en tiraillant ses mâchoires dépareillées. Je suis un être humain comme les autres, pas vrai ? Savez-vous ce qu'il m'a répondu, l'enculé ? poursuivit-il dans un sursaut de dignité froissée dont Sara ne savait trop dire si elle était réelle ou simulée. Mon pauvre Jim, il me fait, t'es trop jeune pour l'Aide sociale, trop vieux pour la Sécurité et tu n'as pas droit au chômage parce que t'as jamais travaillé dix semaines de suite. En fait, t'es qu'une cloche avec des fringues hip, voilà ce que t'es.

Le Poméranien marqua un temps d'arrêt. Et à ce moment-là, Sara vit une étrange transformation s'accomplir sur son visage qui perdit peu à peu son vernis dédaigneux – elle comprit, alors, que cela voulait être du dédain – pour apparaître, aux yeux des autres aussi, dans le salon pseudo-japonais, grotesquement et pitoyablement sincère.

— Eh ben merde alors, s'écria véhémentement le Poméranien en laissant tomber sans faire attention sur la petite table laquée le joint qu'il tenait à la main.

— Mets une sourdine, veux-tu, Poméranien, et ramasse ta Pall Mall qui est train de brûler la table, fit Don le défenseur de la Fée du Logis qui ne ratait jamais une occasion de faire du zèle en présence de Sara.

— Mets une sourdine toi-même, Sime. Je prétends que c'est une véritable injustice. Des gens comme vous et moi…

— Bah, si c'est le bureau des pleurs que tu veux…, commença Don Sime en montrant du menton le poste de télévision.

Et l'instant aussitôt se figea pour Sara qui savait ce qu'il allait dire, les trois mots fatidiques avec l'intonation cynique exacte, Sara torturée, Sara blessée à mort chaque fois qu'on les prononçait devant elle, Sara qui savait à présent que jamais elle ne laisserait Don Sime la toucher, même si un milliard de Chinois hurlants la maintenaient de force, Sara qui préférait baiser avec un lézard venimeux ou Benedict Howards plutôt que de faire ça avec celui qui prononçait ces mots entre 8 et 9 heures un mercredi soir et déclenchait la mort lente, le mal déjà vu, image d'un visage aux cheveux savamment défaits sur un écran de télévision, superposée à l'image d'un visage sur l'oreiller à fleurs de jadis, négligemment ordonné, à la barbe piquante et dure…

Don Sime, indifférent, en porc placide obéissant à un simple réflexe végétatif, acheva sans pitié sa phrase, pétrifiant par son intrusion glacée l'intérieur de Sara :

— … adresse-toi à *Bug Jack Barron*[1].

Froide était la brise nocturne sur la gorge de Benedict Howards installé confortablement entre les draps blancs crissants de son lit d'hôpital, à l'abri de la citadelle monolithique du Complexe d'Hibernation des montagnes Rocheuses. Derrière le rideau thermique à mi-force ouvrant sur le balcon (ils avaient poussé des hauts cris quand, reprenant conscience et apprenant que l'opération semblait avoir réussi, il avait demandé à sentir la brise sur son visage, mais ce n'était pas une bande de toubibs à la con qui allait fermer le bec à Benedict Howards), les montagnes étaient des formes vagues dans l'obscurité et les étoiles déteignaient sous le halo blafard des lumières sans cesse actives du Complexe d'Hibernation, *son* Complexe, désormais sans restrictions et pour…

L'Éternité ?

Il huma l'odeur de l'Éternité dans la brise aux senteurs de pins qui soufflait des montagnes, descendait de New York, Dallas, Los Angeles et Las Vegas, de partout où s'activaient les hommes, chétifs insectes au soleil, ramassant leur part de miettes. Il huma l'odeur de l'Éternité dans le calme douillet de son lit postopératoire, dans le Complexe dont il était le maître, dans le pays où les Sénateurs, les Gouverneurs et le Président l'appelaient Mr. Howards…

Huma l'odeur de l'Éternité, rétrospectivement, dans le sourire satisfait de Palacci quand ce dernier lui avait déclaré :

— Cela a pris, nous le savons, monsieur Howards, et nous sommes sûrs que tout ira bien. L'Éternité, monsieur Howards ? C'est bien long. Comment savons-nous ce qu'est l'éternité tant que nous ne l'avons pas vécue ? Cinq siècles, un millénaire…

---

1. Approximativement (et en tout euphémisme) : *Faites suer Jack Barron. (N.d.T.)*

qui sait ? Vous aurez peut-être à vous contenter d'un million d'années. Pensez-vous que cela suffira, monsieur Howards ?

Howards avait souri, laissant passer l'humour douteux du médecin, alors qu'il en avait remis à leur place, et de plus gros que ça, pour beaucoup moins. Mais est-ce qu'on pouvait traîner de tels ressentiments quand on avait un million d'années devant soi ? On devait apprendre à se détacher, à laisser derrière l'excédent de bagages.

L'Éternité ? se dit Howards. Pour de bon je crois l'avoir vue dans leur petit sourire, dans la sueur qui couvrait leur front. Ils sont convaincus d'avoir réussi. Ce n'est pas la première fois qu'ils le disent. Mais cette fois-ci est la bonne, je le sens à ce picotement que j'ai en moi et qui ne peut me tromper.

L'Éternité... L'échéance à jamais repoussée. Cercle noir de lumière qui s'estompe, infirmière de nuit aux grands yeux, garce du jour au sourire professionnel autre lit d'hôpital autres draps autre année, tube de plastique enroulé pénétrant dans son nez, sa gorge, ses tripes, membranes visqueuses adhérant au polyéthylène comme une limace à la roche, chaque inspiration un effort pour ne pas suffoquer, rejeter, arracher avec ce qui vous reste de forces le tube oppressant de sa gorge, arracher la canule du goutte-à-goutte au bras gauche et la solution de glucose au bras droit ; mourir librement, comme un homme, libre comme les plaines de son Texas natal, franchir une bonne fois la ligne de démarcation entre la vie et la mort au lieu de pisser goutte à goutte tous ses fluides vitaux dans des éprouvettes de verre, tubes sondes cathéters énémas infirmières silhouettes floues lianes de plastique enchevêtrées...

Mais le putain de cercle de lumière noire se contracte, corrompu, joué, manœuvré, battu par Benedict Howards. La grosse nave qui descend de sa Rolls made in England ne lui en met pas plein la vue, Benedict Howards en a eu de plus gros que ça dans sa poche. Le maudit fils de pute conjurera le cercle de lumière noire, éloignera les tubes et les cathéters l'odeur d'hôpital et les lianes de plastique enchevêtrées. On leur montrera qui je suis. On leur montrera à tous qu'on ne fait pas mourir Benedict Howards !

— Pas mourir Benedict Howards !

Il s'aperçut qu'il avait vraiment prononcé ces mots tandis que sous la brise maintenant plus fraîche la tiède torpeur qui s'était emparée de lui tout à l'heure le quittait, faisant place à l'instinct de combat pulsant dans ses artères.

Frissonnant, Howards s'arracha à tout cela. Il s'agissait d'une autre année, d'un autre endroit. La vie lui était infusée, greffée, il était nourri pendant son sommeil artificiel et aucun de ses fluides vitaux n'était drainé vers des bocaux et des éprouvettes. Oui, je suis maître à nouveau de la situation. On peut dire que j'ai fait ma part. Personne ne devrait avoir à mourir deux fois, voir deux fois la vie partir la jeunesse partir, le sang drainé goutte à goutte les muscles flous les testicules comme des prunes fripées, les membres comme des manches à balais. Pas pour Benedict Howards tout cela. Repousser l'échéance, pour un million d'années. Repousser tout cela… pour *l'Éternité.*

Il soupira, sentit en lui les glandes se détendre et s'abandonna de nouveau à la tiède torpeur bienfaisante et réparatrice, conscient de ce que cela signifiait, la chaleur repoussant le cercle froid, la lumière repoussant le cercle noir qui s'estompe, se forçant un passage… pour *l'Éternité.*

Toujours le même combat, se dit Benedict Howards. Des plaines du Texas jusqu'aux centres du pouvoir-pétrole-argent Dallas, Houston, Los Angeles, New York, stock exchange, industrie pétrolière, spéculation foncière électronique NASA Lyndon B. sénateurs gouverneurs lécheurs… Mr. Howards. Le même combat des plaines stériles et calmes du Texas jusqu'aux arènes réfrigérées du pouvoir, jusqu'aux femmes au teint réfrigéré à l'abri du soleil du vent de l'odeur de transpiration…

Même combat des tubes de plastique enchevêtrés cercle noir qui s'estompe jusqu'à la Fondation pour l'immortalité humaine, corps congelés dans l'hélium liquide, disponibilités liquidités électorat gelé dans les caves climatisées de la Fondation pour le pouvoir tout court mon pouvoir… Pouvoir de l'argent, de la peur, de l'immortalité – pouvoir de la vie contre la mort contre le cercle noir qui s'estompe.

Même combat des femmes à la peau flétrie du Texas, gisant dans une voiture accidentée un filet de sang au coin de la bouche cercle noir de douleur qui s'estompe… jusqu'au moment présent, premier moment d'Éternité.

Oui, tout est combat, se dit Howards. Combat pour fuir, posséder, vivre. Et puis le combat final, le plus grand, pour tout garder : argent, pouvoir, femmes à la peau fine, Fondation, le foutu pays tout entier, sénateurs, gouverneurs, président, centres réfrigérés du pouvoir, Mr. Howards. Pour l'éternité, Mr. Howards.

Il regarda par la fenêtre où fonctionnait le rideau thermique, vit les lumières actives du Complexe d'Hibernation où il se trouvait, vit les Complexes du Colorado, de New York, Cicero, Los Angeles, Oakland, Washington… vit le Washington Monument, la Maison-Blanche, le Capitole où se tenaient tous ceux qui lui faisaient obstacle, qui faisaient obstacle à sa citadelle à la Fondation au Projet de loi d'utilité publique à l'éternité… tous ceux qui étaient du côté du cercle noir qui s'estompe…

À peine un peu plus d'un an, songea Benedict Howards. Un peu plus d'un an jusqu'à la prochaine Convention démocrate… pour détruire Teddy le Prétendant et hisser à la présidence Hennering, l'homme de la Fondation, *mon* homme, *mon* pays… sénateurs, gouverneurs, président… Mr. Howards. Un mois, deux mois, et le projet de loi passe au Congrès… gagner des voix, grâce au pouvoir de l'argent, pouvoir de la peur, vie contre mort… ensuite, qu'ils découvrent tout, les cons ; qu'ils choisissent… Se vendre à la Fondation à la vie à l'éternité ; ou bien s'abandonner au cercle noir qui s'estompe. Pouvoir de la vie contre la mort ; et dans un cas pareil quel sénateur, gouverneur, président choisit la mort, monsieur Howards ?

Le regard de Howards rencontra l'horloge murale : 9 h 57, heure des Rocheuses. Machinalement, son attention se porta sur l'écran mort du vidphone (Mr. Howards ne doit être dérangé ce soir sous aucun prétexte, pas même par Jack Barron) qui était placé sur la table de nuit à côté de la petite télévision. Son estomac se noua de peur. Peur de l'inconnu, peur du vide, peur d'être découvert.

Simple réflexe, songea Benedict Howards. Réaction conditionnée du mercredi soir. Jack Barron ne peut pas m'atteindre ce soir. Ordres stricts, lignes de retranchement, collaborateurs sur la brèche. (« Mr. Howards est à bord de son yacht dans le golfe du Mexique vole vers Las Vegas à la chasse au canard à la pêche au Canada, ne peut être joint actuellement, à deux cents kilomètres du plus proche vidphone, monsieur Barron. Le Dr. Bruce, Mr. De Silva, Mr. Yarborough seront heureux de parler avec vous, monsieur Barron. Tout à fait habilités à répondre au nom de la Fondation. Bien plus au courant que Mr. Howards des questions de détail. Le Dr. Bruce, Mr. De Silva, Mr. Yarborough vous expliqueront tout ce que vous désirez savoir, monsieur Barron. ») Jack Barron ne pouvait rien faire, matériellement, pour l'embêter ce soir, son premier soir d'éternité.

Ce n'est qu'un vulgaire saltimbanque, d'ailleurs, décida Benedict Howards. Jack Barron : un os jeté en pâture aux masses, les bénéficiaires de l'Aide sociale, les désœuvrés les paumés de l'acide et de la drogue les prostitués les tordus les Mexicains les Nègres. Une soupape indispensable de sécurité sur le couvercle de l'autocuiseur. Image de pouvoir sur cent millions d'écrans, image mais non réalité du pouvoir de l'argent de la peur de la vie contre la mort pouvoir des sénateurs gouverneurs président, Mr. Howards.

Image de Jack Barron dansant sur la corde raide entre les réseaux de télévision les commanditaires les masses la F.C.C.[1] (deux membres de la F.C.C. dans la poche de la Fondation). Gladiateur de pain et de jeux, image de pouvoir de sabre de papier, Bug Jack Bordel.

Mais Benedict Howards allongea tout de même le bras et tourna le bouton de la télévision, attendit l'estomac noué de voir défiler des images de Dodge en couleurs, l'emblème du réseau, les bouteilles de Coca-Cola dansant la sarabande, la starlette trémoussant son cul en fumant une Kools Supreme, l'emblème de la station ; il attendit nerveux et tendu dans la brise nocturne, conscient des autres qui attendaient aussi, leur estomac criant en même temps que le sien, dans les caves réfrigérées du pou-

1. Federal Communications Commission, organisme fédéral de contrôle des télécommunications. *(N.d.T.)*

voir à New York, Chicago, Dallas, Houston, Los Angeles, Washington, qui attendaient les trois mots (lettres écarlates sur un fond ciel-de-nuit) annonçant une heure d'épreuves, d'attente, de confrontation avec les écrans de vidphone morts, pustules de Harlem, Watts, Mississippi, Strip City, Nègres du Village, désœuvrés, paumés surgissant au petit bonheur... cent millions de crétins, tête baissée, attirés par le sang, le sang bleu veineux des cercles du pouvoir : BUG JACK BARRON.

BUG JACK BARRON... en lettres écarlates (imitation délibérée du traditionnel YANKEE GO HOME badigeonné sur les murs de Mexico, Cuba, Le Caire, Bangkok, Paris) sur fond bleu nuit.

Voix off de Jack Barron, grosse et bourrue. « Quelque chose vous fait suer ? »

Montage sonore en écho tandis que la caméra ne quitte pas le titre : étudiants accablant de questions un agitateur de People's America ; *amen* frénétiques répondant aux vociférations d'un prédicateur baptiste mères pleurant leurs soldats traînant des paumés aigris hors du champ de la lucarne à deux dollars. Voix bourrue aux inflexions cyniques et prometteuses : « Alors, faites suer Jack Barron ! »

Le titre fait place au plan rapproché d'un homme, sur fond de nuit inconfortable (tournoiement semi-subliminal poudroiement moiré au seuil de la visibilité comme des points d'encre de Chine noire sur effets kinesthopiques). L'homme porte une sportjac fauve sans col sur une chemise à col ouvert de velours rouge. Il paraît quarante ans ? trente ? vingt-cinq ? – en tout cas, plus de vingt-cinq. Son teint semble osciller entre clair et gris, comme un poète romantique tourmenté. Il a sur son visage une étrange douceur aux tranchants abrupts, fresque d'une bataille inachevée. Ses cheveux d'un roux clair évoquant des hommes disparus – coupe à la J.F.K. sur le point d'envahir le bas de la nuque, d'investir les oreilles, de lancer vers le ciel des mèches incontrôlées, de devenir le halo style oreiller défait de Dylan. Ses yeux d'enfant terrible (yeux complices) brillent d'un détachement amusé tandis que ses lèvres charnues sourient, semblant dédier leur sourire – je sais – que vous savez – que je sais – à un petit groupe de gens « in », ceux que le dernier sondage d'écoute Brackett estimait à cent millions de personnes.

Jack Barron sourit, incline la tête, laisse la place à un commercial d'Acapulco Golds :

Péon mexicain menant son âne sur le sentier escarpé d'une montagne volcanique aux versants couverts par la jungle ; voix fruitée, autoritaire, genre *Encyclopaedia Britannica* : « Sur les Hautes Terres du Mexique existait jadis une variété savoureuse de marijuana désignée sous le nom d'Acapulco Golds à l'époque de la contrebande. »

Coupe franche vers le même péon prélevant à la faux un pied de marijuana et le chargeant sur son âne. « Réputé pour sa qualité et ses propriétés supérieures, l'Or d'Acapulco était réservé à un petit nombre en raison de sa rareté et des... »

Mouvement latéral vers un garde-frontière fouillant une sorte d'insipide Pancho Villa d'opérette. « ... problèmes soulevés par son importation. »

Vue aérienne d'une plantation de marijuana aux alignements géométriques. « Aujourd'hui, la meilleure variété de graines du Mexique, associée aux techniques américaines d'agriculture et de contrôle des moyens de production, a permis d'aboutir à une qualité de marijuana inégalable par sa pureté, son goût, sa douceur et... ses propriétés relaxantes. Disponible maintenant dans trente-sept États : (gros plan d'un paquet d'Acapulco Golds rouge et or) Acapulco Golds, la meilleure cigarette américaine à la marijuana, et... naturellement, cent pour cent non cancérigène. »

De nouveau sur l'écran Jack Barron, assis dans un fauteuil au bras formant tablette sur laquelle reposent deux vidphones blancs modèle standard de chez Bell. Fauteuil et appareils entièrement blancs tranchent sur le noir moiré du décor et font ressembler Barron à un chevalier défiant des ombres dansant dans l'obscurité.

— Vous avez un problème ? reprend Jack Barron de la voix de quelqu'un qui en a vu, qui a vu Harlem l'Alabama Berkeley North Side Strip City, qui en a connu, qui connaît les murs gris d'un millier de Projets de l'Âge d'Or l'odeur d'urine des prisons grises le mandat qui vous aide deux fois par mois à continuer à mourir (sécurité sociale aide sociale allocation de chômage salaire minimum garanti mandat bleu cyanure du Gouvernement), quelqu'un qui a tout vu tout connu mais merde on continue quand même, le confident des paumés de ce monde.

— Alors, appelez Jack Barron. (Il s'interrompt, sourit de son sourire cynique, ses yeux noirs défiant les ombres mouvantes du décor aux effets kinesthopiques, émule de Dylan J.F.K. Bobby K. Bouddha.) Et vous savez tous ce qui se produit quand Jack Barron se met en colère. Appelez en P.C.V. notre numéro : 212-969-6969 (six mois de lutte avec Bell et la F.C.C. pour avoir ce numéro mnémonique), et nous allons faire passer la première communication... dans quelques instants !

Jack Barron avance la main, appuie sur quelques touches de son vidphone (caméra et écran du vidphone font face au côté opposé du studio) et cent millions d'écrans de télévision se séparent en deux. Le quadrant inférieur gauche montre l'image standard en noir et blanc d'un Noir aux cheveux et à la chemise de couleur blanche sur fond de vidphone vaguement grisâtre, tandis que les trois quarts restants de l'écran sont occupés par l'image en couleurs vivantes de Jack Barron.

— Monsieur, vous êtes ce soir l'invité de *Bug Jack Barron*, et l'antenne vous appartient jusqu'à nouvel ordre. Cent millions de téléspectateurs sont impatients de savoir qui vous êtes, où vous êtes et quel est votre problème. À vous la place d'honneur pour quelques instants. Dites-nous qui vous fait suer et faites-le suer à votre tour. Vous êtes en ligne avec Jack Barron, et Jack Barron est en ligne avec cent millions de petits rigolos à travers l'Amérique entière. Aussi ne vous gênez pas, parlez haut parlez clair et tant pis pour les mécontents. *Jack Barron vous écoute*... (Et Barron enveloppe le tout d'un sourire qui a l'air de dire : Ne vous frappez pas les enfants, vous et moi on finira par les avoir ces vaches.)

— Je m'appelle Rufus W. Johnson, commence le vieux Noir ; et comme tout le monde peut le constater sur son poste de télévision, je suis *noir*. Mais alors vraiment *noir*, Jack. Vous voyez ce que je veux dire ? Pas simplement un homme de couleur, un type à la peau foncée, pas un mulâtre, un quarteron, un octavon, un basson, un barbon, non. Rufus W. Johnson est un foutu Nèg…

— *Ne nous emportons pas*, interrompt la voix de Barron, tranchante comme une lame ; mais un mouvement d'épaules à peine perceptible, un petit air de connivence redonnent du courage à Rufus W. Johnson qui se carre dans son fauteuil et sourit.

— Oui, fait-il. J'oubliais. On ne doit pas employer ce mot. Cela risquerait de gêner ces messieurs les *Afro-Américains*, les personnes de couleur, les Noirs américains, quel que soit le nom que vous préférez leur donner. Mais tout le monde sait bien comment vous les appelez… pas vous, Jack. (Rufus W. Johnson sourit avec indulgence.) Vous êtes un demi-teinte, mais un demi-teinte tirant sur le *noir*.

— Disons *basané* et restons-en là, monsieur Johnson. Je ne voudrais pas avoir d'ennuis avec qui de droit. Mais j'espère que vous ne m'avez pas appelé rien que pour comparer nos couleurs de peau respectives ?

— C'est pourtant là qu'est le vrai problème, Jack, dit Rufus W. Johnson qui ne sourit plus. En tout cas c'est mon problème. C'est notre problème à nous tous les *Afro-Américains*. Quand on est noir, même ici dans le Mississippi où on est censé être en pays noir, on ne sort pas de là. La vie ne consiste à rien d'autre que comparer, comme vous dites, les couleurs de peau respectives. Si le vidphone en couleurs existait, alors je vous montrerais ce que je veux dire ; j'irais tripoter les boutons de mon poste et vous me verriez, pour de vrai, en rouge, vert ou bordeaux, en homme de couleur… vous saisissez ?

— Si nous reprenions par le commencement, monsieur Johnson ? fait Jack Barron d'une voix légèrement plus froide. Quel est exactement votre problème ?

— Nous sommes justement au commencement, répond Rufus W. Johnson. (Image gris sur gris d'un visage ridé, blessé, tendu, qui occupe à présent les trois quarts de l'écran tandis que Jack Barron trône au coin supérieur droit.) Quand on est noir, on n'a pas trente-six problèmes, on en a un et on l'a vingt-quatre heures sur vingt-quatre, du jour de sa naissance au jour de sa mort. Ou plutôt, il fut un temps où l'on cessait d'être différent le jour de sa mort. Aujourd'hui c'est fini. Aujourd'hui nous avons *les progrès de la médecine.* Nous avons la Fondation pour l'immortalité humaine. Un type meurt et on le congèle comme un vulgaire homard jusqu'à ce que la science soit assez avancée pour le dégeler et le rafistoler et le faire vivre jusqu'au jour du Jugement dernier. C'est ce qu'ils disent, Howards et compagnie : un jour, tous les hommes vivront éternellement grâce à la Fondation pour l'immortalité humaine.

» Ouais, nous le premier pays du monde nous sommes assez forts pour avoir une Fondation pour l'immortalité humaine. Ils devraient plutôt dire *pour l'immortalité de la race blanche.* Mais ça ne fait rien, il y a beaucoup de types dans ce pays, comme le vieux George[1] et Bennie Howards, qui pensent que l'humanité et la race blanche ça ne fait qu'un. La meilleure solution du problème noir, c'est de supprimer les Noirs. Mais c'est un peu trop voyant. Alors, il y a qu'à faire en sorte que les Caucasiens vivent éternellement. Laissons aux Noirs leurs soixante-dix années de vie, quelle importance puisque les Caucasiens auront droit à la vie éternelle pour autant qu'ils soient en mesure d'allonger leurs cinquante mille dollars.

Les lignes de tension glacée apparaissent au coin des yeux de Jack Barron tandis que les écrans se divisent en deux parties égales, image floue noir et blanc de Rufus W. Johnson face à la réalité couleurs vivantes de Jack Barron. La voix de Barron s'élève, froide et nette :

— Vous prétendez avoir un problème, monsieur Johnson. Que diriez-vous de nous mettre un peu dans le coup ? Parlez à cœur ouvert. Aussi longtemps que vous éviterez d'employer des termes scabreux ou de faire allusion à des parties intimes de l'anatomie humaine, l'antenne vous appartient et vous pouvez vous exprimer en toute liberté. C'est la raison d'être de *Bug Jack Barron.* C'est l'heure où les faibles répliquent, l'heure où les puissants tremblent ; et si vous avez un grief à exprimer à l'égard de qui que ce soit, c'est le moment de laver son linge

1. George Wallace, ex-gouverneur raciste du sud des États-Unis. *(N.d.T.)*

sale en public, tant pis pour ceux qui auraient peur des éclaboussures.

— Ouais, fait Rufus W. Johnson. C'est bien de ça qu'il s'agit, de la Fondation pour l'immortalité humaine. Pourquoi Rufus W. Johnson ne serait-il pas un être humain lui aussi ? Passez-moi à la peinture blanche ; donnez un petit coup de chirurgie esthétique à mon nez, et tous les Caucasiens se retourneront dans la rue pour dire : Regardez Rufus W. Johnson, un vrai pilier de la communauté. Il a une entreprise de camionnage prospère, il a une belle voiture, une belle maison et il vient d'envoyer trois gosses à l'université. Un vrai citoyen modèle. Si Rufus W. Johnson était blanc au lieu d'être noir, Benedict Howards serait bien content de lui signer un contrat d'Hibernation pour le jour où il crèvera, et de toucher les intérêts jusqu'au jour du Dégel. Mais Rufus W. Johnson n'est pas blanc. Vous savez ce qu'on dit dans le Mississippi ou bien à Harlem, ou à Watts ? « Si tu es blanc tu vis éternellement ; si tu es noir, quand tu t'en vas plus d'espoir. »

L'image couleurs vivantes de Jack Barron regagne son coin en haut et à droite.

— Accuseriez-vous la Fondation pour l'immortalité humaine de pratiquer la discrimination raciale ? demande-t-il tandis que les reflets d'obscurité moirée captés par la tablette blanche du fauteuil dansent dans l'ombre de ses yeux à demi baissés, faisant de son visage un masque inquiétant, soudain solennel et sinistre.

— Je ne les accuse pas de danser le jerk sur la voie publique, fait Rufus W. Johnson de sa voix traînante du Sud. Regardez mes cheveux… c'est la seule partie de moi qui soit blanche. J'ai soixante-sept ans, et j'arrive à peu près à la fin de mon unique existence. Être noir au pays des Blancs pour l'éternité, ça ne doit pas être marrant, mais ça vaut tout de même mieux que d'être mort, pas vrai ?

» Donc je prends mon courage à deux mains et je vais trouver ces messieurs de la Fondation pour leur dire : Signez-moi un contrat d'Hibernation. Rufus W. Johnson a décidé de se payer sa part d'éternité.

» Deux semaines passent, et ils commencent à fouiner dans mon entreprise, ma maison, mon compte en banque. Et puis je reçois une lettre bien torchée sur du papier à en-tête d'un kilomètre, tout ça pour me dire : désolé, mon gros pépère, mais vous ne faites pas l'affaire.

» Vous n'avez qu'à faire le compte vous-même, monsieur Jack Barron. Ma maison : elle me coûte quinze mille dollars. J'ai cinq mille dollars à la banque. Et rien que mes camions valent à peu près cinquante mille. Et Bennie Howards peut avoir tout ça pendant tout le temps que je resterai au frigo. Mais ça n'empêche pas la Fondation pour l'immortalité humaine de déclarer que je n'ai pas assez "de liquidités pour que nous puissions vous offrir un contrat d'Hibernation dans les circonstances actuelles". Mon argent, que je sache, vaut n'importe quel autre, monsieur Barron. Pensez-vous que ce soit sa couleur qui leur déplaît ? Ou peut-être la couleur de quelque chose d'autre ?

Passage immédiat en gros plan sur le visage concentré, tendu, de Jack Barron le défenseur des faibles, le donneur de coups de pied au cul.

— Eh bien, il semble en effet que vous ayez un problème, monsieur Johnson – si les faits que vous rapportez sont exacts. Et pour sûr, il y a là de quoi mettre en rogne Jack Barron. (Barron fixe sur la caméra un regard de courroux qui contient en puissance mille foudres de représailles.) Et vous, téléspectateurs, qu'est-ce que vous en dites ? Qu'en dit Benedict Howards, qui nous regarde certainement en ce moment ? Sans doute que les puissants qui président à nos destinées auront aussi leur mot à dire. Et à propos de puissants (un sourire de connivence sardonique apparaît brusquement sur le masque féroce de Jack Barron)... il est temps de voir quels sont les problèmes de notre annonceur. Ne quittez surtout pas, monsieur Johnson, et vous non plus, téléspectateurs, car nous nous retrouverons bientôt pour une tranche d'histoire vivante, en direct, juste après ce petit message de quiconque commet en ce moment l'erreur de nous commanditer.

Chapitre deux

Ce soir tu t'es surpassé, Vince, Rital de mon cœur, pensa Jack Barron en voyant son image sur le moniteur géant du studio de télévision laisser place au dernier modèle de chez Chevrolet.

Aussitôt l'antenne rendue, il se dressa au bord de son fauteuil, enfonçant le bouton de l'interphone sur son vidphone n° 1.

— On lâche les fauves ce soir, hein, *paisan* ?

Derrière l'épaisse paroi vitrée de la cabine de contrôle, il vit le sourire tranquille et cynique de Vince Gelardi, dont la voix emplit le petit studio :

— Tu veux voir Bennie Howards sur la sellette ?

— Et qui d'autre crois-tu ? répondit Barron en se rejetant en arrière. Tu prendras Teddy Hennering comme numéro deux, avec Luke Greene dans le coin peinard.

Il coupa l'interphone, jeta un coup d'œil à la grille convexe du téléguide qui indiquait : « 60 secondes » et concentra son attention pendant le bref instant de pause.

Ce gros futé de Vince lui avait mis ce soir une drôle de patate entre les mains (mais à l'occasion même une patate peut vous brûler les pattes). Chaque semaine avait son contingent d'appels dans le genre ethnico-larmoyant, et la plupart ne passaient probablement pas le cap de la première standardiste de service. Mais rapprochez le dernier sujet de mécontentement à la mode (la Fondation cette fois-ci) du débat sur l'Hibernation en préparation au Capitole, et vous avez un problème explosif sur les bras (… si tu es blanc tu vis éternellement… Je me demande si c'est Malcolm Shabazz et compagnie qui répandent cela ?). Trop explosif même, à mon goût, avec les deux types à Howards en place à la F.C.C. J'aurais intérêt à ne pas faire trop de vagues dans ce secteur et Vince devrait le savoir, il est payé pour ça et ce n'est pas pour autre chose que je l'ai mis à la tête de la régie.

Et puis merde, se dit Barron tandis que le téléguide indiquait : « 30 secondes », Vince y a sûrement pensé, mais il faut lui rendre justice, il a vu plus loin que le bout de son nez et s'est rendu compte que ça ne pouvait pas embêter Howards, parce que la Fondation ne refuserait jamais de congeler un Noir s'il disposait de cinquante mille dollars en argent liquide (*liquide*, c'est là la clé, pas une vieille maison croulante des camions déglingués – mais des obligations titres négociables pouvoir négociable). La Fondation a déjà assez de mal avec les Républicains, la C.J.C., Malcolm Shabazz et compagnie, pour s'attirer encore des emmerdements sur le plan racial. La Fondation ne connaît qu'une couleur : celle de l'argent. Howards a beau être cinglé, il ne l'est tout de même pas à ce point. Ouais, Vince a vu ça tout de suite, Rufus W. Johnson monté à bloc, le reste du pays la langue pendante, conditionné par le prochain débat au Congrès, excellent show-business sans danger à l'usage des foules, même Howards y trouve son compte avec la publicité gratuite que ça lui fait. Et Barron vit les quarante minutes à venir, vit Howards sur la sellette, bronchant sous les coups, assez pour faire des vagues mais pas pour déchaîner la tempête parce que sous l'angle racial (et c'est bien le seul) la Fondation n'a rien à se reprocher. Chacun marque des points. Howards place ses salades sur la Fondation, et les Masses sacro-saintes placent Jack Barron au pinacle de la profession des amuseurs, votre serviteur est sacré champion à l'issue d'un combat bidon où personne n'a été touché assez dur pour avoir réellement envie de mordre. On ne peut pas dire, le vieux Vince connaît son affaire !

Des lettres se formèrent sur l'écran du téléguide : « Liaison établie Complexe Rocheuses », puis « Greene en ligne, Teddy H ? » suivi aussitôt de : « Début d'émission ». Et Barron vit son propre visage et ses épaules sur le grand moniteur au-dessus du téléguide, vit l'image de Rufus W. Johnson gris sur gris dans le quadrant inférieur gauche du moniteur et sur l'écran du vidphone n° 1 ; visage de secrétaire pincée, à la bouche en cul-de-poule, beau morceau, sur écran du vidphone n° 2, et en avant pour le départ du Grand Prix, se dit Jack Barron.

— Eh bien, monsieur Johnson (pauvre conard), fait Jack Barron. Nous voici de nouveau sur les ondes, vous êtes en ce moment en ligne avec Jack Barron et avec cent millions de téléspectateurs à travers les États-Unis tout entiers, en liaison directe également avec le quartier général de la Fondation pour l'immortalité humaine, le Complexe d'Hibernation des montagnes Rocheuses qui se trouve situé quelque part dans les environs de Boulder, Colorado. Et nous allons savoir dans quelques instants en direct si oui ou non la Fondation pratique la ségrégation dans l'au-delà en le demandant sans détour à la personne intéressée, le Président-directeur général de la Fondation pour l'immortalité humaine, le Conservateur de sépultures en chef, notre ami à tous, Benedict Howards.

Barron prit la communication sur son vidphone n° 2, vit l'image de la secrétaire à la bouche en cul-de-poule (mmm… ces lèvres) apparaître au-dessous de lui (juste la position idéale) dans le quadrant inférieur du moniteur, lui fit un sourire traîtreusement séducteur (œil d'acier dans un gant de velours) et dit :

— Ici Jack Barron qui voudrait parler à Mr. Benedict Howards. Cent millions d'Américains sont ravis de contempler en ce moment votre ravissant minois, ma beauté, mais c'est surtout celui de Bennie Howards qu'ils voudraient voir sur l'écran. Alors passez-moi le patron. (Il haussa les épaules avec un sourire :) Pour ce qui est du reste, ma jolie, vous pouvez laisser votre numéro strictement personnel à mon régisseur, Vince Gelardi. (Après tout, qui sait ?)

La secrétaire accueillit son sourire avec des yeux aussi ronds qu'un lémurien, puis répondit de sa voix la plus professionnelle :

— Mr. Howards vole en ce moment à bord d'un avion privé vers le Canada où il prendra quelques jours de vacances. Il ne peut être joint par aucun moyen. Désirez-vous parler à notre Directeur financier, Mr. De Silva ? Ou bien…

— Ici Jack Barron, de l'émission *Bug Jack Barron*, qui demande à parler à Benedict Howards, l'interrompit Barron. (Qu'est-ce que c'est que cette histoire ?) Pour le cas où vous n'auriez pas de poste de télévision chez vous, je vous signale que je suis en ligne avec Mr. Rufus W. Johnson qui a sérieusement à se plaindre de la Fondation, que nous sommes très embêtés, cent millions d'Américains et moi, et que nous voulons parler à Bennie Howards, pas à un de ses sous-fifres. Aussi je suggère que vous bougiez ce qui fait le fondement admirable et incontesté de votre personne et que vous nous mettiez sans tarder en communication avec votre patron, ou je vais être forcé pour tâcher de faire la lumière sur l'accusation lancée par Mr. Johnson de m'adresser à des gens qui n'ont pas forcément les mêmes vues sur certains problèmes que la Fondation pour l'immortalité humaine. C'est pigé, mignonne ?

— Je regrette, monsieur Barron, mais Mr. Howards se trouve en ce moment à plusieurs centaines de kilomètres du plus proche vidphone. Mr. De Silva, le Dr. Bruce ou Mr. Yarborough sont parfaitement au courant de tout ce qui concerne la Fondation et répondront volontiers aux questions que vous leur poserez.

Elle fait son petit numéro, se dit Barron. Elle se fiche pas mal de savoir par quel bout me prendre (je lui ferais bien une démonstration). Elle récite tout bonnement les instructions de Howards. L'enfoiré, je vais lui montrer à quoi on s'expose en se dérobant à Jack Barron. Ça lui servira de leçon. Et instantanément, le reste de l'émission s'imposa à lui : d'abord, asticoter le porte-coton de Bennie Howards (il n'y en a pas deux comme ce Yarborough pour mettre les pieds dans le plat quand il faut) ; puis spot publicitaire n° 2 ; puis quelques passes avec Luke, spot publicitaire n° 3, et enfin dix minutes avec Ted Hennering pour relâcher un peu la tension et au revoir tout le monde allez vous faire foutre.

— D'accord, répondit Barron avec un sourire en coin. S'il est impossible de faire autrement, nous jouerons le jeu de Bennie. Passez-moi John Yarborough.

Il croisa les jambes, pour donner l'ordre à Gelardi de couper sur le moniteur l'image de la secrétaire, et quand il eut actionné à deux reprises la pédale sous son pied gauche l'écran se partagea verticalement en deux, Johnson d'un côté et lui de l'autre. Il sourit méchamment à la caméra, faisant délibérément monter la pression dans ses artères.

— J'espère au moins, reprit-il, qu'il fera de bonnes prises au bord de son lac et je suis sûr que nos amis téléspectateurs souhaitent de tout cœur avec moi que Mr. Benedict Howards, trop occupé pour venir nous parler, ait beaucoup, beaucoup de chance, car là-bas il va en avoir besoin, n'est-ce pas ?

Le téléguide annonça : « Liaison établie avec Luke, Teddy. » On va voir, se dit Barron. Je montrerai à Mr. Benedict Howards qu'on ne se fiche pas impunément de Jack Barron. Et ce soir ils vont en avoir pour leur argent.

— Eh bien, monsieur Johnson, dit-il, nous aussi nous allons à la chasse. Libre à Mr. Howards de traquer l'orignal s'il le veut, nous c'est la vérité que nous allons traquer.

— Qui est ce Mr. Yarborough ? demanda Rufus W. Johnson.

— John Yarborough est le chef des Relations publiques de la Fondation. Le public c'est nous, et nous n'allons pas tarder à savoir sur quel pied nos relations vont s'établir.

Sur l'écran n° 2 de Barron apparut un homme au teint bistre et au crâne dégarni. Barron actionna sa pédale, et le côté gauche du moniteur se partagea aussitôt entre Johnson (en haut) et Yarborough (en bas) tandis que Jack Barron soi-même, deux fois leur taille en couleurs vivantes, les dominait sur le côté droit.

— Et voici à présent Mr. John Yarborough, poursuivit Barron. Monsieur Yarborough, j'aimerais vous présenter Mr. Rufus W. Johnson. Mr. Johnson, comme vous pouvez le constater, est un Noir. Il y a quelques instants, il a déclaré publiquement que la Fondation lui a refusé un contrat d'Hibernation (mollo pour commencer, Jack, baby). Monsieur Yarborough, cent millions d'Américains voudraient connaître la vérité. Est-il exact que la Fondation pour l'immortalité humaine, qui de par sa charte publique jouit d'une exonération fiscale, a refusé son droit à l'immortalité à un citoyen américain simplement parce que ce citoyen se trouve avoir la peau noire ? (Est-ce que vous battez toujours votre femme, monsieur Yarborough ?)

— Je suis sûr qu'il y a là un malentendu que nous pourrons aisément dissiper, répondit doucement Yarborough. Comme vous le savez…

— Je ne sais rien du tout, monsieur Yarborough, trancha Barron. Rien d'autre que ce qu'on me dit. Je ne fais pas davantage confiance au bla-bla-bla de la télévision. Ce que je sais, toutefois, et cent millions d'Américains l'ont entendu comme moi, c'est ce que nous a dit Mr. Johnson. Monsieur Johnson, avez-vous sollicité un contrat d'Hibernation ?

— Oui, Jack.

— Avez-vous accepté de transférer votre capital à la Fondation le jour de votre mort clinique ?

— Oui.

— Ce capital excédait-il cinquante mille dollars ?

— Largement soixante ou soixante-dix mille.

— Et a-t-on opposé un refus à votre demande, monsieur Johnson ?

— Sûr et certain.

Barron marqua une pause, fit un sourire grimaçant et pencha la tête en avant pour capter dans ses yeux les reflets inquiétants du fond noir sur la tablette blanche.

— Et il est facile de constater que vous êtes un Noir, n'est-ce pas, monsieur Johnson ? Monsieur Yarborough, vous disiez tout à l'heure quelque chose à propos d'un malentendu qui pourra être dissipé facilement ? Supposons que vous expliquiez au public la raison pour laquelle Mr. Johnson s'est vu refuser un contrat d'Hibernation ?

À toi de te dépêtrer de là, mon bonhomme, pensa Barron en appuyant sur la pédale à trois reprises pour demander une pub dans trois minutes (juste le temps de l'enfoncer encore un peu).

— Mais c'est extrêmement simple, répondit d'une voix posée Yarborough, que Geraldi venait de mettre au banc des accusés en l'écrasant visuellement par l'image en couleurs de Barron (sur fond noir aux ombres changeantes) qui envahissait maintenant les trois quarts restants de l'écran.

» À longue échéance, le but fondamental de la Fondation est de financer les recherches qui doivent aboutir à l'immortalité pour tous les hommes. Cela demande beaucoup d'argent. Plus notre budget de recherches est élevé, plus vite nous trouverons la solution. Or la Fondation pour l'immortalité humaine ne tire son capital que d'une seule et unique source : son programme d'Hibernation. Il consiste à congeler les corps d'un nombre limité d'Américains et à les conserver dans de l'hélium liquide après leur mort clinique jusqu'au jour où les recherches scientifiques, effectuées par la Fondation naturellement, nous apporteront la réponse aux…

— Bah, nous avons déjà entendu tout ce baratin, s'écria Rufus W. Johnson (toujours absent de l'écran). Vous mettez dans la glace les types qui ont du fric – et la peau blanche – et vous utilisez leur capital et tout ce qu'ils ont comme vous voulez jusqu'au jour où ils ressuscitent, et qui n'est pas du tout garanti. Mais c'est régulier. Je veux dire que de toute façon vous ne pouvez pas emporter votre fric avec vous, alors autant courir le risque, tout ce que vous avez à perdre c'est un enterrement de première classe. (Barron, le visage toujours attentif et sombre, laisse continuer la voix invisible et attend son moment.) Bon, tout ça c'est très bien, vous avez quelque chose à vendre et Rufus W. Johnson achète. Seulement vous ne vendez pas à un Nè…

— Attention, monsieur Johnson ! prévint Barron, et Vince avec un bel ensemble lui coupa le son tandis que le téléguide indiquait : « 2 minutes ». Voyez-vous, monsieur Yarborough, Mr. Johnson est excédé, et il a des raisons pour cela. Sa maison a coûté quinze mille dollars, il en a cinq mille à la banque et ses camions valent plus de cinquante mille dollars. On n'a pas besoin d'être Einstein pour calculer que cinquante mille plus vingt mille cela fait plus de cinquante mille dollars. N'est-il pas exact que le minimum à céder à la Fondation au moment de la mort clinique en échange d'un contrat d'Hibernation s'élève à cinquante mille dollars ?

— C'est exact, monsieur Barron. Mais voyez-vous, les cinquante mille dollars doivent être versés en argent liquide…

— Contentez-vous de répondre à ma question pour l'instant, coupa bruyamment Barron. (Ne pas le laisser s'expliquer, pensa-t-il. Lui maintenir la tête dans l'eau. Il remarqua que Vince avait accordé les trois quarts de l'écran à l'image gris sur gris de Yarborough, pâle et irréel Goliath opposé à David en couleurs réelles.) Tout cela, reprit-il, me paraît très simple. Pour n'importe quel Américain, le prix d'un contrat d'Hibernation s'élève à cinquante mille dollars. Mr. Johnson vous a proposé son avoir total, qui dépasse cinquante mille dollars. Mr. Johnson est un citoyen américain. Mr. Johnson s'est vu refuser un contrat d'Hibernation. Mr. Johnson est un Noir. Quelle déduction feront les téléspectateurs ? Les faits parlent d'eux-mêmes.

— Mais ça n'a rien à voir avec des considérations raciales ! glapit Yarborough, et Barron fit mine de froncer les sourcils tout en souriant intérieurement d'avoir réussi à le faire sortir de ses gonds. Ces cinquante mille dollars, continua le chef des Relations publiques, doivent constituer un avoir liquide : espèces, valeurs ou titres négociables. N'importe quel citoyen, quelle que soit sa race, capable de payer cinquante mille dollars en argent *liquide*...

Barron croisa les jambes pour donner le signal de couper la parole à Yarborough, tandis que le téléguide annonçait : « 60 secondes ».

— Seulement, enchaîna-t-il, c'est à la Fondation que revient le soin d'évaluer le degré de « liquidité » d'un avoir. C'est pratique comme ça, vous ne trouvez pas ? Lorsque la Fondation n'a pas envie de congeler quelqu'un, elle n'a plus qu'à lui dire, sans vouloir faire de jeu de mots, que son avoir est « gelé ». Je serais curieux de savoir, et les téléspectateurs aussi je suppose, combien de Noirs ont un avoir gelé et combien un corps congelé. Et peut-être pourrons-nous demander son avis à un homme qui a quelques réserves à faire au sujet du projet de loi présenté devant le Congrès pour accorder le monopole de la cryogénie humaine à cet organisme à l'humeur... capricieuse qui se nomme la Fondation pour l'immortalité humaine. Et cet homme, c'est le gouverneur C.J.S. du Mississippi, Lukas Greene en personne. Aussi, restez devant votre poste, vous tous, et vous aussi, monsieur Johnson, car nous allons parler au gouverneur de votre État dès que notre sponsor aura eu l'occasion d'essayer de... dégeler votre portefeuille.

J'espère que tu n'as pas raté ça, Howards, conard de mon cœur, pensa Jack Barron pendant qu'on passait la pub. Tu vas voir ce qu'il en coûte de couillonner Jack Barron ! Il appuya sur la touche de l'interphone et demanda à Gelardi :

— Passe-moi Luke, je voudrais lui dire un mot en privé.

— Hé, big boss, fit aussitôt Lukas Greene, un œil sur la publicité d'Acapulco Golds, l'autre sur l'écran de vidphone qu'occupait l'image de Jack Barron. Ça ne te suffit pas avec Bennie Howards ? Il te faut aussi la peau de nous autres Croisés pour la Justice Sociale ? Pou'quoi pe'sécuter un pauv' Nèg' qui n'a rien fait à personne ?

— T'excite pas, Lothar. Ce soir c'est la fête à la Fondation. Toi et moi on marche ensemble. Tu saisis ?

Bonne nouvelle, pensa Greene, si tant est qu'on puisse faire confiance à Jack. Mais qu'est-ce que c'est que toute cette esbroufe raciale autour de la Fondation ?

— Je vois, répondit-il. Mais tu sais aussi bien que moi que Bennie signerait un contrat au grand Wang lui-même pourvu qu'il aligne le fric. À plus forte raison à un pauvre minable. Alors pourquoi le couteau entre les dents ? Tu reviens à la C.J.S., Claude ?

— Ne te fais pas trop d'illusions. Je veux juste montrer à Howards ce qui arrive à un gros bonnet qui répond pas là quand Jack Barron le demande. Observe et prends-en de la graine, Amos, au cas où il t'arriverait de vouloir t'absenter de devant ton vidphone un mercredi soir. Mais trêve de plaisanterie ; ça va bientôt être à nous.

Sacrée vieille fripouille, pensa Greene tandis que Barron faisait les présentations. (« ... gouverneur du Mississippi et aussi l'un des principaux chefs de file à l'échelon national de la Coalition pour la Justice Sociale... ») Il vendrait père et mère pour augmenter sa cote de trois points. Howards pourrait manger tout crus des bébés à son petit déjeuner, il ne lèverait pas le petit doigt, pas folle la guêpe pour aller s'y frotter. Mais qu'il ne décroche pas son damné vidphone, et voilà Jack tout feu tout flamme sur le sentier de la guerre. (« … de vos administrés a accusé… ») O.K., Jack, ce soir on joue ton jeu, toi et moi on s'envoie Bennie Howards, on flanque peut-être par terre le projet de loi d'utilité publique, et qu'importe si Jack a des raisons à la con.

— … et il est de notoriété publique, Gouverneur Greene, disait Jack, que la Fondation s'est vu refuser le droit de construire un complexe d'Hibernation sur le territoire du Mississippi. Pour quelle raison ? La C.J.S. soupçonnerait-elle la Fondation de pratiquer, comme l'affirme Mr. Johnson, la discrimination à l'égard des Noirs ?

Eh bien, c'est parti, pensa Greene. Voyons combien de boniment en faveur de la C.J.S. il me laisse placer avant de m'arrêter.

— Laissons de côté pour l'instant la question raciale, monsieur Barron, fit-il en remarquant que Jack concédait généreusement la moitié noir et blanc de l'écran à son visage noir au profil anguleux et net. Nous n'autoriserions pas la Fondation à construire un complexe d'Hibernation dans le Mississippi même si Mr. Howards et tous ses employés jusqu'au dernier étaient noirs comme le proverbial as de pique. La Coalition pour la Justice Sociale défend fermement le principe d'une politique d'Hibernation publique et gratuite. Nous soutenons qu'aucun individu, aucune corporation ou fondation soi-disant sans but lucratif ne doit avoir le droit de décider qui pourra vivre une seconde fois et qui ne le pourra pas. Nous soutenons que tous les centres d'Hibernation doivent appartenir à l'État et être financés par l'État, et que les bénéficiaires du traitement doivent être désignés par tirage au sort. Nous soutenons…

— Votre position en faveur de l'Hibernation publique n'est que trop connue, interrompit sèchement Barron, et sur son écran de télévision Greene se vit relégué dans le quadrant inférieur gauche (aimable rappel du vieux pote de Berkeley que c'était toujours lui qui menait cette barque).

» Ce qui fait suer Mr. Johnson, ce qui nous fait suer ce soir, cent millions de téléspectateurs et moi, ce n'est pas le problème théorique de l'Hibernation publique opposée à l'Hibernation privée mais la question pratique suivante : “Est-ce que la Fondation fait une politique de discrimination raciale à l'encontre des Noirs ? Est-ce que Benedict Howards abuse de son pouvoir économique et social ?"

On ne pourra pas dire que je n'ai pas essayé, pensa Greene.

— Mais c'est bien ce à quoi je voulais en venir, monsieur Barron, fit-il en jouant au monsieur susceptible. Lorsqu'une société privée arrive à disposer de l'énorme pouvoir que détient la Fondation pour l'immortalité humaine, des abus d'un genre ou d'un autre deviennent inévitables. Que la Fondation réussisse à faire passer le projet de loi au Congrès, que le Président accorde sa signature, et son pouvoir de vie et de mort sera légalisé, aura l'appui du Gouvernement fédéral, et à ce stade la Fondation sera en mesure de faire de la discrimination à l'égard des Noirs, mais aussi des Républicains, des... Caucasiens, ou de quiconque refusera d'entrer dans le jeu de Howards. C'est pour cette raison que...

— De grâce, Gouverneur Greene, fit Jack Barron en affectant une grimace désabusée. Nous sommes tous du côté des anges. Mais vous connaissez aussi bien que moi la loi sur la répartition du temps de parole, et il est interdit d'utiliser cette émission à des fins de propagande politique. (Avec un petit sourire qui disait : Pour l'amour du ciel, Luke, il continua :) Je n'ai pas envie d'abîmer cette sportjac dernier cri en perdant mon job et en allant creuser des fossés au bord de la route. La question, c'est : Est-ce que la Fondation pratique *actuellement* la discrimination contre les Noirs ?

Cette fois-ci, ça y est, pensa Greene. Si je veux marquer des points sur Howards, je n'ai plus qu'à le faire passer pour un méchant wallaciste en enfourchant le dada de Jack de ce soir, mais nous savons tous les deux que Howards n'est pas cinglé à ce point. Cependant, les cent millions d'électeurs dont il se gargarise à tout bout de champ ne le savent pas forcément, et ils peuvent peut-être déplacer assez d'air pour convaincre suffisamment de membres du Congrès de voter autrement et de démolir le projet de loi, aussi, Bennie Howards, te voilà promu méchant Blanc grand persécuteur des Nègres pour le reste de la soirée, tu m'en vois désolé, boss.

— Le fait est, répliqua-t-il, que d'après les statistiques, si les Noirs constituent environ vingt pour cent de la population, moins de deux pour cent des corps conservés dans les centres d'Hibernation de la Fondation appartiennent à des personnes de couleur.

— Et la Fondation n'a jamais expliqué cette disproportion ? demanda Jack en lui redonnant la moitié de l'écran pour être entré dans son jeu.

Tu connais aussi bien que moi la raison, demi-teinte de mon cœur, pensa Greene. Combien d'entre nous dans ce foutu pays sont capables d'aligner cinquante mille billets ? La Fondation ne fait pas plus de discrimination que les autres. Un Noir mort n'est pas traité différemment d'un Noir vivant... « Si tu es blanc, tu vis éternellement ; si tu es noir, quand tu t'en vas plus d'espoir. » Bien que ce soit Malcolm qui a lancé cela, il n'en reste pas moins que c'est un cri du cœur, vieux Jack. La Fondation a les mains plus propres que les syndicats, les caciques et autres piliers du big business. La seule couleur qui importe à Howards, c'est la couleur verte de l'argent – mais si c'est la seule façon de l'atteindre...

— Pas à ma connaissance, répondit-il. C'est-à-dire, quelle explication pourrait-elle fournir alors que les chiffres sont là noir sur blanc (il sourit piteusement)... pardonnez-moi. Même s'il n'y a pas consciemment de préjugé de race, la Fondation, de par sa nature même, est obligée, en fait, d'appliquer une discriminaton parce que personne n'ignore que nous vivons dans un pays où le revenu moyen d'un Noir équivaut approximativement à la moitié du revenu moyen d'un Blanc. Par sa seule existence, la Fondation aide à perpétuer la position d'infériorité du Noir au-delà même de la tombe. En fait, le jour viendra, par la force des choses, où les cimetières seront l'apanage des Noirs, au même titre que les cheveux crépus.

» Je n'accuse aucun homme en particulier. Mais j'accuse la société. Et à l'intérieur de la société la Fondation joue un rôle de poids. Si Howards n'assume pas les responsabilités sociales qui accompagnent toujours la détention d'une certaine quantité de pouvoir, eh bien, j'appelle cela une dérobade. Et nous savons tous les deux, monsieur Barron (ébauche d'un sourire doux-amer à l'adresse de Jack Barron), que quelqu'un qui refuse ses responsabilités est tout aussi coupable que les partisans de Wallace ou de Withers que son indifférence irresponsable contribue à faire naître. (Deux points contre Howards, pensa Greene, et deux points contre toi aussi, Jack.)

Il savait ce que signifiait le petit sourire de Jack. Et comme il s'y attendait, il vit que son propre visage occupait maintenant les trois quarts de l'écran. Voir Luke Greene, mais entendre les mots de Jack Barron. Le coup était classique. Sacré Jack Barron, le plus grand baisse-froc jamais sorti de Berkeley, si ton art s'exerçait pour une cause qui compte !

— Donc, ce que vous nous dites en substance, Gouverneur Greene, commença Jack en se penchant en avant (comme pour dire, pensa Greene, emballez-c'est-pesé résumons-nous voilà le commercial qui arrive), c'est que la nature même de la Fondation pour l'immortalité humaine la conduit à pratiquer *de facto* une politique de discrimination raciale, que cette politique reflète le point de vue officiel de la Fondation ou pas. Est-ce exact ? Vous nous dites que quelle que soit la raison pour laquelle Mr. Johnson s'est vu refuser un contrat d'Hibernation, que ce soit à cause de la couleur de sa peau ou de l'insuffisance de son capital par rapport aux critères de la Fondation, ces critères financiers ont été de toute façon établis arbitrairement par Mr. Benedict Howards lui-même et constituent en fait une forme indirecte de discrimination raciale. Vous nous dites…

— C'est parfaitement exact ! intervint bruyamment Lukas Greene. (Tu auras peut-être le dernier mot, Jack, baby, mais tu ne le mettras pas dans la bouche de ton frère de couleur !) Jusqu'à présent du moins. (Et Jack, prudent, attendant de voir venir le vent, me relègue au coin inférieur gauche mais me laisse parler doit avoir un cerveau supplémentaire à la place des couilles.) Mais il n'y a pas que la discrimination à l'égard des Noirs. L'existence d'une compagnie d'Hibernation privée aux services hors de prix est une marque de discrimination à l'égard non seulement des Noirs mais des Blancs, des pauvres, des indigents, des six millions de chômeurs et des vingt millions d'Américains sous-employés. Elle donne un prix en dollars à l'immortalité, à la vie humaine, comme si saint Pierre décidait tout à coup de lever un péage devant les portes de son paradis. Qui peut s'octroyer le droit de dire : Untel, vous aurez la vie éternelle. Mais, Untel, qui êtes pauvre, quand vous mourrez, vous ne reviendrez pas. Chaque citoyen américain…

Abruptement, Greene s'aperçut que son visage et sa voix n'étaient plus retransmis. Sur l'écran de télévision s'étalait maintenant en gros plan le visage de Jack Barron à l'œil rusé et à la lippe résolue. (Bah, pensa Greene, on ne peut pas dire que je n'ai pas essayé.)

— Merci, Gouverneur Greene, était en train de dire Barron. Nous savons maintenant quel est *votre* problème. Vous nous avez donné ample matière à réflexion. Et il est temps maintenant de redonner la parole à ceux qui font bouillir la marmite. Mais restez devant votre télévision, citoyens, car dans quelques minutes nous allons entendre un autre son de cloche… avec le sénateur Theodore Hennering, coauteur du Projet d'utilité publique Hennering-Bernstein, qui passe pour être d'avis que la Fondation pour l'immortalité humaine est ce qui se fait de mieux dans le genre, et qui préconise l'octroi à cette même Fondation d'un monopole légal. Nous essaierons de voir quel pain mange ce bon sénateur juste après ce petit mot de notre annonceur.

Hé, pensa Greene avec excitation tandis qu'on diffusait une pub pour Chevrolet. S'il arrive à coincer Hennering sur le projet de loi, ça pourrait commencer à devenir intéressant ! Jack est capable de mettre en charpie Henny l'optimiste si tel est son bon plaisir, et de gagner dix voix au Sénat et même trente à la Chambre des représentants, et le projet de loi est cuit.

— Qu'est-ce que tu crois être en train de faire, Luke ? fit l'image de Jack Barron sur l'écran de son vidphone. Me brûler auprès de la F.C.C. ? Howards a deux délégués dans sa poche, tu le sais aussi bien que moi.

— J'essaie de démolir le projet de loi sur l'Hibernation, et ça tu le sais aussi, Percy, lui dit Greene. C'est *toi* qui as décidé de te payer Howards, tu te souviens ? Et tu peux le faire, Jack. Tu peux foutre en l'air leur projet de loi maintenant en achevant

Teddy Hennering. Cloue-le au mur, vieux, et ajoute quelques flèches empoisonnées pour ton copain Luke.

— Que je le cloue au mur ? hurla Jack Barron. Tu débloques, Rastus ! Je veux bien faire saigner Howards, lui donner une leçon, mais de là à lui enfoncer le couteau dans les tripes... Il peut me faire la peau quand il veut, Benedict Howards, si je force un peu trop la dose. Je vais faire guili-guili avec Hennering, le laisser marquer quelques points pour la Fondation, ou je vais me retrouver jusqu'au cou dans la *politique*. Mieux vaut attraper la vérole que *ça* !

— Tu ne te rappelles jamais ce que tu étais, Jack ? soupira Greene.

— Si, chaque fois que j'ai l'estomac qui gargouille.

— C'est ou l'un ou l'autre, hein, Jack ? Avant, tu avais les couilles mais pas le pouvoir. Maintenant, tu as le pouvoir et pas...

— Va te gratter, Luke, fit Jack Barron. Tu t'es fait ta petite planque là-bas en pays nègre, laisse-moi conserver la mienne.

— Va te faire foutre toi-même, Jack.

Et Greene coupa la communication. Qu'était devenu leur grand Jack Barron de l'époque bénie de Jack et Sara, Jack Barron de Berkeley Montgomery Meridian brandissant des pancartes et des banderoles, Caucasien engagé défenseur des Noirs ?

Greene soupira. Il savait ce qui lui était arrivé – ce qui arrivait à tous les Galaad et autres Bébés Bolcheviques fonçant dans la nuit noire en disant plus de guerre j'aime les Nègres j'aime la paix je n'ai rien je n'ai besoin de rien j'aime la vérité et la beauté. Les années étaient passées par là, la faim était passée par là, et Lyndon, et un jour ils avaient eu trente ans, fini les gamineries, prenons la part qui nous revient, chacun se démerde et bonsoir tout le monde.

Jack avait eu *Bug Jack Barron* (et perdu Sara par la même occasion, Sara qui n'avait pas pu tout lâcher, Sara au bon cœur, à la fesse généreuse, relique vivante des temps passés pour nous envolés), et toi, Nègre blanchi, tu as ce job à Evers, Mississippi. Ce que tu peux être con de penser que quelqu'un pourrait ramener tout cela, la jeunesse la vérité l'époque heureuse où on disait merde à tout le monde où nous *savions* que nous pourrions y arriver si on nous donnait le pouvoir. Le pouvoir nous l'avons aujourd'hui, je l'ai, Jack l'a, mais pour l'avoir nous l'avons payé de nos couilles, c'est tout.

Qui es-tu pour demander à Jack de jouer au boy-scout et de risquer tout ce qu'il a pour permettre un rêve impossible ? Le ferais-tu, hein ? À sa place, le ferais-tu ?

Je le ferais si je pouvais, pensa Lukas Greene, si j'étais blanc et si j'avais une chance. Et, par masochisme, il laissa la télévision allumée et s'installa pour regarder, en espérant quand même, l'homme qui *aurait* une chance à condition qu'il veuille, l'homme qui allait dans un moment baisser froc devant le porte-coton de Howards, le vieux Jack Barron soi-même.

Baisse-froc, hein, Rastus ? pensa Jack Barron en attendant la fin de la pause publicitaire. Tu aimerais bien me faire bouffer tout cru ce pauvre couillon de Hennering, ça ferait bien ton jeu. Que Howard se paie mon scalp tu t'en fous pourvu que crève le projet de loi, même si parmi les pertes accessoires il y a la foutue carrière de Jack Barron le donneur de coups de pied au cul. Ou vas-tu nous faire croire que tu rêves vraiment d'attaques en piqué, de kamikaze, vive la vérité, la justice, les beaux jours envolés de Berkeley, et tant pis pour les retombées ? Raté dans les deux cas, Lothar. Et il n'est pas né celui qui tendra le couteau à Jack Barron pour qu'il se fasse hara-kiri avec. Il y a bien des années que j'ai payé mon dû. Je ne me bats plus contre les moulins à vent.

La publicité se termina et sur la moitié de l'écran à la gauche de Jack Barron apparut le visage un peu trop fringant, un peu trop quinquagénaire, un peu trop 1935-Franklin D. Roosevelt du sénateur Theodore Hennering (Démocrate, Illinois). Et dire que ce constipé a des vues sur la Maison-Blanche, pensa Barron. Teddy le Prétendant et ses acolytes n'en feront qu'une bouchée… Mollo en ce qui te concerne, Jack, baby.

— Puis-je oser espérer, Sénateur Hennering, que vous avez suivi l'émission de ce soir ? commença Jack Barron avec un petit sourire de fausse modestie.

— Euh... certainement, monsieur Barron. C'était... très intéressant. Tout à fait... euh... passionnant, bredouilla Hennering de sa voix saccharinée.

Mince alors, se dit Barron, va falloir que je lui souffle aussi ses répliques à celui-là ? Il a l'air d'un gamin qui vient de chiper des confitures et qui a peur de se faire attraper.

— Dans ce cas, Sénateur Hennering, je suppose qu'après ce que vient de nous déclarer le gouverneur Greene vous aimeriez fournir quelques explications au peuple américain en tant que coauteur du Projet de loi visant à accorder le monopole de l'Hibernation à la Fondation pour l'immortalité humaine ? Le gouverneur Greene et Mr. Johnson ont formulé en effet à l'encontre de la Fondation quelques accusations précises... et...

— Je... euh... ne suis pas habilité à parler au nom de la Fondation, fit Hennering, dont le regard se dérobait de façon inhabituelle. Je dirai toutefois que je ne pense pas que la Fondation pratique la discrimination raciale. Ma... position à l'égard des... euh... Droits Civiques parle suffisamment pour moi, je pense, et je me... désolidariserais sur-le-champ de quiconque euh... préconiserait ou appliquerait une politique euh... raciale.

Ce vieux schnoque a l'air d'avoir le trouillomètre à zéro, se dit Barron. Qu'est-ce que c'est que ce merdier ? Il vit que Gelardi avait déjà eu la bonne idée de réduire à un quart d'écran le visage maintenant blafard de Hennering. Je pourrais l'achever maintenant, et le donner en pâture aux petits poissons. Mais mollo, baby, Howards a déjà assez de couteaux plantés dans le dos.

— Vous avez pourtant déposé au Congrès un projet de loi d'utilité publique en faveur de la Fondation ? demanda Barron en s'efforçant d'adoucir sa voix. Soutenez-vous toujours ce projet ? Pensez-vous qu'il a des chances d'être adopté ?

— Je préfère ne pas discuter de la législation en cours, répondit Hennering en tripotant son col.

Bordel ! pensa Barron. On dirait qu'il est prêt à clamser. Il faut que ce cornichon dise quelque chose en faveur de Howards, ou je vais avoir bientôt toute la Fondation aux fesses. Montre-lui ce qu'il faut faire, Jack, baby.

— Mais puisque vous avez contribué à la rédaction du projet de loi, vous pouvez sans doute nous dire *pourquoi* vous pensez que la Fondation devrait avoir le monopole national de toutes les opérations d'Hibernation ?

— Euh… c'est exact, monsieur Barron. En fait, il s'agit d'un problème de responsabilité. Responsabilité envers… euh… ceux qui sont dans les Hibernateurs, et aussi envers le public. La Fondation doit rester financièrement assez sûre pour pouvoir assurer la charge des corps congelés et aussi pour continuer… euh… ses recherches sur l'immortalité afin que la promesse de vie éternelle vers quoi tendent tous les efforts de la cryogénie n'aboutisse pas… euh… à une déception cruelle… (La pensée de Hennering sembla partir à la dérive, puis il se ressaisit, grimaça un sourire et continua.) Les statuts de la Fondation stipulent que toute somme non affectée à l'entretien des Hibernateurs sera entièrement consacrée à la recherche, alors que ce n'est pas le cas pour les projets plus ou moins… euh… douteux qui ont été mis en avant.

» La sécurité pour les corps conservés dans les Hibernateurs, la stabilité financière, la possibilité d'affecter un budget important aux recherches sur l'immortalité, tels sont les points garantis par la Fondation. Il est normal, moral et économiquement souhaitable que ceux qui utilisent les services des Hibernateurs soient ceux qui financent leur entretien et aussi les recherches qui un jour permettront de les ramener à la vie. Oui… c'est pour tout cela que j'ai soutenu… euh… que je soutiens le projet de loi.

— Ne pensez-vous pas qu'un programme d'Hibernation fédéral offrirait les mêmes garanties ? répliqua Barron machinalement, regrettant ses paroles au moment même où elles sortaient de sa bouche. (Mollo, Jack, surtout vas-y mollo !)

— Euh… sans doute, oui. Mais… le coût de l'opération, oui… le coût de l'opération risquerait d'être prohibitif… Racheter les installations de la Fondation, ou les reproduire, coûterait des milliards aux contribuables. Sans compter le financement des recherches. Et c'est la raison pour laquelle ni l'Union soviétique ni la Chine n'ont en train un programme analogue au nôtre.

Seule une économie de libre entreprise peut permettre un projet d'une telle envergure.

Tu oublies le bon Dieu, la Sainte Vierge et les petits oiseaux, pensa Barron. Est-ce que ce crétin est dans un état de choc ? Je savais qu'il était abruti, mais pas à ce point. Howards est censé l'avoir mis dans sa poche – c'est son candidat à la Présidence. Il doit être dans tous ses états. Et ce fils de pute de Luke doit jouir dans son froc. Il faut que je trouve un moyen de redresser les choses. Je n'ai pas envie que Bennie m'étripe.

— Vous affirmez donc, Sénateur Hennering, que la Fondation pour l'immortalité humaine assume un service essentiel, un service dont aucun autre organisme, y compris le Gouvernement fédéral, ne pourrait se charger à sa place ? demanda Barron, tandis que le téléguide indiquait : « 3 minutes » et qu'il appuyait comme un forcené sur la pédale pour demander à Gelardi de lui donner les trois quarts de l'écran.

— Euh… oui, bredouilla Hennering (il est aussi près de nous que les cosmonautes qui viennent de débarquer sur Mars, pensa Barron). Je crois qu'il est juste de dire que sans la Fondation il n'y aurait actuellement aux États-Unis aucun programme d'Hibernation digne de ce nom. Déjà plus d'un million de personnes ont l'espoir d'accéder à l'immortalité, qui autrement seraient… euh… décomposées, mortes et enterrées, grâce à la Fondation. Et… euh… évidemment, il y en a des millions qui meurent chaque année sans pouvoir en bénéficier… mais… ne croyez-vous pas qu'il vaut mieux donner à un petit nombre l'espoir de revivre un jour, même si le plus grand nombre doit attendre, tout au moins dans un avenir prévisible, plutôt que de laisser mourir tout le monde irrémédiablement en attendant de mettre des Hibernateurs à la portée de tous les Américains, comme les partisans de l'Hibernation publique le demandent ? Ne croyez-vous pas, monsieur Barron, que c'est préférable ? ne le croyez-vous pas… ?

Ces dernières paroles avaient eu les accents d'une plainte, d'un appel pitoyable à une sorte d'absolution. Qu'est-ce qui peut bien arriver à Hennering ? se demanda Barron. La C.J.S. n'a pu arriver jusqu'à lui (qui sait ?). Non seulement il a une trouille bleue, mais il respire la culpabilité. Pourquoi faut-il que ces choses-là m'arrivent à moi ? S'il ne change pas de disque, Howards va m'étrangler de ses propres mains !

— Exprimé de cette façon, cela semble plausible en effet, répliqua Barron. (Au moins aussi cohérent que la Proclamation de Gettysburg récitée à l'envers et en albanais.) Naturellement, tout le monde ne peut pas être congelé. La question qui se pose, c'est : est-ce que la Fondation choisit équitablement ou non les personnes à congeler ? Est-ce que la discrimination raciale…

— *Équitablement ?* hurla littéralement Hennering tandis que l'écran du mouchard indiquait : « 2 minutes ». *Équitablement ?* Non, mais vous ne voyez pas que ça ne peut pas être équitable ? Qu'y a-t-il d'équitable dans la mort ? Certains hommes pourront vivre éternellement, d'autres mourront et disparaîtront à jamais et croyez-vous que ce soit *équitable* ? Une nation entre en guerre et certains sont enrôlés et doivent aller se battre et mourir tandis que d'autres restent et s'enrichissent sur leur dos. Ce n'est pas non plus équitable, mais il faut bien faire un choix, car sinon c'est la nation entière qui est appelée à mourir. La vie n'est jamais équitable. Si vous essayez d'être juste avec tout le monde, alors tout le monde meurt et personne ne reste. La véritable équité c'est cela, mais c'est de la folie. Une seule chose était équitable, véritablement équitable pour tout le monde, c'était la mort. Allons-nous retourner en arrière et remettre les choses comme elles étaient ? C'est cela que vous désirez, monsieur Barron ? C'est cela ?

Barron vacilla plusieurs instants sous le choc. Mais il est complètement sonné, se dit-il. Qu'est-ce qu'il nous raconte cet enfoiré ? On lui pose une question facile à laquelle il pourrait répondre par oui ou par non, et il faut qu'il nous déverse sur la tête toute sa nausée existentialiste ? Pourquoi est-ce qu'il ne va pas trouver un psychiatre pour lui vomir son être et son néant ? Il vit que le téléguide annonçait : « 60 secondes ». Bon Dieu, à peine une minute pour refroidir tout ça !

— Tout cela je vous l'accorde, répondit-il, mais la question qui nous préoccupe est loin d'être aussi philosophique, Sénateur. Oui ou non, est-ce que la Fondation pour l'immortalité humaine évite de congeler des Noirs répondant aux qualifications financières requises ?

— Des Noirs ? murmura Hennering. (Puis soudain, comme une image floue brusquement mise au point, il devint ferme, assuré, convaincant :) Bien sûr que non. La Fondation ne s'intéresse pas à la race de ses clients – c'est le moindre de ses soucis. S'il y a une chose dont les Américains peuvent être sûrs, c'est que la Fondation ne pratique aucune sorte de discrimination raciale. Celui qui vous dit cela peut se prévaloir de trente années de lutte en faveur des Droits Civiques et d'états de services que certains ont peut-être égalés mais que nul n'a jamais dépassés. La Fondation ne fait pas de différence entre les couleurs. (À nouveau, le regard de Hennering devint flou.) Mais si vous voulez parler d'*équité*… reprit-il, je…

Barron croisa précipitamment les jambes tandis que l'écran du téléguide indiquait : « 30 secondes », et son visage emplit entièrement l'écran. Assez débité de conneries, Teddy-boy, tu nous as lâché le morceau finalement, sauvé les meubles, rétabli l'équilibre de l'émission pour que le bon Dieu, la Sainte Vierge et la F.C.C. (sans parler de Bennie Howards) puissent remiser leurs couteaux dans leur poche, va expliquer le reste à ton psychanalyste.

— Merci, Sénateur Hennering, dit-il. Et voilà, citoyens américains, vous avez entendu les deux camps en présence et vous pouvez vous faire une opinion, ce que ni le sénateur ni le gouverneur ni moi nous ne pouvons faire à votre place. Je vous donne maintenant rendez-vous mercredi prochain pour une nouvelle tranche d'histoire vivante en direct, faite par vous, pour vous, chaque semaine de l'année, pour… *faire suer Jack Barron.*

Chapitre trois

Jack Barron émergea de l'environnement confiné du studio – avec son plateau, sa caméra, ses vidphones, ses écrans de contrôle, ses pédales et son moniteur groupés dans un micro-univers qui n'excédait pas six mètres sur cinq sur deux et demi – comme un homme ivre ou drogué ou sous le coup d'une impulsion d'adrénaline soudain mis en contact avec une réalité différente et, pendant un temps de réajustement inévitable, pas tout à fait aussi vivace.

Il le savait très bien ; si bien qu'il s'était fabriqué une image-fantasme pour concrétiser dans le flux normal de sa mémoire le moment psychédélique, essentiellement non verbal du mercredi soir. L'intérieur du studio *était* pour lui l'intérieur de cent millions de postes de télévision. Une créature qui portait son nom y vivait une heure par semaine (avec pour voir les yeux du moniteur, pour entendre les oreilles du vidphone et pour assurer sa coordination interne une panoplie d'écrans de contrôle aux prolongements kinesthésiques, aux images sans cesse changeantes obéissant au doigt et au pied, répercutant ses colères, ses menaces et ses faveurs dans le moindre circuit, le moindre relais de l'entité électronique à laquelle il était soudé en tant que commutateur principal), créature toute sienne, monstre de Frankenstein élaboré par lui, issu de sa volonté mais ne présentant qu'une émanation de sa personnalité intégrale.

Émerger du studio était une mort et une renaissance : l'image de pouvoir, points de phosphore sur écran de TV de Jack Barron le donneur de coups de pied au cul, mourait alors, coupée de ses prolongements électroniques et des circuits du pouvoir ; et le Jack à la chair molle, au ventre affamé, au sexe affamé, le Jack petit garçon, le desperado, le nostalgique du temps de Jack et Sara (mollo, mon vieux) revenait à la vie.

Barron quitta le studio, passa par le corridor, ouvrit une porte et entra directement dans la salle de la régie qui se trouvait juste derrière la cabine de contrôle. Il fit un signe de tête aux techniciens qui s'étiraient et se passaient des magazines d'épouvante derrière leur triple rang de consoles chargées d'écrans, et allait ouvrir la porte de la cabine de contrôle lorsque Vince Gelardi lui-même en sortit.

— C'est la vieille forme ce soir, hein, Jack, fit Gelardi. Ils ont beaucoup aimé à Peoria et autres hauts lieux du show-business.

— La vieille forme ? rétorqua Barron avec une raideur feinte car il savait qu'*in extremis* il avait emporté le morceau. Vieux cinglé de Rital, tu as failli me faire passer par-dessus bord ! Si tu n'avais pas devant toi le plus fameux spécialiste du rétablissement en plein vol qui ait jamais existé, toi et moi et toute cette foutue régie nous nous retrouverions demain sur le pavé en train de tendre la main.

— Je croyais que je travaillais pour *Bug Jack Barron*, l'émission où chacun en prend pour son grade, et non pour le *Feuilleton paroissial*, dit Gelardi avec son accent traînant. Nous sommes censés faire un peu dans la polémique, non ?

— Tu l'as dit, Vince, *un peu*, fit Barron maintenant à moitié sérieux. Un peu mais pas trop. Nous nous en prenons aux miteux, aux méchants tyrans aux pieds d'argile, parfois même si nous sommes un peu téméraires il nous arrive de nous offrir quelque conard à la grande gueule comme Shabazz ou Withers. Mais nous ne plantons pas des banderilles enflammées dans la peau sensible des tigres qui ont pour crocs la F.C.C. et les commanditaires et pour nom Benedict Howards. Nous leur tirons bien la queue de temps à autre pour récolter des médailles de mérite, mais de là à se l'attacher autour de la taille pour assener audit tigre des coups de nerf de bœuf, merci beaucoup !

— Tu déconnes, dit Gelardi, bon enfant. Je savais sous quel angle tu attaquerais la chose et comment ça finirait, et tu sais que je le savais. Bennie s'en tire avec un début d'ulcère, mais il est loin d'être blessé à mort. Tu es mon idole, Jack, tu sais.

Barron se mit à rire.

— Et tu avais prévu aussi, je suppose, que Teddy Hennering aurait le cerveau qui partirait soudain en couilles ? demanda-t-il, pas mécontent du tout rétrospectivement de son jeu de pied pendant l'émission.

Gelardi haussa les épaules :

— Bah, ça prouve que même le grand Gelardi n'est pas parfait, dit-il. Mais pour moi ça ressemblait plutôt à une attaque de conscience.

— Parce qu'il y a une différence ? En tout cas, s'il y en a une, elle est minime car le résultat est toujours pareil. Et à propos, est-ce que la secrétaire de Howards t'a laissé son numéro ?

— Tu veux rigoler, dit Gelardi, et Barron vit (ah, bon !) qu'il était sincère.

— Vince, mon garçon, fit-il en imitant W.C. Fields, un de mes distingués amis, lisant dans un quotidien sérieux qu'une femme sur cinquante sollicitées à froid au coin d'une rue acceptait illico voulut vérifier cette théorie au coin de la 42e Rue et de la Cinquième Avenue. Il reçut pour sa peine une sévère volée de coups de parapluie, de sac et d'autres objets douloureusement rigides. Cependant, mon garçon, il baisa aussi.

L'éclat de rire des techniciens de la régie atteignit les oreilles de Jack Barron.

— Quoi ? fulmina-t-il, toujours avec la voix de Fields, on se moque de mes sages paroles ? Fi ! Nul doute que ce ne soient des rustres tels que vous qui ont forcé Socrate à boire la ciguë !

— Te voilà d'humeur bien gaillarde ce soir, fit remarquer Gelardi.

— Gaillarde ? Où donc ? Qu'elle s'amène, cette gaillarde, je lui montrerai quelque chose. (Puis, abandonnant Fields, Barron ajouta :) Et sur ces mots, il salue bien bas l'assistance, sort de scène du côté gauche et s'enfonce dans la nuit noire.

Il fit un clin d'œil à Vince, salua ceux de la régie et… s'enfonça dans la nuit.

— Je sais qui vous êtes, dit-elle, très secrétaire de direction, froide, aux cheveux de miel, dans les vingt-sept ans, style Upper East Side. Je vous ai reconnu immédiatement à votre arrogance, monsieur Barron.

— Appelez-moi Jack, dit-il avec un sourire large de représentant. Tous mes ennemis m'appellent ainsi.

Il la vit grimacer, histoire d'accuser le coup, vit les nénés pigeonnants (pas si terribles), les cuisses gourmandes, imagina les petits poils noirs de *fausse* blonde qui devaient dépasser du slip (celle-là porte des dessous) et se dit que pour Jack Barron en couleurs vivantes l'affaire était gagnée.

Il s'appuya du coude au comptoir, lui tendit son paquet d'Acapulco Golds et s'amusa de l'air de petite fille conspiratrice avec lequel elle tira une cigarette pour l'allumer discrètement elle-même avec son briquet, ce qui signifiait qu'elle fumait la marijuana depuis bien avant la fin de la prohibition, à l'époque où l'herbe achetée furtivement au fourgueur du quartier dans une enveloppe jaune avait la saveur du danger. Pourquoi, songea-t-il, tous les camés de longue date préfèrent-ils les Acapulco Golds ?

— Vous devez avoir des ennemis de toutes sortes… Jack (deux points pour elle), dit-elle en soufflant un nuage de fumée mêlée d'haleine parfumée qui lui effleura agréablement les narines. Des ennemis puissants, importants… comme Benedict Howards.

— Ah, dit-il, je vois ! Vous avez regardé l'émission. Ne me dites pas que vous êtes une vieille et fervente admiratrice.

L'imperceptible clignement de contrariété lui apprit (jamais elle ne l'avouerait) qu'elle l'était. Elle répondit, tirant une autre bouffée :

— Je ne suis rien du tout. Mais j'ai le droit d'avoir un faible pour…

— L'odeur du sang ? suggéra-t-il.

Elle lui lança un regard farouche. L'herbe commençait sûrement à agir, à amollir les cuisses lisses, ouvrir les centres d'appétit, appétit de réalité, d'action, appétit d'accéder aux cercles du pouvoir cercles mystiques aux couleurs vivantes où tout se passe, baise-moi fais-moi réelle avec ta pine ouvre-moi les cercles du pouvoir.

— Oui, nous avons tous un faible pour l'odeur du sang, reprit Barron en jetant un coup d'œil à l'environnement factice de la salle de bar anonyme style Upper East Side aux lumières soigneusement filtrées, peuplée de belles vieillissantes (nous avons réussi, nous sommes arrivées ou presque, il nous reste seulement un échelon à gravir pour être dans le coup) qui n'étaient plus des filles et ne seraient plus jamais femmes. Oui, dit-il, j'aime les filles qui ont assez de couilles pour le reconnaître (tu aimes bien qu'on t'attribue métaphoriquement des organes mâles, chérie ?). Comme vous l'avez peut-être remarqué, je ne manque pas moi-même de férocité.

Il inclina la tête, capta dans le creux de ses yeux les reflets du luminaire sur le comptoir brillant, entrouvrit les lèvres pour laisser voir le bout d'une langue molle, fidèle au jeu de *Bug Jack Barron*.

Comme fascinés, les yeux bruns miroitants exprimèrent un instant l'embarras d'une petite fille surprise en train de regarder où il ne faut pas, trous sans fond d'appétit à contenter. Elle haussa les épaules d'un air de dire je renonce à jouer au plus fin avec ce type, ses épaules retombèrent, elle appuya ses coudes au comptoir et s'entoura le visage des deux mains sans cesser de le regarder dans les yeux. Puis elle sourit, langue rose entre ses deux lèvres mouillées.

— Je crois que vous êtes un ignoble porc, dit-elle doucement. Vous aimez jouer avec la tête des gens, et en ce moment vous jouez avec la mienne. Il y a longtemps que je me serais levée si vous n'étiez pas si fort à ce jeu.

— C'est de cette façon que je remplis la marmite. Vous voulez que je fiche le camp ? Préférez-vous que j'admire vos qualités intellectuelles ? Ou préférez-vous me laisser jouer avec votre… tête ? Ce n'est pas tellement désagréable si vous vous laissez faire et si vous fermez les yeux.

— Je ne vous aime pas du tout, Jack Barron, dit-elle, mais au même moment il sentit ses ongles sur sa cuisse à travers le tissu de son pantalon.

— Mais vous ne doutez pas un seul instant que vous allez aimer ce que je vais vous faire, c'est bien ça ?

— Je dois être attirée par l'odeur du sang, comme vous dites, répondit-elle (avec un sourire farouche de petite fille perdue qui provoqua en lui un frisson de déjà-vu, sourire déjà vu de fille hip aux cheveux de miel, à la carapace fragile), même si c'est le mien. Un homme comme vous doit sentir ça du premier coup chez une fille ? O.K., monstre, menez-moi à l'abattoir.

Pas plus difficile que ça, pensa Barron. Et c'est aussi bien pour toi, ma poupée. Parce qu'il y en a douze autres aussi assoiffées d'action qui attendent, dans ce bar et dans une douzaine d'autres, douze filles aux cheveux de miel… (mollo, Jack, baby !).

— Allons dans l'antre du monstre, dit-il en prenant sa main sèche et glacée. Je vous promets que vous aurez quelque chose à raconter à vos petits-enfants.

Ce genre de levage instantané était une spécialité du mercredi soir, après le rituel de l'émission, et Claude, le portier, n'esquissa pas l'ombre d'un clin d'œil complice dans le dos de la fille aux cheveux de miel à qui il ouvrait la porte. Cet enculé de Claude commence à avoir l'habitude, se dit Barron tandis que l'ascenseur du penthouse s'élevait sans bruit. Je me fais l'effet d'un putain de fétichiste. Depuis combien de temps dure ce cirque du mercredi soir ? Combien de Sara-du-mercredi-soir… (mollo, Jack, mon vieux – trop tard, à qui crois-tu la faire ?).

Au moment où l'ascenseur s'arrêta, Barron regarda la fille sans nom qui lui tenait la main, vit ses cheveux teints couleur de miel, ses grands yeux bruns, son corps plastique, fait pour baiser, vit la dernière en date d'une interminable file de blondes aux grands yeux aux cheveux de miel dont le point commun était qu'elles n'étaient pas Sara. Il se sentit pris au piège, comme une créature enfermée dans un montage électronique, éprouva quelque chose de plus fort que le désir charnel et de plus faible que l'amour pour la fille sans nom, la fille qui convoitait l'image-phallique-en-couleurs-vivantes de Jack Barron de renommée mondiale. Donnant, donnant, se dit-il, comme pour le contrat d'Hibernation de Benedict Howards : baise-moi avec ton image, chérie, et je te baise avec la mienne.

La porte de l'ascenseur coulissa et Barron précéda la fille dans le hall d'entrée privé avec sa moquette en peau d'ours et son panneau mural kinesthopique (cascades de vibrations atténuées, spirales alternées jaunes et bleues, bousculant la rétine, instabilité étudiée image par image), puis la conduisit silencieusement par le corridor obscur aux portes fermées à l'inévitable stupéfaction du living-room.

Au vingt-troisième étage d'un immeuble new-yorkais des États-Sixties, Jack Barron vivait en Californie du Sud. Le corridor débouchait sur une galerie en surplomb agrémentée d'un bar et de tabourets, dominant un vaste living-room à moquette rouge. La paroi opposée était faite de surfaces de verre coulissantes qui s'ouvraient sur une terrasse décorée de caoutchoucs entrelacés et de palmiers nains. Comme toile de fond, le halo permanent des lumières de Brooklyn et de l'East River. Le plafond du living-room était un énorme dôme à facettes en plexiglas transparent. Le mobilier : un mur entier d'appareils électroniques encastrés – écrans de télévision en couleurs et en noir et blanc, magnétoscope, magnétophone, équipement stéréo, modulation de fréquence et d'amplitude, orgue chromatique, vidphones, blippeurs, consoles de contrôle couplées – sofas en tapisserie bleue, rouille et orangée, coussins de cuir noir, banquettes en séquoia assorties d'une douzaine de petites tables, selles de chameaux, petits tas au nombre de six de coussins multicolores style oriental disposés autour d'un foyer dallé de trois mètres sur trois encastré dans le sol (type automatique à appel d'air latéral) d'où s'élevaient déjà des flammes (activées automatiquement depuis le hall d'entrée) qui projetaient de longues ombres vacillantes et pourpres.

Barron mit en marche une console de commande à distance (il y en avait pour tous les gadgets éparpillés dans l'appartement) et un montage musical enregistré de sa composition fit vibrer électriquement l'air tandis que l'orgue chromatique faisait scintiller les facettes du dôme de couleurs changeantes en harmonie avec la musique.

La fille aux cheveux de miel le regarda en ouvrant de grands yeux (yeux de Berkeley, admiration pour le héros du campus, militant des Bébés Bolcheviques, yeux de vénération, elle avait ces yeux-là avant de lui faire une pompe) et bredouilla :

— Monsieur Barron...

Barron chassa les réminiscences, se durcit, capta dans ses cheveux, dans sa bouche, dans le creux de ses yeux les reflets vacillants de l'orgue chromatique, la chaleur du foyer, et dit d'une voix aux résonances sardoniques :

— Et vous n'avez pas encore vu la chambre à coucher !

— Je crois que j'aimerais la voir, dit-elle d'une voix âpre de petite fille. Cela risque d'être impressionnant.

Barron se mit à rire. Il se vit soudain à côté de cette fille dont il ne connaissait pas le nom, dont l'odeur était plus réelle que l'odeur-image de Sara. Elle vaut le coup, se dit-il en descendant avec elle les marches de séquoia et en la conduisant vers la chambre à coucher. Ce soir c'est elle que je veux baiser, pas Sara.

Comme un animal dépourvu de pensées, puissant, protubérant, phallique, il lui ouvrit la porte et ils pénétrèrent à l'intérieur vers l'extérieur.

Une douce nuit de mai new-yorkaise, et la chambre à coucher s'ouvrait entièrement face à eux du sol au plafond et d'un mur à l'autre sur les palmiers nains de la terrasse à ciel ouvert sur le halo nocturne de la cité le plafond un dôme de verre transparent donnant sur un ciel noir sans étoiles la moquette épaisse et sensuelle ondulant sous l'effet de la brise venue librement du dehors le grand lit circulaire surélevé au milieu de la pièce, illuminé par des projecteurs de lumière dorée dissimulés dans la boiserie semi-circulaire autour du lit couverte de lierre véritable (rayons encastrés aux livres précieux, console de contrôle électronique). Bruit de la mer enregistré dans le lointain, bruits d'insectes bruits de nuit tropicale remplaçant la musique lorsque Barron ajusta la console murale.

— Mais c'est… c'est…, bégaya la fille en le regardant avec des yeux qui n'étaient plus sûrs de rien plongeant dans des abîmes qu'elle savait (et il savait qu'elle le savait) ne jamais pouvoir mesurer, réalisant l'espace d'un éclair que c'était pour *cela* (pas par hasard) qu'elle était une secrétaire de direction assoiffée de réalité et lui Jack Barron.

Barron lui fit un sourire de petit garçon fier de lui, prit ses deux mains dans les siennes et se paya le luxe de quelques instants de fierté désintéressée, non orientée vers la séduction, pour la façon dont le décor de la chambre à coucher attendrissait le regard de la fille, attendrissait son image à lui aussi, faisait d'eux des êtres simples se tenant par la main devant un lit par une douce nuit de printemps. Si le living-room était un tour de force qui prolongeait à dessein l'image couleurs vivantes de Jack Barron, la chambre à coucher était Jack, était le logis, là-haut sur la colline, de Jack-et-Sara-de-Berkeley, était la cabane de Los Angeles dans la tiède nuit d'été du Canyon, la maison au bord de la mer d'Acapulco l'odeur de la mer sur le corps de Sara double image (New York-Californie-New York) expatriée Californie allègre de l'esprit.

C'est elle qui rompit le charme, tombant en avant contre lui, jetant ses bras autour de son cou. Il vit les lèvres entrouvertes, la langue déjà pointant avant d'atteindre sa bouche elle aussi entrouverte, passive, dans un ironique renversement des rôles.

Sa langue animée d'une vie séparée, lui fouillant désespérément la bouche, fais-moi réelle dans ta bouche, elle pressa son corps ondulant ses épaules ses seins son ventre son pelvis dur et anguleux contre le corps de Jack Barron, langue dure fouillant sa bouche, tentative pathétique frénétique de se fondre en lui pour incorporer son image floue dans l'image réelle en couleurs vivantes image électrique à la dimension transcontinentale de Jack Barron.

Les yeux ouverts à des années-lumière de là, il la vit tendue béante aspirante attirant dans son vide l'énergie-réalité de son corps vivant, sa bouche respirant son haleine magique son souffle-réalité dans un désir total d'être imprégnée envahie transfigurée par lui.

Oscillant il se pressa contre elle fit mouvoir sa langue en la repoussant peu à peu vers le lit tandis qu'elle se laissait aller avec un soupir, soulagée de lui abandonner enfin l'initiative, festin de tendre chair féminine attendant d'être consommé, dévoré, digéré, intégré à l'image-pouvoir de chair mâle.

Laissant tomber sa sportjac, il la laissa l'attirer en arrière sur le lit, sentit les doigts aux ongles pointus défaire sa chemise s'enfoncer dans son dos nu pendant qu'il faisait glisser la fermeture du fourreau qu'elle quittait d'un mouvement de serpent qui sort de sa mue et que des mains impatientes repoussaient son pantalon qu'il envoya d'une ruade avec ses mocassins sur le plastigazon, arrachant ses chaussettes de sa main gauche dégrafant le soutien-gorge pigeonnant faisant glisser le petit slip de soie rouge (toison noire de fausse blonde, comme prévu) et ils furent nus tous les deux, sentant la brise libre sur leur peau.

Soudain un étrange moment de pause (changement de tempo) où la frénésie du déshabillage chair contre chair sous la brise virginale cède la place à un nouveau style de réalité-perception. Barron lentement abaissa son regard, les mains tendres, statiques, vit le corps féminin offert devant lui maintenant, le bout des seins, le ventre, le nombril, la fourrure pubienne, corps féminin tout tiède et tendre et simple, rien qu'un corps de femme bien faite. Elle retint sa respiration, lui fit un sourire humain, authentique, yeux luisants de n'importe quelle femme qui disaient : Je suis Jane, toi Tarzan, baise-moi. Et il lui sourit en retour, à elle et pas à une autre. Doux moment d'heureuse simplicité, douce transition avant…

Elle l'enserra dans l'étau de ses jambes glissa sous lui fermant les yeux gémissant enfonçant ses ongles dans les fesses de Barron. Il gémit au-dessus d'elle en elle autour d'elle poussant avec ses mains ses pectoraux sa bouche ne sentant qu'au niveau de sa peau ses mains ses muscles son organe lentement pénétrant, plaisir, rythmique kinesthésique masculin-féminin se répandant en ondes concentriques indépendamment d'elle ou de lui.

Il ferma les yeux s'ouvrit en elle, sentit les vagues de plaisir envahir en un crescendo les organes la peau les cuisses dans un flux qui montait montait montait la sentit emportée par la vague un quart de mesure avant lui, *moi*-toi, *moi*-toi, leurs liquides mêlés leur pompe à plaisir fonctionnant selon un tempo mécanique-organique jusqu'au moment où il sentit en eux au point de synapse un spasme éclatant de plaisir-douleur *elle*-lui, *elle*-lui, et c'est là qu'elle…

Jouit. Gémit ; cria ; enfonça ses ongles « Jack, Jack, Jack », aspira son oreille dans sa bouche fit jaillir sa langue dans son oreille le faisant basculer de l'autre côté de l'abîme dans un moment intemporel d'orgasme saccadé : plaisir explosant en un spasme harmonique image d'extase tactile visuelle auditive…

Langue dans son oreille, « Jack, Jack, Jack », Berkeley, Los Angeles, la maison au bord de la mer d'Acapulco ses cheveux ses lèvres son corps mouillés odeur de la mer langue de Sara dans son oreille corps de Jack-et-Sara halètements soupirs partagés corps contre corps (il ouvrit les yeux, vit la blonde anonyme le visage déformé par l'extase) jouissant ensemble jouissant jouissant ensemble.

— Sara, Sara, Sara, cria-t-il en éjaculant sa semence image de plaisir vide bienheureux dans la tiédeur du corps ; lèvres tendres il voulut prendre sa bouche s'arrêta brusquement se retrouva mercredi soir à New York et le vent venant de la terrasse était soudain froid, glacé.

— C'est Elaine mon nom, dit la blonde d'une voix de standardiste longue distance sous sa carapace reconstituée de secrétaire de direction style Upper East Side.

— Sans déconner ? demanda Jack Barron.

Chapitre quatre

— **Benedict Howards ?** répéta Jack Barron dans l'interphone de son bureau, comme si c'était un ectoplasme que sa seule incrédulité suffirait à faire éclater comme une bulle.

Je me demande, pensa-t-il, ce que je viens foutre ici. Ils pourraient m'avoir une heure par semaine et me laisser peinard chez moi le reste du temps. Quand des emmerdeurs comme Howards se présentent, j'aime autant les attendre sur mon propre terrain. Mais les gros manitous du réseau tiennent à me voir poser mon cul dans ce fauteuil chaque vendredi pour affronter les chatouilleux, les éclopés du mercredi, que le jeudi est censé avoir refroidis un peu. Et le lundi on remet ça pour préparer le mercredi suivant. C'est un cercle sans fin de sadomasochisme.

— Dites-lui d'entrer, grogna-t-il en espérant que Carrie avait mis le volume au maximum pour que Bennie entende à quel point il était ravi de le voir mais sachant qu'il n'y avait aucune chance pour cela : elle savait mener sa barque, avec instructions spéciales de la direction (pour l'amour du ciel, essayez d'empêcher Barron de dévorer toutes crues les personnalités qui lui rendent visite, miss Donaldson). Froide, compétente Carrie, efficace et distante même au lit (là aussi, instructions spéciales de la direction du réseau ?).

La porte du bureau s'ouvrit, tenue par Carrie incapable de réprimer sa grimace de désapprobation devant le fouillis qui régnait dans l'antre, et Benedict Howards, vêtu en élégant des années 1970 (complet de soie noir sans boutons, cravate ascot blanche, chemise rouge à collerette), grand de taille, le teint rose, presque poupin, cheveux rares mais tombant sur la nuque, s'engouffra dans la pièce et s'immobilisa sans un mot devant le bureau surchargé de papiers en désordre.

— Laisse-nous, Carrie, dit Barron, sachant que cela allait embêter Howards qui jamais n'aurait tutoyé en public une secrétaire avec qui il baisait depuis cinq ans (qui sait s'il s'était envoyé cet iceberg qui avait répondu l'autre soir ?).

Quand Carrie fut sortie, il désigna à Benedict Howards le fauteuil en vieux cuir moisi face à son bureau et jubila de l'y voir poser précautionneusement ses fesses comme quelqu'un qui se dit que même sur un siège de cabinet il y en a qui ont attrapé la vérole.

— Eh bien, Howards, dit-il, qu'est-ce qui me vaut le plaisir douteux de votre compagnie ?

— Inutile de faire de l'humour avec moi, Barron. Vous n'êtes pas devant la caméra. Et vous savez très bien pourquoi je suis ici. Je n'aime pas qu'on me plante des couteaux dans le dos. Je vous avertis, on ne me fait pas ça trois fois. La première, je vous avertis gentiment. La deuxième, je vous écrase comme une punaise.

— Si vous n'étiez pas si charmant, Howards, je prendrais ça comme une menace. Heureusement pour vous je suis bien luné aujourd'hui. Car je déteste les menaces, mon vieux : elles me font suer. Et vous avez eu mercredi un petit aperçu de ce qui arrive quand on fait suer Jack Barron. Mais rien qu'un aperçu, Howards : personne n'a été blessé réellement, et vous le savez comme moi. J'ai marqué quelques points parce que c'est à ça que consiste le jeu, mais je vous ai laissé une chance de riposter. Ce n'est pas ma faute si vous l'avez refusée. J'espère que vous en avez attrapé un gros.

Il sourit en voyant l'expression un moment perplexe de Howards. (Mr. Howards est au Canada où il prendra quelques jours de vacances, monsieur Barron.)

— C'est ce que je pensais, dit-il. J'ignore pourquoi vous avez cru bon de vous défiler au moment de l'émission ; mais ça ne m'a pas du tout plu. Vous avez été malmené, ne vous en prenez qu'à vous. Vous aviez une chance de faire valoir votre fichu projet de loi et vous ne l'avez pas saisie. Le principe de l'émission est simple, Howards. Vous me faites passer pour un con, je vous renvoie la politesse. C'est pourquoi j'ai coupé Yarborough pour donner la parole à Lukas Greene.

— Je crois me souvenir qu'à une époque vous étiez plutôt lié avec Greene. J'ignore si vous n'avez pas encore des relations avec la Coalition pour la Justice Sociale. La manière dont vous avez fait passer Yarborough pour une andouille en laissant ensuite ce communiste nègre déballer…

— Mettez-vous bien ça dans la tête, aboya Barron. Premièrement, votre Yarborough est une andouille *de naissance*. Deuxièmement, Howards, je suis dans le show-business, pas dans la politique. Quand on m'a donné cette émission, j'ai dit au revoir à la C.J.S. et bon débarras. Ce qui m'intéresse, c'est ma cote d'amour auprès du public et des marchands de voitures et de drogue, et c'est tout. Vous ne m'aimez pas, d'accord. Mais faites-moi la justice de ne pas me considérer comme le dernier des idiots. Que je me serve de l'émission une seule fois pour favoriser un parti ou un autre, et avant que vous ayez pu en toucher un mot à vos deux chérubins de la F.C.C., la voilà qui me tombe dessus à bras raccourcis et pour de bon je me retrouve sur le pavé en train d'agiter des pancartes et des banderoles. Non. J'aime trop l'argent pour renoncer à tout ce que j'ai acquis et recommencer à glandouiller du côté de Berkeley ou de Los Angeles.

» Et je vais vous dire autre chose, Howards. Si je me fous complètement des idées politiques de Luke, il n'en reste pas moins que c'est un vieil ami et que si je vous entends le traiter encore de Nègre ou de bougnoule je vous éjecte de ce bureau à grands coups de pied dans le cul.

— Savez-vous à qui vous parlez ? hurla Howards. Personne ne répète ça deux fois à Benedict Howards ! J'écraserai le réseau et vos commanditaires. Je ferai pression sur la F.C.C., et je vous prie de croire que j'ai assez de poids pour le faire ! Mettez-vous en travers de ma route, et je ferai de vous une bouillie juste bonne à donner à manger aux poissons.

— Combien de temps croyez-vous qu'il faudra pour cela ? demanda suavement Barron.

— En un mois je peux vous faire enlever votre émission, et vous feriez mieux de me croire.

— Quatre semaines. Quatre émissions. Pensez à tout ce que je pourrais vous faire si j'avais la certitude d'être viré du réseau et de n'avoir plus rien à perdre. Quatre semaines de harcèlement sans pitié. Quatre fois une heure avec cent millions de spectateurs pour témoins et une seule idée en tête : me venger de Benedict Howards et de sa Fondation. C'est entendu, vous pouvez me détruire, mais ce faisant vous signez votre propre arrêt de mort. Nous sommes trop grands tous les deux, Bennie, trop grands pour que l'un de nous puisse terrasser l'autre sans faire crouler sur lui les colonnes du Temple. Vous ne m'aimez pas et je ne vous aime pas, c'est entendu, mais vous n'avez rien à craindre de moi tant que vous ne m'acculez pas à une situation désespérée. Si je tombe, vous tombez aussi, n'oubliez jamais ça.

Soudain, imprévisiblement, Howards se radoucit.

— Écoutez, dit-il. Je ne suis pas venu ici pour échanger des menaces avec vous. Vous avez fait du tort à mon projet de loi, vous me coûtez quelques voix mais...

— Je ne suis pas responsable. Prenez-vous-en à ce conard de Hennering. C'est votre créature, c'est pourquoi je l'ai fait passer sur l'antenne, pour donner à chacun sa chance et équilibrer les choses. Ce n'est pas ma faute si cet abruti...

— Tout ça c'est de l'histoire ancienne, Barron. Seul l'avenir m'intéresse. Un homme comme moi doit savoir regarder les choses de haut. (Il eut un étrange sourire de béatitude. Qu'est-ce que c'est que ça encore ? pensa Barron.) De très haut... Et le projet de loi d'Hibernation signifie beaucoup pour mon avenir et pour l'avenir de l'huma...

— Hé, gardez vos salades, voulez-vous, fit Barron d'une voix traînante. Vous voulez faire passer une loi vous donnant le monopole de l'Hibernation, ce sont vos oignons, mais ne me faites pas le coup de l'avenir de l'humanité. Vous vous occupez de vous-même, point à la ligne. Restez sur ce plan, et je vous écouterai peut-être.

— Très bien, Barron, je jouerai cartes sur table avec vous. Vous avez quelque chose dont j'ai besoin : *Bug Jack Barron.*

Vous avez un canal qui vous permet de communiquer avec cent millions d'Américains, dont l'opinion sur le projet de loi peut se traduire par quelques voix de différence au Congrès. Pas autant qu'on veut bien le dire, peut-être, mais quelques-unes. Ces voix, il me les faut. Je veux que vous fassiez le genre d'émissions qui me feront gagner ces voix. Pas chaque semaine, pas trop ostensiblement, mais en procédant par touches. Vous saurez comment vous y prendre, je vous fais confiance sur ce point. Et en échange...

— Savez-vous que vous êtes cinglé ? Vous croyez que je vais risquer ma place pour apporter de l'eau à votre moulin ? Où y trouverais-je mon compte ? Je me fais dans les quatre cent mille dollars par an avec *Bug Jack Barron*, et il n'y a pas de raison pour que ça ne dure pas encore des années. Le show-business me rapporte assez pour que je puisse vivre exactement comme je l'entends, et c'est ce qui compte pour moi. Oubliez tout ça, Howards, vous ne pouvez pas m'acheter comme on achète un vulgaire Teddy Hennering. Vous n'avez rien à m'offrir que je désire à ce point.

Benedict Howards sourit.

— Vous croyez ? dit-il. Je possède une chose que tout le monde désire. Une chose qu'on n'achète pas avec de l'argent. La *vie*, Barron. La vie elle-même. L'immortalité. Pensez-y. La vie qui ne s'arrête jamais, qui continue, pas pendant une pauvre centaine d'années mais des millénaires et des millénaires, la vie jeune, saine, forte, éternelle. Pensez à ce que cela signifie chaque matin quand on se lève, quand on sait qu'on a ça pour l'éternité... la saveur d'un repas, le corps d'une femme, l'odeur de l'air pur... tout ça pour vous, et pour l'éternité. Qui ne vendrait son âme pour avoir tout ça ?

— On croirait que vous allez cracher le soufre et les flammes et me proposer un contrat signé de mon sang, fit remarquer sèchement Barron.

Howards parut tressaillir, ses pupilles en feu se contractèrent comme s'il venait de se rendre compte qu'il avait dit quelque chose qu'il n'aurait pas dû – ou bien, pensa Barron, comme s'il réalisait à quel point tout cela sonnait complètement loufoque.

— C'est d'un contrat d'Hibernation que je vous parle, dit-il. Un contrat *gratuit*. Ni capital ni transfert. J'ai mes renseignements, Barron, et je sais que vous dépensez l'argent aussi vite que vous le gagnez. Vous n'aurez jamais de quoi vous payer un contrat. Et entre nous, même si c'était le cas je ne vous laisserais jamais en acheter un. Je ne veux pas de votre argent. C'est vous que je veux, et tout de suite, pas quand vous mourrez. Voilà mon offre : vous marchez avec moi et vous avez une chance de vivre immortel, ou vous finirez mangé par les asticots.

Qu'est-ce qui se passe ? songea Barron. Le projet de loi a dix voix au Sénat, au moins trente à la Chambre, rien qu'en comptant celles qui lui sont acquises. Pourquoi est-ce qu'il tient tant à m'acheter ? Un contrat d'Hibernation gratuit, c'est bon pour un sénateur, un magistrat, un membre de la Cour suprême, pas pour Jack Barron le donneur de coups de pied au cul. Il déconne à pleins tubes – il vient d'admettre devant moi qu'il peut distribuer ou refuser des contrats pour des considérations autres que financières. Qu'est-ce qu'il peut savoir que j'ignore ? Pourquoi Bennie Howards le tout-puissant a-t-il peur de *moi* ?

Mais merde, un contrat d'Hibernation, cela enfonce à tous les coups un enterrement de première classe… L'immortalité… Qui sait ce que le siècle prochain peut nous apporter ? La vie éternelle, jeune, saine… ? Rien à perdre dans ce contrat, au pire c'est un attrape-couillon, et de toute façon une fois qu'on est mort…

Est-ce que je pourrais m'en tirer ? Jouer le jeu de Howards mais avec assez de subtilité pour garder l'émission ? D'ailleurs une fois le contrat signé en trois exemplaires, Bennie ne peut plus se dédire… tandis que le vieux Jack Barron ne signerait rien de légalement compromettant et pourrait retourner sa veste à n'importe quel moment. À ce qu'il paraît, tu le tiens par les couilles, Jack, baby. Mais mollo !

— Je vois que vous réfléchissez, dit Howards. Vous imaginez quelle impression ça doit faire, hein ? Cent millions d'années, l'éternité, pour quelques mois au plus de coopération. À chaque homme son prix, dit le dicton. Mais moi, j'ai quelque chose de neuf. Au prix que j'offre, n'importe qui est vendeur.

— Pas si vite, Bennie, dit Barron. Il y a quelque chose qui cloche. D'accord, j'avoue que l'idée d'un contrat d'Hibernation m'intéresse et que peut-être, je dis bien peut-être, je pourrais vous prendre au mot. Mais pourquoi tenez-vous tellement à me recruter à n'importe quel prix ? Votre projet de loi est pratiquement dans la poche. Vous avez assez d'influence au Congrès pour cela. De plus, si vous avez les moyens d'offrir en prime des contrats d'Hibernation, pourquoi ne pas vous adresser aux gros pontes directement ? Si à trente-huit ans je ne dis pas non à votre contrat, qu'est-ce que ce serait si j'étais sénateur ou membre du Congrès, avec trente ans de mieux sur les épaules ? Il *semblerait* que dans cette affaire vous ayez beaucoup moins besoin de moi que moi de vous, et que vous vous montriez généreux. Mais je vous vois mal en train de jouer les philanthropes. Je me méfie trop des cadeaux empoisonnés.

» Vous essayez de venir à ma hauteur, Howards, alors que vous pourriez jouer ça au-dessus de ma tête. N'essayez pas de me bluffer, vous avez peur. Vous craignez que votre projet de loi ne soit pas accepté, alors qu'à ma connaissance il devrait passer comme une lettre à la poste. Donc, il y a quelque chose que je ne sais pas, et avant de parler affaires avec vous j'ai bien l'intention de le découvrir.

— C'est cette foutue question raciale que votre émission a soulevée avant-hier soir, déclara Howards avec une véhémence visiblement affectée qui mit instantanément Barron sur ses gardes. Tout ce tissu de conneries de Greene et des autres qui va retourner chaque Nègre de ce pays contre…

— Un moment, Howards, trancha Barron, irrité mais en même temps calculant froidement. Pour commencer, je vous ai déjà dit que je n'aime pas le mot « Nègre ». Ensuite, tout ça c'est du folklore. Quatre-vingts pour cent des Noirs votent de toute façon pour la C.J.S., et la C.J.S. en veut à mort à votre projet de loi, alors comment pouvez-vous dire que je vous coûte des voix que vous n'avez jamais eues depuis le début ? D'accord, vous avez contre vous et pour des raisons différentes la C.J.S. et les Républicains, mais je ne vois pas en quoi ça vous inquiète avec Hennering comme homme de paille et même Teddy le Prétendant obligé de s'écraser devant votre influence au parti démocrate. Les Démocrates contrôlent quoi... près des deux tiers du Congrès ? Et vous terrorisez à ce point les autres tendances qu'elles ne bougeront pas tant que Hennering et compagnie seront dans votre poche. Alors qu'est-ce que...

— Vous voulez dire que vous n'êtes pas au courant ?

— Au courant de quoi ?

— Hennering, fit Howards en sortant de sa poche une coupure de presse déchirée qu'il jeta sur le bureau.

Barron lut :

TED HENNERING SE TUE DANS UNE CATASTROPHE AÉRIENNE

Son avion privé explose en plein vol.

— C'est arrivé la nuit dernière, reprit Howards. Vous comprenez maintenant pourquoi je suis un peu nerveux. Hennering était notre meilleur garant pour le projet de loi. Lui mort, nous ne sommes pas exactement en mauvaise posture mais nous perdons une partie de notre avantage, et je ne veux pas courir de risque même minime. Vous pouvez compenser la perte de cet avantage en calmant les Nè... euh... Noirs. C'est la raison pour laquelle je vous offre un contrat d'Hibernation, Barron. Sans votre aide, le projet de loi est presque sûr de passer. Mais je n'aime pas ce *presque*. C'est une certitude qu'il me faut.

Hennering est mort, pensa Barron. C'est donc ça qui turlupinait Bennie. Il perd son super-homme de paille présidentiel, et cela signifie que le prochain Président a toutes les chances d'être Teddy le Prétendant, qui n'est pas tout à fait encore dans la poche du vieux Howards. Oui, ça colle, mais pourtant...

Pas pour le projet de loi, comprit-il soudain. Il n'y a rien de changé de ce côté-là, à part la perte d'une malheureuse voix, celle de Hennering, et Howards a plus de voix qu'il n'en faut. Alors, pourquoi... ?

Un signal d'alarme glacé, fruit d'années d'expérience au contact du pouvoir, se propagea comme un éclair à son cerveau : Attention ! Tout d'abord Hennering, véritable mort vivant le mercredi soir, mort tout court le vendredi matin ; puis la coupure de presse dans la poche de Howards, réponses toutes prêtes, escalade d'explications *soi-disant* livrées à contrecœur. Acheter Jack Barron rien que pour mettre toutes les chances de son côté ? Ça ne ressemble pas à Howards, il y a quelque chose de plus gros, qui l'effraie et que j'ignore.

Tu vas jouer serré, Jack, baby ! Écoute ton instinct : tu tiens les bonnes cartes, Bennie sait lesquelles et toi non. Fais monter les enchères, pas question de lâcher jusqu'à ce que tu saches combien d'atouts tu as en main.

— Écoutez, Howards, dit-il. Je n'ai pas encore déjeuné et j'en ai assez de tourner en rond. Je ne sais pas ce que vous avez derrière la tête, mais il y a quelque chose. Hennering ou pas Hennering, votre projet de loi a une jolie marge et ne nous faites pas perdre notre temps en prétendant le contraire. Disons que votre proposition m'intéresse. Pourquoi pas ? Je ne suis pas homme à cracher sur un contrat d'Hibernation. Mais je n'ai pas l'habitude de m'engager dans quoi que ce soit les yeux fermés, et c'est ce que vous me demandez.

Howards hésita, plissa les lèvres, tourna son pouce dans une narine, prit une large inspiration et répliqua :

— Je veux vous engager pour un travail particulier. Je n'ai pas besoin d'un associé. Vous posez des questions sur des choses qui ne vous regardent pas. Si je vous paie si cher, c'est que je puis me le permettre aisément. Mais mettez-y des exigences, et vous pourrez vous l'accrocher. Ne forcez pas trop votre chance, Barron.

C'est bien ça, se dit Barron. Il veut à tout prix se payer un larbin. À n'importe quel prix. Ainsi tu crois me faire peur, Bennie-boy ? Détrompe-toi, ou tu vas déguerpir en quatrième vitesse. L'enjeu est trop élevé pour qu'on puisse me bluffer. Tu as peut-être le fric et le pouvoir, mais pour ce qui est de jouer au chat et à la souris avec Jack Barron, il faudra repasser, monsieur Howards.

— Ne forcez pas non plus la vôtre, Howards, dit-il. Vous ne pouvez pas m'*acheter*. Louer mes services, peut-être, mais je conserve ma liberté. Ou bien vous me dites la vérité, sans cachotterie aucune, et vous recrutez peut-être un allié, ou vous continuez à vous foutre de moi, et vous vous faites un ennemi. Et je ne crois pas que ça vous plairait de m'avoir pour ennemi – vous tenez trop à ce que nous nous entendions.

— Croyez-moi, dit Howards, ça ne vous avancerait à rien de chercher à en savoir plus. Je ne suis pas un marchand de drogue ou de voitures, et je ne suis pas dans le show-business. Je joue pour le sang. Laissez tomber, vous n'êtes pas sur votre terrain. C'est bien trop... au-dessus de votre tête, et ça ne vous regarde pas. Pensez plutôt à l'éternité, et ne gâchez pas vos chances en fourrant votre nez dans le moulin à viande. C'est oui ou non, Barron, et tout de suite. Inutile de discuter davantage.

— Vous avez déjà eu ma réponse. Elle est à prendre ou à laisser.

— Écoutez, ne nous emballons pas, fit Howards dans une nouvelle et incompréhensible volte-face. Je vous donne une semaine. Réfléchissez. Pensez aux asticots... et à l'éternité !

Bordel ! pensa Barron. Cette fois-ci, Bennie-boy, je te tiens par les couilles ! Bennie Howards ne revient pas sur un ultimatum à moins qu'il ne soit sûr que la réponse est non et qu'il ne puisse à aucun prix se passer des services du bon Jack Barron. Dans ce cas, laisse-moi te dire qu'avant que ce soit oui tu vas en baver !

— O.K., dit-il. Une semaine pour que nous réfléchissions tous les deux. (Et il ajouta *in petto* :) C'est mercredi prochain que vous allez comprendre votre douleur, monsieur Benedict Howards !

— Tu feras ce que je te dis, Vince, déclara Jack Barron à l'adresse de Gelardi dont le visage se détachait, incrédule et gris, sur l'écran du vidphone. C'est encore moi le patron de l'émission et j'aurai ce que je veux.

— Je ne saisis plus, dit Gelardi. L'autre jour tu m'engueules parce que je te colle un type qui chatouille un tout petit peu l'épiderme de Howards, et aujourd'hui tu veux lui filer un coup de godillot en plein dans les parties. Qu'est-ce qui s'est passé depuis ?

Barron hésita, conscient du circuit électronique écran-caméra-point de phosphore sur écran de vidphone qui transmettait parole pour parole à Gelardi, mollo, Jack, baby, trop de choses en jeu ce coup-ci, déjà un contrat d'Hibernation gratis, il faut que je voie quels atouts Howards a encore dans la manche, prêts à être mis sur la table, mille regrets, Vince, chacun pour soi, cette partie je la joue tout seul.

— Il s'est passé que Bennie Howards est venu me rendre visite il y a à peu près une heure.

— L'émission l'a rendu furax.

— Tu parles ! J'ai encore la trace de ses doigts autour de ma gorge. Il a menacé de tout casser, de couler l'émission en faisant pression sur les commanditaires, de me faire mettre sur la liste noire par ses larbins de la F.C.C. et tout le paquet.

— Tu l'as calmé ? demanda nerveusement Gelardi.

Régisseur de mon cœur, pensa Barron, tu as peur de perdre ta planque, hein ? Chaque fois que je tire un pet de travers tu as les miches qui font bravo.

— Le calmer ? fit-il à haute voix. Tu penses comme je l'ai calmé. Je l'ai envoyé se faire empapaouter chez les Grecs.

Gelardi émit un bruit grossier en secouant la tête et en roulant les yeux vers le haut. Barron sourit, calculant intérieurement. Il faut que j'accouche d'une bonne raison, pour faire passer la pilule, se dit-il. Faire croire à Vince que le seul moyen de sauver l'émission c'est d'attaquer Howards à coups de genou dans les burnes.

— Tu veux que je te dise, tu es cinglé, Jack ! fit Gelardi le plus sérieusement du monde. Tu passes ton temps à me répéter qu'il ne faut pas tirer la queue des tigres, et qu'est-ce que tu fais maintenant, tu fais piquer une crise à Howards et au lieu de lui passer la main dans le dos tu l'envoies chier. Et comme si on n'avait pas assez d'emmerdements pour le moment, tu voudrais faire une émission entièrement dirigée contre lui. Tu t'es bourré la gueule avec quelque chose de plus fort que les Acapulco Golds, ou quoi ?

— Écoute, Vince. En deux mots, nous avons des ennuis. Howards est convaincu que je lui en veux à mort, et je n'ai rien pu faire pour le persuader du contraire, Il m'a prévenu qu'il était parti pour avoir ma peau, et tu sais comme moi qu'en y mettant le temps il y parviendra. À ce stade, sachant qu'il n'écouterait pas la douce voix de la raison, je lui ai dit d'aller se faire foutre et je l'ai menacé à mon tour. Je lui ai dit que ce qui s'est passé cette semaine c'était de la plaisanterie à côté de ce qui l'attend s'il continue à vouloir me chercher des crosses. C'est pourquoi on lui colle la prochaine émission dans les fesses, histoire de lui montrer que ce n'étaient pas des paroles en l'air et que même un type de la stature de Howards n'a rien à gagner à faire *vraiment* suer Jack Barron. La prochaine fois il se tiendra à carreau. Il croit que son projet de loi passera comme une lettre à la poste. Je veux lui prouver que je peux tout remettre en question si seulement il me donne assez de raisons de courir le risque. Nous lui montrerons nos griffes, et il rentrera les siennes. *Comprende, paisan ?*

— Oh, mon ulcère ! gémit Gelardi. Je comprends la nécessité maintenant, mais la direction du réseau va en attraper la chiasse.

— Ne t'occupe pas d'eux. Il y a trois autres réseaux de télévision qui donneraient beaucoup pour avoir *Bug Jack Barron*, et ils le savent. Tant que Howards aura trop la frousse pour intervenir, la direction gueulera, mais ne fera rien. *Idem* pour nos sponsors. Avec le fric que fait l'émission ils s'achèteront de quoi soigner leurs ulcères. Le problème, c'est : quel genre d'appel allons-nous pouvoir utiliser contre Howards mercredi prochain ? Nous ferons un truc bidon si nous ne pouvons pas faire autrement, mais ça ne me dit pas grand-chose. Si Howards ou bien le réseau ou la F.C.C. s'apercevaient que nous avons truqué une émission…

— Si on faisait la scène du lit de mort ? suggéra aussitôt Gelardi.

Sacré vieux Vince, pensa Barron. Sortez-lui n'importe quelle histoire, et il ne marche pas, il court.

— Du lit de mort ?

— Ouais, on reçoit au moins une demi-douzaine d'appels par semaine, dans le genre larmoyant. La régie a ordre de ne pas les laisser franchir le premier écran. Un type est en train de crever, lentement mais sûrement, la plupart du temps du cancer, la plupart du temps aussi avec l'aide sociale ou une maigre pension d'État, et toute la famille s'assemble autour du vidphone avec le macchabée comme pièce principale du décor, et t'appelle pour que tu demandes à la Fondation d'accorder au vieillard un contrat d'Hibernation à l'œil. Du vrai mélo, quoi. Il y a même toutes les chances pour qu'on dégote un moribond en assez bon état pour faire une partie des frais de la conversation. Et on peut aussi ajouter quelque chose sur le préjugé racial, si tu veux.

Hum, pensa Barron, je vois ça d'ici. Dix minutes, un quart d'heure peut-être de pleurs atroces, et je fais passer Bennie (pas question qu'il ne réponde pas ce coup-ci) pendant tout le reste de l'émission. Quelques coups de lanière cinglante pour commencer, ensuite à lui de se dépatouiller, puis le fouet à nouveau, et je le laisse marquer un ou deux points, puis un nouveau coup de soulier dans les balloches, pour qu'il comprenne bien sa douleur. Lui montrer que je peux le laisser sur le tapis quand je veux, mais remettre à plus tard le coup de grâce, que la poule aux œufs d'or puisse pondre encore une fois – sans compter que ça fera une émission du tonnerre !

— Ça me plaît, ça me plaît, dit-il. Mais laissons le problème racial pour cette fois. Il s'y attend, et je préfère frapper là où il n'est pas préparé. Fais-toi passer directement tous les appels de lit de mort, et transmets-moi le plus saignant que tu pourras trouver.

— C'est toi le boss, Jack, mais personnellement cette histoire me fout la frousse. Une petite erreur de tir, et au lieu de caner, Howards va s'affoler et nous faire le coup de l'avion-suicide. C'est de la corde raide, avec pour balancier et ton job et le mien.

— C'est la règle du jeu, Vince. Tu me pousses sur la corde, et je fonce. Aie confiance dans le vieil oncle Jack.

— Je te fais confiance comme à mon propre frère, dit Gelardi.

— Je ne savais pas que tu avais un frère.

— Ouais. Il fait ses dix ans à Sing Sing pour faux et usage de faux. On se reverra dans la poêle à frire, Jack.

Chapitre cinq

— Propre ? dit Benedict Howards, ignorant son collaborateur au visage vide de gratte-papier et admirant par la grande baie vitrée les murs blancs du Complexe central d'Hibernation de Long Island, monolithe à la gloire de l'immortalité qui s'élevait comme un démenti à l'incompétent Wintergreen, serviteur de la mort cercle noir qui s'estompe, complice irresponsable de Jack Barron. Personne n'est tout à fait propre, Wintergreen, répéta Howards, et certainement pas quelqu'un avec un passé aussi chargé que ce Jack Barron : Fondateur de la Coalition pour la Justice Sociale ; ex-agitateur de Berkeley ; ami d'enfance de toute la racaille prochinoise du pays… et vous osez venir me dire en face que Barron est *propre* ? Propre comme une fosse d'aisances, oui.

Wintergreen tripota l'épais dossier de carton jaune qu'il tenait dans ses mains et qu'il ne cessait de retourner nerveusement sur ses genoux.

— C'est-à-dire que dans ce sens, oui, monsieur Howards, vous avez raison. (Oui, monsieur Howards. C'est tout ce que ce damné singe sait dire, pensa Howards.) Mais j'ai là un dossier complet sur Barron, et je ne vois rien que nous puissions utiliser contre lui. Absolument rien. J'engage ma réputation là-dessus, monsieur.

— Vous engagez bien plus que votre soi-disant réputation, répliqua Howards. C'est votre job qui est en jeu, et aussi votre place dans un Hibernateur. Je n'ai pas l'intention de continuer à payer un « directeur des recherches personnelles » pour qu'il me chie un tas de papiers sans valeur alors que c'est la tête d'un homme que je veux. Vous êtes payé pour trouver un levier à utiliser contre Jack Barron, et vous le trouverez.

— Mais je ne peux pas fabriquer quelque chose qui n'existe pas, gémit Wintergreen. Barron n'a jamais appartenu à aucune organisation subversive, comme certains de ses amis. On ne peut l'associer à rien de plus compromettant que quelques manifestations techniquement illégales, et par les temps qui courent ce genre de chose est propre à faire de lui un héros plutôt qu'un criminel. Il n'appartient plus à la C.J.S. : il l'a quittée un an après avoir eu son émission de télé. Il gagne beaucoup d'argent, dépense libéralement mais ne s'endette jamais. Il couche avec un grand nombre de femmes non mariées, ne se livre à aucun vice illégal, n'absorbe aucune drogue interdite par la loi. Il n'y a rien dans tout cela que nous puissions retourner contre lui, et c'est dans ce sens, le sens où vous l'entendez, monsieur, qu'on peut dire qu'il n'a absolument rien à se reprocher. (Wintergreen reprit son dossier, qu'il se mit à plier nerveusement sur les bords.)

— Cessez de jouer avec ce dossier ! éclata Howards. (Foutu crétin. Ce pays est rempli de crétins qui ne sauraient pas retrouver leur cul sans s'aider d'une boussole.) Donc, nous ne pouvons pas faire chanter Barron, dit-il en savourant l'effet produit sur Wintergreen par la brutalité de l'expression « faire chanter ».

Ce type-là, vivre immortel ? pensa-t-il. Ce besogneux terne et foireux, immortel ? L'immortalité est pour ceux qui ont des couilles, qui ont eu le courage de lutter, de s'élever des plaines stériles du Texas aux cercles du pouvoir cercles d'éternité, les autres sont juste bons à jeter aux poubelles, c'est tout ce qu'ils méritent – comme ce minable trouillard de Hennering.

— Il est possible qu'on ne puisse pas le faire chanter, reprit Howards, mais n'importe qui peut être acheté, une fois qu'on connaît son prix.

— Vous lui avez déjà proposé ce qu'il y a de plus élevé, un contrat d'Hibernation, et il n'a pas accepté.

— Il n'a pas refusé non plus. Je m'y connais en hommes, j'ai assez de flair pour évaluer le prix de chacun. C'est ce qui m'a permis d'arriver où je suis. Vous, par exemple, je connais le vôtre jusqu'au dernier dollar, plus d'argent que vous ne pouvez en dépenser et une place réservée dans un Hibernateur. Et vous m'appartenez entièrement parce que j'ai les moyens de vous payer votre prix. Barron n'est pas différent de vous ni de n'importe qui. Il a envie de ce contrat, vous pouvez parier là-dessus. Il est prêt à marcher avec moi sous certaines conditions. Pour le prix que j'offre, il fera ce que je dis tant que je répondrai à ses questions et qu'il aimera les réponses. Je peux louer ses services jusqu'au moment où il jugera qu'il peut me trahir en toute impunité. Mais une fois le contrat signé, rien ne l'empêchera de me trahir aussitôt. Et Barron n'est pas homme à faire quoi que ce soit pour moi *avant* d'avoir signé. Avec un type comme ça il faut faire attention. Je veux qu'il ne puisse pas s'échapper. Et pour le tenir entièrement, un contrat d'Hibernation n'est pas un prix assez élevé. C'est pourquoi j'ai besoin de vous. Il *doit* y avoir quelque chose qu'il désire plus que de l'argent et qu'il ne peut pas obtenir par lui-même.

— Euh… il y aurait bien son ex-femme, dit Wintergreen en hésitant. Mais je ne vois pas comment nous pourrions…

— *Ex-femme ?* tonna Howards. (Scribouillard de mes deux, septuagénaire bouffi, tu ne vois pas que ça crève les yeux ? Un égomaniaque comme Barron a nécessairement quelque part une femme qui signifie plus pour lui qu'une vulgaire partie de jambes en l'air. Comment disent-ils, ces intellectuels hippies, Bolcheviques de mes fesses ? Pour lui baiser la tête. Oui, il a sûrement une femme pour lui baiser la tête, *donc* elle peut faire elle aussi guili-guili avec la sienne.) Eh bien, accouchez donc, imbécile ! Qui est cette ex-femme ? Pourquoi se sont-ils séparés, s'il tient toujours à elle ? C'est ce que je cherchais depuis le début, triple idiot ! Est-ce qu'il faut que ce soit toujours moi qui pense à tout ?

— J'ai bien peur que ce ne soit sans espoir, monsieur Howards, répondit Wintergreen en tripotant à nouveau son dossier jaune. (Howards faillit se remettre à hurler, puis se ravisa. Ne pas s'emporter, patience, j'ai l'éternité devant moi, j'ai tout mon temps.) Elle s'appelle Sara Westerfeld, monsieur Howards.

Elle habite ici, à New York, au Village. Elle est spécialisée dans la décoration kinesthopique. Elle a connu Barron quand il était étudiant à Berkeley. Ils ont vécu ensemble un ou deux ans avant de se marier, puis ont divorcé deux ans après qu'il a eu l'émission. J'avais pensé à elle, monsieur Howards, et j'ai fait une enquête. Mais ça se présente très mal... Elle a la carte de la C.J.S., et elle soutient activement la Ligue pour l'Hibernation publique. Vous savez ce que ces gens-là pensent de nous. Et d'après les renseignements que j'ai pu avoir, elle déteste Barron autant qu'elle nous déteste. C'est en rapport avec le fait qu'il est devenu une grosse vedette de la télévision.

— On croirait vous entendre décrire la reine des hippies, fit Howards.

Merde, pensa-t-il, c'est bien de Barron, de s'en ressentir pour une Bolchevique de Berkeley aux cheveux longs ! Il reste qu'elle le déteste. Bon. Cela signifie qu'il ne peut pas l'avoir par ses propres moyens. J'achète Sara, et avec Sara je peux acheter Barron.

— Avec qui couche-t-elle ? demanda-t-il de but en blanc.

— Demandez-moi plutôt avec qui elle ne couche pas. Elle semble avoir été la maîtresse d'à peu près tous les inadaptés sociaux du Village. Et il est rare que ses liaisons durent longtemps. C'est de toute évidence une nymphomane.

Clic ! D'un seul coup, toutes les pièces du puzzle s'ordonnèrent dans l'esprit de Howards. Bien sûr que Jack Barron baisait avec toutes les femmes de la création. Bien sûr que de son côté elle agissait de la même manière. Pourtant, ils étaient restés ensemble pendant longtemps, ils n'avaient pas pu changer sans raison du jour au lendemain. Ils avaient une raison, et elle crevait les yeux...

— Wintergreen, dit-il, il est évident que vous ne connaissez rien aux femmes. Il est clair comme le jour qu'elle tient encore à lui, qu'elle le déteste ou non. C'est pourquoi elle se donne tout ce mal pour l'oublier. Et c'est le genre de femme qu'on achète le plus facilement. Qu'on lui donne un prétexte pour retourner avec lui et elle sera ravie, parce que tout ce qu'elle attend c'est une excuse vis-à-vis d'elle-même pour aller se glisser dans le lit de Barron. Cela signifie qu'elle ne demande qu'à être achetée, même si elle ne le sait pas encore.

Howards sourit car une fois, se dit-il, que je l'ai fourrée dans le lit de Barron, je la tiens d'un bout à l'autre parce que la pire catastrophe pour elle ce serait que Barron apprenne mon rôle dans cette affaire, apprenne que je l'ai soudoyée pour faire la putain, et à partir de là elle est obligée de filer doux, et une fois qu'elle est dans ma poche Barron est dans ma poche.

— Je veux voir Sara Westerfeld dans ce bureau avant la fin de la journée, dit-il, et peu m'importent les moyens que vous emploierez. Utilisez la force si nécessaire. N'ayez crainte, elle n'ouvrira pas la bouche et ne portera pas plainte lorsque j'en aurai fini avec elle.

— Mais, monsieur Howards, une femme comme ça, comment voulez-vous... ?

— C'est mon affaire. De toute évidence, elle a des termites dans la tête et ce genre de fille on peut l'acheter au rabais. Faites ce que je vous ai dit, et... cessez de tripoter ce fichu dossier !

Seigneur, ce que je peux être fatigué, se dit Howards. Fatigué d'avoir à tout faire par moi-même, fatigué des politiciens comme Hennering avec leurs scrupules à la con, fatigué de lutter des plaines stériles et froides jusqu'aux puits de pétrole actions cotations cercles du pouvoir de Los Angeles, Houston, New York, Washington, de lutter contre les docteurs, infirmières, tubes enchevêtrés pénétrant dans son nez, sa gorge, drainant tous ses fluides vitaux vers des bocaux de plastique, de lutter contre le cercle noir qui s'estompe avec le pouvoir de l'argent de la peur, pouvoir de la vie contre la mort, lutter, lutter, toujours tout seul, minables crétins irresponsables sycophantes abrutis inutiles cinglés tous du même côté que la mort du même côté que le cercle noir de néant qui s'estompe, rétrécit, rétrécit...

Ils n'auront pas Benedict Howards ! Tous ces médecins, Palacci, Bruce, internes, endocrinologistes, chirurgiens, au service de la Fondation, tous vendus à Benedict Howards, cette fois-ci nous avons réussi, équilibre endocrinien homéostatique jeunesse vigueur santé – je le sens en moi quand je me lève, mange pisse touche une femme dur vigoureux vif comme au temps de Dallas Los Angeles puits de pétrole, toute la nuit, et le matin vaillant plein de sève, pour l'éternité Mr. Howards, l'anabolisme équilibre le catabolisme, Mr. Howards, immortel Mr. Howards.

Lutter, lutter, lutter, pour avoir aujourd'hui tout ce que je voulais. Pouvoir de l'argent, pouvoir de la vie contre la mort, sénateurs (maudit Hennering) gouverneur président… ? (maudit salaud de Hennering !), Mr. Howards, pour l'éternité Mr. Howards.

Et personne ne se dressera entre l'éternité et Benedict Howards ! Ni Teddy Hennering ni Ted le Prétendant ni Greene le Nègre bolchevique ni Jack Barron le singe saltimbanque… Les acheter tous, les tuer tous, tous alliés de la mort cercle noir qui s'estompe, jusqu'à ce qu'il ne reste plus que deux catégories d'hommes : les hommes de la Fondation et les autres, les crevés, nourriture pour les asticots.

Encore un dernier combat, pour préserver l'éternité, mon éternité. Faire passer le projet de loi, trouver un autre homme de paille (enfant de pute de Hennering), le faire président, contrôler tout, contrôler le Congrès la Maison-Blanche, les Hibernateurs, pouvoir de la vie contre la mort, pouvoir de l'immortalité, contre le cercle noir de la mort qui s'estompe, qui rétrécit… pour l'éternité…

Et puis se reposer, dix mille ans, dans la jeunesse, la vigueur, la santé (femmes au teint réfrigéré, mes femmes), dans les arènes réfrigérées du pouvoir (mon pouvoir, mon pays, tout à moi pour l'éternité).

Et le pauvre Jack Barron, intellectuel bolchevique de mes fesses, qui croit qu'il peut me résister, menacer, marchander. On ne joue pas avec Benedict Howards au jeu de la vie et de la mort. Je l'écraserai comme une punaise. Il m'appartiendra, m'aidera à faire passer le projet de loi malgré la trahison de Hennering… Qui achète Barron achète le canal qui permet de convaincre cent millions de paumés, posséder cent millions de crétins corps et âme… le Congrès, la Maison-Blanche… quand ils sauront, il sera trop tard, trop tard… pour l'éternité…

La dernière pièce de l'échiquier du pouvoir, Jack Barron de mes fesses, voilà ce que tu es. La dernière petite pièce qui donnera à la Fondation l'avantage sur les sénateurs, gouverneurs, président, le levier qui mettra la machine en place pour l'éternité.

Donnant, donnant, hein, Barron ? Jack Barron est entièrement propre. Il n'a rien à se reprocher. Jack Barron veut poser des questions, mettre son nez dans les affaires des plus puissants que lui… Tu te croyais hors d'atteinte des griffes de la Fondation, hein ? Mais personne ne résiste longtemps à Benedict Howards. J'ai trouvé le point faible, Barron. Tout le monde en a un, il suffit de chercher un peu.

Sara Westerfeld. Howards savoura le nom, dégustant chaque syllabe avec sa langue. Une putain au cerveau détraqué mais elle le tient par les couilles, hein, Barron ? Tu te croyais fort, capable d'en remontrer à Benedict Howards…

Howards sourit en ce carrant dans son fauteuil, sûr de lui, attendant l'arrivée de Sara Westerfeld, le premier maillon de la chaîne qui lui permettrait d'acheter Jack Barron, d'acheter cent millions de crétins, sénateurs, membres du Congrès, président… Sara Westerfeld, ennemie de la Fondation, membre de la Ligue pour l'Hibernation publique.

— Bien sûr, s'exclama Howards à haute voix. Ça ne pouvait être que ça, il n'y avait pas d'autre explication ! Tous ces détraqués de la Ligue exigent un projet fédéral d'Hibernation dans l'espoir d'avoir une place à eux dans un Hibernateur. J'offre à cette conasse un contrat gratuit, et je l'ai dans la poche avant d'avoir eu le temps de faire ouf. Prix de Sara Westerfeld : Jack Barron et l'éternité. Et l'un est son prétexte pour obtenir l'autre. Heureuse Sara Westerfeld !

La curiosité, la fascination, la peur, le mépris, se nouaient dans son estomac lorsque Sara Westerfeld descendit de l'automobile arrêtée devant l'entrée du Complexe central d'Hibernation de Long Island. Un temple, se dit-elle éblouie par la blancheur du gigantesque édifice dédié à la mort. Un temple égyptien ou aztèque où les prêtres rendent un culte au dieu de la laideur et prient pour se concilier les idoles à tête de serpent dans l'espoir de conjurer le dieu sans visage auquel ils continuent à rendre hommage dans la peur. Dieu de la mort sans visage, comme un grand édifice blanc sans fenêtres ; et à l'intérieur des momies froides, froides, dormant dans leur sarcophage d'hélium liquide, attendent d'être ressuscitées.

Elle frissonna lorsque l'homme au crâne dégarni lui toucha le bras, comme si à travers lui elle sentait le contact glacé de l'hélium liquide, le contact reptilien de Benedict Howards qui l'attendait dans son antre de mort sans fenêtres... Mais pourquoi ? Pourquoi ?

Elle suivit cet individu qui était venu chez elle lui signifier son invitation trop polie – politesse des dictateurs des flics de Los Angeles politesse sinistre à la Peter Lorre flics en civil voitures cellulaires flics antimanifestations armés bottés casqués derrière un sourire de crocodile – traversa la pelouse à l'aspect étrangement artificiel en se disant, ce n'est pas possible, ça ne peut pas arriver ici, nous avons des droits, respect des libertés individuelles...

Sara Westerfeld frissonna. Une fois plongée dans l'hélium liquide, elle ne pourrait plus être libérée par aucune force au monde tant que la Fondation n'aurait pas découvert le moyen de décongeler les corps...

Ressaisis-toi ! Personne n'a l'intention de te congeler, une petite conversation et c'est tout, a-t-il dit. Avec Benedict Howards. Une petite conversation entre une puce et un éléphant. J'ai la frousse, s'avoua-t-elle. Je ne sais pas de quoi, mais on peut dire que j'ai la frousse. Le pouvoir, affronter la réalité, voilà ce qu'*il* me dirait : descendre dans l'arène, contempler la machine du pouvoir à l'œuvre, Sara, baby.

Voilà ce qu'*il* me dirait, le sale lâche. Ils sont de la même race, Howards et Jack. Il saurait, lui, ce qu'il faut lui dire à ce lézard venimeux. Jack...

Après la pelouse, une allée qui longeait la façade latérale de l'Hibernateur puis un bâtiment plus petit percé de fenêtres. Corridors froids aux murs bleu pastel, moquette rouge, portes de noyer d'où filtraient des odeurs de café, des cliquetis de machines à écrire, des voix humaines. Un bâtiment administratif. Ce n'était pas encore le théâtre des opérations, l'odeur chimique des rangées et des rangées de corps glacés attendant leur heure dans le plus froid de tous les mausolées du monde. Un simple bâtiment administratif, conçu avec l'horrible goût texan de Benedict Howards.

Mais elle avait peur quand même. Bâtiment sans visage pareil à l'Hibernateur sans fenêtres, dieu de mort sans visage Benedict Howards politesse sans visage du messager maudite réalité sans visage de Jack monde où le pouvoir est roi où les gens ne sont que des images des pions sans visage sur l'échiquier de la vie et de la mort.

Rien à voir avec mon univers à moi, se dit-elle. Fausse réalité de camés à l'acide ayant dépassé la dose, monde d'intoxiqués hérissé de délire paranoïaque. Je suis comme une créature de chair évoluant au milieu d'une forêt de couteaux dressés, de bites d'acier.

Jack… Jack, enfant de salaud, pourquoi n'es-tu pas ici à côté de moi ? Il saurait te régler ton compte, Howards ! Jack au courage tendre et passionné, Jack défiant les flics de Berkeley, de Los Angeles, de l'Alabama affrontant les Blancs du Sud les juges, mon homme et moi seuls faisant l'amour en plein air son corps contre le mien au lit lui sur un coude tenant le vidphone à la main Luke à l'autre bout du fil refaçonnant le monde entourés d'un cercle d'amis visages attentifs yeux brillants écoutant la voix de l'espérance dans mon lit faisant tout paraître possible. Un homme, un vrai, Howards, pas une créature reptilienne ambulante, un cylindre de chair dur, plus endurant qu'un piston en acier huilé.

Oh, Jack, que s'est-il passé, pourquoi n'es-tu pas à côté de moi maintenant mon chevalier à l'armure de chair, j'ai besoin de tes bras autour de moi face à la foule grondante avec ta seule voix pour épée, notre amour pour armure…

Elle frissonna encore quand l'homme au crâne dégarni lui ouvrit la porte, la fit passer par un bureau désert (tasse de café à moitié bue sur le bureau de la secrétaire) comme évacué en hâte avant la rencontre reptile-humain acier-chair. Et elle se rappela à quel point désormais elle était toute seule, séparée dans le temps et l'espace de son unique chevalier à l'armure rouillée – tout ce qui restait du Jack Barron qui lui tourmentait la mémoire.

Et elle se rappela les derniers mots qu'il lui avait dits, des mots tristes, désolés, sans même la chaleur de la colère : « C'est fini, Sara, le temps de la Croisade des bébés. Trouve-toi un gentil garçon plein d'idéalisme avec une grosse pine en or, et tu seras peut-être heureuse. Nous vivons dans deux mondes différents. J'ai ma petite place dans l'existence, tu as la tienne, et même pour tes beaux yeux, Sara, je n'accepte pas de redevenir un paumé. » Et il était parti sans même l'embrasser une dernière fois.

Le souvenir glacé la durcit. Puisant chaleur et colère dans les images du Jack d'autrefois et de celui de maintenant, elle pénétra dans le bureau tandis que l'homme au crâne dégarni s'effaçait en disant :

— Monsieur Howards, voici Sara Westerfeld.

Et refermait la porte derrière elle.

L'homme assis au bureau de teck ultra-strict et nu (ce n'est pas *son* bureau, pensa-t-elle, on voit bien que personne ne l'occupe régulièrement) ressemblait davantage à un gros poupon rose, portant un complet rouge foncé et une cravate ascot à la mode des années 1970, qu'à Benedict Howards, requin censé nager dans les eaux troubles du pouvoir-folie-mort.

Il lui fit signe d'une grosse main molle de s'asseoir dans un luxueux fauteuil en cuir et teck aussi inconfortable que sa conception était de mauvais goût et la regarda de ses yeux de tigre, yeux de junkie à l'éclat cruel, deux trous noirs aux reflets kinesthopiques, yeux de pouvoir et de peur.

— Miss Westerfeld, dit-il, je suis Benedict Howards.

— Que me voulez-vous ? dit-elle en s'enfonçant dans le fauteuil exprès conçu, réalisa-t-elle, pour la soumettre à un interrogatoire, pour la livrer à l'emprise paranoïaque du pouvoir.

Howards lui fit un sourire reptilien de fausse sympathie, ses joues roses se contractant en un bourrelet de chair morte et froide autour de ses yeux à l'éclat insensé.

— Ce que j'ai à vous demander, miss Westerfeld, n'est rien à côté de ce que je vais vous offrir en retour.

— Rien qui vienne de vous ne m'intéresse, et je ne vois vraiment pas ce que vous pourriez avoir à me demander. À moins (serait-il posible que ce soit aussi bête que ça ?) que vous ne désiriez quelque effets kinesthopiques pour ce bureau ? Ou peut-être la décoration du bâtiment entier ? J'ai déjà effectué des aménagements de ce genre, et cet endroit aurait certainement besoin d'un peu de…

Howards l'interrompit avec une sorte de gloussement amusé :

— Je suis beaucoup plus intéressé par la vie que par l'art, dit-il. N'est-ce pas votre cas, Sara ? N'est-ce pas le cas de tout le monde ?

— Je ne comprends pas de quoi vous parlez. Et je ne vous ai pas donné la permission de m'appeler Sara.

Il ignora simplement sa réponse et poursuivit comme s'il parlait dans un vidphone où la liaison ne se faisait que dans un sens.

— Vous êtes dans la décoration, dit-il. Moi ma spécialité c'est la vie. La vie éternelle. Ça ne vous intéresse pas un peu ?

— Je ne m'intéresse ni à vous ni à votre horrible Fondation. Vous êtes un personnage répugnant et monstrueux, et je trouve dégoûtante votre façon de donner un prix à… l'existence elle-même. La seule chose qui pourrait m'intéresser chez vous, ce serait de savoir comment vous faites pour vous regarder dans une glace sans vomir. Que voulez-vous de moi, pourquoi m'avez-vous forcée à venir ici ?

— Personne ne vous a forcée, ma chère. Vous êtes venue de votre plein gré. On ne vous a pas… kidnappée.

— Mais si je n'étais pas venue de mon plein gré, on aurait utilisé des moyens plus persuasifs, n'est-ce pas ? fit-elle, sentant peu à peu la peur céder la place à la colère. Votre pine en acier nickelé, vous pouvez vous la mettre quelque part, Benedict Howards !

— Je vais vous dire pourquoi vous êtes venue ici de votre plein gré, fit Howards. Vous ne me la faites pas avec vos grands airs. On ne la fait pas à Benedict Howards. Vous êtes venue ici parce que vous êtes fascinée, comme les autres, vous êtes venue respirer une bouffée d'éternité. Ne me faites pas croire que ça vous laisse indifférente, aucun homme, aucune femme n'est indifférent à l'idée qu'il a sa place toute prête dans un Hibernateur, que le jour où il mourra, où le cercle noir se refermera, il pourra se dire que ce ne sera pas pour toujours, que l'obscurité ne durera que le temps d'un sommeil, qu'on ne le bourrera pas de formaldéhyde pour qu'il aille ensuite nourrir les asticots, et fini Sara Westerfeld. Personne n'est indifférent à l'idée qu'un beau jour il aura la santé, la beauté, la vie éternelles. C'est pour ça que vous êtes ici, et personne ne vous a forcée, vous pouvez repartir quand vous voudrez, allez-y, je vous défie de tourner le dos à l'immortalité.

Et pendant qu'il disait cela, il la mesurait de ses yeux glacés de belette, ses yeux sataniques à l'odeur de soufre, se repaissant de ses propres mots que lui renvoyait le visage de Sara Westerfeld, nourrissant son sourire tranquille, reptilien, qui disait qu'il savait tout, savait à l'avance ce qu'elle allait dire et pourquoi, connaissait ses rouages intimes, ses leviers mieux qu'elle, et pour des raisons à lui qu'elle ne comprendrait jamais, était prêt à les faire agir.

— Je... je ne pense pas que vous m'ayez fait venir ici pour discuter philosophie, répondit-elle d'une voix mal assurée.

— Philosophie ? répéta Benedict Howards en prononçant le mot du bout des lèvres. Je ne suis pas en train de vous débiter des conneries comme à Berkeley, ma chère amie. Je vous parle de la mort, la réalité la plus dure qui soit. Vous connaissez plus dur, vous ? Moi pas. Et la mort, j'ai vu son horrible visage en face, vous pouvez me croire sur parole, le cercle noir qui s'estompe et se referme sur vous, avec votre vie drainée goutte à goutte dans des éprouvettes, c'est le pire visage qui soit. Et c'est ce qui va vous arriver, Sara Westerfeld, sans que vous puissiez rien faire pour l'éviter. La semaine prochaine, ou l'année prochaine, ou dans soixante ans peut-être, vous vous trouverez au bord de ce puits sans fond, et la dernière chose que vous penserez jamais c'est que vous allez cesser de penser pour l'éternité. Vous avez appris ça en philo à Berkeley, miss Westerfeld ?

— Qu'essayez-vous de me faire ? hurla Sara au bord d'un abîme noir trou sans fond être contre néant homme-reptile en décomposition gribouillant d'indicibles messages de peur sur les murs des latrines de son esprit.

— J'essaie de vous acheter, miss Westerfeld, répondit-il doucement. Et croyez-moi, vous vendrez. Personne ne refuse une offre de Benedict Howards. Parce que je paie avec la meilleure monnaie qui soit. Je vous achète entièrement, mais je vous paie entièrement aussi. Ma monnaie, tout le monde en demande.

— Vous êtes fou ! dit Sara. Je ne veux rien vous vendre, à aucun prix et pour aucune raison.

— Imaginez ce que c'est que d'être morte, chuchota presque Howards d'une voix hypnotique. Morte... un morceau de chair pourrissante mangée par les vers. La fin de tout ce que vous étiez, Sara, la fin de tous vos foutus principes et de tout ce que vous souhaitiez être un jour. Rien n'est plus fort que la mort, miss Westerfeld. Tôt ou tard, tout ce que vous avez pu accomplir ou pas se résume à un morceau de pourriture. Et c'est toujours plus tôt qu'on ne voudrait.

— Mais pourquoi... pourquoi... ? murmura Sara.

Personne ne parlait jamais ainsi, pensa-t-elle. On vit avec ces choses en les ignorant, en faisant semblant de ne pas savoir qu'elles existent, ou elles finissent par vous rendre cinglé. Pourquoi Howards ne se cogne-t-il pas la tête contre les murs quand il s'entend ?

— Je vous parle de la mort pour que vous puissiez apprécier votre vie, continua Howards. Votre vie éternelle, miss Westerfeld, parce que vous n'avez pas besoin de mourir, du moins pas pour l'éternité. Une place dans un Hibernateur, rien qu'à vous, pour le jour où vous mourrez – mais vous ne mourrez pas vraiment. Vous vous endormirez vieille un soir et vous vous réveillerez jeune le lendemain. N'est-ce pas mieux qu'un bel enterrement, miss Westerfeld ?

— Une place dans un Hibernateur... en échange de quoi ? Je ne possède pas cette sorte d'argent. De plus c'est bien trop injuste : ceux qui ont la chance d'avoir quelque chose que vous voulez continuent indéfiniment, tandis que les autres meurent et partent pour toujours. C'est ce qu'il y a de si horrible dans votre Fondation. Des gens meurent par millions et vous et quelques milliers de salauds qui ont de l'argent vous vous payez l'éternité ! Avec un programme d'Hibernation publique nous…

— Qui fait de la philosophie maintenant ? persifla Benedict Howards. D'accord avec vous, personne ne devrait mourir. Mais du moment que je ne puis mettre tout le monde au frigo, je choisis ceux qui ont quelque chose à m'offrir en échange. Hibernation publique de mes fesses ! Mon système au moins a le mérite d'exister. Tant pis si je suis un monstre parce que je ne peux pas favoriser tout le monde. Ou bien vous traitez avec moi ou bien vous serez mangée par les asticots. Choisissez. Partez si vous voulez, et plus jamais vous n'entendrez parler de moi. Vous mourrez vertueusement, mais vous n'en serez pas moins morte.

Uniquement consciente de ses lèvres, ses dents, sa chair mortelle, sa langue gonflée de sang tandis qu'elle formulait les mots, Sara répondit :

— Très bien, je ne suis pas encore partie, vous voyez. Je ne veux pas mourir, d'accord, mais ça ne veut pas dire que je capitule sans conditions. Il y a encore un certain nombre de choses que je ne ferais pour rien au monde, pas même pour avoir la vie éternelle.

Dans son esprit défilèrent des images d'horreur de sorts pires que la mort : mutiler de ses dents les parties génitales de Jack dévorer tout vif un chiot croupir dans la pourriture des milliers d'années assassiner sa propre mère baiser avec Howards… quête désespérée d'un prix trop élevé à payer au diabolique monstre au regard de belette… impuissante au milieu de la réalité qui la blessait, consciente de l'insoutenable vérité – que la mort *est* irrévocable. Quel crime allait être assez terrible pour qu'elle ne l'endosse pas ? Faites que ce soit, pria-t-elle muettement, quelque chose de trop horrible pour que j'accepte !

— Rassurez-vous, dit Benedict Howards. Je ne vais vous demander de tuer personne, et vos attraits ne m'intéressent pas. Si vous voulez être immortelle, vous n'avez qu'une seule chose à faire : vous foutre au pieu en compagnie de Jack Barron !

Cela l'atteignit là où elle n'était pas préparée dans la vulnérable chair féminine de son esprit. Pas question de crime atroce, rien que la bouche de Jack à nouveau contre la mienne, son corps aux angles durs emplissant le mien me déchirant langues nouées dans nos endroits intimes nos liquides mêlés... Jack ! Oh, Jack !

Mais elle vit le regard froid, calculateur de Benedict Howards et les choses s'ordonnèrent différemment. Combien cet être nauséabond en sait-il ? se demanda-t-elle en se disant que Howards devait tout savoir, tout ce qui pouvait s'insérer dans les rets du pouvoir qu'il avait tendus. Jack est une importante créature de pouvoir maintenant, quantité mesurable de pouvoir-réalité, mesurée par Howards, désirée par Howards, redoutée aussi par Howards peut-être, et je suis le prix demandé par Jack en échange : Sara Westerfeld livrée dans son lit, le grand amour comme à Berkeley, mais seulement aux conditions fixées par Jack. Retourner avec lui, vivre pour l'éternité avec le fantôme des temps passés d'un Jack Barron si déchu qu'il envoie un reptile Howards faire le maquereau pour son compte...

— Ainsi, Jack est tombé si bas ? fit-elle avec cynisme. Et qu'est-il censé faire pour vous quand vous lui livrerez mon corps ?

Benedict Howards se mit à rire.

— Vous avez compris tout de travers, dit-il. Barron n'est au courant de rien et ne le sera jamais. Pas par moi... et pas par vous non plus, je suppose ? Je ne veux pas vous vendre à Jack Barron. C'est vous qui allez le convaincre de me vendre quelque chose. Je veux qu'il me signe un contrat d'Hibernation gratis exactement semblable à celui que je vous offre. C'est le seul marché que je vous propose. Le jour où vous faites signer à Barron un contrat avec la Fondation, je signe le vôtre en même temps. C'est tout ce que vous avez à faire. Après ça, vous et moi nous sommes quittes. Vous pouvez laisser tomber Barron ou rester avec lui, ou même lui dire toute la vérité, ça ne me fera ni chaud ni froid. Qu'est-ce que vous en dites ? N'est-ce pas l'affaire du siècle ? De l'éternité, même... ?

— Mais je n'aime pas Jack, affirma-t-elle. Je le méprise presque autant que je vous méprise.

— Votre vie amoureuse ne m'intéresse pas, bien que je sois à peu près certain que vous vous racontez des histoires. Mais soyons réalistes. Vous n'êtes pas vous-même une petite sainte. Vous vous faites grimper par la moitié de la création. Un de plus, un de moins, si vraiment il ne signifie rien pour vous… c'est au plus l'affaire de quinze jours. Ajoutez-le à votre liste jusqu'à ce qu'il signe le contrat, et vous aurez l'immortalité à bon compte. Vous savez aussi bien que moi que vous pouvez le faire signer. Il vous aime toujours, hein ? Et qui sait, vous pourriez prendre goût vous-même à la chose, n'est-ce pas, miss Westerfeld ?

— Vous êtes un être immonde et répugnant ! éclata Sara. Je vous déteste ! Je vous déteste !

Fuir, se dit-elle. Partir sans regarder derrière moi. Laisser l'éternité, fuir l'horrible réalité-pouvoir, laisser Jack laisser Howards laisser ces deux reptiles s'entre-déchirer, l'un mérite l'autre.

Mais Jack… il est en danger. Marchant à l'aveuglette à travers une forêt hérissée de lames d'acier. À l'aveuglette ? Mais oui ! Pauvre Jack aveugle ! Horrible Howards, monstre de cauchemar ! Et comme un tableau kinesthopique la vision se précisa en elle. Jack le baisse-froc ; Jack aveugle évoluant dans un rêve de succès bidon. Benedict Howards, dieu de la mort sans visage, tendant ses rets sinistres autour de lui. Avec moi comme dernier appât. Notre amour, l'amour de Jack utilisé pour nourrir les rets du pouvoir.

Benedict Howards pouvait-il être idiot à ce point ? Idiot, oui ! Aveugle à l'amour, fermé au pouvoir de l'amour – inéluctable faille dans les plans du reptile Howards. Car Jack le chevalier courroucé à l'armure d'amour, Jack de Berkeley de Jack-et-Sara allait devenir l'Ange de l'Apocalypse qui détruirait Howards et détruirait la Fondation, force des amants seuls contre la nuit contre l'homme-reptile dieu de la mort sans visage qui ne pouvait rien faire contre Jack Barron qui allait resurgir…

Je lui donnerai Jack Barron ! pensa-t-elle, mais je lui donnerai mon Jack Barron à moi. Sois courageuse. Oui, oui, accepte le marché, retourne avec Jack, donne-lui ton amour, fais-lui signer le contrat…

— Ces contrats, dit-elle, tendue, ce seront les contrats habituels, publics, irréversibles ? Chaque partie sera en possession de copies légales ?

Howards eut un sourire condescendant.

— Je ne vous demande pas de me faire confiance, dit-il. Chacun de vous aura un contrat normal en trois exemplaires.

— Vous êtes un monstre de cruauté et de fourberie. Vous saviez que vous gagneriez et vous avez gagné. J'accepte.

Oui, pensa-t-elle, jusqu'à la signature des contrats je joue le jeu, Jack et moi à nouveau, réunis cette fois-ci pour l'éternité. L'éternité… Jack et Sara des beaux jours de Berkeley… Je saurai lui ouvrir les yeux, lui dire comment l'homme-reptile s'est servi de moi, comment il se sert de lui, de tout le monde, comment il a fait de moi sa putain…

Alors l'Ange de l'Apocalypse en courroux te détruira, Howards, Jack, mon Jack resurgi, Jack et Sara à nouveau unis comme ils auraient dû toujours l'être. Et pour l'éternité. *L'éternité !*

— C'est un plaisir d'avoir affaire à une femme comme vous, dit Benedict Howards avec un sourire fourbe en la pénétrant d'un regard de belette qui fit passer un frisson glacé d'effroi sur ses projets de double jeu…

Combien l'homme-reptile en sait-il ? Jusqu'où voient ses yeux de belette ?

Courageuse, il faut être courageuse ! se dit-elle. Le dieu de mort homme-reptile est aveugle à l'amour. Il ne conçoit pas l'amour dans les rets du pouvoir. Quelle sorte d'homme est-il pour imaginer qu'il peut transformer l'amour tendre et chaud en une arme au tranchant d'acier de pouvoir paranoïaque ?

Chapitre six

— **Veux-tu m'épouser, Carrie chérie ?** demanda Jack Barron au terme d'une longue nuit de tiédeur de chair rose tandis que le soleil jouait à travers le dôme de verre sur le plastigazon de la chambre à coucher.

Carrie Donaldson murmura quelque chose d'inintelligible dans l'oreiller à côté de lui. Elle a le réveil embrumé comme toujours, pensa Barron, je n'aime pas ces femmes qui font le coup de l'orchidée flétrie le lendemain matin. Sara ouvrait les yeux toujours d'un trait, hop, sur moi, bang, bang, c'est elle qui me réveillait au lieu du contraire. Mais vous l'aurez voulu, miss Donaldson, tenez-nous ce coco à l'œil, gardez le contact jusque dans son lit, ordre de la direction du réseau.

Il tendit le bras en arrière, tâtonna le long de la boiserie couverte de lierre, poussa un bouton sur la console de contrôle et attendit que la surface vitrée ouvrant sur la terrasse coulissât, laissant entrer la brise nue de ce matin de mai qui fit onduler le plastigazon, fourmiller ses doigts de pieds et recouvrit de chair de poule le derrière découvert de Carrie Donaldson. Elle glapit, se pressa contre lui dans la position réflexe du fœtus et ouvrit les yeux pour de bon :

— Espèce de sadique, dit-elle, tu me fais geler !

Barron régla le rhéostat de la console à une position intermédiaire ; les circuits chauffants incorporés au matelas commencèrent à diffuser de la chaleur dans leurs corps, les isolant de la brise extérieure.

— J'espère que tu n'entends pas cela au pied de la lettre, dit-il. Après une telle nuit, j'ai besoin de récupérer.

— C'est aussi sérieux que ta proposition, fit Carrie en s'écartant de lui pour se mettre sur le dos, seins rentrés, ventre à la peau tendue sous la cage thoracique saillante, point de jonction des jambes longues, musclées, encore rougi des exercices de la nuit. Je sais comment Howards doit se sentir, ajouta-t-elle.

Barron haussa un sourcil.

— Supérieurement baisé, triompha Carrie, contente de sa réplique.

Barron émit un rire bref, pour la forme. Sacrée vieille Carrie, pensa-t-il. Business-business jusqu'au bout des ongles, chien fidèle de la direction. Il contempla son visage fermé, froid, composé, même avec ses cheveux défaits de lendemain matin, et se demanda ce qui pouvait bien se passer dans la tête de cette créature aux ordres du réseau. Elle baise trop bien pour que ce soit simulé, pensa-t-il, mais où est le rapport entre le con et la tête de toute façon ? Qu'est-ce qu'elle tire de moi réellement ? Pas plus de jouissance qu'avec n'importe qui capable de suivre son rythme, et pas plus de chaleur humaine qu'un anaconda. La tête remplie des secrets de Polichinelle du réseau, la cramouille en ébullition pour qui sait la faire chauffer, et rien au milieu pour faire la jonction. Une fois, une seule fois, miss Donaldson, j'aimerais vous baiser la tête, pour voir. Mais comment faire l'amour avec la tête aux cheveux soyeux d'un ordinateur aux circuits électriques programmés par la direction du réseau ?

Tu me fais suer, Carrie, pensa-t-il, que fais-tu de ta tête pendant que je baise ton corps ? Les instructions du réseau iraient-elles si loin ? Les autorités constituées auraient-elles pigé que la vie sexuelle du vieux Barron est épicée de têtes froides et de corps sans tripes, ou est-ce trop présumer des gros manitous du réseau ?

— Que peut-il se passer sous cette tignasse ? questionna Carrie en effleurant sa chevelure d'un doigt qu'il sentit froid sur son oreille.

— En voilà des façons de renverser le problème..., commença Barron, interrompu par le carillon du vidphone de la chambre à coucher.

Il s'appuya sur un coude pour faire face à la console de contrôle, enfonça le bouton de réception, transféra l'appel au complexe du living-room, alluma par télécommande le foyer du living-room, sauta du lit dans le plus simple appareil et remarqua avec un amusement amer que Carrie, flairant l'occasion d'exercer la mission programmée dans sa tête par le réseau, suivait sur ses talons dans le même appareil.

Il gagna le complexe mural, sortit le vidphone installé dans sa niche à côté de l'enregistreur automatique, s'allongea sur la moquette épaisse, disposa la caméra de façon à cadrer uniquement son visage, décrocha le récepteur et brancha instinctivement l'enregistreur tout en annonçant : « Jack Barron à l'appareil », tandis que Carrie se baissait à sa gauche, judicieusement hors de portée de la caméra.

Barron sursauta en voyant apparaître sur l'écran la tête slave au crâne entièrement dégarni de Gregory Morris, merdaillon républicain (écrasé entre la toute-puissante C.J.S. et les candidats démocrates), gouverneur de l'État de Californie, leader *de facto* du quasi moribond Grand Old Party, s'aperçut que Carrie (pupilles légèrement agrandies) avait reconnu Morris, et récupéra son calme en prenant mentalement note des points que ce dernier venait juste de lui valoir aux yeux de sa secrétaire.

— Comment allez-vous ? fit Morris (voix confiante, assurance du pouvoir, nota Barron, pouvoir bidon avec pas grand-chose derrière). Et tous mes compliments, monsieur Barron.

Qu'est-ce que c'est encore que cette histoire ? se demanda Barron en lorgnant Carrie, les lèvres entrouvertes, qui admirait son amant-patron-enfant terrible confié à sa charge par le réseau en train de discuter le coup à poil avec un authentique gouverneur. Quelles que soient les foutues raisons pour lesquelles Morris l'appelait, il avait enfin l'occasion de jouer avec la tête de Carrie, et il comptait bien exécuter son petit numéro pour l'édification d'une seule et unique téléspectatrice recensée au sondage d'écoute Brackett, miss Donaldson soi-même.

— Vos compliments pour quoi, Morris ? demanda-t-il en prononçant le nom du bout des lèvres, et pour ainsi dire Carrie le dévorait des yeux.

— Pour votre dernière émission, dit Morris. Du travail de sape de tout premier ordre. Vous avez dû coûter à Howards cinq voix au Sénat, et peut-être une douzaine à la Chambre. Vous êtes en train de faire l'histoire, monsieur Barron. L'émission a fait impression sur beaucoup de gens, des gens importants. Vous savez que le parti républicain s'oppose au projet de loi d'utilité publique parce qu'il signifierait la fin du principe de libre entreprise dans nos…

— Mon cul, dit Barron, jouissant de l'effet produit sur son notoirement prude interlocuteur, et de l'effet de cet effet sur Carrie tandis que Morris faisait celui qui n'a pas entendu l'incongruité indigne d'un gentleman. Vous vous opposez au projet de loi parce qu'il y a le fric de la Fondation derrière un certain nombre de Démocrates et que vous vous savez à jamais exclu du fromage. Il est un peu trop tôt pour ce genre de couillonnades, Morris. Qu'est-ce que vous voulez au juste ?

— Très bien, monsieur Barron, répondit Morris avec un effort visible pour rentrer un immense dégoût selon un plan prévu d'avance. Que diriez-vous de devenir Président des États-Unis ?

Le regard de Barron se figea sur une réponse à l'emporte-pièce qui ne voulait pas se former sur ses lèvres, souvenir déjà vu d'un grenier de Berkeley fille assise par terre aux grands yeux aux cheveux de miel le dévorant du regard avec Luke Greene, Woody Kaplan, Markowitz, fille aux cheveux nattés, yeux brillants dans l'obscurité braqués sur lui… l'endroit où était née la Coalition pour la Justice Sociale, qui contrôlait maintenant deux États du Sud, vingt-huit membres du Congrès, parti charnière à New York, dans tous les autres États du Sud, l'Illinois, la Californie. Le cercle était bouclé, des soupentes de Berkeley aux rêves de pouvoir au messie des Bébés Bolcheviques, futur leader d'un improbable tiers parti, au Jack Barron électroniquement relié à cent millions de citoyens américains, à cette pathétique relique exposant ses rêves impossibles de retour au pouvoir d'un G.O.P. moribond (devenu tiers parti à son tour).

— Est-ce que vous acceptez Luke Greene comme vice-président ? fit-il, improbable pour improbable.

— Ce n'est pas impossible, répliqua Morris, stupéfiant Barron pour la deuxième fois par une réponse incompréhensible.

La C.J.S. et les Républicains occupaient les deux extrémités à tous les points de vue, sauf un, à savoir la haine commune qu'ils vouaient aux Démocrates du centre, parti gouvernemental unique et monolithique. Ou bien Morris avait complètement perdu la boule, ou bien… quoi ?

Barron zieuta Carrie, totalement absorbée par ce qui se déroulait devant elle, représentation à guichets fermés de *Bug Jack Barron* pour Carrie chien fidèle du réseau, Carrie qui enfin était dépassée par les événements, qui prenait tout ce que racontait Morris pour argent comptant.

— Écoutez, Morris, fit Barron. Vous avez une proposition à me faire, alors allez-y, accouchez.

— Ce n'est pas compliqué, Barron. (Le voilà parti pour me réciter sa leçon, se dit Barron.) Le parti républicain, vous le savez, n'a porté que deux hommes à la Présidence depuis Roosevelt[1]. Il faut absolument que nous gagnions l'année prochaine, si nous voulons continuer à être pris au sérieux. Et nous ne pouvons pas nous permettre d'être trop difficiles sur le choix d'un candidat. La seule stratégie concevable à l'heure actuelle est une alliance avec la C.J.S. derrière un candidat commun, à partir d'une plate-forme commune.

» Le seul élément que nous ayons en commun avec la Coalition pour la Justice Sociale est notre opposition au Projet de loi d'utilité publique. Ils veulent une Hibernation publique, nous demandons une Hibernation privée sur la base de la libre entreprise. Mais nous pouvons parvenir à un accord pour nous opposer à la position démocrate, qui est à peu de chose près celle de la Fondation. Vous êtes le seul candidat que nous puissions nommer susceptible d'emporter aussi l'investiture C.J.S. Vous êtes l'un des fondateurs de la C.J.S., vous venez d'amocher sérieu-

1. Cela est écrit juste avant la victoire de Nixon en 1968. *(N.d.T.)*

sement Benedict Howards, Luke Greene est votre ami intime, et enfin vous avez *Bug Jack Barron*.

» Cent millions d'électeurs vont vous voir régulièrement chaque semaine jusqu'au jour des élections. Nous ferons avec vous ce que nous avons fait avec Reagan, en beaucoup mieux, même, grâce au poids de votre émission, et avant d'avoir notre investiture vous aurez déjà plus de supporters que n'importe quel candidat démocrate. Ma proposition est on ne peut plus sérieuse, Barron. Marchez avec nous, et nous vous ferons Président des États-Unis.

Président des États-Unis. Les mots sonnaient comme une musique acide (« Gloire au Grand Chef », avec accompagnement de guitare électrique, comme de juste) même dans la bouche d'un cinglé pathétique. Barron ne savait pas de quoi il fallait rire le plus, de ses propres réactions viscérales (évocation sonore du jour de l'Investiture de J.F.K.) ou d'une Carrie complètement ébaubie qui le regardait avec plus d'admiration juvénile que Sara à l'époque de Berkeley. Jésus en Harley-Davidson ! Tu ne sais pas, hein, poupée, que tu te faisais sauter par le futur Président !

Barron se pencha en arrière, exprès, heurta le vidphone qui glissa légèrement de côté, révélant à Morris le spectacle gratuit des nénés de Carrie, et tripota si maladroitement l'appareil pour le redresser, en se marrant, que Morris, blêmissant, le vit complètement à poil.

— Eh bien, quoi, dit Barron en se grattant ostensiblement les couilles, le futur Président des États-Unis a bien le droit de s'envoyer en l'air une fois de temps en temps ? (Voyons voir combien ce pète-sec peut avaler de merde sans broncher.)

— Quelle est votre réponse, Barron ? demanda Morris, la bouche aussi pincée que les cordons d'une bourse d'avare.

— Ma réponse ? Vous avez le cerveau complètement ravagé, voilà ma réponse. Pour commencer – si tant est qu'on puisse prendre cette proposition loufoque par un bout plutôt qu'un autre –, tout ce que vous représentez me dégoûte. Le parti républicain aujourd'hui n'est qu'un ramassis de petites vieilles, de cinglés adorateurs de Wallace et de richards paranoïaques dont la définition d'un président se situe à quelques années-lumière à la droite d'Adolf Hitler. Vous ne gagneriez pas des élections présidentielles avec Jésus-Christ et John Fitzgerald Kennedy sur votre liste. Je préfère la syphilis à une étiquette républicaine. Avez-vous l'impression que je n'aime pas votre parti, Gouverneur Morris ?

— Je ne pensais pas que vous étiez naïf à ce point, Barron, dit Morris, et sur son visage Barron vit la réalité nue, laide, brutale, et se rappela que, merdaillon ou pas, Morris était le gouverneur du plus grand État de l'Union, que tout minoritaire et perdant d'avance qu'il était, le G.O.P. avait encore derrière lui l'argent des grandes banques, compagnies d'assurances, industriels, Madison Avenue, Wall Street, et Morris le lui rappelait avec son visage, ses gestes, sa voix : Vous croyez que nous ne savons pas qui vous êtes, et ce que vous étiez, et l'idée que vous vous faites de nous ? Vous nous croyez vraiment aussi stupides que cela, Barron ?

— Mais cela ne vous empêche pas d'essayer de me vendre l'investiture républicaine, dit Barron tandis que le visage de Morris, impression de déjà-vu, devenait celui de Howards, son marché celui de Howards, engrenage sans fin du pouvoir, iceberg invisible dont Morris et Howards n'étaient que deux aspects visibles.

— Non, mais cela ne m'empêche pas non plus d'éprouver pour vous le plus profond mépris. Vous savez comme moi que lorsqu'on accède aux sphères supérieures du pouvoir il y a des moments où pour des raisons stratégiques on doit accepter certaines choses. Vous êtes une denrée commercialisable, Barron, comme un limbourg bien fait, une image derrière laquelle nous pouvons nous allier à la C.J.S. pour gagner la lutte pour la Présidence. Une *image*, Barron, c'est la seule chose qui compte – comme avec Eisenhower ou Reagan – pas l'homme. Il nous faut votre image, et *Bug Jack Barron* pour la faire passer. Peu nous importe ce que vous êtes réellement. Tout ce que les électeurs connaissent, c'est votre image.

Pendant quelques instants, Jack Barron oublia Carrie, les yeux brûlants d'admiration, nue à côté de lui, oublia l'influence du G.O.P., son pouvoir de pression sur le réseau et les commanditaires, oublia *Bug Jack Barron*, revit Los Angeles, Berkeley, les Bébés Bolcheviques, Sara, époque bénie de fureur innocente.

— À supposer que j'accepte – et que je sois élu, dit-il froidement. Vous pensez que je ferais un bon petit président républicain ?

— Ce problème est le nôtre. Nous savons tous les deux que vous n'êtes pas politicien, mais Eisenhower ne l'était pas non plus. Vous serez entouré de tous les conseillers voulus, des hommes de valeur et d'expérience, et vous n'aurez pas à vous préoccuper de…

— Jack Barron ne se prostitue à personne, mettez-vous ça dans le crâne ! s'écria Barron. On ne m'achète pas comme une capote qu'on jette après usage quand on a eu ce qu'on voulait. Votre investiture, vous pouvez vous la foutre au cul ! C'est vrai, je ne suis pas un politicien, et si vous voulez savoir pourquoi, regardez-vous dans la glace un jour où vous ne serez pas dégoûté. Vous êtes plus méprisable qu'un barbeau dans une ville frontière mexicaine. Pour toucher les couilles d'un cancrelat il vous faudrait grimper au sommet de l'Empire State Building. Vous et votre espèce, vous êtes la vermine, la pourriture, le caillot qui obstrue les artères de l'humanité. Vous n'êtes pas digne de nettoyer la cuvette de mes cabinets. Je suis un homme de spectacle, pas une putain à vendre. Vous êtes le dernier des dinosaures, Morris, et ce sera un plaisir de vous voir sombrer dans la tourbe d'où vous n'auriez jamais dû sortir.

— Pour qui diable vous prenez-vous ? prononça Morris d'une voix sifflante. On ne me parle pas impunément sur ce ton ! Ou vous marchez avec moi ou je vous détruis, en faisant pression sur votre réseau, vos commanditaires et…

Jack Barron émit un rire rauque, faux, libérateur de tension. Ce n'est pas possible, tous les conards du pays se sont donné le mot, se dit-il. Howards, Morris… même genre de crétins.

— Vous me faites pitié, mon pauvre Morris, dit-il. Savez-vous pourquoi ? Parce que toute cette conversation est enregistrée. Votre face de lard et votre grande gueule prêtes à passer à

Bug Jack Barron la première fois que je vous trouverai, disons… gênant ? Vous avez sorti votre bite devant les caméras, et je peux en faire profiter cent millions de téléspectateurs quand il me plaira. Vous êtes tout nu, Morris… cul nu ! Que j'aie seulement le soupçon, l'ombre d'un soupçon même, que vous faites des vagues dans ma direction, et je lâche le morceau. Allez faire vos grimaces ailleurs, Morris, vous perdez votre temps à essayer de me faire peur.

— Réfléchissez quand même, dit Morris d'une voix radoucie d'un cran. Vous risquez de gâcher la chance de votre vie…

— Allez vous faire foutre ! gueula Barron en coupant la communication et en débranchant l'enregistreur.

— *Jack*… soupira Carrie Donaldson à genoux, bras autour de sa taille, lèvres mouillées entre ses jambes, Carrie qui pompait l'image de pouvoir, dépassée par les événements, oubliant le réseau, la tête violée par une simple séance d'engueulade entre grands style *Bug Jack Barron*.

Mais maintenant Barron voyait ce qu'elle était en réalité : un fantôme-substitut de Sara, une Sara-Carrie qui ne remplaçait pas l'article original. La dernière chose que je désire en ce moment, pensa-t-il en la repoussant, c'est d'être pompé par un fantasme de rêve humide.

— Plus tard, ma belle, dit-il. Ce con a réussi à me mettre hors de moi.

Et sous le coup d'une impulsion soudaine (besoin subliminal d'équilibrer les choses, expérience de *Bug Jack Barron*, pensa-t-il avec ironie tout en décrochant l'appareil), il composa le numéro privé de Lukas Greene qui ne figurait pas dans l'annuaire.

Le visage noir, anguleux, encore ensommeillé de Greene apparut sur l'écran, surmontant une tasse de café, entouré d'un décor vaguement opulent de chambre à coucher principale de la Résidence du Gouverneur au second plan.

— Hé, c'est toi, Claude, fit Greene en jetant un coup d'œil hors du champ de la caméra. Tu sais l'heure qu'il est ?

— Tu me connais, Lothar, dit Barron. Couché tôt, levé tôt.

— Tu parles, Percy, si je te connais. À propos, ça arrive ce déjeuner ? lança-t-il à la cantonade.

Et presque immédiatement, un Noir en livrée blanche traversa fugitivement l'écran, déposa un plateau sur le lit et s'éclipsa silencieusement.

— Beauregard, il n'y a pas à dire, ricana Barron, vous autres gentlemen du Sud, vous savez les dresser comme il faut, vos Nègres, hein ?

Greene mordilla un morceau de bacon, trempa son petit pain dans le jaune d'œuf et répondit :

— Regardez-moi ces libéraux du Nord, communistes pédés, qui prennent la défense des Nègres. Ils sont jaloux de notre style de vie, c'est tout. Nous les Sudistes, on aime bien nos Nègres, et ils nous aiment bien. Ceux qui ne nous aiment pas, on les pend à la première branche de pommier venue. Mais c'est pas tout, hé, Cauc ! Qu'est-ce qui vaut à un type important comme moi d'être dérangé à une heure si indue ? Nous ne sommes pas mercredi soir, et les caméras ne tournent pas… j'espère ?

— Devine qui vient de m'appeler ? dit Barron, lorgnant Carrie estomaquée de l'échange de plaisanteries raciales entre le Caucasien Barron et le gouverneur noir de l'État du Mississippi.

— Le spectre de Dylan ? Teddy le Prétendant ?

— Mieux que ça. Le père Morris en personne. Me croirais-tu si je te disais que tu parles au futur Président des États-Unis ?

Greene but une longue gorgée de café.

— Déjà chargé de bon matin ? demanda-t-il sérieusement.

— Sans déconner, Rastus, fit Barron. Morris vient de me proposer l'investiture républicaine pour les Présidentielles.

— Écoute, Percy, cesse de me faire marcher et viens-en au fait.

— Je suis on ne peut plus sérieux, Luke. Ce conard s'est mis dans la tête que la C.J.S. donnerait sa bénédiction à une liste d'union derrière mon nom et que tous ensemble nous allions faire un enfant au beau Teddy.

— Je n'en crois toujours pas mes oreilles. Toi au parti républicain, et la C.J.S. maquereautée avec ces fossiles vivants ? Ou tu me fais marcher, ou ce bon gouverneur de l'État de Californie a fini par perdre la boule. Comment les Républicains et la C.J.S. pourraient-ils s'entendre sur quoi que ce soit ?

— Morris semble penser que l'opposition au projet de loi d'Hibernation est une base commune suffisante pour qu'on fasse abstraction du reste. La liste d'union, dans son optique, ne repose pas vraiment sur une plate-forme commune, elle se fait simplement *contre* Benedict Howards. Complètement loufoque, hein ?

Un lourd silence s'installa tandis que Greene buvait lentement son café et que Carrie regardait tout à tour les deux hommes. Qu'est-ce qui se passe ? se dit Barron. Tout le monde a perdu sa langue, ou quoi ?

— Tu parles sérieusement, Jack ? demanda enfin Greene.

— Pour l'amour du ciel, Luke…

— Une seconde, Vladimir. Je commence à voir le topo… Toi… *Bug Jack Barron*… le fric républicain… et ils en ont encore à la pelle, tu sais… Oui, ça pourrait marcher, avec Bennie Howards dans le rôle du croquemitaine… nous n'aurions même pas à faire la campagne contre Teddy. Oui, ignorer purement et simplement Teddy le Prétendant, assimiler les Démocrates à la Fondation, avec ton émission pour nous aider à faire le boulot… Un Président pour la Justice Sociale…

— Dis donc, Rastus, de quelle planète prétends-tu sortir ? demanda Barron, qui trouvait que la plaisanterie avait assez duré. (Luke est complètement cinglé, il se croit encore à Berkeley, rêves humides de pouvoir, mégalomanie caractérisée.) Tu ne vois pas que Morris veut seulement se servir de la C.J.S. pour faire élire un président républicain et que s'il arrive à ses fins il vous donnera à manger aux poissons, toi et tes Bébés Bolcheviques ? Il a juste besoin d'une image-figure de proue pour se cacher derrière, c'est tout.

— D'accord, approuva Greene, mais cette figure de proue se trouve être le vieux Jack Barron. Même Morris connaît ta réputation de baisse-froc, et il croit que tu feras un homme de paille acceptable. Mais je sais mieux que lui à quoi m'en tenir, Adolphe. Le moment venu, tu sauras où sont tes amis. Je suis peut-être fou, mais je serais prêt à te faire confiance sur ce point.

Et je crois que le Comité national aussi te ferait confiance, après avoir entendu mon point de vue. Fais-toi donner l'investiture républicaine, et je me fais fort de t'avoir celle de la C.J.S. Peut-être qu'après tout je parle au futur Président. Qu'as-tu répondu à Morris ?

— Pour qui me prends-tu ? lança Barron. Je lui ai répondu d'aller se faire foutre. Toi aussi tu déménages, Rastus ?

Greene fronça les sourcils.

— Toi et ta grande gueule, dit-il enfin… Morris devait savoir d'avance à quoi s'en tenir, aussi tout n'est peut-être pas perdu. Tu as enregistré la conversation ? (Il sourit.) Je n'ai pas besoin de poser la question ! C'est sûr que tu l'as fait. Si tu me refilais l'audio sur ton blippeur ?

— Laisse tomber, Luke, dit Jack Barron. Je n'entre pas dans tes combines, ni dans celles de Morris. Si je dois me vendre à quelqu'un, c'est à…

Barron se tut *in extremis* ; il avait failli dire le nom de Benedict Howards. Sûr et certain, pensa-t-il, quitte à vendre ma peau, au risque de saborder l'émission, j'aime autant que ce soit pour le gros magot de la vie éternelle et pas pour des chimères à la con… Mais minute… dans une partie de poker contre Howards, ces politiciens de mes fesses pourraient mettre un atout dans ma manche, pourquoi pas ?

— Écoute, Jack, plaida Greene, fais-moi plaisir, refile-moi l'enregistrement. Tu t'es bien marré, fais-en profiter les copains. Au pis-aller, peut-être que nous pourrons les coincer avec ça le jour où ils dégoteront un autre candidat. Ça ne peut te nuire en rien, ô noble héros Jack Barron. Ça pourrait même aider à faire grimper ta cote.

— Puisque tu me forces la main, je vais te le blipper à une condition, dit Barron. Tant que je ne te donnerai pas le feu vert, et jamais je ne te le donnerai, ça reste strictement confidentiel, juste entre toi et moi. D'accord ?

— Je ne peux pas faire le difficile, dit Greene. Je règle mon enregistreur. Fais-moi signe quand tu seras prêt, Gridley.

Barron sortit la bobine enregistrée et la plaça sur la platine du blippeur incorporé au complexe électronique mural.

— Prêt, annonça-t-il.

— Envoyez ! dit Lukas Greene.

Barron appuya sur le bouton du blippeur. La bande audio de la conversation vidphonique fut compressée en quatre-vingt-dix secondes de babillage suraigu destiné à être déblippé pour la plus grande joie du gouverneur Greene.

— Bien reçu, reprit-il. À présent, Claude, si tu n'as pas d'autres révélations sensationnelles à me faire, les affaires du Mississippi m'appellent. À bientôt.

Pressé d'écouter ça, hein, Rastus ? pensa Jack Barron. Et il ajouta avant de raccrocher :

— Je ne voudrais pas priver un simple d'esprit de ses petites joies, Lothar. À bientôt.

— Jack…

Carrie se glissa jusqu'à lui sur la moquette, ses bras autour de lui, ses yeux avides pourquoi toujours ces yeux assoiffés d'image de pouvoir, suçant à travers ma pine la substance de cent millions d'Américains recensés au dernier sondage Brackett. Toi comme les autres, Carrie Donaldson, secrétaire robot programmée par le réseau, avec ta cramouille en ébullition tu n'achètes pas plus l'image de *Bug Jack Barron* que Morris ou Luke ou Benedict Howards sifflant « Gloire au Grand Chef », mais bienvenue quand même au club, Carrie, baby.

Hé, qu'est-ce qui t'arrive ? s'interrogea Barron tandis que Carrie Donaldson lui taquinait les lèvres de sa langue mouillée et pointue. Il n'y a pas dix minutes, tu voulais de l'action, maintenant tu l'as – la tête de Carrie baisée de part en part, dans tous ses orifices mentaux – et ce n'est pas pour autre chose que tu t'es farci Morris en premier lieu. Oui ou non ?

Son esprit retourna à Carrie qui soudain prodiguait ses attentions à son organe mou, absent jusqu'ici, prolongement primordial de lui-même livré à la froide douceur de deux mains cajoleuses qui firent affluer enfin le désir mécanique du réflexe turgescent. Aucune fille depuis Sara n'avait duré autant de temps dans son lit que Carrie Donaldson – froide Carrie, détachée, statique, maintenant avec lui des rapports strictement ventre à ventre, Carrie qui le faisait suer en servant le réseau, Carrie à la tête séparée du con. Mais maintenant qu'elle s'était réchauffée comme il avait cru qu'il voulait la voir, Barron s'apercevait qu'il restait avec elle en raison de sa froideur même, réaction hygiénique contre une cohorte de Sara du mercredi soir à la chevelure de miel qui ne demandaient qu'à se faire baiser par son image. Et à présent qu'elle faisait partie du club de zombis des adorateurs de *Bug Jack Barron*, qu'elle lui donnait sa tête comme un vulgaire fantasme de rêve humide, il réalisait qu'elle n'était, comme les autres fantômes du mercredi soir, qu'un ersatz de chair et de cheveux de miel qui n'était plus Carrie et pas non plus Sara, jamais plus Sara.

Son organe raide animé d'une vie à part, sa tête froide à des années-lumière de là, avec rien au milieu pour faire la jonction, Barron se mit debout mains sur les hanches, hiératique et ironique statue de grand chef, tandis que les lèvres ondulantes et chaudes, la langue caressante et les yeux mi-clos de Carrie faisaient monter des pulsations de plaisir dans ses cuisses, ses couilles, son organe vibrant à l'existence indépendante qui mourait net au niveau de sa taille, coupée du reste du circuit par des milliers de kilomètres d'isolant électrique.

Profite, Carrie, baby, se dit-il en s'abandonnant au spasme final. Jouis bien, car en fait d'action c'est la dernière tranche que te donnera jamais Jack Barron.

Le regard fixe perdu dans les flammes orangées du foyer, Carrie nue à côté de lui sur la moquette nue dans un demi-sommeil de fatigue rassasiée, Jack Barron était prisonnier d'une carapace en forme d'écran de télévision, prisonnier de circuits électroniques dont la vitesse était celle de la lumière, écran de vidphone point-de-phosphore Muraille de Chine entre sa propre image et la fille aux cheveux de miel. C'est la première fois qu'une pompe me laisse cette impression de moiteur rassie, se dit-il. La laideur est une notion subjective. La vérité est laide quand c'est une arme, le mensonge beau quand c'est un acte d'amour. Rien de plus laid que d'être le seul à jouir ou quand vous êtes à des années-lumière et qu'une fille prend son plaisir de vous, vous donnant l'impression d'être un tas d'immondices. Se faire sucer par un pur esprit et par un mensonge vivant, c'est du cannibalisme. Le monde est plein de cannibales occupés à sucer ma putain d'image, à dévorer le fantôme de Jack Barron. Et Morris et mon prétendu copain Luke sont prêts à me conditionner à l'usage des dîners de télé en couleurs vivantes, à me vendre à cent millions d'électeurs-téléspectateurs-cannibales pour trente pièces d'argent… Mais ils se fourrent le doigt dans l'œil. Si quelqu'un vend Jack Barron, ce sera moi, et pas pour des queues de cerises mais pour la vie éternelle. Leurs astérisques dans des livres d'histoire que personne ne lit, je n'en ai rien à foutre. Howards, Morris et Luke qui se déchirent la gorge, les yeux sur Jack Barron comme si c'était une paire de crocs de rechange, tout ça c'est beaucoup trop d'action dans les hautes sphères du pouvoir. Il y a quelque chose qui pend, un gros paquet de merde prêt à être lâché sur le ventilateur de la nation, et personne n'est volontaire pour mettre Jack Barron au parfum.

On verra ça mercredi soir, Bennie, pensa-t-il. On verra quand tu seras sur la sellette. Car finalement puisque c'est avec de la graine de Président que tu joues cette partie de poker, il faudra étaler les cartes sur la table si tu veux rester dans le jeu, Bennie, baby. Oui, tu es bel et bien sur la sellette, comme une poule de choix dans un bordel de luxe, comme…

Le carillon du vidphone interrompit soudain son accès d'autoapitoiement germanique et morose. Je parie que c'est Teddy le Prétendant, se dit-il, cynique. Tous les autres camés du coin ont déjà contacté Jack Barron le fourgueur.

Mais le visage aux grands yeux bruns et aux cheveux de miel (l'imagination suppléant l'image noir et blanc du vidphone) qui fit son apparition sur l'écran lorsqu'il prit la communication lui coupa le sifflet et il ne put que balbutier :

— Sara…

— Salut, Jack, fit Sara Westerfeld.

Il se sentit la proie d'un désarroi total, lui qui était cul nu devant son poste, perçut la même détresse dans le regard de biche apeurée de Sara, fouilla désespérément l'écran vide de son esprit pour trouver quelque chose à dire et entendit sa propre voix cuirassée d'ironie qui disait :

— Sadisme ou masochisme ? Qu'est-ce qu'il y a dans ta tête imbibée d'acide, Sara ?

— Il y a si longtemps..., commença Sara, et Barron s'agrippant comme un forcené pour ne pas se laisser aller au souvenir-fantôme de mille nuits corps contre corps, choisit l'inanité comme un homme affamé se jette sur un croûton moisi.

— Sans déconner ? dit-il. Je croyais qu'il y a six ans tu étais partie acheter de l'herbe. Il y a eu des encombrements ?

— Je t'en prie, Jack. (Elle le supplia d'un regard navré.) Sommes-nous obligés de nous faire du mal ?

— Rien ne nous oblige à quoi que ce soit, dit Barron, sentant l'amertume monter à la surface. C'est toi qui m'as appelé. Moi je n'ai plus rien à te dire. Tu es chargée ? Tu as défoncé le plafond ? Avec la tête de qui es-tu en train de jouer ? La tienne ou la mienne ?

— Je suis désolée, Jack. Je suis désolée pour tout. Tu peux raccrocher si tu veux. Qui pourrait te le reprocher ? Je... je voulais te voir, Jack, je voulais te parler...

— Tu as la télé ? Allume-la mercredi soir, et tu me verras. Prends ton vidphone, appelle la régie, raconte une histoire à Vince et il te fera passer sur l'antenne. Qu'est-ce que ça veut dire, Sara ? Six ans, six putains d'années ont passé, et tu voudrais que j'accoure comme un petit chien quand tu m'appelles ? Qu'as-tu fait de ta tête, Sara ?

— Je t'en prie... dit-elle, armée du seul blindage de sa vulnérabilité féminine. Crois-tu que ce soit facile pour moi ? Je... (Un vide panique sembla traverser tel un nuage le ciel de ses yeux ; elle hésita, puis se mit à parler de plus en plus vite :) J'ai regardé ta dernière émission par hasard, je l'avoue, mais j'y ai retrouvé quelque chose que je croyais mort. Quelques bribes seulement, au milieu d'un fatras inutile, mais des bribes de *toi*. Je revoyais, à certains moments, le Jack Barron que j'avais connu, et chaque fois cela me transperçait le cœur. Tu peux me croire ou pas, mais à ces moments-là je ne pouvais pas m'empêcher de t'aimer, tout seul dans ce poste de télévision, tout seul avec toi-même, oscillant entre le vrai Jack et le Jack baisse-froc, et je ne savais plus lequel des deux était réel, le Jack que j'aimais ou celui que je haïssais, je t'aimais et te haïssais en même temps, et je savais que j'avais encore en moi un morceau de toi, dont je n'arrivais pas à me débarrasser, et… et…

— Tu étais chargée, hein ? demanda Barron avec une cruauté intentionnellement cynique. À l'acide ?

À nouveau même hésitation, comme si un mécanisme se déclenchait chaque fois qu'il glissait une pièce :

— Euh… oui, c'était un voyage… c'est pour cela, peut-être, de regarder ton émission avec de nouveaux yeux, des yeux anciens et en même temps nouveaux… une partie de moi était à Berkeley, une autre avec toi la dernière fois, et une autre dans cette télé avec toi et… il faut que je te voie, Jack, j'ai besoin de savoir si c'était l'acide ou bien…

— Ainsi me voilà devenu un foutu tremplin de camée ! s'écria Barron. Comme un kaléidoscope ou un vieux disque de Dylan ! Tu as crevé le plafond ? Tu as vu des lumières de couleur ? Je ne veux pas faire partie de tes foutus voyages, même par procuration. Tu me retournes l'estomac, à m'appeler ainsi en pleine vape. Oublie-moi, Sara. Va-t'en chercher un gros malabar de marin du côté du ferry de Staten Island et baise-lui *sa* tête, parce que moi je n'ai pas l'intention de te laisser jouer avec la mienne. Ni maintenant ni jamais.

— Je ne suis pas chargée en ce moment, Jack, dit-elle tranquillement. Je suis tout à fait lucide. Plus lucide, peut-être, que je ne l'ai jamais été de ma vie. Tout le monde change. Je t'ai vu changer, et je n'ai pas pu l'accepter. Maintenant, je pense que c'est mon tour. Cela se passe ainsi, parfois, pendant six ans, on voit arriver les choses sans que vraiment sa tête soit concernée, et puis un jour ça change, l'acide, plus quelque chose, peut-être, quelque chose de bête et d'insignifiant, qui provoque la grande explosion, et soudain les six ans disparaissent comme un bouchon, et l'on voit les années *devant* soi, tous les futurs possibles, en un instant, et rien ne s'est produit que les autres peuvent voir, mais on n'est plus le même, jamais plus on ne sera le même. Il y a une coupure, une discontinuité, et on sait qu'on ne veut plus être ce qu'on a été, mais on ne sait pas encore ce qu'on est.

» Et il n'y a que toi, Jack, qui puisses me dire. Je n'ai plus de présent et tu es mon passé, et peut-être – à moins que je ne finisse par crever le plafond pour de bon – mon avenir aussi, si tu veux bien de moi. C'est un autre côté de toi que je vois maintenant, et je sais que tu ne vois pas tout comme moi, mais je ne suis plus certaine que tu aies toujours tort. Aide-moi, Jack, si tu m'as jamais aimée, aide-moi maintenant, s'il te plaît.

— Sara…

Sara, folle garce, ne me fais pas cela, pensa-t-il, tu me tends entre tes doigts comme une corde à piano, tu fais des arpèges sur mon crâne, du ping-pong avec mes couilles. Désespérément, il voulait maintenir son écran de cynisme contre la marée qui déferlait sur lui, marée de Berkeley draps frais tachés d'amour langue dans son oreille brise tiède sur leurs corps nuit californienne embaumée de bougainvilliers à Los Angeles, à Berkeley, odeur de la marijuana bouche contre sa bouche années d'innocence années perdues, six années enterrées enfouies dans des corps de blondes du mercredi soir, et la chanson de ces années qu'elle chantait de sa belle voix fausse de petite fille triste pressentant la tristesse des Noëls à venir :

Où sont passées toutes les fleurs d'antan ?
Quand, oh, quand comprendront-ils enfin… ?

Quand comprendras-tu enfin, Jack Barron ? Du fond des tripes, tu sais qu'elle est toquée ; mais dans ton cœur… dans ton cœur il y a un gros trou de la taille de Sara, que ni Carrie ni aucun autre fantasme déjà vu du mercredi soir ne pourront combler, même si tu vis les millions d'années d'ères géologiques promises par Benedict Howards… Tu es un camé de Sara, et tu ne peux rien faire pour arranger les choses, le seul fourgueur en ville c'est elle.

— Jack… dis-moi quelque chose, Jack…

— Est-ce nécessaire ? répondit-il – douce soumission au fantôme d'un espoir qui ne voulait pas mourir.

Je peux, se disait-il. *Je peux.* Jack Barron a fait face à des sénateurs, caïds de toutes espèces, Howards, Morris, Luke, artistes de la balle à effet ; Jack Barron a-t-il peur de jouer le jeu de l'amour (quoi d'autre qu'un jeu !) avec la seule femme qu'il ait jamais aimée ? Je t'aiderai, vieux frère. Toi et moi on empoignera la réalité par les cornes, toi et moi dans *Bug Jack Barron*, dans notre douillet penthouse du vingt-troisième étage qui n'attend que Sara depuis des années. Et si c'est l'acide vraiment qui t'a ouvert les yeux, Sara, alors chapeau pour Crazy Tim Leary[1].

— Quand puis-je te voir ? demanda-t-il.

— Dès que tu pourras venir.

— Je serai chez toi d'ici trois quarts d'heure. Bon Dieu de bon Dieu, ce que tu as pu me manquer !

— Tu m'as manqué aussi, dit Sara, et il crut voir ses yeux s'embrumer.

— Trois quarts d'heure, répéta Barron, et coupant la communication il se leva à la recherche de ses vêtements et de ses clés de voiture.

Et se trouva nez à nez avec Carrie Donaldson, blême et nue, les seins mous et pendants comme des fleurs flétries.

— Ne dites rien, monsieur Barron, fit-elle de sa voix de secrétaire glacée. Il n'y a rien à expliquer, nous n'avons plus rien à nous dire. Moi qui croyais que c'était parce que vous étiez trop… trop important, trop occupé par votre travail pour avoir le temps de… qu'en étant là, sans histoires, simplement quand vous me vouliez, en chauffant votre lit quand il était trop froid… qu'un jour, peut-être, vous verriez que… que… mais je me suis trompée, je me suis méprise sur votre compte… comme j'aimerais être à sa place, être aimée comme vous l'aimez. Au train où va le monde, je crois bien que ça ne m'arrivera jamais…

— Carrie… Je ne savais pas… je ne voulais pas te… j'étais sûr que c'était le réseau…

— Le réseau ! J'ai peut-être beaucoup de vices, Jack Barron, mais comme disait quelqu'un tout à l'heure, je ne me prostitue à

1. Timothy Leary : fondateur de la League for Spiritual Discovery (L.S.D.) ; apôtre du L.S.D. (acide) dans le milieu hippie. *(N.d.T.)*

personne ! s'écria-t-elle. Certes, j'étais censée vous tenir à l'œil, mais de là à ce que vous supposiez...

Elle se mit à trembler, des larmes perlèrent au coin de ses yeux et elle inclina la tête en arrière pour les refouler dans un mouvement empreint de fierté sauvage.

Bon Dieu, quel pauvre conard aveugle tu as été, Jack Barron ! se dit-il tandis qu'elle se tenait devant lui, plus grande à ses yeux qu'elle ne l'avait jamais été, et cependant il n'éprouvait toujours rien pour elle, était incapable de simuler même pour un instant le moindre sentiment.

— Pourquoi n'as-tu rien dit ? fut tout ce qu'il trouva à déclarer.

— Est-ce que ça aurait changé quelque chose ? Vous savez bien que non. Vous ne pensiez qu'à elle, aucune autre femme ne comptait pour vous. Et au moins... vous m'avez bien fait jouir, Jack Barron. Quel dommage... Quel dommage que plus jamais je ne pourrai supporter d'être touchée par vous.

Et tout ce qu'il put lui laisser en guise de consolation, ce fut la dignité d'aller pleurer toute seule et de se rhabiller dans la chambre à coucher.

Chapitre sept

Franchir la 14e Rue, c'est passer d'un style de bande dessinée à l'autre, se dit Barron tandis qu'il descendait au volant de sa Jag la Septième Avenue au trafic encombré du samedi soir. Laisser derrière soi la réalité style *Mary Worth, Rex Morgan, Man Against Fear* en passant par *Terry et les pirates* (style d'avant Mao, péril jaune, jonques chinoises, Chopstick Joe et Dragon Lady) pour rejoindre le décor daliesque du Village (*Krazy Kat, Captain Cool*), ghetto spirituel, Côte de Barbarie allant d'un fleuve à l'autre.

À hauteur de la 4e Rue, Barron prit à gauche impulsivement, puis s'engagea sur la droite dans le flot monstrueux qui engorgeait MacDougal St. – la Rue de l'Argent, la Cité du Vice, attraction touristique numéro un, collecteur principal de l'immense cloaque que les autorités constituées avaient fait du ghetto de Greenwich Village.

Une fois de plus l'empreinte moite des années 1970 est visible, se dit Barron tandis qu'il progressait à quelques centimètres par seconde en direction de Bleecker St., dépassant des boutiques de souvenirs, des boîtes à strip-tease, des officines de vente de L.S.D. contrôlées par le gouvernement, des fourgueurs de chnouf furtivement postés au coin des rues et des prostituées attendant le touriste, le tout environné de solides miasmes : relents de saucisses frites à la graisse, haschisch, urine de marins saouls, arôme de pissotière du sordide agglutiné – tout ce qui subsistait d'une pathétique ex-grande dame réduite à proposer son con à tous les inconnus qui passaient.

Faute de pouvoir les battre, on les absorbe (devise tacite de l'époque d'après Lyndon). Un petit territoire réservé pour chaque tribu d'Amérique : aux Nègres le Mississippi, aux camés chevelus le Village, Fulton St. et Strip City, et aux vieux de la vieille les antichambres de cimetière patronnées par Sun-City et St.-Petersburg. Chacun dans sa réserve indienne, incapable de nuire dans son coin ; et l'exploitation du touriste en guise de commerce accessoire : Visitez nos Nègres, visitez nos hippies, visitez l'Amérique, voir l'Amérique et puis mourir.

S'engageant sur la gauche dans Bleecker St., Barron se sentit envahi par une infinie tristesse – comme s'il retrouvait dans une maison de passe mexicaine un amour de jeunesse qui faisait des pompes pour quelques nickels, dis donc vieux t'aurais pas un billet à me refiler ?

Où sont passées toutes les fleurs d'antan ?
Quand, oh, quand comprendront-ils enfin ?

— C'est Jack Barron...

— Hé, Jack !

Merde, ils m'ont repéré, se dit Barron, notant ironiquement au passage le paradoxe de sa réaction d'ennui-satisfaction tandis qu'une rouquine bien moulée sous son collant kinesthopique (serpents électriques bleutés jaillissant sans fin vers son con – une idée de Sara ?) criait son nom avec un regard empreint d'admiration banale, faisant tourner les têtes, créant un émoi passager dans la foule qui encombrait la rue.

— C'est bien *lui* ! C'est Jack Barron !

En un instant, au bord des deux trottoirs de Bleecker St., s'amassèrent touristes et riverains, gesticulant, criant, attirant d'autres désœuvrés de MacDougal St. qui, sans savoir pourquoi, anxieux simplement d'être au cœur de l'événement quel qu'il soit, se joignaient à leurs gestes et à leurs vociférations.

Mais comme la Jag se traînait vers l'est dans le flot quasi immobile de la circulation, Barron remarqua les badges qui ornaient de nombreuses poitrines : motif kinesthopique rouge sur fond bleu, pareils aux ycux insondables des Sara du mercredi soir posés sur lui comme des mains, faisant surgir des images de Berkeley Los Angeles Meridian yeux de Bébés Bolcheviques qui avaient grandi, qui le dévisageaient comme s'il était un Christ de plastique lumineux, héros d'une cause à laquelle il ne croyait plus. Son propre nom le narguait en caractères kinesthopiques : « Bug Jack Barron », disaient les badges.

Eh, oui, voilà ton fidèle public ! « Bug Jack Barron »… tout est parti d'ici, où je suis comme un étranger. Rues du passé, rêve de jeunesse qui te tend toujours les bras, rêve bidon à des années-lumière de la réalité.

Saisi par le rythme, la chaleur de la foule, l'odeur et le son de son nom qui flottait dans l'air, Jack Barron salua de la main, sourit, baissa froc vis-à-vis de lui-même comme le plus conard des jeunes premiers d'Hollywood.

La circulation devint finalement plus fluide à hauteur de Thompson St., les visages se muèrent en points de phosphore sur écran de télé et les bruits en fond sonore lointain. Et quand il tourna dans West Broadway en direction de Houston St., la grande artère de dégagement est-ouest, il s'aperçut qu'il transpirait à grosses gouttes – comme s'il venait de se dresser en sursaut dans son lit à la fin d'un stupide rêve humide.

Qu'est-ce qui m'a pris de faire ça ? se demanda Barron tandis que l'air qui s'engouffrait dans la Jag découverte le refroidissait un peu. Qui joue maintenant à baiser la tête de Jack Barron, sinon le maître baiseur soi-même ? À qui crois-tu la faire ? Ton chemin c'était la Septième Avenue-Houston St. direct, sans faire tout ce cirque et aller te fourrer dans des embouteillages où c'était couru d'avance que tu te ferais repérer. Visez un peu le club de fans de Jack Barron : tous les paumés du Village, les junkies de San Fran, les filles à la dérive de partout ailleurs, Berkeley, Strip City, toujours la même scène, de Commercial St. à MacDougal St. à Haight à Sunset Blvd., toujours les mêmes fantômes de gloire du mercredi soir.

Il tourna à gauche dans la Première Avenue, et son humeur changea avec l'artère : la Première Avenue, collecteur primordial du Village ; bistrots déglingués, salons de thé, discothèques, galeries, boutiques psychédéliques au rez-de-chaussée d'immeubles polonais ou ukrainiens rénovés ; rue où les spectres de néon du futur côtoyaient les fantômes moins gais des descendants des ghettos slaves ou juifs ou portoricains du passé.

Oui, c'est là que ça se passe, pensa Barron : quartier frontière de la paranoïa, studios à bon marché, boutiques folkloriques du nouveau ghetto de la drogue, guérilla immeuble par immeuble contre les exploités de la Grande Société, scène de taudis du passé qui mourait. Et les Enfants des Fleurs étaient aussi pressés d'occuper les lieux que Dieu sait combien de générations d'immigrants avaient été anxieux de les quitter.

C'est toujours pareil, se dit-il. Du temps du Village, il n'y avait que Berkeley qui comptait. Du temps de Berkeley, Strip City, et maintenant, ici, où se trouve l'action ? Mais quand on est un paumé pour la vie, baby, l'action c'est toujours ailleurs qu'elle se trouve. Alors pourquoi pas l'autre côté de la lucarne, le pays de *Bug Jack Barron*, électroniquement relié aux sièges du pouvoir, rêves d'acide de révolution, secret bidon de cent millions de téléspectateurs recensés au sondage Brackett : Jack Barron le donneur de coups de pied au cul est l'un des nôtres.

Et c'est vrai, se dit-il. Pour des raisons à moi, je suis effectivement dans le même camp qu'eux, le camp de tous les bloqués mentaux de la création, image-point-de-phosphore proclamant au son de la liberté : « Ennemi de ceux qui s'en font un ennemi, ami de tous ceux qui sont sans amis. »

Mais pourquoi te font-ils suer, ces badges ?

L'ennui, c'est que j'aimerais savoir d'où ils sortent, et pourquoi. Luke ? Morris ? Les deux, peut-être, lançant déjà leur ballon-sonde, échantillon gratuit de prospective téléculinaire ? Ou peut-être rien d'autre qu'un inoffensif tremplin de camé ?

Merde, tu le sais très bien, ce qui te fait suer. Sara ; *ta* Sara : elle n'a qu'un mot à dire, et tu rappliques, avec ton cul d'un million de dollars dans ta Jag, au Village du passé que tu croyais oublié depuis six ans. Comme dans la chanson imbécile des années 1960 :

Déesse des Taudis de Lower East Side
Déesse des Taudis je veux faire de toi ma femme…
La première fois que je l'ai enfilée j'ai cru perdre la tête…

Et c'est vrai ! Me voilà à traîner la pine, six ans plus tard, dans la Première Avenue. Sara, Sara… tâche de ne pas être envapée quand j'arriverai chez toi, car alors je ne sais ce qui me retiendra de te flanquer une volée dont tu te souviendras, parole d'homme.

Mais tandis qu'il garait sa voiture au coin de la Première Avenue et de la 9e Rue, il se demandait sérieusement qui était en mesure de flanquer des volées à qui.

L'appartement de Sara se trouvait au troisième étage d'un immeuble rénové de cinq étages sans ascenseur (le progrès : dans le bon vieux temps, vous pouviez aller rendre visite à n'importe qui dans East Village, il habitait *toujours* au cinquième étage), et rien qu'à voir la porte on pouvait être sûr que c'était le sien. Le pan de mur attenant à la porte d'entrée ainsi que la porte elle-même étaient fondus dans un motif kinesthopique formant des ondes concentriques changeantes aux reflets verts et noirs créant l'illusion d'un tunnel sans fin aux contours mouvants autour de l'unique point fixe bizarrement décentré constitué par le bouton de sonnette jaune. Le centre apparent du tunnel était curieusement situé vers le haut de la porte.

Barron hésita, fixant le bouton jaune, pris par le rythme des cerceaux d'émeraude qui sortaient du fond noir comme des pulsations de néon vibrant autour de lui, l'aspirant en leur centre comme les jambes de Sara nouées à son corps… ouvre-moi ! ouvre-moi ! Laisse-moi t'attirer en moi, semblait dire le tunnel mouvant.

Barron ne put s'empêcher de sourire. Ce genre de symbolisme ne l'affectait pas, mais elle savait très bien ce qu'elle faisait avec des trucs de ce genre : l'entrée de son appartement ressemblant à un con ouvert au monde entier. Mais mollo, Jack, baby, regarde la peinture, elle est vieille et elle est écaillée sur les bords. C'était là bien avant qu'elle t'appelle.

Il pressa le bouton-nombril, entendit un gong chinois résonner à l'intérieur, suivi de pas feutrés sur la moquette, et… Sara ouvrit la porte. Immobile sur le seuil, elle était éclairée par la lumière ambrée d'un unique projecteur qui faisait ressortir sur le fond noir du corridor ses longs cheveux dorés coulant sur ses épaules. Son kimono de soie noire laissait deviner la nudité de ses seins aux bouts tendus bas sous le tissu brillant dont les plis à la jonction des cuisses lisses évoquaient le doux triangle de chair imaginée.

Impression ironique de déjà-vu, l'entrée de son penthouse et sa propre technique de séduction hypnotique venant tout droit de l'enseignement kinesthopique de Sara. Barron se mit à rire et dit :

— Le chemin du cœur d'un homme passe par le ventre et celui de la queue par les yeux, hein, Sara ?

— Tu n'as pas changé, Jack, dit-elle avec un sourire qui raviva en lui l'étincelle qu'il croyait éteinte de leur amour de Berkeley, à l'époque où Jack et Sara étaient les protégés de l'univers, leur cynisme innocent une épée contre la nuit. La magie n'agit pas sur toi. J'avais oublié que tu étais muni d'un charme contre les nécromanciens.

— Merci, J.R.R. Tolkien, dit Barron en entrant et en refermant la porte derrière lui pour se donner une contenance. Est-ce qu'il y a un endroit où s'asseoir dans cette caverne enchantée ? demanda-t-il au lieu de céder au désir viscéral de l'attirer à lui telle qu'elle se trouvait là.

Mollo, Jack, se reprocha-t-il à nouveau.

Elle sourit et le guida le long du couloir tendu de velours noir aux ombres fuyantes (fond noir sur effets kinesthopiques, se dit-il, comme pour *Bug Jack Barron*, nous jouons à la même chose, mais pour des enjeux différents) jusqu'à une pièce-studio revêtue d'un tapis de paille et ornée d'un mobilier bas japonais aux couleurs fondamentales et à la précision géométrique agressive par sa sobriété. Une lumière blanche descendait d'une pseudo-lanterne à des années-lumière du baroque au néon des rues du Village. Il s'accroupit sur un coussin de peluche rouge devant une table laquée noire et sourit en voyant la télévision posée là avec l'arrogance de l'impérialisme yankee dans des draps extrême-orientaux.

Elle s'assit à côté de lui, ouvrit un écrin bleu qui était sur la table, sortit deux cigarettes et lui en tendit une. Il lorgna la marque :

— Non, non, pas d'herbe, dit-il. Je veux qu'on parle sérieusement. Ni pour toi ni pour moi, ou je m'en vais tout de suite.

— Ton sponsor, Acapulco Golds. (Elle retourna les tiges dans ses mains avec circonspection.) Qu'est-ce que le réseau va penser ?

— Arrête de déconner, Sara.

— Très bien, Jack, dit-elle, soudain vide et confuse comme une petite fille (après tout, est-ce *moi* qui ai commencé ?). J'espérais que tu... que tu écrirais le scénario de cette scène. Cela a toujours été ton rayon, pas le mien.

— Mon rayon ? Écoute-moi, Sara, c'est toi qui as lancé l'idée, rappelle-toi. Tu m'as demandé de venir. Je n'ai pas traîné ma pine jusqu'ici pour...

— Tu crois vraiment, Jack ? fit-elle doucement.

Il plongea son regard dans les grands yeux noirs de Sara qui connaissaient des abîmes sans fond, et ils restèrent ainsi rivés l'un à l'autre, se disant : Je sais que tu sais que je sais que nous savons que nous savons... circuit de réaction sans fin des scalpels acérés de la vérité à laquelle ils ne pouvaient pas échapper.

— D'accord, se soumit-il enfin. J'oubliais à qui je parlais. Il y a si longtemps, que je ne savais même plus que j'avais quelqu'un d'ancré si profondément dans la peau. J'aurais bien voulu oublier. J'ai fait tout ce que j'ai pu pour oublier que je savais que tu savais ce que j'éprouve encore pour toi. C'est pire qu'un voyage à l'acide raté, le souvenir de la façon dont tu m'as laissé tomber, alors que je t'aimais encore.

— Qu'est-ce que tu racontes ? se dressa-t-elle avec une moue de défense, mais un air de sincérité blessée dans son regard. Je ne t'ai pas laissé tomber, c'est toi qui m'as fichue dehors.

— *Je t'ai fichue dehors*... ? commença à hurler Barron pour se calmer presque aussitôt en entendant sa vieille voix des querelles sans fin qu'elle ne comprenait jamais – autant se cogner la tête contre un mur de brique. (Il soupira :) Tu ne comprends pas, Sara. Tu n'as jamais voulu comprendre. Personne ne t'a fichue dehors. Tu ne cessais de me présenter des ultimatums, alors un beau jour j'en ai eu tellement marre que je t'ai prise au mot et tu t'es barrée.

— Tu m'as forcée à m'en aller, insista-t-elle. Je ne pouvais plus rester dans ces conditions, et tu refusais de faire un effort. Tu t'es débarrassé de moi comme d'un préservatif usagé.

— C'est exactement ce qui s'est passé, tu viens de l'avouer toi-même. Tu ne voulais pas m'accepter tel que j'étais en réalité. Tu voulais me faire changer. Et quand je n'ai plus voulu jouer à tes jeux de Bébés Bolcheviques et que j'ai commencé à vivre dans le monde réel, tu n'as pas pu quitter ton univers de camée, et parce que j'ai refusé de retourner croupir dans le même trou que toi tu t'es barrée. C'est ce que tu appelles être fichue dehors ?

Prêt au sempiternel retour de la balle, Barron vit se former sur le visage de Sara le masque familier aux yeux meurtris et aux lèvres tremblantes... qui se liquéfia soudain en un visage pathétique de petite fille au bord des larmes.

— Non, dit-elle comme si elle se souvenait d'une bonne résolution de nouvel an. Je ne veux pas retourner six ans en arrière. Je ne veux plus me disputer, je n'ai plus envie de marquer des points. La dernière fois, chacun de nous a cru marquer des points et... nous avons perdu tous les deux la partie. Tu ne vois donc pas, Jack ? Je t'ai quitté... tu m'as fichue dehors... des mots, des mots, des mots... notre amour est mort pour des mots... Je me suis dit que c'était vraiment trop idiot quand... (Elle hésita, d'une manière étrange, comme si quelque chose de glacé avait traversé son regard, puis elle poursuivit :)... Quand j'ai regardé l'émission sous l'effet de l'acide, le toi que j'aimais était toujours là, il n'avait pas changé. Mais cet autre toi... celui qui marquait des points avec Hennering, Yarborough, Luke... C'était toi aussi, ça, Jack, et ce sera toujours toi. Autrefois...

quand tes ennemis étaient *nos* ennemis… j'aimais cet autre côté de toi… Te rappelles-tu ? Te rappelles-tu Berkeley et la nuit où tu as créé la C.J.S. ? Et ni Luke ni les autres ne peuvent en dire autant. De tes mains nues tu as marqué des points, pour une *vraie* raison. Et la fois où tu as arrêté cette émeute rien qu'avec ton visage et ta voix ?… Quand je t'ai vu tailler en pièces la Fondation, comme tu faisais avec moi vers la fin, mais comme tu avais fait avec ce salaud de fasciste aussi, la première fois que tu as eu l'émission… ça, c'était Jack Barron, le vrai, celui qui était prédestiné. Et je me suis dit que peut-être ce n'était pas toi qui avais changé, mais moi, que peut-être j'avais cessé à un moment d'essayer de comprendre par peur du pouvoir, peur de voir de beaux rêves devenir une réalité moins rassurante, peur d'assumer des responsabilités de femme de vainqueur, peur d'affronter les vrais requins d'un vrai océan. Si tu as été un baisse-froc, moi j'ai été lâche de te repousser, au lieu d'essayer de comprendre… Tu es le seul homme que j'aie jamais aimé vraiment, Jack, le seul que j'aie respecté, et je ne te comprends pas quand même, peut-être ne te comprendrai-je jamais. Mais si tu veux encore de moi, je passerai le reste de ma vie à essayer. Je t'aime, Jack, je t'aime. Ne dis rien, baise-moi, baise-moi, mon amour, je ne veux plus penser, je veux être un objet dans tes mains.

Et elle se laissa aller contre son corps, les bras autour de lui, les seins tièdes et mobiles, forçant ses lèvres encore serrées de sa langue raidie.

Un frisson de déjà-vu le parcourut tout entier tandis que Sara l'embrassait, yeux sans fond grands ouverts, regard d'abîme du mercredi soir d'une cohorte sans fin de succédanés de Sara devenant tout à coup la vraie Sara, la Sara de Jack et Sara de Berkeley Los Angeles Acapulco brise nocturne Californie de l'esprit, Sara qui résumait et annulait les fantasmes de rêve humide d'un seul coup de sa langue liquide dardée.

Comme des automates incrédules, les mains de Barron écartèrent le kimono soyeux, et le corps nu de Sara – langue mouillée remontant la courbe de sa pommette selon un itinéraire retrouvé par cœur, tiédeur humide dans son oreille encerclée par des lèvres à la senteur musquée de bougainvilliers, doigts dansant sur son ventre descendant le long de sa cuisse selon un rythme primordial – remplit de sa chair réelle le vide de ses fantasmes tandis qu'il refermait ses mains sur une poitrine bien présente. Sara ! Sara ! C'est *toi*, et c'est réel !

Je suis Jack et tu es Sara, c'est tout ce qui compte – et passionnément, il lui entoura la tête de ses bras tandis qu'elle le faisait rouler, nue sous lui, sur le tapis de paille, gémissante, leurs langues unies, leurs bouches mouvantes selon un rythme lent, pelvien, elle implorante, pétrissant ses fesses de ses doigts, l'attirant au centre de ses jambes écartées, vissées à lui, caressantes, criant sur un rythme d'orgasme : *baise*-moi, *baise*-moi, *baise*-moi… Et…

Et rien ne vint.

Après l'épuisement total de sa nuit avec Carrie, après six ans d'images de désir du lendemain matin maintenant devenues réelles, en cet instant d'entre tous les instants rien ne vint.

Il sentit descendre sur lui la spirale glacée du désastre superfreudien… puis il prit le parti de trouver cela drôle. Qu'est-ce que ça peut foutre ? C'est *moi* qui compte, pas ma queue, je n'ai rien à prouver avec ma queue dans ce domaine. Je l'aime, c'est tout, et elle est là.

Il glissa son visage jusqu'au ventre brûlant de Sara, l'enfouit dans la moiteur musquée du nid de crin, lèvres contre lèvres, lappant entre ses cuisses raidies sur ses joues, la pénétrant d'amour et d'autofrustration ironique, poussant et fouissant sur un rythme pelvien tandis qu'elle l'accompagnait de ses coups de boutoir asymptotes et jouissait en spasmes gémissants.

Reposant son menton sur l'os dur du pelvis, il sourit à la proue de son ventre, à ses seins écartés comme deux monticules, et leurs regards se rencontrèrent à travers un continent rose de plaisir encore palpitant.

— Jack… (Elle soupira.) Oh, merci… merci… (Puis elle baissa vers lui un regard rêveur :) À cette heure-ci, c'est tout ce que tu as pu faire ? Par curiosité, comment s'appelait-elle ?

— Qui ça ? dit Barron en feignant l'innocence.

— Miss Hier soir. J'espère du moins qu'elle existe, je ne voudrais pas croire que…

— Laisse-moi une heure pour récupérer, et je te donnerai la réponse, dit-il en remontant jusqu'à son visage.

Elle déposa un baiser rapide sur ses lèvres encore chaudes d'elle, et il sentit percer une pulsation de désir à travers l'épaisseur ouatée de sa fatigue quand elle tendit la main pour le caresser.

— Toujours prêt à l'action comme je l'ai laissé, murmura-t-elle, et la barrière des années fondit et il comprit qu'elle était revenue pour de bon. Prends ton temps, rien ne presse, reprit-elle en le serrant contre elle. (Et avec un frisson dans la voix qu'il ne lui connaissait pas, elle ajouta :) Nous avons une éternité devant nous.

Ça ne m'est pas arrivé depuis la fin de la prohibition, songea Barron tandis que la cigarette roulée à la main comme au temps des fourgueurs de rue circulait de main en main dans le cercle mystique. Il y avait, à part lui et Sara, un nommé Sime, qui en avait visiblement après le cul de Sara, une fille qu'on appelait Leeta ou à peu près (servante de l'Église psychédélique) et un type chevelu qu'on ne désignait que sous le nom de Poméranien. Barron inhala profondément, s'installant dans une atmosphère de nostalgie anachronique, savourant chaque bouffée de fumée comme si c'était encore le truc à vingt dollars l'once qu'on ne pouvait se procurer qu'illégalement.

— Wow ! fit-il dans le style consacré du début des années 1960. Ne le répétez à personne, mais c'est vachement plus excitant que les Acapulco Golds.

Sara se mit à rire :

— Ça ne m'étonne pas, dit-elle ; il y a de l'opium dedans.

Souriant pour lui-même, Barron ressentit un détachement sardonique à l'égard du reste du groupe assis à l'orientale sur le tapis de paille. Il ne pouvait pas y avoir plus qu'une trace de noir dans cette camelote. Pour sentir l'effet de l'opium, il devait falloir fumer au moins une livre d'herbe. Mais ça ne fait rien, se dit-il, il suffit d'une pincée épicée et de l'idée pour créer l'atmosphère du fourgueur d'antan et de la police aux fesses. Si ça se trouve, il n'y a pas un brin de noir, rien que de la merde, mais ça ne fait rien le prix est le même.

— Hé, déclara le Poméranien, vous aussi vous prenez plaisir aux Acapulco Golds ? C'est marrant comme tous les anciens camés qui en connaissent un bout choisissent Acapulco Golds. Et tout le monde sait que vous en connaissez un bout, Jack. (Cette dernière affirmation tenait à la fois de la sympathie innocente et sincère et de l'affectation de sycophante.)

Lorsqu'il entendit le Poméranien formuler la question qu'il s'était toujours posée lui-même, Barron comprit soudain pourquoi les Acapulco Golds battaient tous les records dans les ghettos du Village, de Fulton St., Strip City, parmi les camés nostalgiques des temps passés : la réponse était du côté de *Bug Jack Barron*. Fumez les Acapulco Golds et vous aurez le goût de Jack Barron ; vous accomplirez un acte de patriotisme comme le Poméranien, comme les habitants du ghetto psychédélique, les adorateurs du mauvais garçon de Berkeley aux cheveux à la Dylan (besoin d'aller chez le coiffeur, ça commence à me gratter), les continuateurs du mythe du donneur de coups de pied au cul.

Il passa la tige à Sara, la regarda tirer une interminable bouffée comme au temps de la pénurie, et se demanda pourquoi il était venu quand même à cette séance de camés destinée à marquer son retour au bercail, pourquoi il l'avait attendue, pourquoi il avait ressenti le besoin de… de… ?

— Hé, Jack, fit le Poméranien, c'est vrai toutes ces histoires qu'on raconte sur vous et la Fondation ?

— Quelles histoires ? demanda Barron, humant l'odeur d'une usine à rumeurs très professionnelle (celle de Luke, déjà ?).

Le Poméranien prit la tige des mains de Sara, inhala, retint la fumée dans ses poumons et parla à travers elle d'une voix croassante de camé de longue date :

— On dit que vous voulez la peau de Howards. La dernière émission était terrible. Des Hibernateurs publics. Vous avez… (Le Poméranien s'étrangla en un subit accès de toux qui le força à expirer la fumée qu'il voulait garder en parlant, puis continua aussitôt avec de grands gestes :) Ouaip, le bruit court que vous marchez main dans la main avec ceux de l'Hibernation publique, et que quand la Fondation sera mûre pour passer à la casserole, hop, hop, vous leur donnerez le compte tous ensemble et tout le monde aura sa chance de goûter à la vie éternelle, pas seulement cette bande d'enculés de fascistes qui ont tout le fric mais les autres, comme qui dirait les gens comme vous et moi, quelque chose qu'on aurait comme ça à la naissance, sans tenir compte de ce que vous serez plus tard, le fric que vous ramasserez ou la longueur de vos cheveux, ou si la vôtre fait neuf pouces de long au départ ou à l'arrivée, ou si vous êtes blanc ou noir ou indigo, c'est pas vrai ? Exactement comme la mort vous attend au tournant dès que vous êtes né, c'est-à-dire qu'on est tous embarqués dans la même galère, on est tous *des gens*. Et de même qu'on a la Sécurité sociale pour tout le monde, on devrait tous avoir automatiquement une place dans un Hibernateur. On est tous égaux, vous comme moi comme Benedict Howards, et il n'y a pas de raison qu'il y en ait qui vivent plus longtemps que d'autres, c'est pas vrai ?

Barron sentit les rouages tourner. Ce type-là est en train de me débiter la propagande de la C.J.S. agrémentée d'un peu de sauce Barron. Du travail de professionnel. On lui a fourré ça dans la tête mais il ne le sait pas, il croit que c'est dans l'air. C'est l'usine à ragots qui fonctionne : confidences de poivrots dans les bars, les discothèques, au coin des rues, le truc qui semble né spontanément et qu'on entend partout. Et dix contre un que tout ça vient d'Evers, Mississippi… Je suis bien placé pour le savoir, j'ai été le premier à utiliser le truc dans le temps.

Ouais, pensa-t-il en captant l'instant en suspens sur les quatre visages qui le regardaient avec dans leurs yeux le désespoir de la vie et de la mort, leurs yeux de téléspectateurs estimés à cent millions au dernier sondage Brackett. Leur truc est fabriqué, mais ça se tient, Luke et Morris n'ont pas entièrement tort, parce que la mort, c'est tout ce qu'il y a. Face à la mort, on est tous pareils, il n'y a rien qu'on ne ferait pas (raconter des histoires, assassiner, créer la Fondation pour l'immortalité humaine, se vendre à Benedict Howards) pour rester en vie ne serait-ce qu'une seconde de plus, parce que quand on est mort il n'y a plus de morale qui vaille. Deux partis seulement sont en lice : le parti de la mort et celui de la vie. La campagne pour la Présidence se joue au niveau des tripes ; parti républicain C.J.S.-Jack Barron de la vie éternelle contre parti démocrate-Bennie Howards de la mort pour le plus grand nombre.

Jésus en Harley-Davidson ! se dit Barron tandis que les conséquences l'étreignaient aux tripes pour la première fois. Je pourrais *vraiment* devenir Président des États-Unis !

— Disons qu'en principe je serais d'accord avec vous, fit-il en ayant l'horrible sentiment de prononcer des paroles historiques (historiques, mes fesses). Mais si vous voulez mon point de vue, toute cette histoire d'Hibernation publique c'est zéro et compagnie. Vous ne voyez pas ce qu'il y a en face de vous ? Benedict Howards et ses milliards d'avoirs gelés ; le parti démocrate, auquel à deux exceptions près ont appartenu tous les présidents élus depuis plus de cinquante ans ; Teddy le Prétendant et ses séides ; sans compter les Républicains, également, qui se fichent pas mal de l'Hibernation publique et ne demandent qu'une part des actions pour leurs propres caïds encore bourrés de fric. Alors qu'est-ce qu'il reste de l'autre côté, à part la C.J.S., ma grande gueule et quelques centaines d'énergumènes agitant des pancartes au coin des rues ?

— Merde, c'est formidable, s'écria le Poméranien avec une exaltation ingénue. Il a plus de gens qui l'écoutent que n'importe qui d'autre dans ce pays, et il ne le sait pas. Le seul homme qui puisse parler à tous ces enculés et leur clouer le bec, le seul à qui nous puissions faire confiance, et il ne connaît pas sa force. Il est formidable !

— C'est vrai, intervint la blonde. Vous ne voyez donc pas ? Vous avez le pouvoir, comme le reste de ces salauds, mais vous êtes le seul qui ne vous soyez pas hissé pour l'obtenir sur une montagne de cadavres, et qui puissiez l'utiliser pour quelque chose de bien…

— Tu ne comprends pas, Jack ? demanda Sara en le dévorant de son regard des beaux jours de Berkeley. Le pouvoir… souviens-toi de ce que nous disions toujours à l'époque, ce que nous ferions du pouvoir si un jour nous l'avions… Tu n'as pas oublié ces bêtises, j'en suis sûre. Mais ne comprends-tu pas que ce ne sont plus obligatoirement des bêtises ? Nous t'avons, et tu as le pouvoir. Autrefois tu n'hésitais pas à foncer dans le tas, même si ça ne rapportait rien. Aujourd'hui tu peux le refaire, et pour un résultat !

— Le pouvoir ! s'écria Barron. Vous ne savez même pas de quoi vous parlez. Jetez un coup d'œil autour de vous : Howards, Teddy, Morris… *voilà* ce que c'est que le pouvoir. Tous des camés, et de la pire espèce. Des drogués du pouvoir. Et comme tout camé qui se respecte, ils portent sur leur dos le poids de leur vice. La première piquouse est à l'œil, mon garçon, mais après ça à toi de te démerder pour entretenir la guenon que tu portes sur ton dos. Je suis un type très bien, hein ? Venez avec moi dehors, et je vais vous montrer cinquante ex-types très bien sur qui vous ne voudriez même pas cracher parce que ce sont des junkies, et pour un junkie, à part la came, rien n'existe. Le pouvoir et la drogue – c'est la même camelote.

— Luke Greene est aussi un junkie ? demanda Sara doucement.

— Tu parles, si c'en est un ! Le pauvre couillon est coincé comme un rat dans son trou du Mississippi, entouré de sycophantes et de conards tout court, détestant chaque minute qui passe, se détestant lui-même, obligé de manipuler les gens… Il se déteste parce que c'est un Nègre, parce qu'il se voit comme un Nègre entouré de Nègres… Luke Greene… *Voilà* un type qui était très bien, mon meilleur ami, et voyez ce qu'il est devenu maintenant, réduit à se détester lui-même, ne connaissant plus rien d'autre que l'ignoble guenon qu'il promène sur son dos… C'est ainsi que tu veux me voir, Sara ?

Le silence qui s'ensuivit était si épais qu'on aurait pu le couper au couteau. Qu'est-ce qui m'a pris ? se demanda Barron. Merde, qu'est-ce qu'il y a dans cette camelote ? Peut-être de l'opium, après tout… Mais c'est pas pour dire, Jack, baby, toi aussi en ton temps tu as été un camé du pouvoir, avec ta guenon dans le dos. C'est même pour ça que tu as décroché l'émission, la plus grosse dose de came de toute ta vie. Drôle d'effet, non ? Ça t'a fait crever le plafond ? Et maintenant que tout le monde t'agite le truc sous le nez, tu voudrais y goûter, tu brûles d'y revenir ? Vas-y, mon gars, y a pas de danger pour toi, tu es immunisé, tu es un type trop bien !

Et voilà le fin mot de l'histoire, comprit-il. Le Village tout entier n'est qu'un immense magasin de drogue pour Jack Barron, et c'est la raison pour laquelle tu te trouves ici, tu as tout de suite flairé la came comme un vieux junkie, un coup seulement et tu ne peux plus t'en passer.

Mais pas cette fois-ci, Sara. Il y a trop à perdre : *Bug Jack Barron*, et peut-être un billet gratuit pour l'éternité. Sacrifier cela à un coup de poker présidentiel ? Il faudrait être fou. Tant qu'à faire d'être un junkie, je préfère être celui de l'immortalité. Au moins cette guenon-là donne autant qu'elle prend.

Qu'ils aillent se faire foutre tous autant qu'ils sont, pensa amèrement Barron. La justice, la vérité… mes fesses, vous êtes comme tous les autres, vous voulez vous servir de moi parce que ça vous arrange.

J'en ai ras le bol de tous ces putains de paumés. Howards, Luke, Morris, peut-être toi aussi, Sara ! Rêve paranoïaque ! Je leur montrerai que Jack Barron n'est à vendre à personne. J'aurai ce que je veux, et nul autre que moi ne fixera les termes du marché.

« Je me demande qui a agencé cela ? » s'étonna Sara Westerfeld derrière son écran de cynisme à l'encontre de la réalité-Jack Barron tandis que la porte de l'ascenseur coulissait, révélant l'entrée du penthouse du vingt-troisième étage et le panneau mural kinesthopique. (Il devrait occuper tout le mur, pour bien faire, se dit-elle professionnellement.)

Souriant comme un petit garçon, Jack la prit par la taille et la mena le long d'un corridor obscur jusqu'à un vaste espace qu'elle devina kinesthésiquement au-devant d'elle ; puis il s'arrêta brusquement, l'arracha du sol en la soulevant sur son épaule, la main sous ses fesses caressant la ligne de séparation, et ils continuèrent ainsi, elle s'accrochant à son cou, le visage enfoui dans les boucles rugueuses de sa nuque, lui riant :

— Je ne t'ai jamais fait franchir dans mes bras le seuil d'une maison, Sara, mais il n'est jamais trop tard pour bien faire.

— Mon chéri, gloussa-t-elle, il y a des moments où tu es si merveilleusement démodé.

Ses muscles délicieusement tendus sur elle, il la porta jusqu'au bord de quelque chose (elle discerna des silhouettes d'arbres sur un vague fond d'étoiles dans le lointain), manipula quelques boutons sur son panneau mural et…

Des flammes orangées jaillirent d'un énorme foyer au centre d'une grande pièce à moquette rouge, projetant des ombres pourpres sur les fauteuils, coussins empilés, meubles, arrangement électronique sur fond californien de palmiers nains et d'arbres à caoutchouc contre le halo scintillant, au-delà du dôme à facettes, du ciel mort de New York. Elle vit qu'ils se trouvaient sur une galerie surplombant le vaste living-room. Et pendant qu'un montage de rock surgi de nulle part se faisait entendre, les éclairs spectraux d'un orgue chromatique en accord avec la musique emplirent l'atmosphère d'une réalité d'acide fantasmagorique. Elle le sentit frissonner contre elle, attendant sa réaction comme un petit garçon – ou un jeune premier d'Hollywood, elle n'aurait pas su dire.

Elle le serra contre lui, silencieuse, incertaine de ce qu'elle éprouvait au juste. C'était bien Jack : à la fois magique, insensé, extravagant, bidon, et pourtant…

Pourtant c'est bien réel, ce n'est pas artificiellement calculé pour épater, c'est *vraiment* ce qu'il y a dans la tête de Jack devenu réalité sans stade intermédiaire. C'est lui, c'est son rêve de Berkeley. Los Angeles, Californie, rêve éveillé, éclatant, impavide et nu, rêve rendu réel grâce au pouvoir de l'argent.

Elle se sentit vaciller au bord d'une vérité dangereuse : qui était le plus baisse-froc des deux, Jack, qui se donnait la peine de prendre ce dont il avait besoin pour ajuster sa réalité à ses rêves, ou elle, qui façonnait des rêves pour agrémenter la réalité ? Un héros, c'est quelqu'un qui a le courage de vivre dans ses rêves.

— Quel effet ça te fait ? demanda-t-il en la déposant sur la moquette feutrée du living-room et en la dévisageant avec intensité.

Je ne sais pas quel effet ça me fait, pensa-t-elle vertigineusement. Ce n'est pas mon rayon, les jouets de petit garçon, soldats de plomb, décor en papier mâché d'Hollywood, mais tu aimes, et je t'aime, et, Jack, mon chéri, c'est réel…

— C'est *toi*, Jack, dit-elle, on ne peut plus sincèrement.

— Tu te dis que c'est de la bêtise. Je le vois dans tes yeux.

— Non ! protesta-t-elle impulsivement. C'est juste que… je n'ai jamais rien vu de pareil. C'est comme si je voyais… ce qu'il y a à l'intérieur de ta tête. C'est si nu… si transparent… et c'est comme si tu avais agité ta baguette magique, et que tout ce que tu avais dans ta tête était soudain devenu réel. Je ne te cacherai pas, Jack, que si c'était moi qui avais agité la baguette, ce serait quelque chose de tout différent qui serait sorti. Mais l'idée de concrétiser un rêve comme celui-là… et surtout, avoir le pouvoir de le réaliser… Je… Je ne suis pas sûre de ce que j'éprouve, Jack.

Il eut un sourire de compréhension, l'embrassa sur le front et dit :

— Il y a encore de l'espoir pour toi, Sara. Tu commences à piger ce que c'est que la vie. Il y a de la place pour tous les rêves, il ne tient qu'à chacun de vouloir réaliser le sien. Mais il ne suffit pas de parler, ou de se réfugier dans des rêves d'acide. Il faut se colleter pour de bon avec la réalité, et y puiser autant qu'on est capable. Voilà ce que c'est, la réalité. Ni ce qu'il y a à l'intérieur de toi ni ce qu'il y a à l'extérieur, mais la quantité de ce qu'il y a en toi que tu as le pouvoir de rendre réel. Et si ça signifie baisser froc – se salir les mains – eh bien j'aime mieux être un baisse-froc qu'un chat famélique et borgne reluquant la devanture d'une poissonnerie où il ne pourra jamais entrer. Pas toi ? Est-ce que l'honnêteté envers soi-même consiste à avoir faim toute sa vie ?

Jack Barron, pensa-t-elle. Jack Barron. JACK BARRON. Mon Dieu, comme il est difficile de penser à lui autrement qu'en grosses lettres rouges. Le haïr ou l'aimer, baisse-froc, monstre de carton-pâte de cinéma, quoi qu'il soit, il est impossible de rester indifférent devant lui. Il crée ses propres règles que personne ne comprend, le mensonge à travers lui devient réalité devient vision psychédélique devient pouvoir devient honnêteté, éclair blanc image inversée de l'acide. JACK BARRON.

Et elle eut peur, sachant qu'il était quelque chose de plus grand qu'elle, quelque chose d'hyper-réel, englobant sa réalité comme une unique facette de lui-même. Elle eut peur qu'il ne vît en elle comme à travers une vitre, et elle eut la vision de Howards, l'homme-reptile, qui de son temple du pouvoir sans fenêtres les rapprochait sur son échiquier. Elle se sentait coupable de jouer le jeu de Howards, mais Jack lui-même avait fourni une justification à sa faiblesse : la vérité, c'est la quantité de ce qu'il y a en toi que tu peux rendre réel. Et elle avait faim de lui, faim de son amour, de son corps, de sa réalité, faim de rêves devenus réels, non pour un seul instant ni un an ni un siècle, mais pour l'éternité. *L'éternité.* Elle se trouvait confrontée avec un ordre de réalité qu'elle n'avait jamais soupçonné ; il lui appartenait de décider entre l'éternité en compagnie de Jack le chevalier à l'armure de chair et le néant. Le pouvoir de la vie contre la mort pour elle, pour Jack... et combien de millions d'autres ? Et elle comprit avec une infinie tristesse qu'elle n'était plus une petite fille mais une femme, et que l'enjeu de la partie d'adulte qu'elle était en train de jouer était le plus important de tous : le droit de s'appeler Sara *Barron*, en grosses lettres rouges, et pour l'éternité. Sara BARRON. SARA BARRON.

— Je vais te montrer quelque chose qui est à *nous*, dit-il en lui prenant la main. Un rêve devenu réalité où nous pouvons nous rencontrer. (Et il la conduisit jusqu'à une petite porte.) Tu te souviens, Sara ? demanda-t-il en ouvrant la porte de la chambre à coucher.

Elle entra. Et elle se souvint ! L'herbe gorgée de soleil, le sol riche et spongieux sous elle tandis qu'ils faisaient l'amour à ciel ouvert, le halo étoilé du dôme transparent, les senteurs de la nuit tropicale, le bruit des vagues d'Acapulco diffusé au commandement de Barron par la console électronique. Elle vit les frondaisons de la terrasse découpées sur le ciel nocturne de Brooklyn, le coucher de soleil aux fenêtres de Los Angeles, les murs de lierre de Berkeley boiserie du lit circulaire plastigazon console électronique accessoires de théâtre – l'envers d'un rêve.

Son rêve.

Elle se tourna vers lui, et il lui souriait tel un bouddha conscient de ses pouvoirs de créateur de rêve. Est-ce que je l'aime ou est-ce que je le hais ? Elle se demandait si elle le saurait jamais, ou si cela avait une quelconque importance ; car aucun autre homme ne la connaissait comme lui, aucun ne dégageait une chaleur si dangereuse. Elle pouvait à la fois l'aimer et le détester au tréfonds d'elle (où les deux signifiaient peut-être la même chose) ; et à côté de JACK BARRON (en grosses lettres de feu), qui d'autre pouvait être réel ?

— Jack..., fit-elle d'une voix rauque, pleurant et riant en même temps, se jetant dans ses bras, se livrant – elle, son amour et sa haine de petite fille – sans réserve. (Et ce pauvre imbécile de Howards, homme-reptile, qui croit qu'il peut m'utiliser contre Jack Barron. Une poignée de sable contre le vent.)

Elle se retrouva sous lui sur le lit sans se souvenir d'avoir bougé, nageant dans des flots de sensation totale tandis qu'il...

Explosait en elle, implosait autour d'elle, l'emplissant, la comblant d'impulsions électriques, hampe de plaisir pénétrant qu'elle saisissait, chérissait, absorbait en elle. Elle le sentit haleter en spasmes spiralés, brûlante osmose molécule à molécule, symbiose interface de sa peau contre la sienne. Ils gémirent ensemble, les sons de l'un sortant de la gorge de l'autre, tandis qu'il éclatait en elle, figeant le temps sur un sommet de plaisir insupportable, en la propulsant dans un rêve de paradis islamique – un orgasme étalé sur dix millions d'années.

Ouvrant les yeux, elle vit les siens clos. Jack ! Jack ! se dit-elle. Je t'ai menti, je suis indigne. Je suis venue ici comme une putain mexicaine. Et elle fut à deux doigts de tout lui raconter – comment Howards se servait d'elle, et comment elle se servait de lui.

Mais elle sentit le poids de son corps sur elle, le contact de sa peau, ses cheveux chatouillant le bout de ses seins, et la pensée du corps de Jack gisant oublié dans le terreau noirci des années lui noua l'estomac et la langue. Elle se rappela qu'elle se tenait entre lui et le néant. Qu'elle soit courageuse encore un peu plus longtemps, et tout ce qui était Jack, tout ce qu'il y avait entre lui et elle, n'aurait plus besoin de périr jamais.

Jack, oh, Jack, aurait-elle voulu crier, quelqu'un comme toi ne doit jamais mourir !

Chapitre huit

« Lit de mort paré », annonça le téléguide en lettres éclatantes, et Jack Barron, visant le sourire sardonique de Vince, acquit la conviction que son régisseur devait avoir du sang de *mafioso* sicilien, bien qu'il affirmât être un Napolitain cent pour cent. Le téléguide annonça : « 45 secondes », et Barron se sentit frissonner tandis que défilaient les dernières images publicitaires – une assemblée de diplomates fumant pour se relaxer des Acapulco Golds autour de la traditionnelle table ronde. Ça n'a rien de marrant, pensa-t-il, de toute façon les grands de ce monde nous gouvernent comme s'ils étaient chargés la moitié du temps, et pendant l'autre moitié c'est encore pire. Je me demande à quoi doit ressembler Bennie Howards quand il est en pleine vape. Si ça se trouve, peut-être que cent millions d'enfants sages recensés au sondage Brackett ne vont pas tarder à le savoir – on dit que l'adrénaline a des propriétés psychédéliques, et avant que j'en aie terminé avec lui Howards aura fait un petit voyage à l'adrénaline dont il me donnera des nouvelles.

Contemplant le moniteur où s'effaçait la dernière image du spot de pub remplacée par son propre visage, Barron eut une sorte de vision psychédélique, la réalité de la semaine écoulée condensée en un seul éclair sur son écran témoin psychique. Assis dans son fauteuil au milieu du studio, électroniquement connecté au réseau du pouvoir – pouvoir de la Fondation, C.J.S., Démocrates, Républicains, pouvoir de cent millions de téléspectateurs –, il était l'élément primordial d'un circuit d'énergies confluentes qui ne demandaient qu'à être contrôlées par lui.

Pendant une heure, le temps que durait l'émission, ce pouvoir lui appartenait *de facto*.

Il sentit s'accélérer son tempo subjectif, comme si une drogue lui avait été injectée, et le message en lettres scintillantes sur l'écran du téléguide sembla durer dix millions d'années : « Début d'émission ».

— Vous avez un problème ? questionna Jack Barron en captant dans le creux de ses yeux les reflets sombres du décor kinesthopique, annonciateurs de la teneur de l'émission à venir. Alors, appelez Jack Barron. Et nous verrons ce qui se passe quand on fait suer Jack Barron. Notre numéro est le 212-969-6969, et nous allons avoir la première communication… *maintenant.*

Maintenant ou jamais, pensa-t-il en enfonçant la touche du vidphone. J'espère que tu es prêt pour ce qui va suivre, Bennie, baby. Et l'écran se partagea en deux par le milieu ; à gauche image gris sur gris d'une femme d'un certain âge au visage creusé de rides de détresse, spectre implorant l'aumône des dieux en couleurs vivantes.

— Jack Barron vous écoute, ainsi que cent millions d'Américains (tu entends bien, Bennie, *cent millions*) désireux de vous entendre exposer vos problèmes et de vous donner les moyens de passer à l'action car tel est le principe du jeu quand on fait suer Jack Barron. Aussi vous pouvez parler en direct, la ligne vous appartient. *Dites-nous qui vous fait suer et faites-le suer à votre tour.*

— Je… je m'appelle Dolorès Pulaski, et ça fait trois semaines que j'essaie de vous parler, monsieur Barron, mais je sais que ce n'est pas votre faute. (Vince lui donna les trois quarts de l'écran, mit Barron en évidence dans le quadrant supérieur droit, chevalier à l'armure en couleurs vivantes entouré de misère grise, juste la touche correcte, approuva Jack Barron.) Je vous appelle au sujet de mon père, Harold Lopat. Il… il n'est pas lui-même en état de parler… (Les lèvres de Dolorès Pulaski se mirent à trembler, au bord des sanglots.)

Seigneur, pensa Barron, j'espère que Vince ne m'a pas dégoté une putain de chialeuse, va falloir y aller mollo ou je vais pousser Howards trop loin.

— Calmez-vous, madame Pulaski, enjoignit-il. Nous sommes tous avec vous ; vous parlez à des amis.

— Excusez-moi, dit la femme. Il m'est si difficile de... (Le regard apeuré et furtif, les mâchoires serrées, la tension qui l'étreignait passèrent admirablement sur l'écran tandis qu'elle reprenait le contrôle.) Je me trouve en ce moment à l'hôpital Kennedy des maladies chroniques de Chicago. Mon père est ici depuis dix semaines, il a un... cancer... un cancer... de l'estomac, et les lym... *lymphatiques* sont atteints, et tous les docteurs disent... il a été vu par quatre spécialistes... qu'il va mourir ! Il va mourir ! Et ils ne peuvent rien faire. Mon père, monsieur Barron. Mon père... il va *mourir* !

Elle fondit en sanglots ; puis son visage disparut du champ et une main grise obscurcit l'écran tandis qu'elle soulevait son vidphone pour modifier l'orientation de la caméra. Des fragments flous, heurtés, tremblants, de salle d'hôpital, se bousculèrent sur le moniteur : murs, fleurs flétries, pieds de perfusion, lit, couvertures, visage ridé odeur d'éther d'un vieillard au bord de la mort et la voix de Dolorès Pulaski...

— Regardez ! Regardez !

Bordel, se dit Barron en actionnant frénétiquement sa pédale tandis qu'au même instant Vince changeait la composition de l'écran : les trois quarts à Jack Barron, visage de sollicitude encerclant en couleurs réelles le hideux montage de mort qui subsistait dans le quadrant inférieur gauche, face flétrie, doigts en gros plan, plateau d'aiguilles, bassin. Finalement, les sanglots rauques de Dolorès Pulaski s'éteignirent dans le lointain et la voix de Barron rétablit le contrôle :

— Ne nous affolons pas, madame Pulaski. Tout le monde ne demande qu'à vous aider, mais il faut avant tout garder votre calme. À présent vous allez reposer ce vidphone devant vous et n'oubliez pas que vous avez tout le temps de vous expliquer. Et si vous ne trouvez pas les mots qu'il faut, je suis ici pour venir à votre secours. Relaxez-vous. Cent millions d'Américains sont de votre côté et désirent comprendre.

Le visage de la femme réapparut dans le quadrant inférieur gauche, le regard terne, la mâchoire flasque, et Barron sut qu'il avait à nouveau la situation en main. Après cet esclandre, elle doit être vidée, prête à dire tout ce qu'on voudra lui faire dire. Et de sa pédale, il commanda à Vince de lui restituer les trois quarts de l'écran. À elle de jouer, si elle se tient bien, jusqu'à la prochaine coupure pub.

— Je regrette, madame Pulaski, d'avoir été brusque avec vous, reprit-il d'une voix conciliante. Croyez-moi, nous comprenons tous ce que vous devez ressentir.

— Je regrette aussi ce qui s'est passé, monsieur Barron, dit-elle dans un murmure théâtral. (Magnifique Vince, pensa Barron, il a eu l'idée de lui augmenter le son.) Mais vous comprenez à quel point je me trouve désemparée… et maintenant que j'ai une chance… de me faire enfin écouter, ça a éclaté malgré moi… Il faut que les gens comprennent…

On y arrive, pensa Barron. Tu commences à mouiller, Bennie, baby ? Pas encore ? Attends un peu, parce que ça ne va pas tarder.

— Naturellement, madame Pulaski, nous compatissons à votre tourment, mais je ne vois pas très bien comment l'alléger. Si les médecins disent… (Accouche, ma vieille ! Il faut te tirer les mots un par un ?)

— Les médecins… Ils prétendent qu'il n'y a plus d'espoir pour mon père… qu'aucun soin ne peut le sauver. Ils lui donnent quelques semaines. Encore un mois… encore un mois et il sera mort.

— Je ne vois toujours pas…

— Mort ! répéta-t-elle dans un souffle. Dans un mois mon père sera mort pour toujours. Oh, si vous saviez quel homme c'est, monsieur Barron ! Il a des enfants et des petits-enfants qui l'adorent, il a peiné pour nous toute son existence. Il vaut autant que n'importe qui d'autre ! Pourquoi, *pourquoi* faut-il qu'il parte pour toujours pendant que d'autres qui n'ont fait que du mal, d'autres, monsieur Barron, qui se sont enrichis sur le dos des honnêtes gens, peuvent acheter une place dans un Hibernateur avec leur maudit argent escroqué à des gens comme nous, et vivre pour l'éternité ? Est-ce juste, monsieur Barron ? Qu'un homme qui a travaillé toute sa vie pour nourrir sa famille disparaisse de cette façon pendant qu'un Benedict Howards tient... tient la vie immortelle entre ses mains ignobles comme s'il était Dieu... (Les lèvres de Dolorès Pulaski avaient blanchi sous le poids du mot qui venait de tomber. Elle balbutia :) Je n'avais pas l'intention... pardonnez-moi d'avoir mêlé dans une même phrase le nom de cet homme à celui du Seigneur...

J'espère qu'elle ne va pas nous réciter des Ave Maria ! pensa Barron, et il imagina la tête que devait faire Howards, terré quelque part dans les profondeurs de son Complexe d'Hibernation du Colorado. Il tapa deux fois du pied sur sa pédale droite pour indiquer à Vince qu'il voulait encore deux minutes avant la prochaine pub, puis il répondit d'une voix empreinte de douce bienveillance :

— Nous comprenons parfaitement, madame Pulaski, mais dites-moi, que puis-je faire au juste pour vous venir en aide ?

— Vous pouvez obtenir à mon père une place dans un Hibernateur ! fut la réplique immédiate. (Magnifique, pensa Barron. Ça n'aurait pas pu être mieux si nous avions travaillé à partir d'un scénario. Elle est *show-biz* jusqu'au bout des ongles, cette Dolorès Pulaski.)

— J'ai bien peur de ne pas exercer beaucoup d'influence sur la Fondation pour l'immortalité humaine, fit-il avec un regard malicieux tandis que Vince accordait maintenant à chacun la moitié de l'écran. Et tous ceux qui ont vu la dernière émission s'en souviennent certainement.

Le téléguide indiqua : « 90 secondes ». (Un petit effort, madame Pulaski. Sortez-moi la bonne réplique, et je fais de vous une star.)

— Je sais, monsieur Barron. Mais Benedict Howards... c'est le seul homme au monde qui ait le pouvoir de sauver mon père, et il vend l'immortalité comme le diable achète les âmes. Que Dieu me pardonne de parler ainsi, mais... je le pense sincèrement ! Ne faut-il pas être diabolique pour donner un prix à l'immortalité ? Parlez-lui, monsieur Barron. Qu'il se montre devant tout le monde. Qu'il explique aux pauvres gens qui meurent partout sans espoir de revivre un jour comment il a le droit de fixer le prix de la vie. Et s'il est incapable de donner une explication, là, devant des millions de personnes, eh bien, il sera obligé de faire quelque chose pour mon père, n'est-ce pas ? Il ne voudra pas passer pour un monstre aux yeux de tous les téléspectateurs... Un homme important comme lui...

— Vous n'avez certainement pas tort, madame Pulaski, coupa précipitamment Barron tandis que le téléguide indiquait : « 60 secondes ». (Il ne faudrait pas non plus en remettre, Dolorès Pulaski de mon cœur – moi aussi j'ai ma petite tirade à placer.)

Et tandis que Vince lui donnait les trois quarts de l'écran, il reprit, captant des reflets noirs dans ses yeux braqués sur la caméra :

— N'est-ce pas, chers téléspectateurs, que Mrs. Pulaski n'a pas tout à fait tort ? S'il existe une raison d'attribuer une valeur en dollars à l'immortalité, nous aimerions bien la connaître, au moment où toute l'Amérique s'interroge après le dépôt au Congrès d'un projet de loi tendant à légaliser le monopole de la cryogénie humaine. Et c'est Mr. Benedict Howards en personne qui nous donnera la réponse juste après cette intervention de notre sponsor – faute de quoi cent millions d'Américains seront obligés de la fournir eux-mêmes.

Tu parles d'une entrée en matière ! se dit Barron tandis que passaient les premières images de la pub. Dolorès Pulaski, tu es formidable ! Tâche seulement de ne pas flancher pendant que je ferai poussy-poussy avec Bennie Howards...

Il appuya sur la touche de l'interphone sur son vidphone n° 1.

— Hé, Vince, dit-il. Garde le doigt sur ton bouton du son. À partir de maintenant ça se passe entre Bennie et moi. Je veux qu'on voie Mrs. Pulaski mais pas qu'on l'entende. Ne lui laisse que très peu de son, sauf si je lui pose une question directe. Et si tu dois lui ôter la parole, arrange-toi pour que ça ressemble à une mauvaise transmission – pas le genre couperet. Tu as Bennie en ligne ?

Gelardi grimaça un sourire derrière la paroi vitrée de la cabine de contrôle :

— Cela fait trois minutes qu'il est au bout du fil, et l'écume lui vient à la bouche. Il veut absolument te parler avant la reprise de l'émission. Il reste quarante-cinq secondes…

— Dis-lui d'aller se faire foutre. Dans un petit moment il pourra me parler tant qu'il en aura envie. Et fais-moi confiance, une fois qu'il sera entre mes pattes, il n'aura même plus la possibilité de raccrocher.

Pauvre Bennie ! pensa-t-il. Deux points pour moi déjà, et la partie n'est même pas commencée. Non seulement il joue sur mon propre terrain, mais il doit étouffer de rage. Et comme le téléguide annonçait : « 30 secondes », Barron se rendit compte soudain qu'il tenait Benedict Howards, l'homme le plus puissant des États-Unis, à sa merci dans le creux de sa main. Qu'il m'en prenne la fantaisie, et crac, pour commencer, je n'ai qu'à refermer la main et adieu le projet de loi. Luke et Morris, dans leur coin, doivent se demander ce que je suis en train de faire. Ils n'attendent que ça, hein ? Que Jack Barron écrase d'un talon vengeur la Fondation de Benedict Howards… Ces deux conards sont tellement occupés à se jouer l'air de « Gloire au Grand Chef » qu'il ne leur viendrait jamais à l'idée qu'il peut en exister un autre…

« Début d'émission », signala le téléguide.

Barron activa le vidphone n° 2 et en médaillon apparut le visage de Dolorès Pulaski surmonté dans le quadrant supérieur gauche d'un Benedict Howards qui semblait prêt à l'avaler. Jack Barron occupait en couleurs vivantes le reste de l'écran. Splendide, pensa-t-il en annonçant :

— Chers téléspectateurs, vous regardez en ce moment *Bug Jack Barron*, et notre invité de ce soir est Mr. Benedict Howards en personne, créateur et Président-directeur général de la Fondation pour l'immortalité humaine. Monsieur Howards, Mrs. Pulaski ici présente vient de nous…

— J'étais en train de regarder l'émission, monsieur Barron, l'interrompit Howards, luttant visiblement pour garder son calme, prunelles brûlantes dans un masque glacial (ça sent le soufre et tu ne peux rien y faire, jubila Barron). C'est une de mes émissions favorites et je la rate rarement. Vous vous entendez certainement à allumer les incendies. Dommage que la clarté ne soit pas votre fort.

Tss, tss ! Fais gaffe, Bennie, tu ouvres trop la bouche, ta libido va foutre le camp ! pensa Barron en souriant sournoisement à la caméra.

— C'est mon métier, monsieur Howards, dit-il d'une voix suave. Je suis obligé de soulever des pierres, parfois, juste pour voir ce qui grouille dessous. Mais je ne suis pas là pour créer la lumière. Je me contente de poser les questions auxquelles l'Amérique voudrait qu'on réponde ; et les éclaircissements doivent venir de l'autre côté du vidphone. Le vôtre, monsieur Howards.

» Puisque vous avez regardé le début de l'émission, il est inutile de perdre du temps. Passons tout de suite aux choses sérieuses. Il y a un homme en train de mourir dans un hôpital de Chicago. Premier point. Il y a aussi, si je ne me trompe, un de vos Hibernateurs à Cicero. Ça c'est le second point. Mrs. Pulaski et sa famille demandent une place pour Mr. Lopat dans cet Hibernateur. La réalité toute crue, c'est que si Mr. Lopat n'obtient pas cette place, il est condamné à mourir sans espoir de revivre un jour. S'il l'obtient, il a autant de chances de devenir immortel que tous ceux qui sont en Hibernation. Vous tenez la vie de Harold Lopat entre vos mains, monsieur Howards. À vous de dire s'il doit mourir ou pas. La question est on ne peut plus claire, et cent millions d'Américains attendent de vous la réponse.

Howards ouvrit la bouche, et le temps resta suspendu sur ses lèvres. Puis il la referma. (Quel effet ça te fait, Bennie, d'avoir le couteau sur la gorge ? Le coup du père Néron : pouce levé, le type vit ; baissé, tu passes pour un assassin devant cent millions de personnes ; levé, et tu ouvres les vannes au débordement du barrage chaque fois qu'un paumé quelconque est prêt à clamser. Que ce soit oui ou non, empereur de mes deux, tu es bon pour la casserole.)

— Ni Mrs. Pulaski ni vous ne comprenez la situation, répondit finalement Howards. Il n'appartient ni à moi ni à qui que ce soit de décréter si quelqu'un doit mourir ou non. C'est un problème purement économique, comme de savoir qui peut s'offrir une Cadillac et qui doit se contenter d'une vieille Ford modèle 1981. Chaque individu accepté dans un Hibernateur doit verser cinquante mille dollars à la Fondation. Je puis vous assurer que si Mr. Lopat ou sa famille disposent de la somme indiquée, il n'y aura aucune difficulté à leur accorder ce qu'ils demandent.

— Madame Pulaski… ? fit Jack Barron en signalant à Gelardi de lui rendre le son.

— Cinquante mille dollars ! s'écria Dolorès Pulaski. Un homme comme vous ne peut pas savoir ce que cela représente – plus que ce que mon mari gagne en huit ans, et il a une femme et des enfants à nourrir ! Même avec la Sécurité sociale, nous n'avons pu couvrir tous les frais médicaux : les économies de mon père, de mes frères et de mon mari y sont passées. Vous pourriez aussi bien demander un million de dollars, quelle différence pour des gens comme nous ? Vous vous fichez… (Sa voix mourut dans une suite de grésillements sifflants provoqués par Gelardi.)

— Il semble qu'il y ait des ennuis dans la transmission de Mrs. Pulaski, intervint Barron tandis que Vince redistribuait l'écran, partageant l'image entre Howards et lui et faisant de Dolorès Pulaski une simple spectatrice en médaillon. Mais je pense qu'elle vient de soulever un point intéressant. Cinquante mille dollars, cela représente un joli magot, avec le coût de la vie à l'heure actuelle. Tenez, moi qui vous parle, je pense gagner bien ma vie avec cette émission, mieux sans doute que quatre-vingt-dix pour cent des Américains, et pourtant je suis incapable de réunir une somme pareille. Ce qui revient à dire qu'en mettant le prix de l'Hibernateur à cinquante mille dollars vous condamnez plus de quatre-vingt-dix pour cent de la population américaine à servir un beau jour de nourriture aux asticots tandis que quelques millions de nantis pourront devenir immortels. Ça ne semble pas juste qu'on puisse acheter la vie. Peut-être que ceux qui réclament à cor et à cri une Hibernation à statut public n'ont pas…

— Des communistes ! s'écria Howards. Vous ne voyez pas ? Ils sont tous communistes, ou dupés par les rouges. Voyez l'Union soviétique, voyez la Chine. Ont-ils seulement un programme d'Hibernation ? Ils n'en ont pas, naturellement, et pourquoi ? Parce qu'un tel programme ne peut être réalisé que dans un système de libre entreprise. Socialiser l'Hibernation, cela signifie plus d'Hibernation pour personne. Et les communistes aimeraient bien…

— Mais n'êtes-vous pas le meilleur ami des communistes en Amérique ? interrompit Barron en actionnant du pied sa pédale pour demander un spot publicitaire dans trois minutes.

— C'est *vous* qui me traitez de communiste ! répliqua Howards avec une parodie de rire muet. Elle n'est pas mauvaise, celle-là ! Alors que tout le pays sait quelle sorte de gens ont été vos amis.

— Laissons de côté les questions personnelles, voulez-vous ? Je ne vous ai pas traité de communiste… J'ai émis simplement l'opinion que vous étiez, disons… leur allié involontaire. Je veux dire par là que le fait que moins de dix pour cent de la population – les exploiteurs de la classe ouvrière, comme ils disent – ait accès aux Hibernateurs alors que tous les autres doivent faire tintin et crever constitue le meilleur argument des rouges contre le système capitaliste. Votre Fondation n'est-elle pas la meilleure propagande dont les communistes puissent rêver, monsieur Howards ?

— Je suis sûr que les téléspectateurs ne tombent pas dans votre panneau, répliqua Howards (en sachant fichtrement bien que si, jubila Barron en son for intérieur). Néanmoins, pour que même des gens comme *vous* puissent comprendre, monsieur Barron, je vais essayer de m'expliquer clairement : assurer la marche et l'entretien des Hibernateurs coûte déjà une fortune. Mais il y a les recherches sur les procédés de restauration et d'extension de la vie. Pour cela, des milliards doivent être engloutis chaque année, et cela représente un budget si vaste que ni le gouvernement soviétique ni le gouvernement américain ne pourraient y faire face. Pour financer un tel effort, il n'y a qu'un système viable, c'est que chaque candidat à l'Hibernation paie sa place. Si le gouvernement voulait mettre tous ceux qui meurent dans un Hibernateur, cela lui coûterait des dizaines de milliards chaque année et il ferait faillite à brève échéance.

La Fondation, en limitant le nombre des candidats et en leur faisant financer les indispensables recherches, a au moins l'avantage de maintenir vivant le vieux rêve de l'immortalité humaine. Cela n'est pas parfait, mais au moins ça fonctionne. Je suis persuadé qu'un homme aussi… *intelligent* que vous comprend aisément le problème.

Cinq points pour Bennie, concéda mentalement Jack Barron. Théoriquement, l'enculé a raison. Ce n'est pas en donnant à manger aux asticots les quelques privilégiés qui ont pour le moment accès aux Hibernateurs qu'on facilitera les choses pour la masse des autres. La vie a toujours été comme ça. Les plus forts gagnent, les faibles périssent. Mais justement, Bennie. On va voir qui est le plus fort à ce jeu.

— Je ne méconnais pas la réalité économique de la question, dit-il tandis que le téléguide affichait : « 2 minutes ». Moi, Jack Barron, trente-huit ans, jouissant d'une bonne santé et en pleine possession de tous mes moyens, j'admets que sur le papier, à coups de dollars et de belles explications, votre Fondation paraît convaincante. J'admets cela, monsieur Howards. Mais est-ce que je serais aussi philosophe si j'étais en train de mourir ? Et vous, monsieur Howards ? Aimeriez-vous mourir misérablement, comme Harold Lopat, sentir la vie vous quitter goutte à goutte pendant qu'un type avec un complet à deux cent cinquante dollars vous explique tranquillement qu'il ne serait pas logique ni financièrement raisonnable de vous donner une chance de revivre un jour ?

À l'étonnement de Barron, Howards parut sincèrement ébranlé. Un nuage de pure folie sembla voiler son regard, ses mâchoires se mirent à trembler, il murmura quelques paroles inintelligibles puis se figea totalement. Le reptile changé en pierre ? Bennie Howards subissant une attaque de conscience ? se demanda Barron. Plus probablement quelque chose qu'il a mangé hier. En tout cas c'est un mauvais présage, se dit-il tandis que le téléguide annonçait : « 90 secondes ».

— Que se passe-t-il, monsieur Howards ? Vous avez du mal à vous identifier à la situation ? Dans ce cas, nous allons demander à Mrs. Pulaski de vous venir en aide. Madame Pulaski, voudriez-vous tourner la caméra de votre vidphone du côté de votre père et la maintenir sans bouger, s'il vous plaît ?

Sacré Vince, toujours au poste, pensa Barron tandis que le médaillon de Dolorès Pulaski grandissait pour virtuellement occuper toute l'image. Des fragments de murs, de plafond, d'un vase de fleurs dansèrent sur l'écran et le visage flétri du vieillard apparut, un tuyau de plastique collé au front débouchant d'une narine, photo en noir et blanc inclinée à un angle impossible qui donnait l'impression que les yeux clos de Harold Lopat scrutaient l'image de Benedict Howards dans le quadrant inférieur gauche comme le spectre de la mort penché sur un insecte affolé délogé de dessous une pierre humide. Le téléguide annonça : « 60 secondes ».

Et la voix off de Jack Barron, résonnante, précise comme un scalpel, crispa les traits de Howards en un masque de terreur et de rage :

— Regardez bien, Howards, c'est le visage de la mort que vous voyez. Ce n'est pas cinquante mille dollars à ajouter ou à retrancher à votre bilan, c'est un être humain, et il est en train de mourir. Allez-y, regardez-le bien, regardez la douleur et la maladie qui le rongent derrière son masque. Mais ce n'est pas un masque, c'est un visage humain. Un être humain sur le point de s'éteindre à jamais. C'est le sort qui nous attend tous, n'est-ce pas, monsieur Howards ? Vous, moi, tôt ou tard, luttant pour arracher une seule autre bouffée d'air avant que le Néant se referme. Et cinquante mille dollars peuvent faire toute la différence. Qu'y a-t-il d'assez sacré dans cinquante mille dollars pour qu'on puisse acheter la vie d'un homme avec ? Combien de pièces d'argent représentent cinquante mille dollars ? Mille ? Deux mille ? Un jour, la vie d'un homme a été vendue pour trente pièces d'argent, monsieur Howards, seulement *trente*, et il s'appelait Jésus-Christ. Combien de vies humaines avez-vous dans vos Hibernateurs qui valent plus que la sienne ? Pensez-vous que la vie de qui que ce soit puisse valoir plus cher que celle de Jésus-Christ ?

Et Gelardi étala sur l'écran le visage spectral de Benedict Howards en un pathétique gros plan qui dévoilait chaque aspérité de sa peau, chaque pore grand ouvert, image d'un carnivore fou de rage impuissante d'être pris au piège, tandis que Jack Barron continuait :

— Chers téléspectateurs, ne quittez pas votre poste car dans quelques instants, juste après ce petit mot de notre sponsor, Benedict Howards nous apportera peut-être quelques réponses.

Jésus à bicyclette ! pensa joyeusement Jack Barron tandis que la pub passait. Il y a des jours comme ça où je me fais peur à moi-même !

— Ho ! la la la la ! s'il veut te parler ! fit la voix de Gelardi à l'interphone quelques secondes après le début de la coupure. Il est en pleine crise d'apoplexie.

Dans la cabine de contrôle, Barron le vit sourire, lui faire un signe de son pouce levé et commencer le compte à rebours sur le téléguide avec « 90 secondes » tandis que le visage de Benedict Howards s'encadrait dans le minuscule écran du vidphone n° 2, en plein milieu d'une tirade :

— … que je vous avertis ! Personne n'a jamais eu le culot de faire ça à Benedict Howards. Laissez-moi tranquille, espèce d'abruti inconscient, ou je vous fais bannir des ondes et poursuivre pour diffamation publique en moins de temps qu'il n'en faut pour…

— Allez vous faire foutre, Howards ! dit Barron. Et avant de rouvrir votre grande gueule, rappelez-vous que ceci n'est pas une ligne privée. Tout ce que nous disons passe par la régie. (Il lança à Howards un regard qui voulait dire : Ne nous emballons pas, la partie continue quand même, il ne faut pas vendre la mèche.) Vous savez de quoi il retourne, et vous avez soixante secondes environ avant la reprise de l'émission pour me donner une solide raison de vous laisser tranquille. Vous pouvez ravaler vos stupides menaces, elles ne m'impressionnent pas. Je vais vous dire ce qui va se passer pendant la prochaine séquence. Vous allez être mis en pièces, tailladé en petits morceaux, oui, mais je vous épargnerai juste assez vers la fin pour que vous puissiez jeter l'éponge pendant la prochaine publicité et sauver ce qui vous restera de peau du cul. À moins que vous ne préfériez être intelligent et accepter mes conditions *maintenant*. Vous comprenez très bien ce que cela signifie.

— N'essayez pas de me menacer, pauvre clown ! glapit Howards. Foutez-moi la paix ou je raccroche, et quand j'en aurai terminé avec vous vous ne pourrez même pas avoir un emploi de ramasseur de merde dans…

— Vous pouvez y aller, raccrochez, fit Barron tandis que le téléguide indiquait : « 30 secondes ». J'ai cinq appels du même genre que le premier – en un peu plus juteux – en réserve pour le reste de l'émission. Je n'ai pas besoin de votre présence pour vous démolir. D'une manière comme d'une autre, je vais vous prouver que ça ne paie pas de s'attaquer à moi, car à moins que vous ne disiez pouce avant le prochain spot c'en est fini de votre projet de loi, et votre foutue Fondation puera tellement que vous croirez avoir engagé Judas Iscariote comme agent de publicité. Qu'est-ce que vous pensez de ça, mon gros Bennie ?

— Espèce de sale vermine, je vous…

Et Gelardi le coupa juste à temps au moment où le téléguide annonçait : « Début d'émission ».

Jack Barron sourit à sa propre image qui emplissait le moniteur – yeux de chair contre regard-points-de-phosphore – et se sentit la proie d'une étrange exaltation mentale, une érection psychique. Plus qu'un sentiment d'anticipation pour la partie de poker qui s'annonçait, il éprouva la montée de la sève primordiale, fantôme de joie des Bébés Bolcheviques de Berkeley avant l'action, amplifié électroniquement par cent millions de points de phosphore au sondage Brackett évoqués par son regard en couleurs vivantes, et pour la première fois il sentit qu'il s'en remettait à son système endocrinien pour le reste de l'émission sans s'occuper ni se soucier de ce qui allait suivre.

Gelardi mit Howards dans le quadrant inférieur gauche – Dolorès Pulaski ayant fini son numéro – et Jack Barron commença :

— Eh bien, monsieur Howards, nous voici de nouveau face à nos téléspectateurs, et nous allons parler, pour changer un peu, de votre sujet favori : l'argent. Combien de…

« clients » pensez-vous avoir dans vos Hibernateurs, monsieur Howards ?

— Nous avons déjà plus d'un million de personnes dans les Hibernateurs de la Fondation, répondit Howards (et Barron le sentit inquiet, incapable de deviner d'où allait venir l'attaque). Vous voyez donc qu'il n'y a pas qu'un petit groupe de privilégiés qui profitent de nos services. Un million d'immortels en puissance, c'est déjà…

— Vous nous expliquerez cela tout à l'heure, interrompit Barron. Un million, c'est un joli chiffre. Mais continuons notre petite leçon d'arithmétique, voulez-vous ? À combien revient, d'après vous, l'entretien d'un corps dans un Hibernateur pendant une période d'un an ?

— Il m'est difficile de vous citer un chiffre ainsi. Il faudrait tenir compte des frais de mise en condition des corps, des frais d'Hibernation, de l'amortissement des installations, de l'entretien et de l'alimentation des pompes, des salaires, taxes, assurances…

— Nous savons que tout cela est complexe, fit Barron. Mais prenons un chiffre moyen que personne ne pourra réfuter… (Tendons bien nos filets, se dit-il. Le véritable chiffre ne peut pas dépasser trois mille par tête de macchabée, et il le sait sûrement.) Disons… cinq mille dollars par an et par « client » pour couvrir tous les frais. Est-ce raisonnable ? Ou suis-je trop haut ? Je n'ai pas du tout la bosse des chiffres, comme me le répète chaque année mon comptable aux alentours du 15 avril.

— Je suppose que c'est à peu près ça, admit Howards à contrecœur, et Barron vit la peur derrière son regard. (Tu mouilles, Bennie ? Tu voudrais bien avoir une idée de ce qui va te tomber sur la tête, hein ?)

— Pour avoir une place dans un de vos Hibernateurs, il est nécessaire de verser cinquante mille dollars en liquide à la Fondation pour couvrir les frais. Est-ce exact ?

— Cela a déjà été expliqué, murmura Howards, visiblement mal à l'aise.

— Parfait… fit Barron d'une voix traînante, en signalant à Vince de couper le son de Howards. (Il fixa des yeux la caméra, la tête inclinée en avant, captant les ombres noires du décor kinesthopique reflétées sur la tablette de son fauteuil, et sourit d'un air faussement perplexe :) Eh bien, écoutez-moi, vous tous ; maintenant que nous avons les chiffres, nous allons faire un peu de calcul mental tous ensemble. Vous comptez avec moi, n'est-ce pas ? Je n'ai jamais été très fort en calcul – en calcul *numérique*, s'entend. Voyons… Multiplions le nombre de corps dans les Hibernateurs par cinquante mille dollars l'un… cela donne… euh… dix zéros, et… cela doit faire cinquante milliards de dollars, non ? Vous êtes d'accord, tous ? La Fondation dispose d'un avoir de cinquante milliards minimum. De quoi acheter pas mal de cigarettes ! À peu près la moitié du budget de la défense des États-Unis, à vrai dire. Bon. Maintenant, un petit exercice de multiplication… cinq mille dollars par corps par année par un million de corps dans les Hibernateurs… en chiffres ronds, cela donne un total de… *cinq milliards de dollars*. Et maintenant, voyons… Si j'avais cinquante milliards pour m'amuser avec, je pourrais les placer pour qu'ils me rapportent… oh, dix pour cent, mettons. Vous êtes d'accord ? Vous sentez-vous capables d'essayer ? Bon. Ce qui donne… tiens juste cinq milliards. Drôle de coïncidence, n'est-ce pas ? Exactement ce que dépense la Fondation. Dix pour cent de son capital total. L'arithmétique vous réserve de ces surprises, quelquefois ! Vous ne trouvez pas, chers téléspectateurs ?

Imaginant la fin de la séquence, Barron demanda à Gelardi de faire passer dans deux minutes la prochaine pub et de restituer le son à Howards.

— Qu'est-ce que ça veut dire ? aboya Howards. Vous vous prenez pour un inspecteur du fisc ?

— Patience, monsieur Howards, patience, articula Barron d'une voix volontairement irritante par sa lenteur. Jack Barron, grand sorcier, voit tout, sait tout, dit tout. Essayons maintenant une simple soustraction. Cinq milliards d'intérêts sur le capital moins cinq milliards de frais. Il reste un beau zéro bien rond, n'est-ce pas ? Voilà exactement le coût de l'entretien de ce million de corps que vous avez dans vos Hibernateurs. *Zéro*. Rien du tout. Un miracle d'équilibre budgétaire. Et c'est ce qui vous permet de jouir du statut des sociétés à but non lucratif, exonérées d'impôts par conséquent. Les recettes équilibrent les dépenses. Quant à ces cinquante mille dollars qu'allonge chacun de vos clients au moment de son hibernation – eh bien, ça ne peut pas être considéré comme un revenu, n'est-ce pas ? Techniquement, cet argent ne vous appartient même pas, et les agents du fisc n'ont pas droit de regard sur lui. Dites donc, vous ne pourriez pas me prêter votre chef comptable pour quelques jours ?

— Qu'êtes-vous donc en train de raconter ? demanda Howards en feignant l'incompréhension de façon très peu convaincante.

— Je raconte comment vous êtes à la tête de l'insignifiante somme de cinquante milliards de dollars, lui répondit Barron tandis que le téléguide annonçait : « 60 secondes ». Cinquante milliards net à votre disposition *en plus* des frais de fonctionnement des Hibernateurs. Qui croyez-vous tromper, Howards ? Il y a là assez de fric pour mettre en Hibernation chaque femme, chaque enfant et chaque homme qui meurt chaque année aux États-Unis, et même au Canada du reste. Cinquante milliards de dollars et vous prétendez que vous n'avez pas les moyens d'accueillir Harold Lopat et des millions comme lui qui meurent sans espoir. Que faites-vous de cet argent, Howards ? Il faut que vous ayez les poches drôlement percées, ou alors…

— Mais les recherches ! s'étrangla Howards, furibond. Les recherches nous prennent…

Gelardi, prévenant le geste de Barron actionnant sa pédale, avait déjà coupé le son tandis que le téléguide affichait : « 30 secondes ».

— Les recherches ! répéta ironiquement Barron dont l'indignation vertueuse tournée vers cent millions de paires d'yeux recensés au sondage Brackett occupait maintenant tout l'écran. Les recherches, oui, mais… lesquelles ? Celles qui consistent à trouver des voix au Congrès pour avaliser votre petit trafic ? Celles qui consistent à avoir dans votre manche des sénateurs, gouverneurs et… qui sait, votre propre candidat à la Présidence, peut-être ? Je ne voudrais pas dire du mal des morts – les vrais, ceux qui ne risquent plus de parler – mais vous étiez très lié avec un certain sénateur récemment décédé qui se trouvait au centre d'une campagne extrêmement bien financée pour l'investiture présidentielle à la Convention démocrate. Est-ce exact ? Vous inscrivez cela au chapitre des « recherches » également ? Cinquante milliards de budget de recherches, et des types comme Harold Lopat meurent autour de vous tous les jours. Des recherches. Oui, nous reparlerons de vos recherches scientifiques – ou faut-il dire *politiques* ? – juste après ce petit mot de notre relativement bien pauvre sponsor.

Tandis que passait le dernier spot publicitaire, Barron éprouva un étrange vertige à la pensée qu'il venait d'établir un faisceau d'énergies qui dans les prochaines minutes allaient être capables d'écraser comme un insecte la Fondation de cinquante milliards de dollars si Benedict Howards n'avait pas la sagesse de crier pouce avant. Cinquante milliards ! Je n'avais jamais eu l'idée de faire le calcul avant, songea Barron. Qu'est-ce qu'il peut bien fabriquer avec tout ce pognon ? Merde, il pourrait acheter cash le Congrès, le Président et la Cour suprême, s'il en avait besoin. Voilà qui s'appelle peser dans la balance ! Bennie Howards est plus gros que le foutu pays tout entier !

Ouais, peut-être, mais pour l'instant, en direct et couleurs vivantes, il n'est qu'un ballon de basket sous la main de Jack Barron. Et moi, là-dedans, je suis quoi ? Luke et Morris n'étaient peut-être pas aussi cinglés qu'ils en avaient l'air…

Il brancha son vidphone n° 2 et Howards, pris au piège dans l'écran minuscule, le fixa de ses yeux maintenant glacés de reptile.

— Très bien, Barron, dit-il d'une voix monocorde. Vous avez prouvé ce que vous vouliez. À votre jeu je ne suis pas de taille. Vous m'avez fait plus de mal que je ne le croyais possible. Mais je vous préviens, vous allez me sortir du pétrin où vous m'avez fourré, ou je vous démolis pour de bon. Et soyez assuré que j'en ai les moyens. Je peux vous démontrer ce qu'on arrive à faire avec cinquante milliards derrière soi. Vous perdrez beaucoup plus que votre émission. Je peux faire éplucher vos déclarations de revenus des dix dernières années, vous poursuivre en diffamation et acheter le juge, et je ne sais quoi d'autre. Pensez à tout ce que vous avez à perdre – *et surtout à gagner.*

Ces derniers mots firent l'effet d'un seau d'eau glacée lancé à la figure de Barron. Je pourrais abaisser le couperet, se dit-il, mais alors adieu *Bug Jack Barron*, adieu le contrat gratuit, et Dieu sait ce que le salaud est capable de me faire encore. Ce serait un vrai suicide. Et un vieux refrain de Dylan lui revint en mémoire :

I wish I could give Brother Bill his big thrill ;
I would set him in chains at the top of the hill,
Then send out for some pillars and Cecil B. DeMille[1]...

Ouais, se dit-il, je peux le détruire et il peut me détruire, mais à quoi bon faire crouler avec nous les colonnes du Temple ? La véritable partie qui se joue est une partie de poker.

Et le téléguide lui indiqua qu'il avait soixante secondes avant d'abattre ses cartes.

— Écoutez, Howards, répondit-il, nous pouvons soit nous démolir mutuellement soit parvenir à un accord et essayer de réparer les dégâts. Je vous laisse choisir, mon vieux. Vous savez ce que je demande, cartes sur table *plus* ce que vous savez. Je n'ai pas l'habitude de changer d'avis. Question de principe. Et si vous croyez que je bluffe, allez-y, je vous défie de demander à voir. Mais avant, interrogez-vous pour savoir ce que vous avez à gagner en me faisant étaler mon jeu, et ce que vous avez à perdre en prenant un tel risque. Je suis un dangereux écervelé, Howards, je n'ai pas peur de vous. Êtes-vous si sûr que ça que vous n'avez pas peur de moi ?

---

1. Ah, j'aimerais pouvoir lui régler son compte au vieux Bill ;
L'enchaîner tout en haut de la blanche colline,
Puis envoyer quérir des colonnes et Cecil B. DeMille...

Howards garda le silence pendant un long moment, puis se mordit la lèvre :

— Bon, vous gagnez. Nous pouvons négocier. Sortez-moi de là, et je verrai ce que je peux faire pour vous donner satisfaction. Ça vous va ?

Le téléguide indiqua à Barron : « 30 secondes » de réflexion pour la décision qu'il avait à prendre quant au reste de l'émission, avec ses implications sur la suite des événements. Pour Bennie Howards, c'était le plus proche équivalent d'une reddition sans condition. Il est prêt à promettre n'importe quoi maintenant, se dit-il, quitte à retourner sa veste à la première occasion. Mais il ignore les atouts que j'ai encore en réserve. Avec Luke et Morris, j'ai encore de quoi le bluffer si le besoin s'en fait sentir… O.K., Bennie, pour cette fois-ci ça va, je n'irai pas jusqu'à l'estocade, je te laisse ensanglanté mais vivant.

— C'est entendu, Howards, les choses n'iront pas plus loin ce soir, mais n'espérez pas non plus marquer des points dans les dix minutes qui viennent. Tout ce que je compte faire, c'est embrouiller un peu les choses dans toutes ces petites têtes pensantes.

— Mais vous m'avez déjà mis le couteau sous la jugulaire, se plaignit Howards. Comment allez-vous faire pour que je m'en sorte indemne ?

— Ça c'est mon affaire, Bennie, fit Barron avec un sourire ironique. Qu'est-ce qu'il y a ? Vous n'avez pas confiance en moi ?

Le téléguide indiqua : « Début d'émission », et Gelardi remit Howards sur la sellette, dans le même quadrant inférieur gauche.

— Eh bien, où en étions-nous restés ? demanda Jack Barron. (Il s'agit maintenant d'opérer une retraite graduelle, et pas trop poussée.) Oui… nous étions en train de parler *recherches*… cinquante milliards de recherches. Et puisqu'il se trouve que par un certain tour de passe-passe la Fondation est exonérée d'impôts, les contribuables américains ont le droit de savoir à quelles sortes de… *recherches* tous ces milliards sont affectés. Nous pouvons toujours vérifier auprès des services fiscaux, monsieur Howards, aussi jouons cartes sur table : quel est le montant annuel du budget de recherches de la Fondation pour l'immortalité humaine ?

— Entre trois et quatre milliards de dollars, fit Howards. (Barron donna le signal à Gelardi de lui laisser la moitié de l'écran afin de le dégager un peu de l'étau.)

— Nous sommes un peu loin du compte, vous ne trouvez pas ? fit-il d'une voix au tranchant un peu plus émoussé (allons, bougre de conard, attrape-moi ça au vol, ne me fais pas faire tout le boulot !). Pouvez-vous nous expliquer l'histoire de ces cinquante milliards ?

Comprenant que la perche lui était tendue, Howards parut plus rassuré :

— Vous n'avez cessé de brandir ce chiffre, dit-il, mais il est évident que sa signification vous échappe entièrement. Si vous aviez étudié de plus près nos contrats, vous sauriez que les cinquante mille dollars déposés par chaque client ne sont nullement la propriété de la Fondation. À la mort clinique du signataire du contrat, son avoir total est transféré à une société de gestion administrée par la Fondation pendant toute la durée de sa mort biologique et légale. Mais lorsqu'il recouvre la vie, tout l'avoir placé dans la société de gestion retourne à notre client, et seuls les intérêts et l'accroissement du capital restent acquis à la Fondation. Vous voyez donc que ces fameux cinquante milliards sont loin de nous appartenir. Ils constituent sans doute un capital appréciable, mais vous devez comprendre que nous sommes obligés de le maintenir intégralement en réserve pour le jour où nos clients feront valoir leurs droits à leur sortie d'Hibernation. La société de gestion fonctionne donc essentiellement à la manière d'une banque. Et une banque ne peut pas se permettre de dépenser des dépôts dont on lui a confié la garde.

— Je comprends, dit Barron. (Il s'agit de reculer en douceur, et sans perdre la face quand même.) Néanmoins, une somme pareille, cela fructifie rapidement, à moins qu'on ne soit complètement idiot. Or, vous venez d'admettre que l'accroissement du capital primitif est la propriété légale de la Fondation. Que faites-vous de ce paquet de milliards ?

Howards saisit la balle au bond. (Il commence à entrevoir la sortie, se dit Barron.)

— C'est exact, mais nos frais sont considérables… quelque chose comme cinq milliards par an. Cela correspond à peu près aux profits de la société de gestion. Quant aux quatre milliards qui vont à la recherche, il faut bien qu'ils proviennent de l'investissement de notre *propre* capital. Vous concevez que si nous devions dépenser ce capital, nous serions à brève échéance condamnés à déposer notre bilan !

Soudain, presque malgré lui, Barron comprit que Howards venait de mettre entre ses mains une arme qui aurait pu faire ressembler tout le début de l'émission à un échange de mondanités. Merde, se dit-il, Bennie a intérêt à garder indéfiniment tous ces macchabées congelés dans l'état où ils sont ! Le jour où il réussira à les ramener à la vie, il perdra les cinquante milliards de la société de gestion ! Assène-lui ce coup-là, Jack, baby, et il est fini. Mais mollo ! n'oublie pas que tu es censé le sortir de ce trou, et pas l'enfoncer davantage !

— Ainsi, tout tourne autour de ces fameuses recherches, dit-il, s'éloignant à regret de la jugulaire. Quatre milliards de dollars, c'est quand même un fameux budget, et qui doit receler… pas mal de choses intéressantes. Si vous nous expliquiez en quoi consistent ces recherches où s'engouffre tout cet argent ?

Howards lui jeta un regard mauvais.

Qu'est-ce que tu crois, Bennie ? songea Barron. Il faut bien que je fasse semblant de mériter mon nom de Jack Barron le donneur de coups de pied au cul.

— Tout d'abord, il faut que vous compreniez bien que tous ces gens qui sont dans nos Hibernateurs sont *morts*. Aussi morts que dans un cimetière. La technique cryogénique ne fait que les préserver de la putréfaction – ce sont de véritables cadavres. Les ranimer pose d'énormes problèmes. Je ne suis pas un savant et vous non plus, Barron, mais vous imaginez les travaux et recherches que cela nécessite pour nous – et le coût d'un tel programme. Il faut aussi découvrir de nouveaux traitements pour soigner ce dont ils sont morts – la plupart du temps, la vieillesse. Et c'est là le plus difficile : découvrir un remède contre la vieillesse. Supposez un peu que nous ranimions un vieillard de quatre-vingt-dix ans : il est condamné à mourir presque aussitôt après. Alors, vous voyez à quoi nous nous heurtons. C'est une entreprise qui durera des dizaines d'années, des siècles peut-être. Et elle coûtera des milliards par an. Quelqu'un dans ma position se doit de considérer les choses à longue, très longue échéance… (Et pendant un moment, le regard de Howards sembla perdu dans quelque inimaginable avenir.)

Une folle idée traversa l'esprit de Barron : Et si toute cette histoire d'Hibernation n'était qu'un gigantesque canular ? Un attrape-gogo destiné à récolter de l'argent pour autre chose ? Tout leur programme est fichu s'ils ne trouvent pas le moyen de stopper le vieillissement. (Au fait, que vaut réellement ce contrat *gratuit* ? Si ça se trouve, je me vends pour pas grand-chose…) Mais la façon dont Bennie dégoisait dans mon bureau l'autre jour sur l'immortalité, ça ce n'était pas du cinéma, il était vraiment convaincu ! Ouais, tout concorde – il ne tient pas à régler le problème de la réanimation, parce que ça lui coûterait ces fameux cinquante milliards, mais il croit dur comme fer à l'immortalité. Dix contre un que les savants de la Fondation sont sur quelque chose de plus gros que les problèmes de réanimation. Et si c'est l'immortalité qui les intéresse, combien de gogos vont encore cracher leurs cinquante mille dollars avant qu'il en sorte quelque chose ? Bennie, baby, toi et moi on va avoir une longue, longue conversation. Mais avant, voyons voir si on ne peut pas lancer une petite sonde. Une opération d'investigation préliminaire, comme on dit.

Le téléguide annonça : « 3 minutes ».

— Un jour, tous les hommes vivront éternellement grâce à la Fondation pour l'immortalité humaine.

— Hein ? grogna Howards, dont le regard sembla sortir de transe.

— Je ne faisais que citer un slogan de la Fondation, dit Barron. N'est-ce pas là le véritable problème ? Tous ces moyens mis en œuvre pour l'Hibernation, ça n'a de sens que si cela débouche sur l'immortalité, n'est-ce pas ? Qu'un vieux zigue quelconque vienne vous donner cinquante mille dollars pour que vous puissiez le faire revivre cent ans après et qu'il meure de vieillesse un ou deux ans plus tard, je ne vois pas l'intérêt de la chose. La mise en Hibernation est un moyen de conserver un petit nombre de gens qui meurent maintenant pour qu'ils puissent jouir de l'immortalité plus tard, quand vous aurez résolu ce problème. Après tout, pour des gens comme moi relativement jeunes, et pour le pays en général, la meilleure raison d'approuver les activités de la Fondation réside dans ce slogan qui promet la vie éternelle à tout le monde. Et à mon avis, ou bien vous pensez vraiment découvrir un jour un traitement pour l'immortalité ou bien toute cette histoire n'est qu'une vaste fumisterie. Qu'en pensez-vous, monsieur Howards ?

— M… m… mais bien sûr que nous le pensons ! bafouilla Howards, dont le regard prit l'éclat glacé d'un reptile. Ce n'est pas pour rien que nous avons choisi le nom de Fondation pour l'*immortalité* humaine ! Nous dépensons des milliards dans ce but, et en fait…

Howards s'interrompit tandis que le téléguide indiquait : « 2 minutes ». J'ai touché quelque chose, se dit Barron, mais *quoi* ? On aurait cru qu'il était sur le point de révéler… mais j'ai cent vingt secondes pour essayer de le savoir.

— Il me semble, dit-il, qu'étant donné votre statut d'exonération fiscale qui équivaut à une subvention indirecte vous devez aux citoyens américains quelques explications sur l'état actuel de ces recherches.

Howards lui jeta un regard chargé d'un poison virulent :

— Les savants de la Fondation sont en train d'explorer plusieurs voies susceptibles de déboucher sur l'immortalité, répondit-il d'une voix mesurée. (Lui aussi doit regarder sa montre, se dit Barron.) Certaines, naturellement, sont plus prometteuses que d'autres… Néanmoins, nous pensons qu'aucune possibilité ne doit être laissée de côté…

Barron appuya trois fois sur la pédale de gauche, et Vince lui redonna les trois quarts de l'écran avec Howards dans le coin inférieur gauche, tandis que le téléguide annonçait : « 90 secondes ».

— Pourriez-vous nous donner quelques précisions ? dit-il. Parlez-nous des travaux les plus intéressants, et de leur degré d'avancement.

— Il ne m'appartient pas de susciter de faux espoirs à ce stade, répondit Howards d'un ton doucereux derrière lequel Barron décela une nuance de… tension ? peur ? menace ?… ce serait tout à fait prématuré par rapport à l'état actuel de nos recherches… (Mais, pensa Barron, les faux espoirs, c'est justement la camelote que la Fondation cherche à vendre. Pourquoi rechignes-tu à nous servir ton baratin, Bennie… ? À moins que…)

— Vous voulez dire que vous avez englouti tous ces milliards sans être plus avancé qu'au départ ! lança Barron sur un ton d'incrédulité cynique. Ça ne peut vouloir dire que l'une de ces deux choses : ou bien les savants que vous employez sont tous des idiots ou des charlatans, ou bien… l'argent inscrit à votre budget de recherches est employé à autre chose – comme par exemple faire voter votre projet de loi au Sénat, comme par exemple financer des campagnes électorales…

— Vous mentez ! explosa Howards, et soudain il sembla à nouveau plongé dans cet étrange état de transe. Vous ignorez de quoi vous parlez ! (Le téléguide annonça : « 30 secondes ».) Il y a eu des résultats. Plus de résultats que personne n'aurait… (Il eut un haut-le-corps, comme s'il venait de reprendre ses sens au bord d'un abîme, et devint muet.)

Barron fit le signal à Vince de lui donner tout l'écran. Il se passe quelque chose, pensa-t-il. Quelque chose de plus gros que… plus gros que… ? En tout cas, de trop gros pour être réglé sur l'antenne. Minutage impeccable, comme d'habitude.

— Eh bien, chers téléspectateurs, annonça-t-il, il est maintenant temps de rendre l'antenne, nos soixante minutes sont épuisées. Mais si ce problème vous fait encore suer, n'hésitez pas, mercredi prochain, à décrocher votre vidphone et à appeler le 212-969-6969, et nous serons bons pour soixante autres minutes de *Bug Jack Barron* en direct et en couleurs vivantes.

On passa le spot final.

— Il veut te…

— Non ! fit Barron au moment même où la voix de Gelardi s'élevait de l'interphone. Je ne parle à Howards sous aucun prétexte maintenant.

Gelardi fit le geste de s'arracher les cheveux derrière la paroi vitrée de la cabine de contrôle :

— Je n'ai jamais entendu quelqu'un d'aussi furax après ton émission, dit-il. Tu ferais mieux de le prendre avant qu'il fasse fondre tous nos fusibles avec son langage !

Gagné par la fatigue familière du travail accompli, Barron quitta la sellette magique, avec l'idée confuse d'aller lever quelque part une blonde inconnue pour lui baiser la tête, puis se souvint brusquement, comme en un accès d'énergie renouvelée. Fini ce temps-là ! C'est changé ! Je file à la maison, et Sara m'y attend !

— Écoute, Jack, pour l'amour du ciel, dis-lui n'importe quoi, rien que pour le calmer, gémit Gelardi.

Je n'en ai rien à foutre de le calmer, pensa Barron. Il s'est passé quelque chose pendant les quelques minutes de la fin. J'ai touché un endroit sensible, et il a failli cracher un morceau important. Parce qu'il avait perdu son sang-froid. Laissons-le mijoter un peu dans son jus. Je le veux bien à point quand il s'agira de passer aux affaires sérieuses – et sans témoins, Vince de mon cœur.

— Donne-lui mon numéro personnel, dit Barron, et si ça ne le calme pas, dis-lui d'aller se faire brosser. En fait, si tu lui donnais mon numéro en lui disant d'aller se faire brosser quand même ? Dis-lui… dis-lui que pour une fois c'est Mahomet qui doit venir à la montagne.

— Mais il suffirait que tu…

— Laisse-moi m'occuper de ça, Vince. Ton copain Jack Barron sait ce qu'il fait.

Comme le père Howards va bientôt s'en apercevoir.

Chapitre neuf

Jack… Jack, je n'ai jamais dû comprendre vraiment, pensa Sara Westerfeld debout sur la galerie qui dominait le living-room, écoutant l'averse de mai qui pianotait sur le dôme à facettes et le faible bourdonnement de l'ascenseur qui montait au penthouse. Depuis combien de temps était-ce ainsi ? Certainement, il ne faisait pas ça avec *Bug Jack Barron* quand il m'a renvoyée… ou quand je l'ai quitté. Et s'il avait raison sur toute la ligne ? Si c'était moi qui avais tout gâché en me mettant la tête dans le sable, en refusant de voir sa réalité ?

Elle entendit la porte de l'ascenseur qui s'ouvrait, les pas qui résonnaient le long du corridor, la présence qui s'approchait comme une onde de choc, et se sentit à la limite d'une perception nouveau style, un contraste homme-femme qui la pénétrait beaucoup plus profondément que ce qui était révélé à l'heure où on baissait froc.

Le pouvoir est une affaire de mâle, pensa-t-elle. Toutes les filles qui veulent y toucher, qui comprennent réellement ce que c'est, finissent par devenir des espèces de gouines. Le pouvoir est lié à la bite ; une femme bloquée à propos de pouvoir est bloquée parce qu'elle n'en a pas. Elle ne comprend le pouvoir que par l'intermédiaire de quelqu'un qui en a. Le pouvoir a sa propre temporalité masculine : un homme sait attendre, machiner, prévoir des années à l'avance, faire des réserves de pouvoir qu'il utilisera pour la bonne cause – s'il est fondamentalement bon, comme Jack, à l'intérieur – de la même façon qu'un amant intelligent sait faire jouir une femme frigide en se retenant s'il le faut, jusqu'au moment où elle est prête à reluire. Amour masculin, action retardée, émotion calculée, juste la quantité et le moment voulus, pas comme pour la femme, qui a besoin de tout ressentir totalement et au moment même – le bien, le mal, l'amour, la haine, la pine en elle. De même qu'un homme aime baiser, une femme aime se *sentir* baisée. Est-ce cela qu'il y a eu entre nous, Jack ? Pendant que je ne savais penser qu'au présent-féminin, tu voyais l'avenir avec tes pensées d'homme ?

Puis il fut devant elle, ses boucles mouillées encadrant un regard rendu brillant par la fatigue de cent batailles remémorées de Berkeley, Los Angeles, *New York* enfin, les lignes de son visage pareilles aux lignes du temps unissant les rêves du passé à la réalité présente, mosaïque d'amour quadridimensionnelle où le visage d'un petit garçon s'inscrivait derrière le visage d'un homme – un homme qu'elle aimait avec son passé, un petit garçon à l'armure de chair qu'elle aimait avec ses rêves, qu'elle avait goûté au milieu de l'action, dans les rues et les chambres à coucher, le *JACK BARRON* (en grosses lettres de feu) des combats présents-passés-à-venir-des-amants-seuls-contre-la-nuit… son *homme* !

Elle l'embrassa rapidement mais profondément avec sa langue ; puis débordante d'exaltation, elle s'arracha à sa bouche, les bras toujours autour de son cou, et s'écria :

— Jack, Jack, je t'ai vu à la télévision, j'ai vu vraiment pour la première fois ce que tu faisais… tu étais magnifique, tu étais tout ce que je savais que tu deviendrais un jour quand je t'ai rencontré pour la première fois à Berkeley – mais en mieux, en cent fois mieux que tout ce que j'aurais pu rêver… parce que j'étais une petite fille et toi un petit garçon, et que maintenant, à l'âge avancé de trente-cinq ans, je suis prête à quitter l'adolescence et à essayer de t'aimer comme une *femme* doit aimer un homme…

— C'est… euh… chouette, dit-il. (Et elle fut fière de le sentir préoccupé, de sentir ses pensées d'homme passer à travers elle, par-dessus elle, l'envelopper…) C'est chouette, ce que tu dis là, sur nous deux, mais l'émission… écoute, Sara, il y a des choses qu'il faut que je te dise. Je ne veux pas que tu croies que tout va recommencer comme au temps des

Bébés Bolcheviques. Je suppose que beaucoup de gens ont dû s'imaginer des tas de choses, et par moments il m'arrive à moi-même de... mais je ne fais jamais rien sans raison, et il y a beaucoup plus en jeu que...

— Je sais, Jack, dit-elle. Tu n'as même pas besoin de me le dire. Cela se voit sur toi. Tu es mêlé à quelque chose d'important, de grand. Le genre de chose que depuis toujours tu étais destiné à faire. Comme lorsque tu...

— Il ne s'agit pas de ce que tu penses, murmura-t-il, le front plissé. Moi-même, je ne connais pas tous les éléments. Mais... je sens qu'il y a quelque chose, quelque chose de si gros que... je n'ose même pas y penser avant d'être...

Le carillon du vidphone l'interrompit. Déjà... ? sursauta-t-il en se précipitant au bas des marches, jusqu'à la console murale où était le vidphone devant lequel il s'étendit de tout son long sur la moquette, suivi de près par Sara.

— C'est toi, Rastus ? demanda-t-il. Qu'est-ce qui t'arrive ?

— C'est plutôt à toi qu'il faut demander ça, Huey, fit Luke Greene. Des tas de gens se demandent ce qui se passe dans ta petite tête.

Jack souleva le vidphone et pointa la caméra sur Sara :

— Hello, Luke, dit-elle. Ça fait longtemps.

Il lui rendit son sourire, sourire d'ami, sans arrière-pensées pour ce qui était de l'histoire ancienne.

— Tiens, salut, Sara, dit-il. Toi et Jack... ?

— Comme tu vois, Rastus, fit Barron en orientant de nouveau la caméra sur lui-même. Nous nous sommes remis ensemble, et cette fois-ci c'est pour de bon.

— Eh bien, toutes mes félicitations, mes enfants. Sara, j'espère que tu sauras maintenir cet oiseau-là dans le droit chemin, ce sera bon pour lui et bon pour la C.J.S. par la même occasion.

Sara vit le front de Barron s'assombrir, et se demanda pourquoi tandis que Jack répliquait :

— J'ai comme la désagréable impression que cette petite publicité gratuite pour la C.J.S. est la principale raison de ton coup de fil, Luke. Ou est-ce que tu dépenserais l'argent des bons contribuables du Mississippi rien que pour dire hello à un vieux copain ? Tu aurais bien changé, dans ce cas.

— C'est toi qui me parais changé. Te voilà revenu avec Sara, et... après ce qui s'est passé ce soir, il semble que tu sois revenu avec nous aussi. Bien le bonjour de la race humaine, Jack.

— Heu... quelle race dis-tu, Lothar ? La race des rats ? La race qui part de nulle part et qui ne mène à rien ? Très peu pour moi, mon vieux ; cette race-là, je pisse dessus.

— Assez de déconner, sale Cauc, lui dit Luke. Ce n'est plus Bennie Howards que tu as en face de toi. Tu as attrapé le virus, hein, Claude ? Je savais que ça t'arriverait. Quand tu as eu Bennie en face de toi, tu n'as pas pu t'en empêcher... Eh bien, c'est dans la poche, Jack. C'est dans la poche, pour moi et pour beaucoup d'autres types, y compris ces dinosaures de Républicains.

— Qu'est-ce que tu peux bien raconter ? demanda Jack, et Sara vit qu'il était sincère, qu'il était aussi intrigué par Luke qu'elle l'était par lui, et elle se demanda si lui aussi sentait l'ombre de quelque chose d'important qui était sur le point d'arriver.

— Je parle de ton émission de tout à l'heure, qu'est-ce que tu crois ? Jamais de ma vie je n'ai vu un gros ponte aussi amoché. Il a dû laisser une piste de sang d'ici à son repaire du Colorado. Merde, ne me dis pas que tu ne sais pas de quoi je parle, tu as été sensationnel. Chacun a eu sa part. Morris a raffolé de l'angle économique – c'est lié à toute leur foutue plate-forme Adam Smith : les grossiums qui veulent leur part du gâteau dans le programme d'Hibernation sont prêts à casquer gros. Mon frère, j'ai toujours dit que quand on est fait pour la politique, on a beau dire, on a beau faire, le naturel revient au triple galop. Tu as peut-être un peu trop ménagé Bennie sur la fin, mais tu sais, je commence à croire que c'était la bonne tactique ça aussi. Comme dit Morris, nous devons commencer par consolider peu à peu notre position avant de nous manifester au grand jour l'année prochaine.

— Tu ne pourrais pas expliquer à de pauvres Caucs ? dit Jack d'un ton perplexe dont Sara ignorait s'il était feint ou pas.

Qu'est-ce qui se passe avec Luke ? se demanda-t-elle en ayant l'impression d'être redevenue une petite fille de onze ans en train d'épier à travers les planches disjointes d'une baraque en bois des formes de chair nue de petits garçons se faisant des choses vilaines et excitantes. Comme quand Jack était au lit à côté d'elle, discutant au vidphone avec Luke de questions cruciales par-dessus sa chair paisible de femme. Oh, que c'était bon de regarder parler son homme ! Que c'était bon d'être à nouveau Sara *Barron* !

— Tu ne comprends pas que c'est gagné ? fit Luke. Je viens d'avoir Morris au bout du fil, et c'est d'accord sur toute la ligne. Tous les points que tu as perdus en le rudoyant, tu viens de les regagner auprès des Républicains. Ils sont fous de la façon dont tu as associé Howards avec Hennering – ils sont prêts à miser sur toi à cent pour cent. Et tu sais de quel clan il s'agit, alors quand Greg Morris te dit qu'il garantit personnellement l'investiture de son parti si j'obtiens celle de la C.J.S., ça signifie que tous leurs gros bonnets ont déjà dit leur mot. Et avec le vieux Luke, tu n'as pas à t'en faire, l'accord du Comité de la C.J.S. est pour ainsi dire dans la poche. Tu comprends ce que ça signifie, Clive ? Enfin, nous allons pouvoir bouger, pas à partir de rêves de camés de Berkeley, pas pour des trucs bidon comme ce que j'ai ici, mais pour de vrai, Jack, pour construire le parti national dont tu nous parlais dans notre bon vieux grenier. Il t'a fallu longtemps pour te rappeler qui tu étais, Claude, mais ça valait le coup d'attendre, c'est moi qui te le dis !

— Pour l'amour du ciel, Jack ! s'écria Sara avec excitation. Dis-moi de quoi il s'agit !

Jack lui tendit le vidphone avec une grimace :

— Dis-lui, toi, Machiavel, tu sauras au moins garder ton sérieux, fit-il en s'adressant à Luke.

— Tu veux dire qu'elle ne sait pas encore… ? s'étonna Luke. Sara, ce crétin avec qui tu baises est le futur Président des États-Unis !

Jack reprit l'appareil des mains de Sara avant qu'elle eût pu répondre, avant qu'elle eût pu faire autre chose que considérer ébahie l'être mystique soudain révélé dans toute sa gloire par un éclair psychédélique. Oui ! Oui, pensa-t-elle. Où pourrait-on trouver dans le monde entier quelqu'un qui soit plus grand que

Jack ? JACK BARRON à l'armure de chair, seul devant cent millions de gens qui le réclament. *Mon* Jack Barron.

— Moi aussi j'ai mon mot à dire, Luke, fit Barron. Un seul mot : *non*. Je ne suis pas candidat à l'investiture. Et même à supposer qu'on me la donne, et que Teddy le Prétendant se casse la gueule dans un accident d'avion comme Hennering, et que tout le monde soit en pleine vape le jour des élections. Bon, je gagne. Et à quoi ça m'avance ? Le métier de Président, pour moi, c'est de la musique chinoise. Et qui plus est, je n'ai aucune envie d'apprendre. Ce n'est pas mon rayon, c'est tout.

— T'occupe pas de ça, fit doucement Luke. Tu auras tout plein de génies politiques comme ton serviteur pour te…

— Écoute, Rastus, je ne suis le porte-coton de personne, mets-toi bien ça dans la tête, et je ne le serai jamais. Tu me crois stupide au point de ne pas voir ce qui se passe ? Toi et Morris vous voulez une figure de proue, un Eisenhower, un Reagan, une andouille célèbre quelconque que vous puissiez manipuler et vendre comme de la lessive. Et ma réponse est *non*. Si tu es si copain avec Morris, pourquoi est-ce que tu ne te présentes pas toi-même ?

— C'est bien un vidphone que tu as en face de toi ? demanda Luke avec amertume. Regarde un peu la couleur de ma figure et répète ?

— Excuse-moi, Luke, dit aussitôt Jack avec cette sensibilité de petit garçon que Sara avait toujours aimée. Tu me connais, mon vieux, tu sais que je ne fais pas attention à la couleur de ta peau jusqu'à ce qu'elle me soufflette la face. Mais j'étais sincère. C'est toi qui devrais être Président, et pas moi. Depuis tout ce temps que tu fais ton chemin dans cette direction, même sachant… ce que tu avais contre toi. Quant à moi, ma voie est différente, c'est le show-business, et c'est… une raison de plus pour que je refuse. Qui suis-je pour venir marcher sur tes plates-bandes et jouer au numéro un ? Essaie un peu d'avoir une émission télévisée, et je ne te raterai pas. Restons copains, mais chacun son rayon, vu ?

Sara saisit au vol l'expression blessée du malheureux Luke (déjà, à Berkeley, il était sensibilisé à ces problèmes, trop intelligent pour ne pas se rendre compte que sa couleur le reléguait à l'arrière-plan, alors qu'il était fait pour occuper le devant de la scène).

— Tu sais, tu as raison, Clyde, dit-il avec un sourire glacé. J'ai toujours su que je valais mieux que toi, mais je n'aurais jamais cru que tu finirais par l'avouer. (Et Sara, à travers la mémoire de ses sens, ressentit le triple niveau de réalité du sarcasme de Luke.) Mais le fait est que tu peux le faire et moi pas, parce que tu es un demi-teinte et moi un Nègre, et on ne peut rien contre ça – je ne te le reproche pas. C'est pourquoi je suis obligé de passer par toi, nous sommes tous obligés de passer par toi. Qu'est-ce que c'est que la C.J.S. sinon un ramassis de bougnoules, d'Enfants des Fleurs, de Bébés Bolcheviques et de tous les paumés du pays ? Tu crois que je me raconte des histoires ? Seulement, tu es le seul type suffisamment important que nous ayons sous la main, le seul susceptible de décrocher le fric et le soutien républicain. Tu serais un foutu chimpanzé que ça ne changerait rien à l'affaire – il n'y a pas d'autre singe capable de gagner.

Sara éprouva un regain de sa vieille admiration pour Luke, qui avait le courage de regarder les choses en face et l'intelligence de les dire bien. Et quoique Jack éclipsât n'importe qui à ses yeux, elle se sentit emplie d'une tendre satisfaction au souvenir du baume que jadis elle avait pu verser sur cette blessure noire toujours ouverte.

— Je regrette, Luke, dit Jack Barron, mais la réponse est toujours non. Et tu peux dire à Morris d'oublier tout ça lui aussi. Inutile d'y revenir, c'est non, non, non.

— D'accord, Jeannot Lapin, je n'insisterai pas ; du moins, pas aujourd'hui. Mais je t'avertis que je vais m'arranger pour faire patienter Morris jusqu'à ce que j'aie réussi à te faire changer d'avis.

— Jamais, laissa tomber Jack.

— Écoute, Sara, fit Luke. Tâche de lui expliquer. Peut-être auras-tu plus de chance que moi. Je me sens fatigué, mes enfants, je m'en vais lyncher un ou deux petits Blancs, histoire de me relaxer. Écoute-la, Jack ; elle te connaît mieux que toi-même.

Elle connaît la meilleure partie de toi, que tu sembles avoir oubliée. Écoute Sara, bougre de tête en bois. À plus tard.

Il coupa la communication, et Jack et Sara restèrent face à face à se dévisager – le vieux jeu familier du silence : qui allait hurler le premier ?

— Jack, je pense…

— Toi aussi, Sara, il faut que tu le dises ? Tout le monde se sent donc obligé de m'expliquer quel baisse-froc je suis ? Comme un putain de disque rayé ! Luke et toi… crois-tu réellement que Luke connaisse l'enjeu de la partie ? Le connais-tu toi-même ?

— Mais, Jack, être *Président*… (Le mot lui semblait une énormité dans sa bouche, étouffant les implications impossibles qu'il évoquait.)

— Président de mes deux ! Un putain de rêve de camé ! Tu n'as pas regardé l'émission ? Howards a une caisse noire de cinquante milliards de dollars, et que le fric lui appartienne légalement ou pas toute la force qui va avec est là. C'est Bennie Howards qui choisit le prochain Président, et tu peux me croire sur parole ! Qu'ils m'entraînent dans leur merdier, et j'aurai le privilège de perdre… non seulement la Présidence, mais mon émission, et bien plus encore sans doute. Et pour quoi ? Pour avoir une chance d'ouvrir ma grande gueule ? Mais je suis déjà payé pour le faire une fois par semaine.

— Mais, Jack… (N'est-il pas capable de se voir comme je le vois ?) Tu peux y arriver, tu as…

— C'est chouette de se savoir placé par sa petite amie sur un piédestal. Mais est-ce que ça suffit pour payer un loyer de quinze cents dollars par mois ? Qu'est-ce qu'on fait si je balance tout en voulant m'attaquer à Howards ? On ouvre un boxon, et on te met en prime devant la porte ?

— Jack…

À nouveau, le carillon du vidphone les interrompit.

— Si c'est Morris, je vais lui dire d'aller…

Elle vit son visage se figer brusquement en un masque calculateur, et un frisson glacé la parcourut quand elle reconnut sur l'écran la face de reptile exerçant son terrible pouvoir de vie et de mort de Benedict Howards.

— Satané imbécile ! Espèce de faux jeton inconscient ! s'époumona Howards, et Sara, terrifiée par le cri de haine et de rage lancé à la gorge de Jack par celui qui avait le pouvoir de les précipiter, par le secret qu'il détenait, dans l'abîme éternel où Jack et Sara Barron seraient anéantis, était véritablement pétrifiée comme un oiseau devant un serpent venimeux.

Mais le mortel enchantement se rompit lorsque Jack répliqua :

— Écoutez, Bennie, j'ai eu une journée harassante et je ne suis pas d'humeur à écouter vos divagations. Ce numéro n'est pas dans l'annuaire pour des raisons évidentes, et si j'ai autorisé Vince à vous le donner ce n'est pas pour vous entendre hurler dans mes oreilles comme un babouin au cul rouge affligé d'hémorroïdes sanglantes. Si vous avez quelque chose à me dire, prenez une grande inspiration, comptez jusqu'à dix, allumez une Acapulco Gold et parlez calmement ou je vous raccroche au nez et je mets mon vidphone sur « pas libre ». Vu ?

Pendant le long moment de silence qui suivit, Sara sentit l'intensité du conflit opposant la volonté des deux hommes et lut dans l'image grandeur réduite, contractée par la rage, de Benedict Howards, que c'était Jack qui était le plus fort et qu'ils le savaient tous les deux.

— C'est bon, répondit finalement Howards d'une voix froide comme de l'acier. Je vais faire comme si je parlais à un être humain doué de raison et non pas à un fou délirant. Un être rationnel doit savoir à quoi il s'expose en doublant Benedict Howards. Je croyais que nous étions tombés d'accord. Vous deviez me tirer d'affaire, et au lieu de cela vous…

— Une minute, qui est-ce que vous accusez de vous doubler ? Je ne vous ai rien promis du tout, j'ai simplement accepté de ne pas enfoncer le couteau jusqu'au bout, comme j'aurais pu le faire. Ne vous ai-je pas donné une chance de parler de vos recherches ? Ce n'est pas ma faute si vous n'êtes pas un professionnel comme moi. Vous aviez l'occasion rêvée d'expliquer au monde que la Fondation progresse à pas de géant vers l'immortalité, mais le show-business n'est pas votre fort. D'ailleurs, à bien y repenser, vous avez réagi curieusement – presque comme si vous aviez quelque chose à cacher…

— Peu importe tout ça, fit Howards froidement. Nous avons une affaire à mener à bien, si vous vous souvenez. Vous m'avez déjà coûté Dieu sait combien de voix au Congrès, avec cette dernière histoire, et il est grand temps de…

— Pas au vidphone, interrompit Barron. Dans mon bureau. Demain 14 heures.

— Écoutez, Barron, vous m'avez couillonné suffisamment longtemps. On ne s'amuse pas avec Benedict How…

Jack laissa entendre ce en quoi Sara reconnut un rire calculé :

— D'accord, Bennie, puisque vous insistez. Naturellement, je préfère vous prévenir que je ne suis pas seul.

Il regarda Sara ; elle perçut un monde derrière son regard, un monde étranger de pouvoir et de ruse où s'affrontaient Jack et Howards. Et avec un frisson de peur, elle se demanda si Jack savait lire ce qui se passait dans ses yeux à elle, s'il y voyait Howards tapi, tirant des ficelles qu'elle ignorait. (De quoi étaient-ils en train de parler ? De se vendre à Benedict Howards ? Dans ce cas, je ne suis qu'un atout de sécurité dans le jeu de Howards ?)

— Quoi ? hurla Howards. Vous vous fichez de moi ? Vous voulez notre perte à tous les deux ? Qui…

— Du calme, Bennie, fit Jack. Ce n'est que mon ex-et-future-épouse, Sara Westerfeld née Barron née Westerfeld. On ne garde pas longtemps un secret pour sa petite amie – du moins, ajouta-t-il avec un petit rire de fausset, pas aussi longtemps qu'elle ne garde un secret pour vous.

Sara connut un instant de pure panique. Est-ce qu'il *sait* ? se demanda-t-elle. Est-ce que l'homme-reptile lui a tout raconté ? Ou va-t-il tout lui dire pour m'utiliser comme une arme ? Si j'avouais tout à Jack, tant qu'il en est temps ? Non, trop tôt ! trop tôt !

Mais Howards eut un sourire glacé qu'elle savait adressé à elle :

— Loin de moi l'idée de me mêler de vos affaires de cœur, dit-il avec un sarcasme qui transperça Sara, lui rappela le pouvoir qu'il détenait de la détruire à travers Jack, et Jack à travers elle. C'est bon, à demain dans votre bureau. Je prendrai l'avion cette nuit. Et… mes hommages à Sara Westerfeld. (Puis Howards raccrocha.)

Lorsqu'il se tourna vers elle, Jack vit l'hésitation de son propre regard reflétée dans celui de Sara. Elle sentait monter en elle la tension de la dissimulation, comme une bulle demandant à être crevée. Tout lui dire… Mais est-ce bien le moment ? Jouera-t-il le jeu de Jack et Sara si… ? Ou est-ce que cela signifiera la fin pour l'éternité de tout ce qu'il y a jamais eu entre nous ? L'éternité… Un bien grand mot, et un enjeu plus grand encore.

Elle décida que le choix appartiendrait à Jack et pas à elle. S'il lui racontait tout, s'il lui disait que Howards lui proposait une place dans ses Hibernateurs, elle saurait qu'il était prêt et elle lui dirait ce qu'était Howards réellement, et ensemble ils le détruiraient…

— De quoi était-il question ? demanda-t-elle d'un ton innocent, consciente de ce que la réponse qu'il allait faire était suspendue comme un poignard au-dessus de leur vie, au-dessus de tout ce qu'ils avaient été ou seraient… pour l'éternité.

Jack hésita, elle le sentit troublé par la décision à prendre, mais quand il parla l'intensité angoissée du moment fut écartée, comme une visite chez le dentiste remise à plus tard, et elle vit tomber dans son regard l'écran repoussant l'heure de vérité mortelle que chacun d'eux en son for intérieur savait sur le point d'arriver bientôt.

— Je ne le sais pas encore très bien pour l'instant, dit-il, mais j'espère le découvrir demain. Et… tu dois me faire confiance, Sara, je ne peux rien te dire maintenant.

Au plus profond d'elle-même, elle poussa un soupir de soulagement tout en ayant conscience du réseau de mensonges et de lâchetés qui les unissait ironiquement. Mais elle savait que ce lien de dissimulation ne durerait que jusqu'au lendemain, car après la visite de Howards à Jack il y aurait entre eux ou bien la vérité… ou bien rien.

« Oui, monsieur Barron, entendu, monsieur Barron, vous me faites chier, monsieur Barron », murmura Jack entre ses dents en tripotant le paquet d'Acapulco Golds posé sur son bureau comme une tentation sardonique. Cette fichue Carrie, je comprendrais qu'elle quitte son boulot, ou demande au réseau de la transférer autre part. Ce n'est ni ma faute ni la sienne. Mais non, il faut que cette garce reste plantée là, avec son sourire professionnel à manger de la merde. Par amour ou par sadisme ? Ou peut-être attend-elle que je la fiche à la porte ? Dans ce cas, Carrie chérie, tu peux te brosser.

Il tapota le bout d'une cigarette, la planta dans sa bouche, l'alluma puis joua avec la fumée de marijuana, la faisant rouler au fond de sa gorge sans l'inhaler, se demandant si cela valait le coup d'avoir la grande explication avec Howards en pleine vape.

La douce fumée promettait un refuge contre les Luke, Sara, Carrie et compagnie, qui s'agitaient pitoyablement autour de lui pour des enjeux stupides, en croyant que Jack Barron allait se prêter à leurs machinations mesquines.

Mais quelque chose le retenait, qu'il était incapable d'identifier, et il se sentait tracassé. Qu'est-ce qui est plus grand que la Présidence des États-Unis ? se demanda-t-il. Qu'est-ce qui est plus grand que cinquante milliards de dollars ? Il y a quelque chose, je le sens comme un junkie flaire à des kilomètres de là la voiture des flics qui viennent perquisitionner chez lui. Il y a quelque chose, je ne sais pas quoi, ou alors Bennie est complètement sonné d'agir comme il le fait. Et avec les cartes que je détiens, ça pourrait se révéler très intéressant.

Oui, mais les cartes qu'il détenait, justement, avaient l'air trop imbattables pour être honnêtes. Se pourrait-il que Bennie fût si mauvais, et moi si bon ? Non, Bennie sait quelque chose que je ne sais pas, tout repose là-dessus, c'est une carte qui peut apporter la victoire à quelqu'un, mais comment savoir qui si j'ignore de quelle carte il s'agit ?

Tout ce qui est certain, c'est que l'enjeu est assez gros pour avoir fait caner Howards alors que je lui donnais l'occasion de marquer des points à la télévision, assez gros pour lui flanquer une trouille bleue quand il s'est vu sur le point de déballer le morceau, et surtout… assez gros pour l'avoir fait sortir de ses gonds au départ. Et avec un reptile comme Howards, il faut le faire.

Barron écrasa le clope dans le cendrier. Aujourd'hui pas d'herbe, se dit-il. Aujourd'hui le champion tente le grand prix, et il a intérêt à avoir la tête sur les épaules quand Bennie…

— Monsieur Barron, Mr. Benedict Howards est ici et désire vous voir, fit la petite voix glacée de Carrie à l'interphone.

— Dites à Mr. Howards d'entrer, miss Donaldson, merci, miss Donaldson, allez vous faire foutre, miss Donaldson répondit Barron en prononçant les derniers mots sur le même rythme mais après avoir coupé l'interphone.

Howards s'engouffra dans la pièce, laissant tomber sur un coin du bureau une mallette bidon sans aucun doute bourrée de documents bidon, et s'assit aussitôt et sans dire un mot, comme un diplomate soviétique arrivant à la énième session de la conférence de Genève sur le désarmement. En cet instant, Barron eut de Benedict Howards une vision qu'il n'avait jamais eue avant : celle d'un efficace spéculateur texan sorti de ses plaines stériles avec des trous plein les poches, qui avait réussi à force de luttes et d'obstination à se hisser au point où ses cinquante milliards exerçaient un pouvoir de vie et de mort sur ses deux cent trente millions de concitoyens et où il posséderait corps et âme le prochain Président des États-Unis. La partie allait être dure, et Barron le savait.

Mais Bennie le sait aussi, se dit-il tandis que Howards l'observait de ses yeux de basilic, attendant qu'il fasse le premier pas. Et le spectacle de cet homme qui le regardait pour la première fois non pas avec colère, non pas tout à fait avec crainte mais avec une lueur de froide évaluation dans ses yeux, donna à Jack Barron la mesure du pouvoir associé à sa propre image en couleurs vivantes.

— Très bien, Howards, dit-il d'une voix glacée qui fit presque sursauter son interlocuteur, pas d'esbroufe, pas de cinéma, vous êtes ici pour parler affaires et moi aussi, alors allez-y. Annoncez la couleur.

Howards ouvrit sa mallette et en retira un dossier qu'il plaça bien à plat sur le bureau :

— Tenez, Barron. Un contrat d'Hibernation, modèle standard en trois exemplaires, signé de ma main, financé par un

« donateur anonyme », au nom de Jack Barron, avec prise d'effet immédiate. Voilà ce que vous perdez si vous refusez de coopérer, un contrat en bonne et due forme que personne ne peut vous enlever.

— Et naturellement, ce « donateur anonyme » se révélerait être Benedict Howards, avec copie du contrat communiquée à la presse, si je signe et si je ne coopère pas, fit Barron qui sentit l'atmosphère s'empuantir des remugles de la nécromancie financière.

Howards sourit :

— Il faut bien que je prenne certaines précautions. Eh bien, Barron, vous n'avez qu'à signer à l'endroit indiqué, et nous pourrons nous mettre au travail pour voir comment nous allons réparer les dommages causés par votre grande gueule au projet de loi d'utilité publique.

— Ce n'est pas du tout ce dont nous étions convenus, et vous le savez, lui dit Barron. Vous n'êtes pas en train d'engager un larbin, vous désirez louer pour un temps mes services de... dirons-nous spécialiste des Relations publiques ? C'est un travail que je ne puis entreprendre que si je connais exactement la nature du produit que je suis censé promouvoir. *Exactement*, Howards. Et pour commencer, je veux savoir pourquoi vous avez tellement besoin de moi.

— Après ce qui s'est passé hier soir, vous me demandez ça ? glapit Howards (mais Barron vit que sa fureur était calculée). Grâce à vous, le projet de loi est réellement mal en point. J'ai besoin que la loi soit votée, ce qui signifie que j'ai besoin de voix au Sénat, donc d'une pression de l'opinion publique en *ma* faveur, et c'est là que vous intervenez avec votre canal qui vous permet de communiquer avec cent millions d'électeurs. Mais ne vous méprenez pas, si vous refusez je m'arrangerai pour avoir votre scalp. Vous êtes trop engagé pour reculer maintenant, Barron. Ou bien vous marchez avec moi, ou bien vous êtes fini.

— Vous mentez, fit Barron d'une voix neutre. Votre projet de loi était gagnant d'avance jusqu'à ce que je commence à faire des vagues, et je n'ai pas fait de vagues jusqu'à ce que vous commenciez avec vos appels du pied. Donc ce n'était pas pour sauver le projet de loi que vous vouliez m'acheter au départ. C'était pour quelque chose d'autre, quelque chose de bien plus gros, et je ne m'engage pas dans un truc de ce genre avant de savoir exactement de quoi il retourne.

— Je vous ai assez entendu ! s'écria Howards, et Barron eut la certitude qu'il avait enfin réussi à le faire vraiment sortir de ses gonds. Vous passez votre temps à essayer de me convaincre que vous pouvez être extrêmement dangereux. D'accord, vous m'avez convaincu. Vous savez ce que ça vous rapporte ? Ça vous rapporte d'être réduit en petit tas de bouillie, comme j'écraserais un scorpion, si vous refusez de coopérer. Un scorpion peut être mortel, il pourrait me tuer si je lui en donnais l'occasion, mais ça ne veut pas dire que dès l'instant où je vois qu'il va devenir dangereux je ne peux pas l'écraser d'un seul coup de talon.

— Vous auriez tort de me menacer, dit Barron à moitié par calcul, à moitié par réaction à un signal d'adrénaline. Ne me donnez pas l'impression d'être acculé à un mur. Parce que si vous me poussez trop, je ferai une émission sur la Fondation qui fera ressembler celle d'hier à une publicité en faveur de Benedict Howards. Et la semaine d'après, ce sera pire, et chaque semaine ce sera encore pire et pire, jusqu'à ce que vous puissiez me faire retirer l'antenne. Et alors, Bennie, il sera trop tard.

— Vous bluffez, dit Howards. Vous n'auriez pas le courage de sacrifier votre carrière rien que pour avoir ma peau. Et vous n'êtes pas assez stupide non plus pour vous jeter délibérément à la rue comme une pauvre cloche, sans même un endroit où aller.

Jack Barron se mit à sourire. Bennie, pensa-t-il, à ce petit jeu-là, tu ne fais pas le poids après tout, tu ne joues pas sur ton propre terrain.

— C'est curieux que vous me disiez ça, Bennie, murmura-t-il, parce que justement il y a toutes sortes de gens qui ne font que me répéter qu'il y a *un* endroit où je devrais aller.

— Ça, je le crois sans peine, fit Howards sèchement.

— Je vois que vous n'avez pas perdu votre sens de l'humour. C'est heureux, car vous risquez d'en avoir besoin. Parce que si vous me forcez à saborder l'émission pour en finir avec la Fondation, ce ne sera pas seulement une vengeance aveugle.

Voyez-vous, il y a des tas de gens qui n'attendent que ça, des gens *puissants* comme Gregory Morris et Lukas Greene, qui me supplient d'entrer dans *leur* jeu et de vous foutre en l'air, vous et la Fondation, et au diable *Bug Jack Barron.* Et ils m'offrent quelque chose de supérieur à tout ce que vous m'avez proposé jusqu'à présent, ajouta Barron, sûr de la réplique qui allait suivre.

— Vous bluffez, et cette fois-ci c'est évident. Qu'est-ce qu'on pourrait vous offrir de mieux qu'une place dans un Hibernateur, une chance de vivre éternellement ?

Merveilleux Bennie, pensa Barron. Show-business sur toute la ligne. Et il assena le mot de la fin qu'il tenait tout prêt :

— Par exemple, la Présidence des États-Unis.

— Par exemple *quoi* ?

Howards ouvrit la bouche, sur le point de faire une remarque ironique, puis parut se raviser et Barron le sentit calculer dans sa tête, incapable de décider si c'était un gag, un bluff pur et simple ou quelque nouvelle équation de pouvoir.

— Disons plutôt si vous voulez l'investiture présidentielle, reprit Barron qui avait lui-même du mal à prendre le truc au sérieux. Vous savez les attaches que j'ai avec la C.J.S. en tant que Père Fondateur et tout ce qui s'ensuit. Quand Greene a vu que je vous serrais à la gorge, il s'est dit que je pourrais me servir de *Bug Jack Barron* pour jouer les Héros du peuple à votre détriment, et être candidat aux Présidentielles l'année prochaine sur la liste C.J.S. Sans avoir le moindre feu vert de ma part, il s'est mis à manigancer et voilà qu'il m'annonce qu'il peut m'obtenir l'investiture C.J.S. (Gardons la carte maîtresse pour la fin, se dit-il, et laissons ce pauvre Bennie s'enferrer de lui-même.)

— C'est *cela* que vous appelez l'investiture présidentielle ? sourit Howards. La C.J.S. et un billet d'avion de première classe *pourraient* vous mener jusqu'à Washington, à condition d'avoir le vent en poupe, et vous le savez bien. Je ne vous comprends pas, Barron. Vous n'êtes pas assez stupide pour risquer votre émission et un contrat d'Hibernation gratis au profit d'une simple occasion de vous rendre publiquement ridicule. Votre bluff ne tient même pas debout. Vous me décevez, Barron, vous me décevez.

Barron eut un sourire suave. Ça y est, se dit-il, maintenant prépare-toi à tomber sur le cul, Howards.

— Voyez-vous, Bennie, fit-il, c'est à peu près ce que j'ai répondu à Luke à l'époque. (Il vit Howards relâcher sa garde un peu plus et fonça dans l'ouverture.) Oui, je lui ai dit que je ne tenais pas à être candidat au suicide… mais naturellement, c'était avant que Greg Morris ne m'offre l'investiture *républicaine*.

Howards tressaillit et sembla pâlir légèrement.

— C'est impossible, dit-il, mais sans trop de conviction. Vous un Républicain ? Avec votre passé ? Et comme colistier, qui comptent-ils vous mettre ? Joseph Staline ? Il faut que vous soyez envapé pour penser que je vais vous croire.

Barron poussa vers lui le vidphone :

— Je ne vous demande pas de me croire sur parole, dit-il. Appelez Greene, appelez Morris. Vous êtes un grand garçon, Bennie ; je suis surpris que personne ne vous ait mis au parfum. Réfléchissez plutôt : les Républicains n'ont fait que glisser sur la planche depuis Herbert Hoover ; ils sont désespérés, ils feraient n'importe quoi pour gagner. Comme Morris lui-même me l'a dit de façon très flatteuse, ils présenteraient Adolf Hitler s'il devait leur assurer la victoire. Leur unique chance est de former une liste commune avec la C.J.S., et le seul candidat qui puisse emporter en même temps l'investiture C.J.S. et la leur est votre serviteur, Jack Barron.

— Ridicule, dit Howards d'une voix peu assurée. Les Républicains et la C.J.S. se détestent encore plus qu'ils ne détestent séparément les Démocrates. Ils ne sont d'accord sur rien. Comment voulez-vous qu'ils couchent ensemble ?

— Mais si, mais si, il existe un point sur lequel ils sont parfaitement d'accord, et c'est *vous*. Ils sont contre le projet de loi d'utilité publique, et contre la Fondation. Voilà leur plate-forme commune. Ils ne me présentent pas contre le Prétendant ni contre un quelconque pantin dont vous tirerez les ficelles, ils me présentent contre *vous*, Howards. Et avec l'aide de *Bug Jack Barron*, le candidat démocrate vous aura accroché au cou comme un épouvantail. Vous voyez le topo ? D'un côté comme de l'autre, la Fondation est mise en pièces. Et gagnant ou perdant, vous ne pouvez pas toucher à mon émission parce que même si les Républicains n'ont plus d'électeurs ils ont derrière eux la plus grande partie du fric. Faites pression sur mes commanditaires, et le G.O.P. en alignera dix autres. L'argent républicain contrôle encore deux réseaux sur quatre et exerce au moins autant d'influence que vous sur la F.C.C.

— C'est… absurde, protesta faiblement Howards. Jamais vous ne pourriez gagner. Les Démocrates sont sûrs d'emporter la victoire, et vous le savez.

— Vous avez sans doute raison, mais là n'est pas la question. Je ne tiens pas à être Président. L'essentiel, c'est qu'avec une campagne comme celle-là vous êtes perdant quoi qu'il arrive. Lorsque j'en aurai terminé avec vous, vous puerez tellement que le candidat démocrate – même si c'est votre homme de paille – devra vous déchiqueter de ses propres dents s'il veut avoir une chance de gagner. Et puis, qui sait… ? Tom Dewey était sûr de gagner, en 1948…

— Vous me retournez l'estomac. Un crétin communiste comme vous, avoir les yeux sur la Maison-Blanche…

Barron haussa les épaules :

— Alors, faites votre devoir de patriote. Et sauvez votre peau par la même occasion. Empêchez-moi d'accéder à la Présidence. Achetez-moi. Mon jeu est étalé sur la table. Voyons ce que vous avez à m'offrir. Et tâchez de sortir la bonne carte, cette fois-ci, parce qu'une telle occasion ne se représentera pas.

Barron eut conscience de l'instant suspendu entre eux tandis qu'il étudiait le regard de Howards, calculateur et sinistre. Il marche, se dit-il. Au moins, il ne rit plus. Il me mesure ; il est en train de mesurer le pouvoir de vie et de mort de ses cinquante milliards de dollars opposé à une pyramide de vent. Jack, baby, quel effet ça te fait d'avoir tes petites mains autour du cou de Benedict Howards ?

Sans déconner, se dit soudain Barron. C'est *vrai* que je suis à sa taille – plus rusé, plus futé, pensant en cercles autour de lui… Qui est plus fort que Jack Barron ? Luke, Teddy, Morris, Howards… ? Juste un peu plus de muscles, c'est tout, mais qui aurait peur d'eux en combat régulier ? Des hommes comme toi, sans plus, et probablement moins bien emmanchés. Tu dois être cinglé de t'imaginer Président, l'emploi est bien trop élevé pour toi… mais peut-être est-il trop élevé pour *tout le monde*, et au fond d'eux-mêmes tous ceux qui ont pu jeter un regard de l'autre côté de ce Rubicon ont dû se traiter de cinglés. C'est le jeu du bluff, de l'argent, du pouvoir… Président… c'est le jeu de la vie, et qui a dit que Jack Barron n'était pas assez fort pour gagner à n'importe quel jeu ?

Il souhaitait presque que Benedict Howards lui réponde d'aller se faire voir, le pousse dans l'abîme inconnu. Il était un junkie affamé de pouvoir qui allait avaler une double ration, et qui sait ce qui l'attendait au bout du voyage ? Mince, Bennie, se dit-il, tu aurais intérêt à jouer la bonne carte !

— Regardez-moi, Barron, articula finalement Howards. Que voyez-vous ?

— Écoutez, nous n'allons pas…, commença à répliquer Barron, qui s'arrêta net quand il aperçut l'étrange lueur qui s'était glissée comme un chancre dans le regard de camé de Benedict Howards.

— Oui, Barron, regardez bien. Vous voyez un homme dans sa cinquantaine, assez bien conservé, n'est-ce pas ? Regardez maintenant dans dix ans, dans vingt ans, un siècle, un million d'années, et qu'est-ce que vous verrez ? Un homme dans sa cinquantaine, assez bien conservé, voilà ce que vous verrez. Un siècle… un million d'années… l'éternité, Barron. *L'éternité.*

» Je ne suis pas seulement un homme, je suis quelque chose de *plus.* Vous l'avez dit vous-même, Barron, quatre milliards de dollars de budget annuel, c'est beaucoup pour n'avoir aucun résultat. Eh bien, mes savants ont fini par *trouver*, et le résultat vous êtes en train de le contempler. Je suis immortel, Barron. *Immortel !* Savez-vous ce que cela signifie ? Je ne vieillirai jamais, je ne mourrai jamais. Pouvez-vous imaginer ça ? Se lever le matin et se dire que l'air qu'on respire, on le respirera chaque matin pendant un million d'années, peut-être plus, peut-être l'éternité… comme les médecins me l'ont dit avec un certain humour, ils ne pourront savoir si je vivrai éternellement que lorsque j'aurai vécu éternellement. Ils ne disposent pas d'assez de données, voyez-vous ? Mais Benedict Howards va leur fournir toutes les données, en vivant *éternellement*… Vous voyez contre qui vous voulez vous dresser, Barron ? Un immortel… presque un dieu ! Pensez-vous que je laisserais quoi que ce soit s'interposer entre ça et moi ?

— N… non, murmura Barron, car le regard de Howards lui disait en lettres éclatantes d'un kilomètre de haut que c'était la vérité.

La vérité !

L'immortalité, pensa-t-il. Même le mot semble irréel. L'éternité ! Vivre pour l'éternité. Ne jamais mourir, être jeune et fort pendant un million d'années… cela explique le comportement de Bennie, pour avoir ce qu'il a n'importe qui serait prêt à… Et dire que ce tas de merde ambulant a l'immortalité ! Il continuera à puer, il rira un million d'années, l'enculé, pendant que moi je pourrirai sous terre…

— Je vais vous acheter, Barron, dit Howards en ouvrant sa mallette. Jusqu'à la semelle de vos souliers, et tout de suite. (Il fit glisser sur le bureau dans la direction de Barron un nouveau contrat en trois exemplaires :) Voici un nouveau type de contrat, dit-il. Le premier du genre. Il est identique à celui de tout à l'heure à l'exception d'un détail – il comporte une clause qui vous donne le droit de bénéficier au moment que vous choisirez de tout traitement d'immortalité découvert par la Fondation. Et ce traitement, nous l'avons déjà. L'éternité, Barron ; *l'éternité*. Vous me donnez deux ou trois malheureuses années de votre existence pour faire passer mon projet de loi, me faire élire Président et… réparer quelques petites choses, et en échange je vous donne le million d'années qui viennent. Croyez-en le seul homme au monde qui en ait vraiment l'expérience, Barron ; huit ans, ce n'est absolument rien, même pas le temps d'un clin d'œil, vu de l'endroit où je suis. Où vous *pourriez* être…

— Qui croyez-vous être, Howards, le diable ?

Et au moment même où Barron les disait, ces mots l'emplirent d'une frayeur mortelle qu'il ne se serait jamais cru capable d'éprouver. Drôle de mot, se dit-il, le *diable*. Un gros chat avec une longue queue fourchue, qui connaît le secret de chacun et le prix de chacun et peut vous satisfaire quoi que vous lui demandiez, en échange d'une chose appelée votre âme. Votre âme *immortelle*, censée être ce que vous avez de plus précieux. Celle qui vous permet de vivre jeune et fort au paradis pendant l'éternité – le paiement que reçoit le diable est la rétribution que donne Howards. Le diable est un amateur à côté de Howards. Méfie-toi, Satan, la Fondation est capable de t'évincer du marché !

— Je retire ce que j'ai dit, Howards, reprit Barron. Comparé à vous le diable est un pauvre paumé. Je signe à l'encre ? Ou de mon sang ? J'aurai plusieurs exemplaires que je pourrai mettre à l'abri ? Ni annulables ni exorcisables ?

— Mille exemplaires si vous voulez, Barron. Un contrat en béton armé que moi-même je ne pourrai pas briser. Tout ce que vous avez à faire, c'est d'apposer votre signature.

Sara ! pensa soudain Barron.

— Et Sara ? fit-il à haute voix. Ma femme, le même contrat à son nom aussi ?

Benedict Howards eut un sourire qui sentait le soufre :

— Pourquoi pas ? Après tout, je peux être généreux. Le secret de ma réussite, en fait, Barron, c'est que je peux me permettre à peu près n'importe quoi. Je suis en mesure de détruire un ennemi aussi bien que d'acheter qui je veux en lui donnant ce qu'il demande, y compris – s'il vise aussi haut et s'il en vaut la peine – la vie éternelle. Allons, Barron, nous savons tous les deux que vous allez le faire. Signez à l'endroit indiqué.

Barron prit les contrats entre ses doigts ; son regard se posa sur le stylo qui était devant lui. Il a raison, se dit-il. L'immortalité, avec Sara, l'éternité, je serais un idiot de ne pas signer. Il saisit le stylo, et son regard rencontra celui de Howards. Il vit les yeux avides et fous, semblables à ceux de quelque monstrueux crapaud. Mais derrière la folie du regard, il lut la peur

– une peur aussi nue que sa mégalomanie, une peur farouche et imprévisible qui nourrissait sa folie et la fortifiait. Il comprit que dans toutes ses actions était tapie la peur. Et Benedict Howards avait peur de *lui.*

Il y a quelque chose de pourri au Colorado, se dit Barron. Sûr et certain. Avec ça dans la poche et cinquante milliards de dollars, Bennie peut acheter pratiquement qui il veut. Alors, pourquoi faut-il que ce soit *moi* qui l'aide à faire passer son putain de projet de loi quand il peut mettre dans sa poche le Congrès, le Président et la Cour suprême ? Et ce n'est pas de la blague, il a besoin de moi, il n'y a qu'à le lire dans ses yeux ! Il a besoin de moi pour l'aider à combattre ce qui lui fait si peur. Et qu'est-ce que je suis, moi, dans tout ça ? Une sorte de sacrifice propitiatoire ?

— Avant de signer, dit-il (admettant implicitement qu'il allait le faire), pourriez-vous m'expliquer en quoi, avec l'arme dont vous disposez, vous pensez avoir besoin de moi ?

— J'ai besoin du soutien de l'opinion publique, fit Howards avec un air de conviction intense. C'est la seule chose que je ne puisse acheter directement. J'ai besoin de vous pour vendre l'immortalité à votre foutu public.

— Vendre l'immortalité ? Vous êtes fou ? C'est comme si vous faisiez de la publicité pour vendre de l'argent.

— Précisément. Voyez-vous, le traitement pour l'immortalité existe, mais il est... il est extrêmement coûteux. Nous pourrons sans doute traiter mille personnes par an, à environ deux cent cinquante mille dollars par tête, mais c'est tout, et ça restera ainsi pendant des années, des décennies, toujours, peut-être. Voilà ce que vous aurez à vendre, Barron – non pas l'immortalité pour tout le monde mais l'immortalité pour quelques-uns... quelques-uns que je choisirai moi-même.

La réaction immédiate de Barron fut une sensation de dégoût – pour Howards comme pour lui-même – et il éprouva en même temps une sorte de soulagement à l'idée que toutes les questions avaient eu leur réponse et que le jeu en valait la chandelle. Mais sa troisième réaction fut un mouvement de défiance. L'enjeu était le plus gros qui fût, plus dangereux que la bombe H. Se laisser entraîner là-dedans ?

— Ce traitement, dit-il, en quoi consiste-t-il ?

— Ça ne vous regarde pas, et ceci est définitif. C'est un secret de la Fondation et ça le restera quoi qu'il arrive, lui dit Howards, et Barron eut la certitude qu'il venait de toucher le fond, que Howards ne ferait pas une seule concession de plus. Si… si cela devait être divulgué…, grommela ce dernier, avant de s'apercevoir que Barron l'écoutait et de s'arrêter net.

Mais on ne la fait pas à Jack Barron, Bennie ! Merde, il admet que son immortalité sera réservée à un tout petit nombre, et il croit que je suis capable de faire avaler la pilule au public, mais il a peur qu'on sache en quoi consiste le traitement. Ça doit être un sacré traitement ! C'est *cela* qui le terrifie, et pour que quelque chose terrifie Bennie… Qu'est-ce que ça peut bien être ? On finit transformé en vampire de Transylvanie ? Peut-être que ce n'est pas si rigolo que ça en a l'air. L'immortalité, d'accord, mais dans quoi veut-il m'engager ? Bah… que peut-il y avoir de si terrible à faire qui ne vaille l'immortalité à la clé ?

— J'ai besoin de réfléchir, Howards. Comme vous le voyez…

— Jack Barron se dégonfle ? railla Howards. Je vais vous laisser réfléchir. Je vais vous laisser réfléchir vingt-quatre heures, pas une minute de plus. J'en ai assez de discuter. À partir de maintenant, les seuls mots de vous que j'accepterai d'écouter seront oui ou non.

Et Jack Barron sut que les jeux étaient faits, que le temps des négociations était terminé. Mais il n'avait aucune idée de ce que sa réponse allait bien pouvoir être.

Chapitre dix

Le carillon du vidphone se fit entendre à nouveau. Nu-pieds, Sara Westerfeld marcha jusqu'au combiné mural, hésita, la main sur l'appareil, et laissa mourir l'appel sans répondre.

Difficile de me sentir entièrement chez moi, pensa-t-elle. Est-ce que Jack aimerait que je décroche ? Qui sait, ça pourrait être encore cette histoire d'investiture… ou même Benedict Howards. (Non, Jack est censé discuter avec lui en ce moment même.)

La vérité, c'est que je n'arrive pas à me remettre dans la peau de Sara Barron. Sara Barron n'hésiterait pas à répondre en l'absence de Jack, parce qu'elle saurait qui elle est, où elle est, serait capable de réagir dans n'importe quelle situation. Tandis que Sara Westerfeld est une créature du passé évoluant dans l'univers présent de Jack sans en connaître la nature ni le contour, sans savoir si le moment venu elle voudra ou pourra accomplir le grand saut qui la fera redevenir Sara Barron.

C'était un peu trop facile, se dit-elle, de laisser Howards me catapulter comme une putain de luxe dans les bras de quelqu'un que je croyais haïr. Le risque était mince – ou bien je ramenais à la surface le Jack Barron que j'aimais jadis, ou bien je m'éloignais sans regret d'un baisse-froc qui n'avait plus rien à me donner.

Mais comment pouvais-je prévoir que j'aurais tout de suite en face de moi le vrai Barron de Berkeley, occupé à faire devenir réels nos vieux rêves au-delà de nos espérances, occupé à détruire

Howards, l'homme-reptile, et à devenir Président des États-Unis pour la Justice sociale ? Ce Jack-là ne me haïrait-il pas à son tour, de savoir que je l'ai méconnu au point de me servir de lui pour nous obtenir une place dans un Hibernateur, au point de marchander avec l'homme-reptile pour pouvoir, *moi*, le faire devenir de force ce qu'il était déjà depuis longtemps ? Et si Jack est réellement engagé dans une sale combine avec Howards, est-ce que je ne lui fais pas du tort s'il apprend que l'homme-reptile a pu m'acheter et se servir de moi ? Se pourrait-il... se pourrait-il que Howards ait tablé là-dessus, qu'il *désire* que je raconte tout à Jack et que ce soit là son arme secrète ?

Mais si la partie n'est pas encore jouée... si ni Jack ni Howards n'ont l'avantage et que Jack soit sur le point de devenir ou le champion de Berkeley ou le plus grand baisse-froc de tous les temps, alors ne vaut-il pas mieux tout lui dire ? C'est à moi de choisir...

Le dilemme cruel était lourd à porter ; choix existentiel où les lignes du temps passé et futur s'opposaient en un équilibre mortel. Choix de *femme*, se dit-elle, alors qu'elle avait du mal à ne pas réagir en petite fille désemparée dans un univers masculin plus grand que la réalité.

Le carillon du vidphone retentit une nouvelle fois.

Et si c'était Jack ? Cela expliquerait les appels répétés ; n'importe qui se dirait qu'il n'y a personne, mais Jack sait que je suis ici et que je finirai par comprendre que c'est lui qui ne fait que sonner...

Irritée d'être incapable de prendre une aussi infime décision, elle se força à aller jusqu'à l'appareil et à établir la communication.

Et sombra dans un abîme de regret et de terreur glacée lorsqu'elle vit se former sur l'écran le visage aux yeux de belette de Benedict Howards.

— Il était temps que vous vous décidiez, dit-il. J'essaie de vous avoir depuis une demi-heure. Qu'est-ce que vous fabriquez ?

— C'est... c'est moi que vous appelez ? bredouilla Sara, qui sentait les anneaux glacés du serpent se refermer sur elle.

— Et qui d'autre ? Puisque je viens de voir Barron en personne. Avez-vous oublié que nous sommes… *associés* ? Maintenant, écoutez-moi bien. Barron va bientôt rentrer. Je lui ai fait une proposition finale, et il a environ vingt-trois heures pour l'accepter. Ce qui signifie que vous disposez du même temps pour accomplir votre part du marché et vous réserver une place dans un Hibernateur. Dès qu'il sera là, commencez à le travailler, et tâchez d'être convaincante.

Entre la peur de perdre celui qu'elle avait retrouvé et la peur d'affronter l'homme-reptile, Sara choisit la moindre et dit en relevant moralement la tête :

— Tout cela ne m'intéresse plus maintenant. J'ai Jack, et c'est la seule chose qui compte pour moi. Vous nous avez réunis pour vos ignobles raisons, mais vous n'aviez pas compris que nous nous aimons toujours, que nous nous sommes toujours aimés et que rien d'autre n'existe à nos yeux.

— À votre guise, miss Westerfeld, mais n'oubliez pas que je n'ai qu'à dire à Barron ce que vous êtes, une putain qui travaille pour moi, et où est votre grand amour ?

— Jack comprendra…

— Vous croyez ? Qui écoutera-t-il ? Vous ou moi ? Après ce que je lui ai offert, c'est *moi* qu'il préférera croire.

— Vous vous croyez très fort, mais vous ne savez pas ce que c'est que l'amour. C'est plus que vous ne pourrez jamais payer pour acheter quiconque.

Howards lui lança un regard sournois, et elle comprit qu'il avait anticipé chacune de ses réactions.

— Peut-être, dit-il. Mais il y a quelque chose de plus fort que n'importe quel amour… mortel, et c'est l'amour *immortel*. Barron vous aime, n'est-ce pas ? Est-ce qu'un homme qui vous aime accepterait de vous laisser mourir alors qu'il pourrait vous faire le plus beau cadeau qu'un homme puisse faire à une femme, le plus beau qu'il puisse se faire à lui-même ?

Elle sentit dans la voix de Howards quelque chose d'horrible et de monstrueux dont elle ne voulait même pas entendre parler, des choses qui pourraient en effet être plus fortes que l'amour, des vérités dardées d'une bouche sans lèvres de reptile qui exerçait sur elle à travers l'écran un terrible pouvoir de fascination.

— Qu… qu'est-ce qui peut être plus fort que l'amour ?

— *La vie*, répondit Benedict Howards. Sans la vie, vous n'avez plus rien – ni l'amour, ni le goût de la nourriture à la bouche, ni rien d'autre. Ce que vous pouvez désirer le plus, vous le perdez quand vous mourez. Et c'est avec cela, avec la vie elle-même, que j'achète Barron.

— Vous appelez ça la vie – un corps raide et glacé dans un Hibernateur ? Vous croyez que pour avoir ça dans trente ou quarante ans, Jack abandonnerait ce qui lui tient le plus à cœur maintenant ?

— Qui sait, fit Howards, ce n'est pas du tout impossible. Mais ce n'est pas de cela que je parle, miss Westerfeld. Je parle de la véritable *immortalité*. Regardez-moi. Mes savants ont percé le secret de la vie immortelle. Je ne vieillirai plus jamais, je ne mourrai jamais. Ce ne sont que des mots, que peuvent-ils être d'autre pour vous ? Mais il n'y en a pas pour décrire ce que l'on éprouve en se réveillant le matin quand on sait qu'il en sera ainsi pendant des siècles, pendant *l'éternité*.

» Voilà ce que j'offre à Barron. Un million d'années à venir. L'immortalité. Et vous croyez qu'il vous préfère à *ça* ? Quel serait votre choix à sa place, miss Westerfeld ? Savez-vous ce que c'est que de se sentir différent des autres hommes, de savoir qu'on ne mourra jamais ? Imaginez-vous quelqu'un refusant une telle offre ? Y a-t-il quelque chose que *vous* ne feriez pas pour avoir ça ? *L'amour ?* À quoi sert l'amour quand on est mort ?

— Vous mentez ! s'écria-t-elle. Vous ne pouvez pas avoir ce pouvoir…

Pas Benedict Howards, pensa-t-elle ; ce serait trop injuste. Pas ce reptile exsangue avec son argent de plastique glacé capable d'acheter tout le monde et n'importe quoi, avec son pouvoir de haine et de mort régnant sur l'éternité…

Mais elle fut frappée par le regard froid de Howards, par ses lèvres à demi ouvertes sur un sourire ironique qui se nourrissait de sa haine, sa peur, son indignation.

— Non, vous ne mentez pas, reprit-elle doucement. Vous pouvez rendre Jack immortel…

Et elle se mit à la place de Jack, partagé entre son amour pour elle et… Mais comment pourrait-il m'aimer assez pour mourir avec moi dans quarante ou cinquante ans, alors qu'il peut vivre pour l'éternité ? Et moi qui croyais avoir un choix difficile à faire ! L'amour ou l'immortalité… Mais soudain, la pensée la frappa comme un marteau-pilon : Si Howards a encore besoin de moi, c'est que Jack n'a pas pris de décision. Il veut que je le persuade de choisir l'immortalité. Et… il a peut-être raison, comment pourrais-je vouloir autre chose pour lui… même si je dois mourir pendant qu'il vivra pour l'éternité… ? Oh, Howards, immonde salaud ! Comment un être aussi abject peut-il être habile à ce point ?

— Pas seulement Barron, dit Howards. N'importe quelle personne que je choisirai. Vous, par exemple. Il y a un point sur lequel vous ne vous trompez pas : il vous aime. La première chose qu'il m'a demandée quand je lui ai fait mon offre, c'est l'immortalité pour vous aussi. Et…

Il attendait, comme un junkie vorace se repaissant de son incertitude, la question qu'elle allait poser.

— Et ?

Howards éclata de rire :

— Pourquoi pas ? dit-il. Je puis me le permettre. Une belle série : j'achète Barron avec l'immortalité pour vous deux, je vous achète avec la même chose, et pour le même prix vous le persuadez de se vendre. Trois pour un. Vous aurez tous les deux la vie éternelle et l'amour. Pensez-y. Et si vous échouez, je dis tout à Barron et vous n'avez plus rien – ni lui ni l'immortalité. Ce n'est pas un choix tellement difficile, n'est-ce pas, miss Westerfeld ? Vous avez vingt-trois heures. Je ne vous rappellerai pas. Je ne crois pas en avoir besoin.

Et il raccrocha.

Sara savait à quel point il avait raison, depuis le début. L'éternité avec Jack ou bien… *rien.* Elle pensa à Jack, jeune et fort à ses côtés, ensemble pendant un million d'années, grandissant et grandissant ensemble dans la vigueur innocente de l'adolescence, qui vient de ce qu'on ne croit pas devoir vraiment mourir un jour, mais basée maintenant sur une vérité et non pas sur une illusion, la vigueur d'où provient le courage d'oser n'importe quoi, chevalier immortel à l'armure de chair façonnant le monde pendant l'éternité… grandissant sans vieillir, comme ce poisson-lune qui enfle, enfle, et ne vieillit jamais… Jack et moi, et l'éternité !

Et Benedict Howards, lui souffla une petite voix narquoise. Benedict Howards gorgé de pouvoir de peur et de mort pour l'éternité. Avec Jack pour larbin dans son temple de mort sans fenêtres… tandis que des millions de gens naîtront, mourront, passeront comme de la fumée, Howards et ceux qui ramperont devant lui comme devant quelque horrible dieu de la mort paieront de leur âme la vie éternelle… Avec un sentiment de désespoir atroce, elle réalisa que c'était là le monde qui les attendait, avec Jack ou sans Jack, un monde inexorable comme le Jugement dernier, basé sur le pouvoir de l'argent et de la vie éternelle contre la mort. Benedict Howards avait raison. Il était presque un dieu, un dieu du mal et du néant, le Christ Noir. Et personne n'était de taille à se dresser contre lui.

Personne à part… Jack Barron ! pensa-t-elle. Oh, oui ! Jack est plus fort que Howards. Si Howards nous fait immortels, quelle emprise peut-il avoir alors sur Jack ? Quand Howards lui aura tout donné, s'il le hait encore comme je le hais… nul au monde ne pourra arrêter Jack Barron. Le vrai, l'authentique Jack Barron à l'armure d'immortalité, luttant pour lui, pour moi, pour tout ce à quoi nous avons toujours cru.

Elle se sentait en même temps fière et épouvantée à l'idée de l'enjeu qu'elle tenait dans ses mains. Des milliards de vies immortelles, avec celle de Jack et la sienne. Jack était fort et intelligent ; il saurait garder l'immortalité et détruire Howards, faire profiter tout le monde de l'immortalité, devenir Président peut-être ? Luke l'en croit capable… que pourrait faire Howards, dans ce cas ? Oui ! Tout reposait entre ses mains, elle pouvait rendre Jack immortel, le faire haïr, l'orienter dans la voie à laquelle il avait toujours été destiné. Elle pouvait réussir ; elle n'avait qu'à être courageuse toute seule pendant un unique instant d'une vie qui pouvait devenir éternelle.

Je réussirai, se promit-elle. Et tandis qu'elle attendait l'arrivée de Jack, elle savoura la pensée qu'elle était enfin devenue une vraie femme – Sara *Barron*.

Plongé dans ses préoccupations, Jack Barron ne ressentit le départ de l'ascenseur que comme une secousse de plus dans un jour riche en secousses. Il écrasa le bout de son Acapulco Gold dans le cendrier de l'ascenseur et se laissa happer jusqu'à sa tranche de Californie privée vingt-trois étages plus haut que les chaussées puantes et paranoïaques de New York. Dans une subite vision, il comprit ce que son penthouse de luxe (avec Sara finalement installée en chair et en os) signifiait réellement pour lui.

Une machine à explorer le temps, se dit-il. Une machine de science-fiction donnant accès à un passé qui n'avait jamais existé, rêve de camé impossible Californie de l'esprit, image de pouvoir dans les yeux d'un Bébé Bolchevique qui ne savait pas ce qu'était le pouvoir, rêve réalisé grâce au fric de *Bug Jack Barron* – mais rêve qui avait changé celui qui l'avait fait. Ce que Sara n'a jamais pu comprendre : pourvu qu'on ait suffisamment de couilles, on *peut* rendre un rêve réel ; mais sortir affronter la réalité change nécessairement celui qui rêve. Il n'est plus alors un rêveur, il accomplit des choses réelles, il se bat contre des ennemis réels, et quand il frappe c'est du sang qui sort, pas des vapeurs d'ectoplasme. Et c'est pour cela que je suis gagnant alors que tous les anciens Bébés Bolcheviques, à l'exception de Luke, peut-être, sont perdants. Trop avancés dans leurs confortables rêves d'acide pour risquer d'en sortir, pour risquer de salir leurs petites mains blanches au contact de la réalité. Demeurez un rêveur, et vous ne réaliserez jamais votre rêve ; plongez dans la mêlée, et quand vous aurez accompli votre rêve vous verrez que c'était du pipi de chat au départ.

Le jeu de la vie est entre les mains d'un maquilleur de brèmes, pensa-t-il, morose, tandis que l'ascenseur s'arrêtait et que la porte coulissait. Le paquet est truqué, les dés sont pipés, et la seule façon de ne pas se faire expédier en quatrième vitesse est de jouer selon les règles de la maison, c'est-à-dire tous les coups sont permis.

Il traversa le hall d'entrée, pénétra dans le corridor obscur, entendit un album des Beatles qui passait et décela la présence subliminale de Sara. Et il se rappela qu'il fallait qu'il décide pour elle également. L'immortalité de Sara était dans la cagnotte. À sentir sa présence dans l'appartement, faisant un foyer de cette piaule, il n'était pas concevable qu'elle pût un jour cesser d'être pour servir de nourriture aux asticots.

Et pourtant si, se dit-il. Ce n'est plus inéluctable maintenant mais c'est possible. Il ne tient qu'à Jack Barron de choisir. Dis « non » à Benedict Howards, et tu ne te fais pas seulement le coup du kamikaze, tu assassines en même temps la seule femme que tu aies jamais aimée. Même si ce n'est que dans quarante ans, même si elle ne le saura jamais, c'est un meurtre. Le mot le plus laid qui puisse exister : un *meurtre*. Tous les coups sont permis, mais ne te fais pas d'illusions, Barron, devant un meurtre même toi tu canes. Le seul crime qui n'ait aucune excuse quelles que soient les circonstances. Écrabouiller la cervelle à Bennie, c'est abattre une bête malfaisante ; mais laisser mourir Sara alors que tu n'as que ta signature à donner pour qu'elle continue à vivre, ça c'est un meurtre.

Ouais, mais d'un autre côté sais-tu à quoi tu t'engages en signant ? Il y a peut-être pire que le meurtre. Le génocide, par exemple – n'est-ce pas ce que fait Bennie en sauvant les gagnants et en laissant mourir les perdants ? Et Sara ne serait-elle pas du côté des perdants de toute façon si Howards n'avait pas besoin de moi… ? Choisissez un plat dans la colonne A, un dans la colonne B (la soupe chinoise et le *won-ton* sont compris dans le repas) : ou le génocide ou le meurtre.

Il avait la certitude que c'était une décision qu'il n'avait pas le droit de prendre tout seul. C'est la vie de Sara aussi, pas seulement la mienne. Je me dois de la mettre au courant, n'est-ce pas le rôle de la femme ? Avoir quelqu'un dans ce foutu monde à manger de la merde avec qui on puisse faire front, dans n'importe quelles circonstances ? Il m'en coûte assez de jouer au chat et à la souris avec Howards, qu'au moins entre Sara et moi il n'y ait que la vérité.

Elle était sur la terrasse, accoudée au parapet, contemplant l'East River et Brooklyn et le lointain halo scintillant de la circulation intense dans l'avenue en contrebas.

— Jack..., dit-elle en se tournant vers lui au moment où il mettait le pied sur la terrasse, et il vit dans ses yeux un étrange désespoir qui cachait de ténébreux abysses.

Il y avait dans les traits de son visage quelque chose d'à la fois effrayant et fragile qui faisait qu'elle semblait regarder à travers lui. Avec un choc, il identifia presque ce regard... celui d'un gros bonnet dans son émission, sur le point de débiter une leçon apprise par cœur.

— J'ai une chose à te dire, fit-il en allant jusqu'à Sara et en s'accoudant tout près d'elle mais sans faire un geste pour la toucher.

— Moi aussi j'ai une chose à te dire, murmura-t-elle, et ses mâchoires se serrèrent tandis qu'une veine saillait à sa tempe gauche.

— Plus tard, Sara, dit Barron. (Il savait que c'était maintenant ou jamais. J'ignore ce qui te tracasse mais ça peut attendre, se dit-il.) Après ce que tu vas entendre, ou bien tu n'y penseras plus ou bien tu auras une *vraie* raison de te faire du souci.

» C'est au sujet de Howards et moi, commença-t-il. Tu dois te douter qu'il y a une série de micmacs entre nous, et je pense que je te dois la vérité sur ce qui est en train de se tramer. Il s'agit de choses très importantes, beaucoup plus importantes que tout ce que tu peux imaginer, plus que cette histoire d'investiture ou que... tout ce qui a jamais existé. Bennie Howards a besoin de moi, Sara. Il est prêt à payer n'importe quel prix pour m'avoir. Il a besoin de *Bug Jack Barron* pour promouvoir son projet de loi, pour... pour faire avaler... je ne sais quelle couleuvre au public. Il ne sait plus comment faire. Il est encore plus derrière moi que Luke ou Morris ou...

— Je sais, dit-elle d'une petite voix presque noyée dans le grondement sourd montant de l'avenue, et il sentit entre eux une énorme charge de potentiel électrique qui faisait vibrer l'air.

Il voulut lui prendre la main ; elle était sèche et froide, comme s'ils étaient à des milliers de kilomètres l'un de l'autre, réunis par un simple circuit de vidphone. Il sentit, avec une espèce de soulagement dont il eut aussitôt honte, que les choses prenaient l'aspect détaché du jeu familier du mercredi soir. Qu'est-ce que ça pouvait bien vouloir dire que ce « je sais » ?

— Oui, fit-il en hochant la tête. Je suppose que cela saute aux yeux. (Mais je n'en suis pas si sûr, pensa-t-il tandis que des signaux d'alarme affluaient en lui.) Mais avant de me traiter de baisse-froc, Sara, écoute un peu avec quoi il compte me rétribuer. L'immortalité. Tu m'entends ? *L'immortalité.* Les savants de Bennie ont trouvé le moyen d'arrêter le vieillissement. Il tient à garder le secret car il y a un hic : c'est extrêmement onéreux. Il parle d'un quart de million de dollars par traitement, et même ainsi il prétend qu'il ne peut accepter qu'un millier de demandes par an. Mais ce n'est pas de la blague. Il dit avoir subi le traitement lui-même, et il suffit de l'écouter en parler cinq minutes pour être convaincu qu'il ne bluffe pas. Voilà où en sont les choses : l'immortalité pour mille personnes par an, des gens que Bennie choisit, et tous les autres se contentent de leur misérable vie humaine de soixante-dix ans. C'est pour cela qu'il veut mon aide : pour faire avaler ça aux foules. L'immortalité pour un petit nombre et la mort pour le reste. Un peu plus dur à vendre que des Chevrolet ou de la came, peut-être, mais…

Il contempla le vide indéchiffrable du regard de Sara qui semblait le narguer, l'accuser, et il lui sembla que ses mots passaient à travers elle comme un spot publicitaire à travers la cité et Brooklyn et au-delà. Elle paraissait attendre quelque chose et il aurait voulu qu'elle parle, qu'elle crie, hurle, trépigne, n'importe quoi mais qu'elle fasse quelque chose. Même sa main qu'il tenait dans la sienne était immobile et froide comme de la pierre, et Barron eut peur sans savoir pourquoi.

— Deux cent cinquante mille dollars, reprit-il. Mais pour nous, c'est gratis. Rends-toi compte, Sara. Je joue le jeu de Howards, et nous avons tous les deux un contrat indestructible. Voilà la décision que j'ai à prendre d'ici demain : signer, et nous devenons immortels ; ou bien envoyer Howards sur les roses, et nous perdons tout. Pas seulement l'immortalité. Il me fera toutes les crasses possibles, essaiera de m'enlever l'émission et me forcera à m'allier à Morris et compagnie pour avoir une chance de rester à flot. Tu parles d'un cas de conscience ! Mais je ne veux pas être le seul à choisir. Nous déciderons ensemble.

— Je sais, Jack. Je sais tout.

— Non, écoute, jeta Barron, embêté de se heurter encore à l'abîme insondable du regard de Sara. (Ces yeux bruns, j'aimerais bien savoir ce qu'ils cachent, à part les fumées embrumées de l'acide – merde, tu ne pourrais pas revenir un peu sur terre, Sara ?)

» Je comprends, continua-t-il, que ce soit un peu dur à avaler, mais ne reste pas comme ça à me regarder avec de grands yeux. Qu'est-ce que ça veut dire, je sais tout ?

Elle retira sa main de la sienne, lui toucha doucement la joue et laissa aussitôt retomber son bras. Lorsqu'elle parla, ce fut sans le regarder, penchée vers le vacarme incessant des voitures qui montait de Manhattan, et au tressaillement de sa joue et au tremblement de sa voix Barron comprit qu'elle contemplait en réalité le puits ténébreux de sa propre folie angoissée.

— Tu n'es pas la seule personne dont Howards s'est servi, dit-elle ; ce… ce monstre peut acheter qui il veut, Jack. C'est la créature la plus malfaisante de la terre, et il va maintenant continuer à corrompre les gens, à se servir d'eux, à exercer sur eux son pouvoir de vie et de mort pendant l'éternité… Il est fourbe, il est totalement amoral, et il peut offrir ce qu'il veut à n'importe qui. C'est ce qu'il m'a dit, nul ne peut lui résister parce qu'il est en mesure de payer le prix de chacun. Je ne voulais pas le croire au début, mais maintenant… maintenant… oh, Jack, est-ce mal de vouloir vivre éternellement ? De vouloir l'éternité pour toi et pour moi ? Suis-je si corrompue… ? *Jack !*

Elle pivota, se jeta dans ses bras non pas en sanglotant mais en l'agrippant désespérément ; et en même temps que machinalement il passait la main dans son dos pour la réconforter, il se durcit, aux prises avec les mots qu'elle venait de prononcer, essayant de les rejeter mais les sentant revenir à l'assaut comme des frelons insatiables et glacés.

Il la repoussa, la tint à bout de bras par les épaules, fixa son visage effaré et murmura :

— Toi… ? Howards… ?

— Il faut accepter, Jack… (Ses lèvres se mirent à frémir, ses yeux se mouillèrent ; elle tremblait violemment sous la poigne qui la maintenait.) Ne vois-tu pas ? Si tu signes, nous devenons immortels et même Howards ne peut nous reprendre ce qu'il nous a donné. Ne comprends-tu pas que tu es le seul homme au monde capable de l'arrêter, de le détruire ? Le seul qui puisse se dresser contre sa sinistre Fondation ? Tu dois accepter, Jack. Il n'y a personne d'autre ! Mais je ne veux pas mourir, Jack ! Et je ne veux pas que tu meures… Il faut signer… il faut signer les contrats, et puis nous pourrons lutter tous les deux contre lui, et il ne pourra rien nous faire…

Barron la secoua, et sortit en même temps de son propre état de stupeur :

— Bordel de merde ! fit-il. Cesse de dire n'importe quoi, Sara, et explique-toi !

Mais il savait déjà avec certitude ce qui s'était passé. D'une façon ou d'une autre, Bennie avait réussi à atteindre Sara ; le putain d'enculé avait découvert le moyen de la manipuler, de…

— Je t'aime, sanglota-t-elle. Je t'en supplie, tu dois me croire. C'est parce que je t'aimais que je l'ai fait, Jack. Je t'ai toujours aimé, je t'aimerai…

Barron la plaqua violemment contre le parapet :

— La ferme, dit-il cruellement, sentant la réalité les pénétrer comme un scalpel. Je veux savoir exactement ce qui se passe avec Bennie Howards ! (Et il se sentit dans la peau de Jack Barron en couleurs vivantes acculant dans un coin quelque gros ponte aux abois. Il ne connaissait aucune autre façon de réagir.)

Sara le regarda avec l'expression hébétée et le regard mouillé d'un perroquet idiot, et lorsqu'elle parla d'une voix monocorde des morceaux de charogne semblèrent sortir de sa bouche.

— Il… il m'a fait conduire de force à son centre d'Hibernation de Long Island. Pour me promettre un contrat gratuit si je réussissais à t'en faire signer un. Je lui ai répondu d'aller au diable. Mais… cet homme a le don de pénétrer les âmes. Il connaît nos endroits les plus vils mieux que nous-mêmes. Il savait… qu'au fond de moi-même je t'aimais encore, même si je l'avais… oublié, et qu'il ne me fallait qu'un prétexte pour retourner vers toi. Ce prétexte, il me l'a fourni, en me persuadant de me persuader que je pourrais te manipuler. Je pensais te haïr, je pensais te changer peut-être et retrouver celui que j'avais toujours désiré que tu sois, si je te faisais signer les contrats et si… comme maintenant… je te disais tout… Oh, Jack ! Comme tu dois me haïr maintenant !

Barron la lâcha et sourit perversement en la voyant verser de grosses larmes avec l'air d'un cocker qui vient de s'oublier sur le tapis et qui attend les représailles. Te haïr ? pensa-t-il. Te haïr pour avoir marché dans une combine avec Howards ? Et moi, alors ? Non, je n'ai plus assez de haine pour toi, il m'en faut trop pour cet enculé de suceur de pine qui s'attaque à ma pauvre Sara sans défense contre les professionnels de la Fondation. Et puis merde, qui cracherait sur une chance de vivre éternellement ? Qu'aurais-tu fait à sa place ? Qu'as-tu fait, et que fais-tu maintenant ? C'est comme ça, et c'est tout.

Il regarda les lumières de Brooklyn, le halo ténébreux de l'East River, écouta le vacarme agressif de la circulation new-yorkaise et les bruits carnivores s'élevant de la jungle d'acier vingt-quatre heures sur vingt-quatre et même dans sa petite Californie du vingt-troisième étage sut qu'il ne pouvait échapper à la sordide réalité du pouvoir qui faisait que le monde pourchassait sa queue sans voir autre chose que son trou du cul – ni lui, ni Sara, ni Luke, ni les cent millions de téléspectateurs recensés au dernier sondage Brackett.

Ou bien on aiguise ses crocs ou bien on finit mangé par les petits poissons.

— Je ne peux pas te haïr, dit-il. Peut-être même que Bennie m'a rendu un service. Tu ne pourras plus crier aussi fort au baisse-froc, maintenant, parce que Bennie a raison, nous avons tous un prix. Celui qui pense qu'il n'en a pas, c'est qu'on ne lui a pas encore offert le bon. Pour te haïr, il faudrait que je me haïsse moi-même, et je ne me sens pas l'esprit assez masochiste. D'accord, tu n'es pas revenue parce que tu m'aimais, tu es revenue pour avoir une chance d'être immortelle tout en jouant avec ma tête à tes petits jeux de Bébés Bolcheviques. C'est peut-être amusant, mais je respecte ça – c'est ce que j'aurais fait à ta place, après tout. La question, maintenant, c'est, est-ce que tu m'aimes vraiment ?

— De toute ma vie, je ne t'ai jamais aimé plus, dit-elle avec un regard de vénération qui le réchauffa de la pointe des orteils à l'extrémité des oreilles, qui lui disait qu'elle l'aimait pour *lui*, et non pas pour l'image en couleurs vivantes de Jack Barron de Berkeley, le héros des Bébés Bolcheviques...

Pour *moi*, se dit-il... peut-être a-t-elle finalement compris ce que je veux... si tant est que je l'aie compris moi-même !

— Moi de même, dit-il, et il l'embrassa gentiment, tendrement, genre premier baiser, lèvres entrouvertes s'essayant pour la première fois, langues sagement séparées, baiser d'amour sans passion, et il ne se rappelait pas l'avoir jamais embrassée tout à fait de cette façon.

— Tu le feras ? demanda-t-elle, les bras toujours autour de sa taille, son visage à quelques centimètres du sien, avec encore maintenant des mines de petite fille conspiratrice qui n'a pas du tout renoncé. (Et comment lui en vouloir, alors que tu lui ressembles tellement ?)

— Je ferai quoi ? dit-il avec un sourire de vidphone en couleurs vivantes.

— Signer.

— Il faudrait être complètement con pour ne pas le faire, tu ne trouves pas ?

Et en fait, c'est cela, pensa-t-il, qui fait toute la force de Bennie, et il le sait : qui serait assez con pour choisir la mort, quel que soit le prix à payer pour l'immortalité ?

— Mais tu ne... tu n'entreras pas dans ses horribles combines de reptile ? dit-elle. (Et il vit cette fichue lueur de Berkeley, Jack et Sara contre les Forces du Mal, se glisser à nouveau dans son regard, quand finira-t-elle par devenir tout à fait adulte ? Mais est-ce que tu le souhaites vraiment ?) Tous ces gens qui te font confiance, que tu le veuilles ou non… tous ces gens qui croient en Jack Barron, tu ne peux pas les laisser tomber, les laisser mourir simplement parce que nous avons notre part du gâteau… Une fois immortels, nous devrons nous retourner contre Howards. Tu es le seul qui soit capable de l'arrêter, le seul dont il ait peur, celui à qui cent millions de personnes font confiance, tu es… tu es *Jack Barron*, et il y a des moments où j'ai l'impresssion que tu es le seul à ne pas te rendre compte de ce que signifie le nom de Jack Barron. Tu ne peux pas accepter d'être le larbin de Howards, un guignol, un… tu es *Jack Barron*.

Barron la serra contre lui, regarda les avenues grouillantes, les lumières de Brooklyn s'étendant d'une rive à l'autre, tandis qu'elle enfouissait son visage au creux de son cou. Il se sentait épié par cent millions d'yeux en forme d'antennes de télévision du mercredi soir, et qu'est-ce qu'ils diraient, tous ces vampires suceurs d'images, s'ils connaissaient la vérité ?

Joue pour nous, voilà ce qu'ils diraient ; pose ton cul sur la balance, tu nous dois bien ça. Comme Luke ou Morris ou Bennie Howards, ils en ont tous après mes fesses – mais ils n'ont pas d'argent pour payer.

Comme Bennie. Tout le monde croit que le pauvre vieux Jack Barron lui appartient. Mais ils oublient une chose : Jack Barron n'appartient qu'à lui.

Il serra tendrement sa femme contre lui :

— N'aie pas peur, Sara, dit-il. Je ne serai pas le larbin de Howards. (Ni de quiconque.)

Tu peux aller te faire foutre, Bennie, pensa-t-il. Vous pouvez tous aller vous faire foutre ! Personne, ni Bennie, ni Luke, ni les cent millions de paumés, ni toi, Sara, ne pourra se vanter que Jack Barron lui appartient !

Chapitre onze

Cette fois-ci ou ça marche ou il finit mangé par les petits poissons, parce que j'en ai marre de Barron et de tout ce foutu merdier, marre d'être obligé de venir le chercher dans cette piaule de fou. Benedict Howards s'assit précautionneusement sur un bizarre siège qui évoquait une sorte de cerf-volant en métal de cuir, et considéra Jack Barron perché comme un Arabe marchand de pétrole sur une selle de chameau fantaisie, avec en arrière-plan la terrasse ornée de palmiers-machins, on dirait les plantes à caoutchouc des hôtels de troisième ordre, les putains de Tulsa ou de San Jose ou d'un autre patelin sans nom, pourries de fric mais sans la moindre classe – ouais, ce genre de Californie de bordel, ça colle tout à fait avec le personnage de Barron.

Howards ouvrit sa mallette, sortit deux contrats en trois exemplaires et les tendit à Barron en même temps que son stylo quatorze carats démodé.

— Tout est là, Barron. Un contrat à votre nom, un contrat à celui de Sara Westerfeld, portant ma signature et la mention « financé par un donateur anonyme », semblables à n'importe quel autre contrat d'Hibernation excepté la clause d'immortalité. Vous n'avez plus qu'à apposer votre signature, et nous pourrons discuter de *votre* part du marché.

Barron feuilleta rapidement l'un des exemplaires, leva les yeux et affronta le regard de belette de Benedict Howards.

— Que tout soit bien clair entre nous, Bennie. Une fois que j'aurai signé ces contrats, vous ne pourrez rien faire, j'ai l'intention de mettre un exemplaire en un lieu très sûr avec pour instructions de lâcher le morceau à la presse, en particulier sur le traitement d'immortalité découvert par la Fondation, au cas où il arriverait quoi que ce soit.

Howards sourit. Tu te crois plus malin que Benedict Howards, pensa-t-il. Je sais ce que tu es en train de te dire : Jack Barron a une sécurité, où est celle de Howards ? Ça te paraît trop facile ? Tu peux continuer à pourchasser ta queue, Barron, quand tu sauras que ma sécurité c'est ta sécurité, il sera trop tard ; tu m'appartiendras jusqu'à la semelle de tes souliers, trop engagé pour pouvoir reculer sans y laisser comme moi des millions d'années de vie immortelle, force jeunesse femmes à la peau fraîche arènes réfrigérées du pouvoir pour l'éternité ; tu m'appartiendras comme les sénateurs, gouverneurs, président même, Mr. Howards, malgré ce foutu abruti de Hennering.

— Vous n'êtes pas obligé de me faire confiance sur ce point, dit-il avec un détachement prudent. Votre femme et vous pouvez opter pour la jouissance de la clause d'immortalité dès la signature, si vous le désirez. En fait, vous pouvez rentrer ce soir même avec moi au Colorado, subir le traitement et revenir ici flambant neuf pour votre prochaine émission. Deux jours de sommeil artificiel, et tout est terminé. Comme vous le voyez, vous pouvez encaisser votre prime sans même avoir commencé à exécuter votre part du contrat.

Les prunelles de Barron se rétrécirent :

— Je n'aime pas beaucoup ça, Bennie. Vous paraissez me faire confiance, et venant de vous je trouve ça plutôt inquiétant.

— Qui est-ce qui vous fait confiance ? répliqua doucement Howards. (Pauvre idiot. Continue à croire que tu peux blouser Benedict Howards, et tu vas te retrouver sur le cul en quatrième vitesse.) J'ai tout prévu pour qu'aucun de nous ne soit obligé de faire confiance à l'autre, et vous feriez mieux de me croire dans votre intérêt. Moi aussi, je peux tout dévoiler à la presse, et qu'est-ce que ça vous rapporterait, hein, Monsieur le Champion des causes perdues ? Combien de temps croyez-vous que vous pourriez conserver votre émission si le public apprenait que vous vous êtes vendu à la Fondation ? Je ne pense pas que vous soyez assez stupide pour tout gâcher pour le seul plaisir de me doubler. Nous signons tous les deux un papier compromettant, et il n'est ni de votre intérêt ni du mien de le rendre public. C'est une double sécurité, Barron. (Et quand tu auras subi le traitement, ce sera beaucoup plus que ta stupide carrière, ce sera ta vie, ta vie d'un million d'années, qui sera entre mes mains si tu as l'intention de me couillonner.)

Howards sentit Barron le mesurer des yeux, à la recherche d'une faille, mais il savait que c'était impossible, que Barron ne découvrirait l'unique faille que lorsqu'il serait engagé jusqu'au cou, et trop tard pour se dépêtrer. Plus d'un a essayé, tu ne seras pas le dernier à rentrer chez toi en quatrième vitesse comme les sénateurs gouverneurs infirmières docteurs tube de plastique explorant son nez sa gorge cercle noir qui s'estompe, ils croyaient qu'ils pouvaient posséder Howards et Howards les a couillonnés battus achetés détruits, on ne peut *rien* faire contre le seul homme qui ait vaincu la mort, vaincu les forces noires du cercle qui s'estompe.

Barron le regarda un long moment sans que sa physionomie exprimât la moindre émotion. Pas un muscle de son visage ne bougea, mais un imperceptible changement s'opéra dans son regard et Howards, fort d'une longue expérience au contact de gros manitous plus coriaces, sut qu'il avait gagné avant même d'entendre sa réponse.

— D'accord, Howards. Marché conclu. (Et Barron signa les trois exemplaires du contrat.)

— Voilà qui est raisonnable, fit Howards. Maintenant, faites signer Sara Westerfeld et je vous conduis ce soir même au complexe d'Hibernation du Colorado dans mon avion personnel pour y subir le traitement. Vous économisez un billet d'avion, et je vous montrerai que même les questions de détail ne traînent pas quand on a affaire à Benedict Howards !

Barron esquissa un sourire sardonique que Howards fut incapable de déchiffrer, et il en conçut un début de panique. Qu'est-ce qu'il peut encore préparer ? se dit-il. Mais ne nous affolons pas, une fois qu'il aura subi le traitement il sera pieds et poings liés comme n'importe qui d'autre.

— Hé, Sara ! hurla Barron. Viens ici, nous avons quelque chose à te faire signer.

Il sourit si suavement lorsqu'une porte s'ouvrit et que Sara, le visage sans expression, traversa lentement le living jusqu'à eux, que Howards redouta pour de bon de voir lui échapper le contrôle de la situation. Il avait l'impression insensée que Barron se fichait de lui – cette folle a-t-elle été capable de tout lui raconter ? Il vit que Barron tenait serrés entre ses doigts les six contrats… comme s'il allait les déchirer, tout remettre en question… Que sait-il, exactement ? Que lui a dit cette stupide garce ?

Trônant sur sa selle de chameau comme un marchand d'esclaves d'Arabie saoudite, Jack Barron ne cessait de retourner les contrats dans ses mains, comme s'il jouait avec la tête de Howards. Sara s'approcha d'eux, lançant à ce dernier un regard d'indifférence étudiée, puis se tourna vers Jack Barron avec une lueur de vénération écœurante dans les yeux, comme pour bien montrer à Howards que si elle était la putain de quelqu'un, ce quelqu'un était Jack Barron et personne d'autre. Que lui a-t-elle dit ? se demanda à nouveau Howards en luttant désespérément pour ne rien laisser paraître sur son visage. Sera-t-elle intelligente pour ne pas parler maintenant ?

Barron la regarda, inclinant légèrement la tête en avant pour capter des ombres denses dans le creux de ses yeux, comme il faisait à la télévision, se dit Howards, pour impressionner les gogos, mais il n'en avait pas moins l'impression très désagréable qu'il lisait en lui comme à livre ouvert. Ce conard pourrait être dangereux, beaucoup plus dangereux que je ne le croyais. Il est très fort, et il est complètement sonné. Ce qui donne un mélange explosif, à moins que je ne l'achète des pieds à la tête. Il faut absolument qu'il prenne l'avion avec moi et qu'il subisse le traitement ce soir !

Jack Barron émit un rire sonore qui ne fit qu'accroître la tension et déclara :

— Ne soyez pas si nerveux, Bennie. Sara est au courant de tout. Je ne lui cache rien… (Il marqua un instant de pause – ou est-ce un effet de mon imagination ? se demanda Howards –, détachant chaque mot à son bénéfice ou celui de Sara ?) Nous n'avons pas de secret l'un pour l'autre.

Il tendit à Sara Westerfeld les trois exemplaires du contrat et le stylo :

— Signe, dit-il. Tu sais ce qu'il y a dans le contrat, n'est-ce pas ?

Sara Westerfeld regarda Benedict Howards dans les yeux et signa, avec un sourire qui pouvait être aussi bien interprété comme une reconnaissance du pacte qu'ils avaient conclu que comme une marque de connivence entre Barron et elle. Elle répondit :

— Je le sais très bien. Jack m'a tout raconté, monsieur Howards. L'immortalité. Comme il vient de vous le dire, nous n'avons aucun secret l'un pour l'autre.

Cette folle garce, elle se fiche de moi ? Mais ça ne fait rien, pensa Howards tandis que Sara redonnait les contrats à Barron qui les mit en ordre et lui passa un exemplaire de chacun. Deux contrats en bonne et due forme. Je les tiens maintenant, noir sur blanc, dans le creux de ma main, et avant ta prochaine émission, pauvre conard, ce sera écrit avec du sang sur de la chair, la tienne et la sienne, et alors peu importe que tu saches ou pas comment je me suis servi d'elle. Elle a fait son travail d'une façon ou d'une autre, et c'est la seule chose qui compte. Jack Barron m'appartient désormais jusqu'au bout de ses ongles.

Howards rangea soigneusement les contrats dans sa mallette.

— Bon, dit-il. Je suppose que je peux parler librement devant elle. (C'est le moment de montrer le bout du bâton, et il n'est pas mauvais qu'elle voie dès le début qui va être le maître. Qu'est-ce que tu dis de ça, Barron de mon cœur ?) Vers 19 heures, une voiture viendra vous prendre pour vous conduire à l'aéroport. Nous aurons tout le temps dans l'avion pour mettre au point votre prochaine émission.

» Je pense que la première chose à faire sera de récupérer les voix que vous m'avez fait perdre au Congrès avec votre grande gueule. Vous montrerez une victime d'une de ces compagnies d'Hibernation à la noix, par exemple le parent d'un pauvre type qui a signé avec eux et que la compagnie a laissé pourrir quand elle a fait faillite. Ne vous inquiétez pas, je trouverai bien quelqu'un d'ici mercredi, et si je n'y arrive pas nous prendrons un acteur pour tenir le rôle. Ensuite vous mettrez sur la sellette un ou deux de ces charlatans – j'en ai toute une liste – pour montrer à quel point ils se sont moqués du public. Vous saisissez le topo ? Seule la Fondation est capable d'offrir toutes les garanties, et dans l'intérêt général le Congrès doit voter...

— Une seconde, Howards, interrompit Barron. Pour commencer, vous n'avez pas à m'expliquer comment je dois faire mon métier. Ça puerait le coup monté à des kilomètres si je retournais ma veste après les deux dernières émissions consacrées à la Fondation. Il faut d'abord laisser les choses se refroidir un peu. Je ferai deux ou trois émissions qui n'auront rien à voir avec la Fondation, histoire de laisser se calmer les esprits. Puis, dans trois à quatre semaines, je passerai pendant une dizaine de minutes une victime de vos soi-disant concurrents à la *fin* de l'émission, et cela préparera le terrain pour la semaine d'après où nous nous occuperons de vos charlatans. N'oubliez pas que *Bug Jack Barron* est censé être indépendant, spontané et contrôlé par les téléspectateurs. Si vous voulez que je vous serve à quelque chose, il faut préserver les apparences.

— Comme vous dites, c'est votre métier, acquiesça Howards.

Le salaud va vraiment m'être utile, pensa-t-il. Il connaît son affaire et il a raison, il faut se montrer subtil. Le mieux est de lui donner carte blanche, de lui dire ce qu'il faut faire et de le laisser agir. Après tout, c'est le genre de larbin le plus efficace, celui qui est capable d'exécuter vos ordres beaucoup mieux que vous ne sauriez le faire, le spécialiste qu'on remonte comme une mécanique et qu'on regarde faire.

— Je vous laisserai agir, Barron. La seule chose qui compte pour moi, c'est le résultat. (Benedict Howards se leva, avec l'impression d'avoir accompli une bonne journée de travail.) La voiture passera vous prendre à 19 heures, et d'ici à deux jours vous aurez touché votre dû. Pensez-y, chaque matin vous vous lèverez pendant un million...

— Pas si vite, dit Jack Barron. Nous attendrons un peu avant de nous soumettre au traitement, histoire de voir venir. Nous sommes jeunes, rien ne presse, et selon les termes du contrat nous pouvons faire jouer la clause d'immortalité au moment de notre choix.

— Mais qu'est-ce qui vous prend ? s'écria Howards d'une voix perçante. (Puis voyant le regard de Barron qui l'étudiait attentivement – il faut qu'il subisse le traitement le plus tôt possible, surtout ne pas lui faire peur, ne pas éveiller ses soupçons davantage –, il radoucit sa voix, feignant l'indifférence :) Vous ne voulez pas devenir immortel ?

— Est-ce que j'aurais signé si ça ne m'intéressait pas ? fit Barron. (Et Howards capta les effluves menaçants de sa voix rouée de *Bug Jack Barron*.) Mais ce que j'aimerais savoir, c'est pourquoi vous êtes tellement impatient de me voir immortel.

Le secret du traitement, voilà ce qu'il veut me faire dire depuis tout à l'heure, pensa Howards. Tu peux toujours te l'accrocher. Tu le connaîtras, oui, mais quand il sera trop tard. En attendant… ne pas le brusquer, agir en souplesse, ou…

— Je vais vous dire la vérité, Barron. Je me laisse emporter par mon enthousiasme. De parler de cela me rappelle que je suis vraiment immortel, et je n'imagine pas qu'on puisse vouloir retarder ce moment même de cinq minutes. Mais je suppose que vous ne pouvez pas ressentir cela maintenant. Attendez d'être dans ma position, et vous comprendrez. Mais vous êtes libre de faire ce que vous voulez, je m'en fiche complètement. C'est votre vie, Barron, votre vie immortelle ; j'ai la mienne, et c'est la seule chose qui m'intéresse.

— Je ne vous savais pas capable d'éprouver de si nobles sentiments, Bennie, fit Barron avec un sourire. (Mais que recelait ce sourire ? Était-il dupe ?) Néanmoins, ne vous en faites pas, je viendrai réclamer mon dû quand je me sentirai prêt.

Et moi aussi je serai au rendez-vous, pauvre con, pensa Howards en se dirigeant vers la porte. Garde tes trucs minables pour le mercredi soir, Barron, nous allons tous les deux en avoir besoin. Tu iras au Colorado, et plus vite que tu ne le penses, ou sinon… Ce n'est pas un larbin qui va tenir tête à Benedict Howards !

— Pour la dernière fois, Sara, c'est moi qui mène cette partie comme je l'entends – pas toi, déclara Jack Barron en la regardant, à demi repliée dans la position fœtale, nue et froide à côté de lui, pâle dans la lumière blafarde du clair de lune qui filtrait à travers le dôme de la chambre à coucher et qui les faisait ressembler à deux têtards blanchis exposés sur le lit chauffé électriquement comme à l'unique spotlight d'un théâtre de seconde zone.

— Mais sais-tu seulement ce que tu veux ? dit-elle d'une voix aigre où était tapi le fantôme endormi depuis six ans de leurs interminables querelles, ses yeux des miroirs vitreux dans l'obscurité reflétant des profondeurs insondables – ou était-ce seulement une illusion sans plus d'épaisseur que le miroitement des points de phosphore sur un écran de télévision ?

La moitié du temps, pensa-t-il, j'ai l'impression que je connais cette fille jusqu'à l'os, et le reste du temps je me demande si elle existe autrement que comme la projection d'une Sara de mon propre esprit sur l'écran de vidphone de son visage. Et en cet instant il lui parut que son corps nu à côté de celui de Sara était aussi lourd et distant qu'un morceau de viande relié à sa tête par l'intermédiaire précaire d'un circuit sensoriel inondé de novocaïne.

— Pourquoi ne sommes-nous pas partis pour le Colorado avec Howards ? était en train de dire Sara. Pourquoi ne pas subir le traitement tout de suite ? Howards ne pourrait plus rien contre nous, et il sera à ta merci mercredi prochain. Et pourquoi joues-tu avec lui à ce jeu idiot qui consiste à le laisser deviner si je t'ai tout dit ou pas ?

Pourquoi ? Pourquoi ? Pourquoi ? pensa Jack Barron. Jésus à bicyclette ! Comment lui expliquer quelque chose que tu ne sais pas t'expliquer toi-même… impulsion viscérale, c'est tout ; odeur du danger, impression d'insécurité comme de conduire dans le brouillard chargé à l'acide au milieu d'une circulation dense, impossible de savoir où se trouve le mur indéfinissable de la réalité, mais on sait qu'il est là et qu'on a intérêt à bouger son cul avec précaution si on ne veut pas percuter quelque chose.

— Parce que c'est exactement ce que Bennie veut que je fasse, répondit-il, espérant au moins couvrir le son agaçant de sa voix. Il est pressé de nous faire subir ce traitement, si pressé que lorsque je lui ai montré que je le savais il s'est dépêché de faire machine arrière. Ça ne correspond pas à Bennie, il faut qu'il ait quelque chose de bigrement important à cacher…

Mais de toute façon ça ne colle pas, pensa-t-il. Bennie est trop paranoïaque, et pas assez stupide pour me faire confiance. Ça n'a aucun sens, à sa place n'importe qui attendrait pour me faire subir le traitement que j'aie rempli au moins une partie du contrat. Alors qu'il semble n'avoir rien de plus pressé que de lâcher son seul atout. Ça ne peut signifier qu'une chose, c'est que son atout est en même temps une garantie pour lui dès l'instant où il est en ma possession. Mais de quelle manière ? Je ne comprends pas. Et tant que je n'aurai pas compris, on ne risque pas de voir Jack Barron à proximité de ce foutu complexe d'Hibernation des montagnes Rocheuses.

Sara tendit la main et effleura le pli de son aine. Mais il était à des kilomètres de là. Probablement elle aussi, d'ailleurs.

— À quoi penses-tu donc ainsi ? demanda-t-elle.

— Je voudrais bien le savoir, répondit Barron. Il y a trop de choses qui me dépassent en ce moment, c'est pourquoi je préfère attendre pour le traitement. J'ai l'intuition que si je précipitais les choses maintenant je risquerais de me fourrer dans un merdier inextricable. Depuis le début de mes relations avec Howards, tout me semble irréel… immortel… Président… rien que des mots, Sara, sortis tout droit d'une bande dessinée ou d'un magazine de science-fiction, j'ai beau les retourner dans ma tête, je n'arrive pas à leur attribuer un goût, une odeur, quelque chose qui puisse les connecter à la réalité. Mais cet enculé de Howards, lui, est réel, ça ne fait aucun doute, et il émane de lui quelque chose d'énorme et d'effrayant que je n'arrive pas à définir mais où je me sens plongé jusqu'au cou…

— Je comprends, dit-elle. (Sa main exerça une pression sur son aine ; elle se rapprocha de lui sur le lit et il commença, presque malgré lui, à capter la chaleur de son corps.) Mais n'est-ce pas simplement parce que tu te laisses faire ? Au lieu de prendre la direction des opérations ? Tu regardes les choses du mauvais côté. Tu devrais te dire plutôt : Je dois arrêter Benedict

Howards, et je *dois* devenir immortel à n'importe quel prix. Tu ne peux pas compter sur Howards, ni sur personne d'autre, pour te dire ce qu'il faut faire, et il ne peut rien contre nous. Il faut avoir confiance en toi, Jack. Te persuader que tu peux vaincre Howards quoi qu'il fasse. J'ai confiance, moi. Oh, Jack… tu ne vois pas que l'enjeu est trop important ? L'immortalité pour la terre entière, ou bien Howards exerçant indéfiniment son pouvoir de reptile… Jack, tu ne peux pas te dégonfler maintenant !

— Me dégonfler ? jeta Barron en un réflexe hargneux. Qu'est-ce qui te donne le droit de me faire la morale, après la façon dégueulasse dont tu m'as traité vis-à-vis de Howards ?

Immédiatement, il regretta ses paroles.

Parce qu'elle a raison, dans un sens, pensa-t-il. Ce salaud de Howards ! Elle n'a jamais eu aucune chance face à lui. Il se sert des gens comme il veut, et puis il les jette comme un mouchoir en papier usagé. Ce qu'il a fait à Sara, il pourrait me le faire si je lui en donnais l'occasion, et il le ferait au putain de pays tout entier. Voilà où nous en sommes, Howards est le plus grand fourgueur du pays, et Jack Barron en couleurs vivantes est chargé d'écouler pour lui sa came au coin des rues. Inutile de te raconter des histoires, Jack, baby, il n'y a pas à sortir de là.

— Je pense que je l'ai mérité…

— Non, Sara, dit Barron, et il l'attira asexuellement à lui, la serrant très fort dans ses bras, absorbant sa chaleur humaine en espérant qu'elle faisait de même avec lui, car Dieu sait si elle en a besoin si j'en ai besoin moi-même si nous avons tous besoin d'un peu de réalité humaine quand un monstre comme Benedict Howards se promène en liberté de par le monde fourguant sa fichue camelote de merde.

» Tu m'as touché à un endroit sensible, c'est tout. Ce courage dont tu parles… ce n'est encore qu'un mot…

Le courage, pensa-t-il. Tu parles comme c'est facile quand on a vingt ans et qu'on est un Bébé Bolchevique et qu'on sait qu'on n'a rien à perdre. Mais avec cette crèche à entretenir, avec quatre cent mille dollars par an, l'immortalité et Dieu sait quoi encore dans la balance… abandonner tout ça pour des mots, rien que des putains de mots, et pour deux cent trente millions de pauvres paumés qui ne lèveraient pas le petit doigt pour Jack Barron ? Sacrifier ma vie immortelle et risquer de me faire écrabouiller par Howards seulement pour avoir une médaille en fer-blanc et des funérailles de première classe. Tu m'en demandes trop, Sara ; je ne suis pas un héros, mais un type à qui le destin a joué un tour. Tout ce que je peux essayer de faire, c'est de me retirer du jeu en emportant le maximum et sans faire trop de mal à personne.

— Je peux te promettre une seule chose, Sara, dit-il. Je n'ai pas l'intention de faire le jeu de Bennie ni de quelqu'un d'autre que moi. Nous aurons l'immortalité, sans y laisser des plumes – c'est la première condition à remplir. Mais si l'occasion se présente de me farcir Howards au passage, je n'hésiterai pas. Tu peux me croire, Sara ! Je déteste encore plus que toi cet enculé – non seulement il essaie de se servir de moi, mais il a le culot de t'utiliser toi aussi ! Nous réussirons, tu verras, et tant mieux si nous avons sa peau en prime, mais en prime, c'est tout.

— Jack...

Il perçut à nouveau la chaleur qui était dans sa voix, avec la même pointe de détermination têtue de Bébés Bolcheviques en folie, mais curieusement se laissa attendrir et s'émut à l'idée que sa petite femme au cœur pur et aux idéaux dictés par sa motte avait besoin de protection et que ce n'était pas sa faute si elle vivait dans un monde absurde où les tigres font la loi.

— Tu veux savoir ? dit-il, sentant se rétablir peu à peu les circuits entre sa tête et son corps au contact de la chaude réalité féminine blottie contre lui. D'ici un instant, je crois que je vais te baiser comme jamais de ta vie tu ne l'as été. Parce que, quels que soient tes torts ou tes qualités, à l'intérieur, tu es bonne, Sara, et tu l'as bien gagné. Moi aussi je l'ai bien gagné.

Dongdingdongding... dong ! dong ! dong !

— Ouohhh..., grogna Jack Barron en se réveillant tout désorienté dans l'obscurité, un poids sur la poitrine. Qu'est-ce que c'est que...

Dong ! Dong ! Dong !

Fichu vidphone. Il se redressa à demi contre la boiserie circulaire, faisant glisser la tête de Sara toujours endormie, et décrocha pour arrêter le carillon qui faisait vibrer douloureusement ses tympans. Quelle heure peut-il bien être ? se demanda-t-il, essayant de secouer son esprit embrumé de sommeil. Quel est l'abruti qui s'est mis dans l'idée de me réveiller au milieu de la nuit ?

Tout en grommelant, il posa en tâtonnant le vidphone à côté de lui sur le lit, régla le volume à son minimum et lorgna d'un regard morose le visage grisâtre qui apparaissait sur l'écran, lugubre et phosphorescent dans le noir : c'était celui d'un homme aux cheveux bruns, longs, au visage fin et osseux. (Cette tête de conard qui m'appelle au milieu de la nuit ne m'est pas inconnue, mais comment a-t-il fait pour se procurer mon numéro privé ?)

— Salut, Jack, fit une voix ténue tandis que Barron essayait vaguement de mettre un nom sur ce visage. (Je connais ce type, mais qui diable peut-il être ?) Brad Donner. Tu te souviens ? disait l'image du vidphone.

Donner…, pensa Barron. Berkeley ou Los Angeles ou un endroit perdu de vue depuis des années, devait appartenir dans le temps aux Bébés Bolcheviques… oui, c'était à Los Angeles, juste avant que j'aie l'émission, un ami de Harold Spence. Un morveux d'avocat qui répétait tout le temps qu'il se présenterait au Congrès ou je ne sais pas quoi… Bordel, il suffit que je parle une fois dans ma vie à un abruti quelconque pour qu'il se croie permis de m'emmerder dans mon lit à n'importe quelle…

— Savez-vous l'heure qu'il est, Donner ? aboya Barron, qui baissa aussitôt la voix en se rappelant Sara qui dormait contre lui (et quelle nuit, mes aïeux, on peut dire que je suis claqué !). Parce que moi je n'en suis pas sûr, mais il doit être au moins 4 ou 5 heures du matin. Où avez-vous appris les bonnes manières ? Dans la Gestapo ?

— Je sais, Jack, fit Donner. (Arrête de m'appeler Jack, sale bâtard de lécheur !) Je suis désolé de t'avoir réveillé, mais il fallait que je te parle sur-le-champ. J'ai eu ton numéro par Spence, de Los Angeles. Tu te souviens, Harry, c'était ton grand copain à l'époque ?

— Personne n'est mon copain à cette heure-ci, dit Barron. Si c'est pour me demander un service, vous choisissez drôlement mal votre moment, Donner.

— Il ne s'agit pas de ça, Jack. Je travaille ici à Washington depuis trois ans comme conseiller aux Relations publiques de Ted Hennering. Ou plutôt, je travaillais pour lui jusqu'à ce qu'il soit tué...

— Félicitations, Donner, grogna Barron.

Ouais, se dit-il. Ça colle qu'un crétin dans son genre, avec ses idées C.J.S. à la con, ait fini par travailler pour un vendu comme Hennering. Mais maintenant que son patron est mort, je suis censé lui trouver un autre boulot – à 4 heures du matin ? Jésus...

— Je viens d'être réveillé moi-même, expliqua Donner, par la veuve de Ted, Madge. Elle est à bout de nerfs, Jack, elle vit dans la terreur depuis que Ted est mort. Elle est venue me réveiller tout à l'heure en disant qu'il fallait absolument qu'elle te parle, et tu devrais l'écouter, après le savon que tu viens de passer à Benedict Howards. Madame Hennering ?

Le visage de Donner fut remplacé par celui d'une femme d'une cinquantaine d'années, sans doute respectable et énergique jadis, mais qui présentement n'offrait aux regards qu'une mine échevelée, des lèvres austères tremblantes et des yeux apeurés qui semblaient se tourner vers le ciel sur le petit écran du vidphone. Qu'est-ce que c'est que cette histoire ? se demanda Barron, maintenant tout à fait éveillé. Madge Hennering ?

— Monsieur Barron..., fit-elle d'une voix qui semblait plus faite pour une froideur aristocratique que pour la note d'hystérie dont elle était chargée. Enfin ! Dieu soit loué ! Je ne savais plus où me tourner, à qui m'adresser, où aller, à qui faire confiance après... après ce qui est arrivé à Ted, et lorsque j'ai vu la façon dont vous parliez à Howards, à votre dernière émission, j'ai compris que vous étiez le seul homme à qui je puisse véritablement me fier, le seul dont je sois *sûre* qu'il n'était pas mêlé à cet assassinat. Vous m'aiderez, monsieur Barron ? Dites, vous me croirez ? Vous ferez savoir au pays comment mon mari a été tué...

— Calmez-vous, madame Hennering, fit Barron d'une voix apaisante en s'insérant quasi automatiquement dans l'atmosphère de froide coordination de *Bug Jack Barron*. Je sais ce que vous devez éprouver après ce terrible accident, mais il faut essayer de vous…

— Accident ! s'écria Madge Hennering d'une voix aiguë qui faillit réveiller Sara. Ce n'est pas un accident. *Mon mari a été assassiné*. J'en suis certaine. Il devait y avoir une bombe dans l'avion. Benedict Howards l'a fait tuer !

— Hein ? grogna Barron. (Elle déraille, c'est sûr, pensa-t-il. Hennering était vendu corps et âme à Howards. C'est Howards le plus grand perdant depuis qu'il est mort. Elle est complètement détraquée, cette pauvre vieille. À 4 heures du matin, il faut que je joue au psychiatre ?) Ne pensez-vous pas que cette histoire concerne plutôt la police ? demanda-t-il. À supposer, naturellement, qu'elle soit vraie. (Tu commences à me les casser, ma belle.)

— Mais je ne puis aller trouver la police, dit-elle. Il n'y a aucune preuve. Howards a pris ses précautions. Il ne reste plus rien de l'avion de Ted… plus rien… (Elle se mit à sangloter, puis avec un effort que Barron ne put s'empêcher d'admirer, serra les mâchoires et reprit d'une voix glacée :) Pardonnez-moi, monsieur Barron. Il se trouve que je suis l'unique témoin, et je ne possède aucune preuve suffisante. Je ne savais pas à qui m'adresser…

— Écoutez, fit Barron d'une voix lasse. Ce n'est pas le moment de parler politique, mais Howards n'avait pas la moindre raison de tuer votre mari, madame Hennering. Votre mari soutenait le projet de loi d'Hibernation, et ce n'est un secret pour personne que Howards voulait le faire élire Président. En d'autres termes, Hennering était… euh… dévoué à Howards. Ce dernier n'avait rien à gagner à sa mort, au contraire. Vous devez le savoir.

— Je ne suis pas une idiote, monsieur Barron. Mais la veille de sa mort, Ted avait eu une longue conversation au vidphone avec Benedict Howards. Je n'en ai entendu qu'une partie, mais le ton a monté et ils ont échangé des propos très violents. Ted disait à Howards qu'il ne voulait plus entendre parler de lui ni de la Fondation, et qu'il était un monstre ignoble. Jamais je n'avais vu Ted s'emporter de la sorte.

» Il disait qu'il allait se désolidariser publiquement du projet de loi d'Hibernation, et faire une déclaration à la presse où il révélerait quelque chose d'horrible qu'il avait découvert sur les activités de la Fondation. Howards a répondu : "Personne n'a jamais fait ça à Benedict Howards, Hennering. Mettez-vous en travers de ma route, et je vous écraserai comme une punaise." Ce sont ses termes exacts. Puis Ted a répondu quelque chose de terriblement obscène, et il a raccroché. Lorsque je lui ai demandé de quoi il s'agissait, il s'est mis en colère, mais je crois qu'en réalité il avait très peur – je ne l'avais jamais vu terrifié à ce point. Il a refusé de me donner des explications en disant qu'il serait trop dangereux pour moi de savoir ces choses-là – qu'il ne voulait pas mettre ma vie en danger. Le lendemain, il a pris l'avion pour rencontrer le Gouverneur, mais… il n'est jamais arrivé. Howards l'a fait tuer. Je *sais* qu'il l'a fait tuer !

Quel merdier ! pensa Jack Barron. Il y a gros à parier que cette canaille de Hennering trempait dans trente-six combines à la fois, allant de sénateur à sénateur pour le compte de Howards et avec le fric de Howards. Tous ceux qui savent lire les journaux entre les lignes sont au parfum. Très touchant de la part de cette vieille d'essayer de faire passer son mari pour un petit saint une fois qu'il est mort. Héros posthume. Homme de paille démocrate au service du fric de la Fondation. Frappé soudain de repentir juste avant de passer l'arme à gauche. Ted Hennering. Noble martyr. Ouais, après que cent millions de téléspectateurs l'ont vu l'autre soir déconner comme… comme…

Jésus à bicyclette ! Et si c'était pour ça que Hennering était si bouleversé ? Merde, ça correspond ! Hennering est mort jeudi soir, ce qui signifie qu'il a pu vider son sac à Howards mercredi ou jeudi, comme elle dit, et qu'il savait déjà à quoi s'en tenir sur la Fondation quand il est passé à *Bug Jack Barron*. Cela expliquerait son attitude bizarre…

— Vous me croyez, maintenant, n'est-ce pas ? reprit Madge Hennering. À Washington, tout le monde dit que vous êtes l'ennemi de Howards. Vous utiliserez ces renseignements contre lui, n'est-ce pas ? Vous me ferez passer à votre émission et vous m'aiderez à faire savoir au pays comment mon mari est mort ? Pas seulement pour sauver sa réputation, monsieur Barron. J'ai été sa femme pendant vingt et un ans. Nul ne le connaissait mieux que moi. Je sais qu'il n'était pas irréprochable et qu'il travaillait pour Howards, mais ce n'était ni un mauvais homme ni un lâche. Il a découvert quelque chose sur la Fondation pour l'immortalité humaine qui l'a indigné, écœuré, quelque chose de si terrible qu'il craignait pour sa vie et la mienne rien que parce qu'il détenait ce secret.

» Je ne m'y connais pas beaucoup en politique, mais assassiner un sénateur des États-Unis est une chose que même un individu comme Benedict Howards ne se risquerait pas à faire si… s'il ne se sentait poussé dans ses derniers retranchements. Je ne sais pas ce qu'il y a derrière tout cela, mais pour que Howards ait recours à l'assassinat politique, il faut que des choses terriblement importantes soient en jeu. Un fou avec un fusil, c'est une chose, mais cela… Oh, Ted ! Ted ! (Et elle se mit à trembler violemment, à sangloter convulsivement, convainquant au moins Barron qu'elle ne jouait pas la comédie.)

Mais un assassinat politique, se dit-il, c'est complètement délirant. D'accord, Hennering a peut-être mis la main sur quelque chose qui l'a convaincu de rompre les ponts avec la Fondation. (Encore que je me demande ce qui pourrait bien dégoûter un vendu comme Hennering, au point de le faire renoncer à son investiture présidentielle.) Admettons qu'il ait eu des mots avec Howards, et que Howards l'ait menacé (combien de fois ne m'a-t-il pas fait le coup de la punaise qu'on écrase ?). Mais faire sauter un avion rien que pour avoir sa peau… pure coïncidence, c'est tout. Il n'y a pas de quoi en tirer une conclusion si rapide.

Donner remplaça Madge Hennering sur l'écran du vidphone.

— Eh bien, Jack, que comptes-tu faire ? Est-ce que je lui dis de t'appeler mercredi prochain ? Cette histoire inquiétante vaut d'être…

— Inquiétante, on peut le dire, fit Barron. Ce qui m'inquiète le plus, c'est la pensée du procès que Howards pourrait nous coller sur le dos si cette femme accusait publiquement Howards d'avoir assassiné son mari sans le moindre commencement de preuve. Vous vous prétendez avocat ? Vous ne savez pas reconnaître un cas de diffamation quand il vous crève les yeux ? Non seulement Howards engagerait des poursuites, mais la F.C.C. me retirerait ma licence en moins de temps qu'il n'en faut pour dire ouf. Laissez tomber. Donner, je suis peut-être fou mais je n'ai pas encore perdu les pédales.

— Mais, Jack...

— Et cessez de m'appeler Jack ! hurla Barron. En fait, ne m'appelez pas tout court ! (Et il raccrocha tandis que Sara finissait par ouvrir des yeux qui papillotaient.)

— Euh... qu'est-ce qu'il y a... ? grogna-t-elle.

— Rendors-toi, ma chatte. C'étaient deux plaisantins. Des cinglés, rien de plus.

Oui, se dit-il. Des abrutis, c'est tout. Bennie a beau travailler un peu du chapeau, il n'irait pas jusqu'à tuer des gens. Il aurait trop à perdre, sa précieuse vie immortelle sur la chaise électrique...

Pourtant, lorsqu'il se laissa aller en arrière contre la boiserie du lit circulaire, il ressentit comme un picotement dans le dos.

Chapitre douze

Merde, ce soir on ne peut pas dire que ce soit la grande forme, pensa Barron tandis qu'on commençait à passer l'ultime spot publicitaire. Bon, l'acide est peut-être légal à Strip City sous la juridiction locale C.J.S., et illégal au regard de la loi de l'État de Californie gouverné par Greg Morris ; donc Morris fait demander par son attorney général d'avoir accès aux archives du Bureau de contrôle des stupéfiants de Strip City, afin de faire passer Woody Kaplan ou bien pour un criminel ou bien pour un mouchard, et le maire de Hip-City fait « niet ». Tu parles d'un merdier. J'aurais dû suggérer que les flics de l'État fassent irruption dans les bureaux de Strip City pour s'emparer des dossiers, ainsi on aurait assisté à une belle empoignade, les flics hippies arrêtant la police de l'État pour effraction en vertu de la loi locale, et les seconds cueillant les premiers pour entrave à l'action de la police de l'État. Dans tout le comté de Los Angeles, on aurait vu les flics se tomber dessus au coin des rues, ça aurait fait une belle rigolade et au moins les quarante-cinq minutes qui viennent de passer auraient servi à quelque chose.

Mais j'ai raté ça, je n'ai pas la tête à toutes ces conneries, avec ce qui vient de se passer. Madge Hennering renversée par un poids lourd ! Un camion de chez Hertz sans plaques d'immatriculation, le chauffeur prend la fuite, impossible à identifier, du travail de professionnel ! Tu peux toujours te raconter que tu ne sais pas qui est derrière tout ça, Barron… Bordel de merde, si je tenais Howards maintenant pour lui assener ça sur le coin de la gueule… ouais, et qu'est-ce qu'il m'assènerait en échange ? Une chute providentielle du haut de l'Empire State Building ? Ou un procès et la F.C.C. et tout ce qui s'ensuit… ?

Naturellement, c'est *peut-être* une coïncidence, ou bien alors le clan des Hennering a des ennemis dont elle n'a pas parlé. Ouais, c'est sûr, aussi sûr que l'expédition martienne va découvrir que Mars est en réalité une grosse boule de fromage rouge. Bordel, dans quoi suis-je allé me fourrer ?

Ressaisis-toi, mon vieux, tu as l'émission à finir, il faut absolument rattraper le fiasco de ce soir.

Le téléguide annonça : « 60 secondes ».

— Hé, Vince, fit Barron dans l'interphone. Aucun loufoque n'a appelé la régie ce soir ?

Derrière la paroi vitrée de la cabine de contrôle, le visage de Gelardi était amer et préoccupé (il sent lui aussi l'omelette qui se prépare), mais il sourit bravement en disant :

— Tu rigoles ? Ce ne serait plus *Bug Jack Barron* si tous les sinoques du pays ne se donnaient pas rendez-vous pour embouteiller nos lignes !

Le téléguide annonça : « 30 secondes ».

— O.K., Vince. Tu vas me passer le plus délirant de tous les appels que tu as reçus ce soir. Ne me dis même pas de quoi il s'agit. Je n'ai pas les idées bien en place, j'ai besoin de quelque chose pour me secouer. Mais par pitié, pas de politique surtout. Quelque chose de bien juteux, genre déblocage mental cent pour cent américain. Tu as ça ?

— J'ai juste ce qu'il te faut, mon gars, fit Gelardi avec un épais accent yiddish tandis que le téléguide indiquait : « Début d'émission ».

On va bien voir, se dit Jack Barron lorsque l'écran du moniteur se partagea en deux par le milieu ; à sa gauche, image gris sur gris d'un visage de Noir hagard, aux cheveux en folie, à la barbe de quatre jours faisant des reflets noir sur noir sur ses joues, surmontant une sportjac à cinquante dollars au col filigrané d'or, à moitié déboutonnée sur un vieux tee-shirt déchiré. Visiblement dans un état de stupeur éthylique avancé, il contemplait d'un œil vaseux l'image en couleurs vivantes à côté de lui.

— Ici *Bug Jack Barron* et cent millions de téléspectateurs vous écoutent, attaqua Barron, décidé à se rattraper coûte que coûte dans les quelques minutes d'émission qui restaient encore, se remémorant ses débuts, lorsqu'il avait braqué les projecteurs et les lances à incendie sur Joe Swyne, de la Société John Birch de Los Angeles.

— Mon nom est Henry George Franklin, fit une voix de basson mouillée. (Et derrière le visage en gros plan l'écran révélait un vague décor de baraque en planches où trônait une énorme console stéréo-TV d'un style pseudo-arabe aussi rococo que tout ce que l'on peut imaginer.) Mais vous pouvez m'appeler Fwank, mon vieux Jack Bawon ; simplement Fwank.

— O.K., Frank, dit Barron. Et appelez-moi Jack. Mais maintenant que nous avons fait connaissance, dites-nous ce qui vous fait suer. (Allons, allons, crache, encore douze minutes à peine pour transformer le four de ce soir en du Salvador Dalí sur mesure.)

Et Vince, toujours dans le coup, partagea l'écran selon une folle diagonale en dents de scie qui fit ressembler Henry George Franklin au-dessus de Barron à une tarte à la crème prête à être lancée.

— Eh bien, voilà, Jack, fit Henry George Franklin en agitant un doigt calleux devant ses lèvres mouillées. Voilà 'zactement comment ça s'est passé. Un pauv' métayer du Mississippi, il a bien besoin d'une petite femme, pas vwai ? Pauv' ou pas c'est paweil, la femme, elle fait la tambouille le matin et le soi', elle s'occupe de tout et de temps en temps elle donne à son homme un peu de plaisi'. En somme, elle wevient pas chè' à entweteni'.

— Apparemment, vous vous débrouillez mieux que moi avec les femmes, dit Barron sèchement. Il faudra que j'aille faire un tour dans le Mississippi. Mais j'espère que vous n'avez pas appelé rien que pour nous parler de votre vie sentimentale. Je suis sûr qu'elle est très intéressante, mais elle risquerait de nous causer de gros ennuis si elle le devenait un peu trop.

— J'ai plus de vie sentimentale, Jack – à pa' un soi' de temps en temps à Evers – depuis sept ans. Depuis que ma femme a claqué en me laissant avec une gosse. Voyez ce que j' veux di' ?

Vous cwoyez que l'vieux Fwank il a gagné au change ? Une femme contwe une gosse… une gosse qui mange, qui mange, et qui fait wien en échange. Une bouche inutile à nouwi'. Alo' vous compwenez, la pwemiè' fois que quelqu'un vous fait une offwe waisonnable, vous hésitez et vous vous dites que vous sewiez bien bête de ne pas la vendwe.

— Heu ? grogna Barron. Je crois que l'un de nous deux a dû boire un coup de trop. Est-ce que vous avez parlé de vendre votre fille ?

— Sû' et ce'tain. C'est même pou' ça que je vous ai appelé. Je cwoyais vous avoi' déjà tout waconté. Je ne l'ai pas fait ? Tant pis. Alo' je me suis dit que maintenant que la pauv' gosse était pa'tie elle me manquait, su'tout que maintenant je suis wiche et je peux la ga'der. Et puis, acheter la fille des gens, ça n'est p'têt' pas twès légal, et comme la police et moi, enfin, vous compwenez… je m' suis dit que Jack Bawon pouvait m'aider.

— Vous… euh… vous avez vendu votre fille ? demanda Barron tandis que le téléguide annonçait : « 8 minutes ».

Vince inversa l'image, faisant passer Barron dans la partie supérieure. Il est complètement paf, se dit celui-ci. Je parie qu'il n'a même pas de fille. Mais quelle idée a Vince de me refiler un ahuri pareil ?

— Hé, dites donc, ne me wega'dez pas comme ça ! s'écria Henry George Franklin avec indignation. Je l'ai pas vendue à un maqueweau, qu'est-ce que vous cwoyez ! Le type qui est venu me voi' c'était un Cauc twès chic et twès impo'tant et il disait comme ça qu'on lui donnewait une éducation supé'ieu' et qu'elle ne manquewait de wien et tout ça. Et je sewais un mauvais pè' si je ne la faisais pas pwofiter de tous ces avantages. Et en plus il a mis su' la table cinquante bwiques en bon a'gent améwicain.

Est-ce qu'il pourrait y avoir quelque chose de vrai ? se demanda Barron. Un de ces rackets d'adoptions clandestines ? Mais est-ce qu'ils ne s'intéressent pas plutôt aux bébés ? Pas aux petites filles de sept ans, et surtout pas aux petites filles *noires*. Combien dit-il, cinq cents dollars ? Le prix courant d'un bébé caucasien au marché noir ne peut pas dépasser de beaucoup ce chiffre, alors comment une organisation clandestine peut-elle tirer un quelconque profit d'une petite Noire de sept ans qu'elle paie cinq cents dollars... et qu'est-ce que c'est que cette histoire d'éducation supérieure ?

— Cinq cents dollars, c'est une jolie somme, dit Barron, mais quand même...

— Cinq cents ! hurla Franklin. Pou' qui me pwenez-vous ? Vous cwoyez que Henry George Franklin vendwait sa chai' et son sang pou' cinq cents dolla' ? J'ai dit cinquante *bwiques*, Jack. Cinquante mille dolla' !

— Vous... vous essayez de nous faire croire que quelqu'un a acheté votre fille pour *cinquante mille dollars* ? fit Barron ironiquement au moment où le téléguide annonçait : « 5 minutes ». Sans vouloir vous offenser, monsieur Franklin, qui croyez-vous capable de s'intéresser assez à votre fille, ou à celle de quiconque, d'ailleurs, pour payer cinquante mille dollars comptant ?

— Je voudwais bien savoi', Jack. Moi je suis qu'un pauv' Noi' à qui cinquante mille dolla' viennent de tomber du ciel en échange d'une fille qui ne se'vait à wien. J'avais jamais vu autant d'a'gent de ma vie. Sû' et ce'tain j'allais pas lui di' : « Hé, Cauc, vous êtes pas un peu cinglé de me donner tout ce fwic ! » Vous auwiez peut-êtwe fait comme moi, vous auwiez accepté en espéwant qu'il sewait assez fou pou' vous donner l'a'gent et dispawaître en oubliant votwe adwesse.

Plusieurs choses (le type est trop givré pour inventer un tel bobard, trop sur la défensive, et puis Vince ne l'aurait pas laissé passer à la régie – sans compter sa sportjac et ce combiné TV-stéréo, un vrai juke-box qui a dû lui coûter au moins mille dollars) disaient à Barron que Henry George Franklin parlait sincèrement. Un tordu quelconque lui avait acheté sa fille pour un gros paquet, cinquante mille dollars ou moins peu importe, et ce pouilleux avait été assez paf pour conclure le marché. Qui sait... un colonel zinzin plein de fric, sorti tout droit de Tennessee Williams, avec des caleçons longs du temps des Confédérés, et qui ne reconnaissait pas le treizième amendement. Il achète la gosse à cet abruti par l'alcool, et la revend à perte à un gang d'adoptions histoire de pouvoir se dire qu'il maintient en vie la tradition des marchands d'ébène. Un vrai cinéma d'épouvante !

— Ce type à qui vous dites avoir vendu votre fille, à quoi ressemblait-il ? demanda Barron tandis que Vince accordait au vieux Noir les trois quarts de l'écran.

— À quoi ? J' sais pas moi, c'était un Cauc bien habillé avec plein de fwic, mais tous les Caucs se wessemblent, pas vwai, Jack ? Ou plutôt attendez… peut-êtwe bien qu' malgwé ses beaux habits il donnait l'impwession de twavailler pou' quelqu'un d'autwe. Un intè'… un intè'…

— Un intermédiaire ? suggéra Barron tandis que le téléguide annonçait : « 3 minutes ».

— Un int'médiai', oui. Quand il m'a donné tout cet a'gent, j'ai pas eu l'impwession que c'était le sien. On a beau êtwe millia'dai', ça doit fai' quelque chose de donner comme ça cinquante bwiques à quelqu'un. Il twavaillait pou' quelqu'un d'autwe, ça c'est sû'.

— La question, c'est, pour qui ? fit Barron tout en se demandant quels mobiles un type pouvait bien avoir pour faire une chose pareille.

Il fallait qu'il y eût derrière tout cela Fu Manchu ou le docteur Sivana en personne… ou, plus probablement, quelque vieux cinglé pervers dégoûtant amateur de tendrons… *beeeuh !* Ce cinglé de Rital l'avait vraiment pris au mot !

— Vous a-t-il dit pourquoi il voulait acheter votre fille ? demanda-t-il tandis que le téléguide annonçait charitablement : « 2 minutes ».

— Quelque chose comme une « expéwience sociologique », Jack. Je n'ai pas tout compwis ce qu'il disait. Il pa'lait d'héwédité et d'enviwonnement et d'individus choisis au hasa'. Il voulait fai' gwandi' des enfants noi' avec des enfants blancs en leu' donnant les mêmes chances et la même éducation que s'ils étaient nés wiches et en les envoyant dans les mêmes écoles de wiches et tout ça pou' voi' qui étaient les plus fo'. Le Cauc y disait qu'il essayait de pwouver que les Noi' étaient aussi capables que les Blancs, *twinsèquement* ou je sais pas quoi, et que je devais accepter pou' le bien de mon peuple comme y dit not' gouve'neu' Gweene, et aussi pou' ma p'tite Tessie – c'est ma fille. Alo' avec tout cet awgent en plus…

Barron enfonça trois fois la pédale gauche, et Vince lui donna les trois quarts de l'écran pour la scène finale tandis que le téléguide annonçait : « 90 secondes ». Peut-être pas un colonel zinzin après tout, pensa-t-il, mais un psychiatre noir qui a du pognon à jeter par les fenêtres et qui a décidé qu'il avait pour mission de prouver que les Noirs ne sont pas plus cons que les Blancs ? N'importe comment, Vince a loupé son coup cette fois-ci. Pas grand-chose à tirer de tout ce micmac. Bon pour les lecteurs du *National Enquirer* tout au plus. Enfin… on ne peut pas être brillant toutes les semaines, je suppose.

— Et c'est tout ce que vous savez, monsieur Franklin ? Vous avez vendu votre fille pour cinquante mille dollars à un intermédiaire travaillant pour un fou que vous ne connaissez pas et qui est censé se livrer à des expériences sociologiques à la noix ?… (Barron s'interrompit, essayant de minuter la fin, guettant le signal des « 60 secondes » qui signifierait que Vince allait lui donner l'écran tout entier, et…)

— Hé, ho, une minute ! s'exclama Franklin. Je veux ma gosse, moi ! Écoutez, je sais que j'ai mal agi, mais je veux que vous la wetwouviez ! » (Le téléguide annonça : « 60 secondes », mais Vince ne pouvait pas le couper au milieu d'une tirade délirante, ça la ficherait mal, se dit Barron, il faut que je trouve le moyen de l'arrêter.) C'est pouwquoi je vous ai appelé, il doit êtwe cinglé ce Cauc et je ne veux pas qu'elle weste entwe les mains d'un cinglé – maintenant que j'ai de quoi la nouwi'. Hé ! Vous n'allez pas…

— Malheureusement notre émission est bientôt terminée, réussit à placer Barron tout en donnant l'ordre à Vince de couper le son de Franklin.

— Et ma pauv' Tessie alo' ? fit la voix affaiblie de Franklin alors que le téléguide indiquait : « 30 secondes ». (Et Barron, voyant que les vapeurs larmoyantes de l'alcool étaient sur le point de céder la place à une réaction de culpabilité belligérante, remercia les dieux que le synchronisme fût si parfait.) Je voulais pas fai' ça, Jack… Peut-êtwe que j'avais fo'cé un peu su' la bouteille… Je savais pas ce que je faisais… j'étais iwesponsable, oui, iwesponsable, et on ne peut pas fowcer un individu…

Le reste s'éteignit dans un murmure dégradé tandis que Vince donnait tout l'écran à Barron.

— Il est temps de conclure maintenant, monsieur Franklin (Dieu merci !), mais nous donnons rendez-vous à tous nos téléspectateurs mercredi prochain, appelez-nous au 212-969-6969, et vous aurez les mêmes chances que tous les autres citoyens, hommes, femmes et enfants, de ce pays (poil au zizi !) de... *faire suer Jack Barron.*

Et mieux vaut tard que jamais, l'écran du téléguide annonça enfin : « Fin d'émission ».

Barron appuya rageusement sur la touche de l'interphone, sa première impulsion étant d'engueuler ce cinglé de Rital qui se faisait tout petit derrière la paroi vitrée de la cabine de contrôle.

Mais Gelardi prit les devants :

— C'est pas ma faute, Jack, je t'assure ! dit-il. Il avait l'air au poil quand je l'ai pris à la régie. On aurait dit un vieux Négro en train de radoter sur la traite des Noirs. C'est la dernière fois que je te refile un soûlaud, foi de Vince. Hé... tu n'as pas avalé ses bobards, hein ?

Bah, pensa Barron, Vince a fait une connerie, c'est tout. Ma faute à moi aussi, je n'avais pas toute ma tête à moi ce soir.

— Qu'est-ce que ça peut foutre ? dit-il d'une voix lasse. Laissons le *National Enquirer* et les flics de l'État du Mississippi s'en occuper s'ils veulent. Oublions tout ça, Vince, et rentrons prendre une bonne cuite à la maison. Après tout, on peut bien se payer un fiasco une fois de temps en temps, non ?

Tu parles d'un ratage, se dit Barron. Et ne fais pas l'idiot, tu sais très bien pourquoi : soixante minutes de couillonnade intégrale à la suite de deux émissions choc sur la Fondation, voilà à quoi tu en es réduit maintenant. Et tu ne peux rien faire pour que ça change.

Il se leva, le fond de son pantalon moite d'être resté sur la sellette, et éprouva un étrange sentiment d'insatisfaction. Le souvenir de la montée d'adrénaline qui avait accompagné son duel à mort contre Howards, comparé à la futilité de ce soir, l'emplissait d'une nostalgie farouche à l'idée que jamais plus il ne disputerait une véritable partie pour un véritable enjeu.

Des jours comme celui-ci, pensa-t-il amèrement, je me demande ce qui a bien pu m'attirer dans ce fichu métier. Il doit bien exister d'autres façons de rigoler qu'en étant une vedette de la télé ?

— Ne le dis pas, Sara, ne le dis pas, pour l'amour du ciel, je sais que j'ai fait un bide ce soir, fit Barron en se laissant tomber sur la moquette à côté du fauteuil de Sara et en allumant une Acapulco Gold dont il exhala lentement la fumée tandis que Sara posait sur lui un regard sans expression.

— J'ai trouvé la séquence sur Strip City assez intéressante, dit-elle avec une innocence qui ne réussit qu'à le rendre trois fois plus furieux. Mais ce zigoto de la fin…

— Ne me parle pas de ce type, Sara ! Je sais ce que tu vas dire, et ça ne m'intéresse pas ! Je…

— Hé ! Mais je n'allais rien dire du tout ! Qu'est-ce qui t'arrive, Jack ?

Ouais, qu'est-ce qui m'arrive ? se dit Barron. Elle essaie d'être gentille avec moi, et je lui saute dessus comme un cinglé paranoïaque. C'est la première fois qu'une mauvaise émission me met dans cet état-là, et pourtant j'en ai fait de pires !

Il se mit à genoux, attira vers le sien le visage de Sara, l'embrassa langue à langue, garda la position un moment pour la forme… Bordel de merde ! pensa-t-il soudain. Je ne sais plus ce que je fais depuis que j'ai appris que quelqu'un a tué Madge Hennering. Quelqu'un… ouais, quelqu'un qui s'appelle Benedict Howards et qui croit qu'il suffit qu'il ait mon nom sur un morceau de papier pour me posséder corps et âme. Et peut-être qu'il n'a pas tort ! Il a liquidé Hennering parce que le crétin avait mis la main sur quelque épouvantable secret de la Fondation qui lui flanquait la trouille et qui flanquait la trouille à Howards, et qu'y a-t-il d'assez terrible pour faire chier Howards dans son calcif ?

Jésus à bicyclette ! Faut-il ne pas avoir les yeux en face des trous ! La seule chose qui faisait peur à Bennie l'autre jour, c'était que je découvre en quoi consistait son traitement pour l'immortalité… C'est ce que Teddy Hennering a dû trouver, et qui lui a coûté la vie ! Et cet enculé de Howards qui me pousse à subir le traitement !

Barron se laissa tomber à nouveau sur le sol et tira une autre bouffée. Et voilà, se dit-il. C'était l'évidence même. Et Howards n'a pas hésité à faire tuer un foutu sénateur rien que pour protéger son secret. Mais… mais alors, pourquoi veut-il me forcer à subir son traitement ? Ça n'a aucun sens du moment qu'il tient tant à ne rien révéler. Pourquoi ? Mais pourquoi ? Il y a quelque chose qui ne tourne pas rond dans ce foutu merdier.

— Qu'est-ce qui ne va pas, Jack ? interrogea Sara. Tu sembles violet. Et ce baiser avait à peu près l'érotisme d'une platée de foies de poulets crus.

— Je ne sais pas ce qu'il y a, Sara (je ne vais pas l'effrayer en lui racontant que Howards est un assassin qui n'hésite pas à liquider tous ceux qui le gênent) ; je sens quelque chose dans l'air, c'est tout.

— Tu ne serais pas des fois un peu dépité d'avoir glandouillé inutilement ce soir au lieu de retourner à l'assaut de Howards ? lança-t-elle intuitivement.

— Il y a de ça, murmura Barron, mais sûrement pas pour tes raisons idéalistes de Bébés Bolcheviques. La dérouillée de Howards, c'était de l'excellent show-business, et l'indice de la semaine dernière a été le meilleur depuis trois ans. Après ça c'est difficile de rester à la hauteur. Ce ne sont pas les insanités d'un Woody Kaplan et les incohérences d'un poivrot ahuri qui vont arranger les choses. Et ce n'est pas marrant quand on a joué en première division de se retrouver champion chez les ploucs…

— Tu es sûr que c'est pour cela ? demanda-t-elle doucement, et il comprit soudain où elle voulait en venir.

Bordel, pensa-t-il. Qu'elle me traite encore une fois de baisse-froc, et je ne sais pas ce que…

Le carillon du vidphone se mit à retentir.

Barron se leva lentement, hésitant à répondre. Il avait la désagréable intuition que c'était encore Luke avec ses salades de baisse-froc et d'étendard sanglant des Bébés Bolcheviques et la-victoire-ne-tient-qu'à-nous-pour-peu-qu'on-se-cramponne… finalement, il tendit la main, décrocha l'appareil – et sentit une brusque giclée d'adrénaline arroser son cerveau tandis que l'image noir et blanc familière de Benedict Howards apparaissait sur l'écran du vidphone, les yeux plissés et le regard paranoïaque.

— Cette fois-ci vous allez trop loin, Barron. Laissez tomber, je vous avertis ! fit sa voix menaçante au bord de l'hystérie.

— Laisser… (*quoi ?* allait dire Barron, mais il se retint, conscient que si quelque chose travaillait Howards, le mieux pour savoir de quoi il retournait était de faire celui qui sait, autrement il va la boucler)… tomber ? Je ne sais *absolument* pas de quoi vous parlez, Howards. Il n'y a rien à laisser tomber. (Et Barron enveloppa ces mots d'un sourire sarcastique à sa façon.)

— Assez de jouer au plus fort, Barron. J'en ai marre de vos finasseries. À partir de maintenant vous travaillez pour moi, et ne l'oubliez pas. Sinon…

— Sinon *quoi*, Bennie ? fit Barron d'une voix à l'accent traînant, sachant très bien d'une part que dans la partie que jouait Howards il n'y avait qu'une seule sorte de « sinon », mais incapable d'autre part de prendre au sérieux ces menaces de cinéma.

— Qu'est-ce que vous croyez pouvoir faire ? J'ai votre nom sur un morceau de papier moi aussi, ne l'oubliez pas. Et Morris et Greene ne demandent que d'accourir à la rescousse au cas où vous sortiriez trop les griffes avec moi. J'ai *Bug Jack Barron* – et j'ai l'immortalité à ma disposition pour le jour où je choisirai d'exercer mon option. Vous ne pouvez pas légalement me poursuivre pour rupture de contrat, et vous le savez aussi bien que moi. Il serait temps que vous vous mettiez bien dans votre petite tête que Jack Barron n'a jamais appartenu à personne et n'appartiendra jamais à personne… sinon, cela pourrait vous faire mal, Howards. Très mal.

Et Barron vit Benedict Howards (assassin sénatorial immortel au pouvoir de vie et de mort de cinquante milliards de dollars) lutter pour conserver son calme, se forcer à émettre un rictus anémié qui était presque un sourire, et véritablement caner devant lui.

— Écoutez, Barron. Nous ne nous aimons guère, et je vais vous dire pourquoi. Parce que nous nous ressemblons trop. Nous sommes très forts tous les deux, et nous n'avons pas l'habitude de céder le pas à quelqu'un. Nous voulons tout pour nous, et c'est normal. Mais puisque nous ne pouvons pas commander tous les deux, à quoi bon continuer à nous disputer ? C'est idiot, c'est complètement idiot. À longue échéance, ne voyez-vous pas que nos intérêts sont strictement les mêmes ? Considérez les choses de très haut, Barron, du haut d'un million d'années, et vous comprendrez que nous avons exactement la même chose à perdre.

» Laissez-moi vous le prouver, venez avec votre femme au Colorado et je vous rendrai immortels comme moi. Vous verrez alors, chaque fois que vous respirerez, combien nous avons à perdre. Vous serez un autre homme, Barron, vous serez bien plus qu'un homme, croyez-en le seul être qui puisse vous en parler en connaissance de cause. Jack Barron immortel comprendrait tout de suite qu'il est du côté de Benedict Howards immortel – nous contre tous les autres, la vie éternelle contre le cercle noir qui s'estompe, et croyez-moi, c'est la seule chose qui compte, le reste c'est de la merde pour les petits oiseaux.

Il ne plaisante pas, se dit Barron, et peut-être qu'il n'a pas tort. Mais une chose est sûre, il est persuadé, pour une raison à lui, de sortir victorieux d'un tel arrangement… et Ted Hennering a été tué parce qu'il avait découvert le secret du traitement d'immortalité. Il savait qu'il avait le choix : ou se vendre à Bennie et devenir peut-être Président des États-Unis, ou risquer sa peau en disant à Howards d'aller se faire foutre. Et pour qu'un minable comme Hennering ait choisi la deuxième solution… Quoi qu'il en soit, Howards l'a liquidé, et maintenant il veut que je prenne sa place et il pense que le meilleur moyen de m'y amener c'est de me rendre immortel…

— Je préfère attendre encore un peu. Je n'ai pas confiance en vous, Howards. (Il sentit la montée d'adrénaline correspondant à l'odeur du danger, tira une autre bouffée de came, excité à l'idée qu'il jouait à nouveau en première division pour un enjeu mortel, et ajouta tranquillement :) Et je sais en outre une ou deux petites choses que vous ne me soupçonnez pas de savoir. Je ne vous dirai pas lesquelles, je vous laisse deviner tout seul, c'est très bon pour entretenir les méninges.

Il vit la colère et la peur lutter dans le regard de Howards, et sut que le coup avait porté. Il se tourna vers Sara, vit qu'elle le buvait des yeux, mon homme, mon héros, soupentes de Berkeley, rues de Meridian embrasées, se sentit de dix ans plus jeune que le lamentable fiasco de ce soir, se sentit plein d'ardeur et de bonne came et se remémora un passage d'un livre de son enfance (*La Terre qui meurt*, ou quelque chose comme ça ?) qui résonnait en lui comme un roulement de tambour : « Où que je sois le *danger* suit mes pas. »

— Je n'ai qu'une chose à vous dire, Barron, répondit Howards dont les yeux avaient maintenant la froideur d'un reptile. Faites passer à nouveau sur les ondes ce cinglé de Franklin, et vous êtes fini. Fini pour de bon. Benedict Howards n'a pas l'habitude de plaisanter.

Franklin ? Cette espèce d'ahuri ? C'est *cela* qui le travaillait ? Ça n'a aucun sens, qu'est-ce que ce pauvre type a à voir avec Benedict Howards ?

— Vous n'avez pas à me dire ce que je dois mettre ou pas dans mon émission. Je ferai peut-être une autre séquence avec Franklin, cela dépendra du prochain indice d'écoute (si j'ai le courage de regarder après le ratage de tout à l'heure).

— Pour la dernière fois je vous avertis, ne faites plus passer ce Franklin ! hurla Howards.

C'est bien ce que je pensais, se dit Barron. Peut-être qu'après tout je me suis trompé ? Peut-être que la plus terrible de nos émissions contre la Fondation a eu lieu ce soir avec Henry George Franklin ? Cela semble être en tout cas l'avis de Bennie. Mais comment est-ce possible ?

Il sourit d'un air mauvais :

— Vous savez, plus vous me répétez de ne pas le faire et plus je pense que ça ferait une excellente émission la semaine prochaine. Qu'est-ce que vous en dites, Bennie ? Vous et moi et Franklin, et cent millions de téléspectateurs, en train de causer gentiment. (Hé, qu'est-ce qui m'arrive, pourquoi suis-je en train de faire ça ? se dit-il, se rendant compte que son subconscient avait parlé pour lui.)

— Ma patience a des limites, Barron ! Poussez-moi à bout, et vous avez beau être très fort, vous finirez mangé par les petits poissons ! On ne résiste pas à Benedict Howards. Même un...

— Même un sénateur ? suggéra Barron. Même un dénommé Hennering, par exemple ?

Sur l'écran du vidphone, Barron vit pâlir le visage de Howards. Dans le mille ! Quel effet ça te fait de faire guili-guili avec un meurtrier ? Un plaisir incommensurable... Il retourna l'Acapulco Gold qu'il tenait dans sa main. Qui sait ce qu'ils peuvent bien mettre là-dedans de nos jours ?

— Vous..., s'étrangla Howards. Je vous préviens que si jamais je revois ce Franklin à la télévision, vous ne serez plus en état de recevoir des avertissements de personne.

Jack Barron sentit quelque chose s'enclencher en lui. Personne n'a jamais menacé ainsi impunément Jack Barron ! Tu crois que je n'ai jamais craché à la figure de la mort, Bennie ? Tu aurais dû être à Meridian, parmi la foule aux yeux injectés de sang, Luke, Sara et moi et quelques douzaines d'autres contre un millier de Blancs du Sud prêts à nous piétiner. Ils ne me faisaient pas peur, alors, parce que je connais un secret que tu ne connais pas... L'assassinat, c'est le propre des lâches, et tout au fond d'eux-mêmes les assassins le savent. Il suffit de les regarder dans les yeux et de leur montrer qu'on le sait. J'ai lu quelque part qu'il ne fallait jamais fuir devant une bête sauvage. Baisse-froc, peut-être, joyeux fumiste, peut-être, mais Jack Barron n'a jamais fui devant personne !

— Vos menaces, dit-il, sentant les mots émerger de sa gorge comme un bouillonnement de lave fumante, vous pouvez les écrire sur une bouteille de Coca-Cola et vous en faire un godemiché en verre ! Continuez comme ça, et vous n'aurez plus le loisir de vous préoccuper de votre précieuse existence immortelle tellement vous regretterez le jour où vous êtes né. Savez-vous ce que j'ai l'intention de faire, Bennie ? Je vais prendre l'avion pour le Mississippi et avoir une longue conversation avec Mr. Henry George Franklin, et qui sait, après ça peut-être que je ferai deux émissions ou dix ou cent avec lui – et il n'y a pas une seule foutue chose que vous puissiez faire pour m'en empêcher ! J'en ai marre de vous écouter, Howards ! J'en ai marre de vous voir jouer au caïd, parce que vous n'êtes pas un caïd, vous appartenez à l'espèce des créatures qui rampent sous les pierres pourries, vous êtes un lâche et rien de plus, le genre de lâche que je pourrais me payer chaque matin au petit déjeuner, et vous pisserez dans votre froc jusqu'au jour de votre mort même si vous devez vivre un million d'années. Vous me faites suer, Howards. Vous comprenez ce que ça veut dire ? *Vous me faites suer*, et vous n'avez même pas encore un avant-goût de ce qui vous attend si vous continuez à faire suer Jack Barron.

— Je vous tuerai…

— Allez faire peur aux petits oiseaux, Howards ! Vous aurez peut-être plus de chance avec eux parce que moi, vos menaces ne m'en touchent pas une ! Et j'en ai marre de voir votre sale trogne !

Jack Barron raccrocha. Et se demanda aussitôt dans quel pétrin sa grande gueule venait de le fourrer… et pourquoi.

— C'est pour de bon cette fois-ci ? demanda Sara, les yeux élargis comme des soucoupes.

— Tu parles si c'est pour de bon ! jeta Barron, surpris de voir que sa colère montait encore au lieu de se calmer. J'en ai marre d'entendre cet enculé de la mort me menacer et me traiter comme si j'étais le dernier des larbins. Pour qui se prend-il ? Immortalité ou pas immortalité, cinquante milliards ou pas cinquante milliards, qu'est-ce qui lui permet de croire qu'il peut me dicter ses conditions sur la manière dont j'organise mon émission ou ma vie ? Je ne devrais pas te le dire, mais tu es dans le bain toi aussi, tu as le droit de savoir dans quoi je me lance. J'ai de bonnes raisons de penser que Howards a fait assassiner Ted Hennering parce que le brave sénateur avait essayé de le doubler. Voilà le genre de type que tu es pressée de me voir affronter… tu es bien certaine que tu ne préfères pas avoir dans ton lit un baisse-froc sans histoires ?

— Et toi, as-tu peur de lui ? demanda tranquillement Sara.

Qui sait ? songea Barron. Pour l'instant, une chose est certaine, j'en ai trop gros sur la patate pour avoir peur de quoi que ce soit. Et il sentit le sang affluer dans ses veines et battre derrière ses oreilles la marche héroïque et désespérée de Jack et Sara de Berkeley, et ça faisait du bien, oh, ça faisait du bien comme une érection psychique.

— Non, il ne me fait pas peur. Il déplace beaucoup d'air, c'est sûr, mais ce n'est qu'une lavette. Une lavette de cinquante ans et qui vaut cinquante milliards, mais une lavette quand même. Et on ne verra jamais Jack Barron reculer devant une lavette. Je devrais avoir peur, j'ai peur, même, sans doute, mais une chose est certaine, je n'ai pas l'intention d'agir comme si j'avais la trouille.

— Alors, je n'ai pas peur non plus, dit-elle avec un sourire de petite fille en le serrant contre elle.

Il l'embrassa, leurs langues chaudes, dures, mêlées, et sentit la sève monter en lui. Merde, pensa-t-il, c'est bon de tenir sa femme dans ses bras le soir avant la bataille. Il y a dix mille ans que je n'ai rien éprouvé de semblable.

— Buvons, chantons et ripaillons, lui murmura-t-il à l'oreille, car demain nous mourrons… (Je ne vois pas ce qu'il y a de si rigolo.)

— Qu'est-ce que tu vas faire maintenant ? demanda-t-elle en le repoussant à demi pour le taquiner.

— Je vais faire des arpèges sur ton corps vibrant, répondit-il. Mais d'abord, je vais appeler Luke pour lui demander de me trouver Henry George Franklin, et puis je prendrai l'avion pour le Mississippi exactement comme je l'ai annoncé à Howards. Je ne serai absent qu'un jour ou deux, et si on te demande où je suis tu ne sais rien. C'est une affaire privée entre toi et moi et Luke et le vieux Henry George.

— Et Benedict Howards, ajouta Sara. Sois prudent, Jack. Je t'en supplie, sois prudent.

— Je suis content que le salaud soit au courant de mon départ. Comme cela il verra que je ne bluffe pas. Ne t'inquiète pas pour moi, ma poupée. Je ne peux pas être plus en sécurité que dans le fief de Luke. Je suis censé être le « Caucasien Noir », là-bas, d'après ce qu'on m'a dit. J'éviterai les ruelles obscures. Mais Bennie ne tentera rien contre un invité du gouverneur.

Chapitre treize

Evers, Mississippi, songea Barron alors que l'avion se posait sur la piste, ça fait une sacrée paye depuis la dernière fois, le jour de l'entrée en fonction de Luke comme premier gouverneur de couleur, visages familiers de Berkeley New York Los Angeles – tous les Bébés Bolcheviques ayant montré patte noire avaient convergé sur Evers comme les flics des stups sur une réunion de camés pour fêter la naissance de l'État noir. Seulement il n'y avait pas encore d'Evers à l'époque, c'est vrai, c'était la pièce de résistance de la plate-forme de Luke : « Une nouvelle capitale pour un nouveau Mississippi. »

Tu parles. Une nouvelle république bananière, voilà ce qu'ils ont réussi à créer. Cent millions de dollars pour construire leur capitale bidon, et cinq ans après les finances sont à zéro et le Nouveau Mississippi réclame une subvention fédérale pour boucler son budget. Avec ça qu'ils risquent de la toucher ! Du pain et des jeux, voilà comment la C.J.S. a conquis le Mississippi. Beaucoup de jeux, surtout, et tintin pour le pain. Et il n'y a pas de raison que ça change avant longtemps, à moins que…

Fais gaffe, Barron ! se dit-il tandis que l'appareil roulait vers l'aérogare flambant neuve en ailes de mouette (à Evers, tout ce qui n'était pas à base de vieilles caisses en bois rafistolées appartenait au genre Expo mondiale). Tant que tu seras ici, ne songe même pas à des conneries comme ça, Luke serait trop content de profiter de l'occase en direct en couleurs vivantes. Tu trouves que tu n'as pas assez à faire avec Howards et compagnie pour jouer à Napoléon Ier ?

Tandis qu'ils approchaient des bâtiments de l'aérogare, il vit que les alentours du terrain étaient le siège d'une animation particulière. Une foule composée de Noirs typiques des taudis d'Evers et qu'il évalua à plus de deux mille personnes agitait des pancartes et des banderoles qu'il ne pouvait pas déchiffrer, des caméras de télévision étaient groupées autour d'une Cadillac noire d'un modèle récent, ainsi que des reporters et des photographes... mais le plus étrange dans tout ça était que par ce matin blême et gris sans le moindre rayon de soleil, chaque femme et chaque homme de cette foule portait une paire de lunettes noires.

L'avion s'immobilisa en bout de piste, la porte des passagers s'ouvrit et une massive passerelle de débarquement fut accolée au fuselage. Puis il y eut un bref remue-ménage à l'entrée de l'avion et deux policiers de l'État du Mississippi évoquant comme des frères par leur démarche et leur accoutrement n'importe quel flic blanc du Sud, mais noirs comme le proverbial as de pique, remontèrent le couloir central en roulant les épaules, jouissant visiblement de l'effet produit sur les passagers blancs, et s'arrêtèrent à hauteur de son siège.

— Monsieur Barron, fit le plus grand des deux avec une raideur pompeuse, veuillez nous suivre, je vous prie.

— Hé, qu'est-ce qui vous prend ? fit Barron. Une arrestation ? Vous êtes fous ? Vous ne savez pas qui je suis ! Attendez que le gouverneur Greene...

Le plus petit des flics se mit à rire fraternellement :

— Ne vous inquiétez pas, mon vieux. Le grand patron est au courant. Ce n'est rien d'autre qu'une petite réception que nous avons ménagée pour le Caucasien Noir.

Oh, non ! pensa Barron tandis qu'il emboîtait le pas aux flics sous le regard ronchon des passagers condamnés à rester dans l'avion jusqu'à ce qu'il débarque. Il n'a pas pu faire ça ! C'est matériellement impossible dans un délai de douze heures ! Même Luke n'a pas pu organiser ça si vite... à moins qu'il n'ait tout préparé d'avance, juste en cas... Rastus ! Sacré fils de pute ! La Cadillac, les flics, la foule, les caméras de télé... Non, ce n'est pas possible ! Jésus à bicyclette !

Mais à l'instant même où il déboucha sur la passerelle dans l'air froid du matin, les flashes se mirent à crépiter et la foule disparate entonna ce qui ne pouvait être qu'un slogan préparé à l'avance :

— *Bug Jack Barron ! Bug Jack Barron ! Bug Jack Barron !*

Plissant les yeux sous l'éclat répété des flashes, Barron distingua les panneaux brandis par la foule – posters géants le représentant sur fond kinesthopique noir semblable à celui qu'il utilisait dans son émission et proclamant en lettres sanguinolentes : « Bug Jack Barron ! » ; portraits de lui en noir et blanc avec : « Jack Barron » en lettres blanches sur tout le haut, et : « Le Caucasien Noir » en lettres noires sur tout le bas ; pancartes blanches ornées d'un contour simplifié de visage portant des lunettes noires opaques, sans aucune inscription.

— *Bug Jack Barron ! Bug Jack Barron ! Bug Jack Barron !*

Il vit Luke qui l'attendait au pied de la passerelle, entouré d'une nuée de sous-ordres. Il portait un badge énorme à chaque revers, et aussi… des lunettes de soleil. Et tous les sous-ordres qui l'accompagnaient portaient des lunettes teintées, des verres demi-teinte…

— Bordel ! grogna Barron entre ses dents en atteignant le pied de la passerelle. Des verres *demi-teinte. Le Caucasien Noir*[1] ! Ce bâtard d'enculé de la mort !

— Bienvenue dans l'État du Nouveau Mississippi, fit Luke avec un grand sourire à manger de la merde pendant que Barron se tenait nez à nez avec lui sous le feu des caméras.

Il lut ce qui était écrit sur les badges : « Bug Jack Barron » en lettres rouges, motif kinesthopique sur fond bleu (ainsi, voilà d'où provenaient ces fameux badges du Village) au revers gauche, et à droite le contour de visage noir sur blanc portant les lunettes noires, mais cette fois-ci avec la légende : « Le Caucasien Noir. »

— Salopard…

— Du calme, on nous filme, chuchota Luke en fourrant la main dans sa poche et en ressortant… une paire de lunettes

1. Jeu de mots sur « shades » (lunettes de soleil), et « shade » (homme blanc, « Caucasien »). *(N.d.T.)*

noires qu'il posa péremptoirement sur le nez de Barron avant que celui-ci ait pu faire un geste sous le mitraillage incessant des flashes et des caméras.

Et la foule, avec un parfait synchronisme, entonna : « Le Cau-ca-sien Noir ! Le Cau-ca-sien Noir ! »

Puis quelqu'un glissa un micro entre les deux hommes, et Barron se sentit forcé de lui rendre son sourire et de grommeler vaguement : « Merci merci de votre accueil. » L'envie le démangeait en réalité de filer à Luke un coup de soulier dans les burnes. Le salaud ! Quelle idée aussi de le prévenir de mon arrivée ! J'aurais dû débarquer dans ce bled de cinglés avec une putain de barbouze au menton ! L'histoire va se répandre dans tout le pays, et il n'y a pas une foutue chose que je puisse faire. Des amis comme ça, on se doit de les ménager !

Et voilà que Luke y allait de son speech, le bras toujours passé autour de son épaule :

— Ce n'est pas souvent qu'un Cauc vient nous voir en qui nous pouvons saluer un véritable frère. Le Noir de ce pays n'a pas beaucoup de frères blancs. Mais l'homme que vous voyez ici à mes côtés n'est pas vraiment un homme blanc, bien qu'il soit demi-teinte. C'est l'un des Pères Fondateurs de la Coalition pour la Justice Sociale, et il a payé son tribut aux plus dures heures du Mouvement pour les Droits Civiques. C'est mon ami le plus ancien et le plus cher, celui dont tout le monde en Amérique, blanc ou noir, attend chaque mercredi soir qu'il donne une voix à ceux qui n'ont pas de voix, et un ami à ceux qui n'ont pas d'ami. Un vrai frère spirituel. Il n'est pas noir, mais il n'est pas blanc non plus. C'est un zèbre – noir avec des rayures blanches, ou blanc avec des rayures noires, vous n'avez que l'embarras du choix. Amis mississippiens, je vous présente le Caucasien Noir – *Jack Barron !*

— Show-business jusqu'au bout des ongles, hein, Lothar ? murmura Barron *sotto voce.*

Greene lui décocha un coup de pied discret au tibia :

— Allez, conard, tu ne vas pas me laisser en plan ? chuchota-t-il sous les acclamations délirantes de la foule. Quand as-tu eu une intro pareille ? Un bon mouvement, Claude. Ne nous fais pas passer tous les deux pour des idiots. Nous réglerons nos comptes après.

Qu'est-ce que je fais ? se demanda Barron. Je leur dis d'aller se faire voir, de rentrer se coucher avant que ce merdier ne dégénère vraiment… ? Mais il sentit le contact amical et confiant du bras de Luke sur son épaule (tu parles d'un copain… mais je ne peux pas lui planter un couteau dans le dos, même s'il le mérite), se tourna vers la foule, silhouettes blêmes et fantomatiques à travers ses verres fumés, vit les bouches ouvertes qui criaient leur douleur d'être pauvre en pays blanc, vit la foule familière de Meridian Selma cent ghettos misérables du Sud hurlant leur angoisse entourée de petits Blancs hargneux chiens policiers flics matraques aiguillons lances à incendie, revit Luke à côté de lui le regard de Sara dans les rues du danger les marches coude à coude des Bébés Bolcheviques noirs et blancs fraternellement mêlés et tout le cirque, se souvint de ce qu'il ressentait quand il mettait sa vie sur le plateau de la balance chaque fois qu'il ouvrait la bouche et sentit la chaleur humaine qui se dégageait de ce grand Gouverneur en couleurs réelles qui avait son bras autour de son épaule, de la foule épaisse à couper au couteau qui criait son angoisse, qui chantait ses slogans bidon de pauvres paumés noirs toujours les dindons de la farce, roulés, trahis, couillonnés, donnés à manger aux poissons, utilisés par Luke comme par tous les autres pour ses propres desseins fétides… mais merde, ils y *croient*, eux, ce n'est pas de la rigolade pour ces pauvres couillons, et comment dans ces conditions leur flanquer moi aussi mon soulier dans les roubignolles ?

— Le Cau-ca-sien Noir ! Le Cau-ca-sien Noir !

— Merci… merci beaucoup à tous, fit-il dans le micro qu'une main noire lui tendait sous le menton. (Il entendit le répercutement métallique de sa propre voix, caché par l'écran interface de ses verres fumés, comme au cours d'un enregistrement en direct de *Bug Jack Barron*.) Je ne sais vraiment pas quoi dire. J'étais loin de m'attendre à une chose pareille (avec un coup de pied sournois en direction du tibia de Luke) et je dois avouer que je ne comprends pas. C'est-à-dire que je ne suis candidat à rien, contrairement à ce que pensent certains qui ont en ce moment leur main sur mon épaule. (Il arbora son plus beau sourire entendu :) Une chose est sûre, cependant, tous ces slogans qui proclament « Jack Barron, le Caucasien Noir », c'est la chose la plus sympathique qu'on ait jamais dite sur moi. Même si ce n'est pas tout à fait vrai, c'est quand même un programme, et pas seulement pour moi mais pour le pays tout entier. Toute la nation devrait s'aligner sur un tel slogan. Caucasiens noirs ou Noirs à la peau blanche, Américains tous ensemble, aucun de nous, qu'il soit blanc ou noir, ne devrait seulement y penser. Telle est l'Amérique que nous voulons, et nous l'aurons lorsque le pays sera assez adulte pour devenir un zèbre. Je regrette de contredire le gouverneur Greene ici présent, mais un zèbre, c'est un animal *sans couleur* avec des rayures noires et blanches.

— Un vrai chef ! lui murmura Luke au creux de l'oreille tandis que la foule déclenchait un tonnerre d'acclamations. Le vieux Jack Barron est toujours vivant. Je savais que je pouvais compter sur toi.

Enfant de putain, pensa Barron. J'aurais dû leur dire la vérité. J'aurais dû leur dire comment on les fait marcher, comment tu te sers de moi, Luke, pour les couillonner. Ouais (admit-il avec amertume tandis que la foule trépignait d'enthousiasme, agitant panneaux banderoles et badges kinesthopiques, criant son nom devant les caméras de la télévision, lui rappelant malgré lui d'autres foules d'autres temps d'autres lieux Jack et Sara de Berkeley des Bébés Bolcheviques, souvenir du sang pulsant à ses oreilles et du son de sa voix transformé en chair), et comment en même temps tu te sers d'eux pour me couillonner moi aussi.

— Attends-toi au plus beau coup de genou dans les couilles de toute ta carrière, caméras ou pas caméras, si tu ne trouves pas le moyen de me sortir d'ici en vitesse, dit-il crispé, presque conscient (avoue-le donc, Barron, que ça te prend aux tripes) que la menace s'adressait aussi bien à lui.

Comme s'il devinait ses pensées, Luke éclata du rire irritant de deux copains qui se retrouvent bruyamment, après avoir tiré un coup, sur le trottoir d'un bordel de bas étage. Sans retirer sa main de l'épaule de Jack Barron, il le conduisit vers la Cadillac officielle en sifflant, horriblement faux, « Gloire au Grand Chef, et en balançant la tête de droite à gauche.

Bah, je me suis fait baiser comme un débutant, pensa Barron tandis qu'un larbin lui tenait la portière. Mais par une espèce de donquichottisme, il ne retira ses lunettes noires qu'une fois qu'il fut assis à l'intérieur.

— Et maintenant, Lothar, j'attends que tu m'expliques, fit Barron tandis que la voiture commençait à rouler, les isolant dans son univers irréel, climatisé et aseptisé, des quartiers sordides de bidonvilles qui défilaient sitôt quittée l'aérogare flamboyante.

Luke le jaugea de ses grands yeux froids et rusés :

— Je t'avais prévenu, n'est-ce pas ? Je m'en vais jouer avec ta tête jusqu'à ce que tu acceptes de devenir candidat à la Présidence. Ce n'est pas plus compliqué que ça, Clive. Nous avons besoin de toi, et tu nous aideras.

— Et c'est tout ? fit Barron agacé mais obligé d'admirer malgré lui l'honnêteté amorale et sans complexe de Luke. Que je n'aie aucune qualification pour être Président, tu t'en fiches ?

— J'ai dit que nous avions besoin que tu sois *candidat*, fit Luke tandis que la voiture continuait à traverser les plus infâmes quartiers de taudis que Barron eût jamais contemplés : baraques en planches grises grossièrement rafistolées avec des panneaux de Coca-Cola, fenêtres de guingois à la Dalí, montagnes d'immondices dans les rues sans trottoirs, apaches noirs à l'œil terne, voyous désœuvrés, prostituées de quatorze ans sans espoir, junkies hochant la tête au milieu de vieux tas de ferraille, toutes choses qui faisaient ressembler Harlem, Watts, Bedford-Stuyvesant, à autant de paradis relatifs. Immense plaie de lèpre qui s'étalait sur le fond de culotte à cinquante dollars de l'Amérique honteuse, documentaire porno désespéré défilant en couleurs vivantes à travers les vitres-écrans de télé de la Cadillac.

— Il nous faut quelqu'un qui soit en mesure de mener une campagne solide, disait Luke pendant que Barron contemplait les mains grises qui s'agitaient sur le passage du véhicule officiel, les visages hagards animés d'un semblant d'espoir, les badges épinglés à des haillons qui disaient : « Bug Jack Barron » et « Le Caucasien Noir ».

» Et ce quelqu'un c'est toi, mon vieux. Ne me raconte pas que ça ne te dit rien d'être candidat, parce que j'ai bien vu tout à l'heure ce que ça te faisait. Tu y as repris goût, hein, Claude ! Avoue-le. Comme au bon vieux temps ? (Et Luke le regarda de ses yeux sardoniques et rieurs de fourgueur de came.)

Oui, un fourgueur, voilà ce que tu es devenu, mon pauvre Luke, songea Barron. Un fourgueur de pouvoir qui vendrait sa came à sa propre grand-mère pour nourrir la guenon qu'il porte sur le dos.

— J'en ai senti l'odeur, peut-être, Luke, rien ne vaut un junkie repenti pour flairer l'odeur de la drogue, mais pas question de me faire repiquer au truc, ni maintenant ni jamais. « Allons, juste une fois pour me faire plaisir, en l'honneur du bon vieux temps, c'est inoffensif et ça ne te coûtera rien »... Désolé, mais très peu pour moi, j'ai déjà passé trop d'années à me désintoxiquer de cette drogue-là. C'est vrai que ça vous en fiche un coup de voir les gens scander votre nom et boire vos paroles comme si c'était du petit-lait ; c'est une sensation qui vaut son pesant de came. L'ennui, c'est qu'on n'en a jamais assez, on en veut davantage et encore davantage, et la guenon grossit, grossit, jusqu'à ce qu'elle vous bouffe tout cru. Alors on oublie ce qu'on s'était juré de faire au départ. On devient insensible, on cesse de s'intéresser aux gens pour les aider, et on se met à les manipuler. Non, crois-moi, je te laisse ta politique, moi je garde le show-business. Au moins, on ne s'y salit pas les mains.

La voiture s'engageait maintenant dans une artère plus large, la Lenox Avenue des bidonvilles d'Evers encombrée de boutiques de brocanteurs prêteurs sur gages étals de bouchers en plein air entourés d'un essaim de mouches vertes désœuvrés errant interminablement d'un bar à l'autre. Sur les trottoirs écrasés d'ennui des groupes se formaient et se déformaient spontanément sur leur passage, agitant des lunettes noires et des badges, hurlant leur slogan assourdi par les vitres levées de la Cadillac : « Le Cau-ca-sien Noir ! Le Cau-ca-sien Noir ! »

— Écoute-les, lui dit Luke. Écoute-les crier ton nom. C'est toi qu'ils veulent, Jack. Ils sont des millions à se tourner vers toi, et tu n'as qu'un seul mot à dire pour qu'ils te suivent.

Barron perçut l'intonation d'envie dans la voix de Luke. C'était son peuple à lui, mais ils l'avaient hissé aussi haut qu'un Noir peut aller. La guenon continue de grossir, hein, Luke, mais il n'y a plus de quoi lui donner à manger. Alors on demande au Cauc Jack Barron de prendre la relève.

Un peu plus loin devant eux, comme délimité par un invisible écran au Gardol contre la carie dentaire, le quartier des taudis finissait abruptement, faisant place à une immense pelouse stérilisée au-delà de laquelle Barron aperçut, se dressant vers le ciel, un groupe de bâtiments appartenant vraiment à l'Ère spatiale : la Capitale… Résidence du Gouvernement, immeubles administratifs des bureaucrates noirs des Bébés Bolcheviques, formes nettes et élancées à l'usage des parasites du pouvoir. Terre promise enrobée de polyéthylène, resplendissant de l'autre côté d'un Jourdain invisible, un Jourdain de vingt mille kilomètres de large et d'une profondeur égale au double du temps.

Du fond de lui les mots firent éruption, du fond des rues moroses de cent petites villes du Sud, rues de Berkeley de Jack et Sara rêves de chevaliers à l'armure électrique isolée :

— Tu devrais plutôt regarder ce qui t'entoure, Luke, pour changer ! Regarde tous ces édifices qui ont dû coûter je ne sais combien… cette résidence-plantation du Gouverneur-bwana… ton costard à deux cents dollars, ta Cadillac et tes larbins en uniforme. Toi et tes boys vous avez réussi comme des grands chefs, hein ? (Il le força presque à tourner la tête pour contempler par la lunette arrière les sordides taudis qu'ils laissaient rapidement derrière eux :) Quand es-tu venu pour la dernière fois marcher dans ces rues sans escorte ? Et c'est *moi* qui ai oublié tout ce que j'étais ? Toi aussi tu en faisais partie, Luke, rappelle-toi. Ou manquerais-tu de couilles à ce point que tu préfères ne pas te rappeler ? C'est de là que viennent tous ces beaux buildings. Des jouets rutilants édifiés sur un gros tas de merde ! Mais tu es au-dessus de ça à présent, tu n'as plus besoin de sentir l'odeur de la merde. Une ou deux bouffées de ta drogue-pouvoir, et tu ne sais même plus qu'elle est là qui te pue au nez. Regarde ces édifices devant toi, et ce dépotoir derrière toi, et tu sauras exactement ce que c'est que le jeu de la politique – une belle façade bien brillante, et le reste bâti sur la merde. Regarde un peu quand tu seras à jeun et que le vent aura tourné : tu verras que tu n'es heureux dans ta plantation que parce que ces pauvres types sont coincés sur leur tas de fumier qui empeste. La *politique* ! Tu peux l'envelopper dans du coton, mais ce n'est pas ça qui l'empêchera de puer !

Greene tourna son visage vers lui, et Barron sentit le remords et la honte émousser en lui des années de colère viscérale rentrée. Il se sentit plus près qu'il ne l'avait jamais été de cet homme noir qui était son ami, qui s'était tenu à côté de lui dans les rues du danger, qui avait baisé Sara avant lui, et qui se cognait infatigablement la tête contre des murs blancs qui avaient dix millions d'années d'épaisseur, sachant qu'il était un *Nègre*, et qu'il y avait des limites au-delà desquelles il ne pourrait jamais aller, sachant qu'il était un camé de pouvoir, sachant ce qu'il était et pourquoi il était devenu ainsi, mais qui restait un homme, un homme un point c'est tout.

Et Lukas Greene sourit d'un sourire fragile, amer, mais triomphant, en disant :

— Et voilà l'homme qui prétendait qu'il n'y a pas pire au monde que d'avoir décidé de se vendre et de ne voir aucun acheteur se pointer ?

— Ce qui est censé signifier ?

— Tu veux savoir ce que ça signifie ? jeta Luke. Ça signifie que tu ne manques pas de souffle, et tu le sais aussi bien que moi. Un type assis à côté d'un copain et qui a l'aplomb de lui dire tout ça, sachant que ça ne lui rapportera rien, sachant que je sais que tu as raison, que tout ce que j'ai fait dans ma vie jusqu'à maintenant c'est pisser dans du vent… ça c'est un type que j'admire et que je suivrais ; un type que *j'ai* suivi, et que des millions de Noirs d'Amérique sont prêts à suivre. Merde, pourquoi ne pas l'admettre, Jack ? Tu es ce qu'il y a de plus près d'un Caucasien noir. Tu es un héros ici, un héros au Village, à Harlem et à Strip City et dans tous les putains de ghettos du pays parce que tu es le seul type qui se soit hissé au sommet rien qu'avec son cerveau et sa bouche, sans baisser froc, sans avoir besoin d'escalader un monceau de cadavres. C'est ton image de marque, vieux, et c'est toi qui l'as faite et qu'elle soit vraie ou fausse ça n'a aucune importance, parce que c'est ce que les gens veulent croire et que tu aimes bien qu'ils le croient. Et le nom de ce jeu, Claude, que tu le veuilles ou pas, c'est *la politique*.

Pensant à sa signature en trois exemplaires au bas des contrats de Howards, Barron répliqua :

— Moi, Rastus, j'appelle ça de la merde. Si je suis le Héros du Peuple, ça n'est pas très flatteur pour le Peuple en question… mais tout ça me fatigue. Je suis venu ici pour parler avec ce Franklin, et pas pour remettre en question les valeurs éthiques de l'univers. Tu as pu le trouver ?

— J'ai son adresse et son numéro de vidphone. J'enverrai une voiture le chercher tout à l'heure. Il vit tout près de la ville. Naturellement, tu loges chez moi ; vous pourrez y parler en privé.

Barron reluqua les somptueux bâtiments du Gouvernement qui se dressaient devant lui, puis se tourna pour contempler par la lunette arrière la pustule noire des bidonvilles qui s'étalaient comme une lèpre dans le paysage d'Evers.

Il faut que je retourne dans la rue, se dit-il. Je ne sais pas pourquoi, mais il faut que je le fasse. Pour leur montrer, à Luke, Sara, Howards, et même Franklin, pour leur montrer à tous. C'est ici que ça se passe, au niveau de la merde et du caniveau, c'est ici que se trouvent les cent millions de téléspectateurs recensés au sondage Brackett. Jack Barron retourne au Peuple… Sara jouirait dans son froc si elle voyait ça. Et pourquoi pas, après tout ?

— Excuse-moi, mon vieux, dit-il. Je ne suis pas encore mûr pour jouer au Bwana. Je préfère le rencontrer sur son propre terrain. J'irai le voir *là-bas*.

Chapitre quatorze

Rues nocturnes. Rues nocturnes de Harlem, Watts, Fulton, Bedford-Stuyvesant, East-East Village, Evers, rues moroses et brûlantes chargées de populace, d'odeurs de graillon de pisse de poivrots de came et de parfum bon marché ; bruits de nuit bruits feutrés ruelles inquiétantes du samedi soir (c'est toujours samedi soir à King Street). La Rue, unique artère de Lenox Avenue à Bedford à Fulton St., sous-produit interchangeable de l'Amérique noire, rue de putains de camés d'infâmes bouis-bouis de boîtes à jazz et de boîtes à strip-tease ; fourgueurs furtifs au coin des rues mal éclairées, soûlauds, la Rue de la Désolation. Souvenirs à la chaîne d'une côte à l'autre qui donnaient l'impression à Barron d'être un pâle prédateur remontant sur la pointe des pieds la jungle noire de King Street, Evers, Nouveau Mississippi. Le Caucasien, l'Homme blanc, le chasseur et le pourchassé.

Il y a gros à parier qu'ici il n'y a pas de « Caucasien Noir » qui vaille, se dit Barron, qui avait l'impression qu'un millier d'yeux liquides étaient sur sa nuque, épiant le Cauc solitaire qui remontait la Rue, *leur* Rue – Hé ! Qu'est-ce que tu fous là, Homme blanc ? semblaient demander les panneaux des rues les junkies les femmes noires aux yeux couleur de prune les garçons à la démarche de panthère affûtant leur regard comme un Portoricain de New York affûte son surin. Va parcourir la Rue et dis-toi que l'Amérique ne connaît pas de problème racial. La lutte pour les Droits Civiques, oui, les putains la pauvreté les guerres, oui, mais jamais de problème racial *ici*, dans nos bons vieux

États-Unis. L'esclavage peut-être, le lynchage, des émeutes, une révolution à l'état endémique, peut-être, je ne laisserais pas l'un d'eux épouser ma sœur, tous des enculés dégénérés, on devrait les renvoyer dans leur jungle africaine, peut-être, mais tout ça ce sont des problèmes *sociaux*, voyez-vous, nous n'avons aucun problème racial au Pays de la Liberté, Terre des Braves.

Les renvoyer dans leur jungle, pensa-t-il en hochant la tête. Celui qui dit ça, il ferait bien d'aller se promener du côté de Harlem, Fulton, Evers, et il verrait qu'il n'a pas besoin de les renvoyer dans la jungle, parce que c'est la jungle qui est en train de revenir à eux.

Bah… la jungle c'est pas forcément un mal, se dit Barron en embrassant du regard les visages errants le cinéma des rues, démarches fuides et cadencées joie sensuelle d'un junkie palpant sa dose, marchandage d'amour-danse nuptiale entre un grand type et une petite prostituée au regard de camée. C'est là que ça se passe en tout cas quand on est noir, à Strip City Greenwich Village Haight-Ashbury quand on est hip. Mais si vous n'êtes qu'un Cauc et un croulant, si la jungle n'est pas en vous, si vous n'avez pas descendu Mac Dougal St. à 5 heures du matin, jamais erré de porte en porte dans le quartier portoricain d'East Side, jamais eu les flics au cul, alors quand vous entendrez le tam-tam chanter dans les jungles d'Evers Harlem East Village versez-vous un autre whisky enduisez-vous de citronnelle et mettez un nouveau chargeur dans votre carabine parce que ce soir les indigènes sont énervés.

C'est pour ça que tu trottes dans la jungle, pour rencontrer Franklin à *La Clairière* au lieu de le convoquer comme un grand Bwana devant un gin tonic au Palais du gouverneur gardé par de fidèles askaris ? Tu préfères jouer à Tarzan ?

Qui sait ? Peut-être que tout ça c'est de la merde, mais peut-être aussi que de temps en temps il faut retremper le bonhomme dans sa jungle tribale, voir les fourgueurs au coin des rues, se colleter dans un bar, histoire de se refaire un sang nouveau. Tous ces Bwanas, ils ne connaissent pas ça, à part une fois tous les dix ou vingt ans peut-être – et ça, ça s'appelle la guerre.

Passé le pâté de maisons, il y avait un bar à la devanture opaque, décor crasseux de palmiers peints en vert sous une lune de fer-blanc, ciel de plomb, enseigne au néon ternie par la saleté annonçant : *La Clairière*. Et dehors, une vingtaine de types qui glandouillaient, trop paumés pour ne pas se faire éjecter de n'importe quelle boîte. Juste devant la porte, comme une garde d'honneur. C'était là que Henry George Franklin l'attendait.

Je n'aime pas tellement ça, se dit Barron, qu'un vieux réflexe avait fait se pencher en avant, la tête dans les épaules, les yeux captant le scintillement du néon. Ici, les Caucasiens noirs, je n'ai pas l'impression qu'ils connaissent.

Il sentit un écran de tension interface le séparer du groupe d'hommes noirs qui occupait l'entrée, marcha résolument devant lui sans regarder à droite ni à gauche pour ne pas avoir l'air de défier les regards qu'il sentait braqués sur sa nuque et qui lui demandaient : Hé, qu'est-ce que tu fous là, sale Cauc ? Puis telle une bulle d'air montant à la surface d'une eau glauque et tropicale, il émergea et se retrouva à l'intérieur.

Une vaste salle à la peinture crasseuse et écaillée (au plafond, de longues cicatrices marquaient l'endroit où des cloisons avaient été abattues pour faire de la place) s'étendait au bas d'un escalier de quelques marches ; jusqu'à mi-hauteur les murs livides étaient décorés de palmes efflorescentes ressortant comme des flammes vertes dans l'éclairage fluorescent qui donnait une couleur bleu cendré à l'océan de visages noirs.

Le côté opposé à l'entrée était occupé par un long comptoir noir au-dessus de plastique bon marché, sans tabourets, derrière lequel on ne voyait ni bouteilles ni miroir, rien qu'une peinture phallique représentant des guerriers africains accroupis autour d'un feu tribal. Dans toute la salle on ne voyait pas un seul miroir.

D'où il était placé, Barron avait l'impression curieuse de contempler l'enceinte de la Bourse de New York : un océan de tables, pas plus de trois ou quatre chaises autour de chacune, moins de gens assis que debout, courtiers noirs la bouteille de bière à la main échangeant les dernières cotes ; chnouf en baisse de trois quarts de point, neige en hausse d'un demi, biture inchangée désespoir croissant dans une conjoncture inexorablement en hausse.

Avant de descendre les marches, il essaya de repérer Franklin, sachant bien qu'il avait intérêt à fournir vite une raison pour sa présence à toutes ces têtes noires levées vers lui : Qu'est-ce qu'il fout là, ce Cauc ? Un junkie en manque ? Un pédé inconscient à la recherche d'un grand frère noir ? Un flic ? Au pays où tous les flics sont des nègres ? Un fédéral ? Il sentait la tension monter, les regards aiguiser leurs couteaux… il fallait faire quelque chose, et vite !

— Hé, Jack ! Pa' ici, Jack Bawon !

Une voix de bistrot enrouée s'élevait à l'angle du comptoir et du mur. À travers la salle enfumée, Barron aperçut Henry George Franklin, assis seul devant une bouteille et deux verres, qui lui faisait de vagues signes de la main.

Barron ressentit une secousse en entendant son nom faire le tour de la salle comme une souris lâchée dans la foule. Ni murmure ni cris, juste une baisse de niveau sonore qui se propageait dans la salle tel un spectre de silence laissant dans son sillage des grappes d'hommes et de femmes noirs les yeux levés vers lui ; puis la salle entière parut se figer, en un moment de tension qui disparut aussi soudainement qu'il était apparu, et un grand Noir dégingandé qui se tenait juste au-dessous de lui lui adressa un sourire large de frère-hippy, sortit de sa veste une paire de lunettes fumées et la mit.

Et celui qui était à côté de lui l'imita, et un autre à son tour, et ainsi de suite. Par vagues successives. Par ondes concentriques. Dans un bruissement de tissu de verre et de plastique, les trois quarts des gens dans la salle, équipés de lunettes noires, levaient vers lui un regard d'obsidienne opaque, semblant quêter un signe de sa part tandis que l'instant restait en suspens.

Encore une invention de Luke ? se demanda Barron. Il m'a fait suivre jusqu'ici par sa claque ? Ou bien… se pourrait-il que tout ça soit réel ?

Il chercha dans sa poche (Je les ai laissées là exprès ?), sortit les lunettes fumées, les ajusta sur son nez et descendit les marches qui menaient à la salle de bar.

Et brusquement le brouhaha et les conversations reprirent et ce fut comme si Jack Barron n'avait jamais été là, comme s'il était invisible ou mieux, noir comme le plus pur d'entre eux. Le plus flatteur des compliments, mais froid et distant comme le sommet de l'Everest. Et Luke n'était pour rien dans tout ça, il en était sûr, c'était trop bien exécuté, trop simple, trop cool pour être autre chose qu'une réaction spontanée. Le Caucasien Noir…

Il se fraya un chemin à travers la salle enfumée – sans récolter d'autre attention qu'un clin d'œil par-ci, un sourire par-là – jusqu'à la table où l'attendait Franklin, qui lui versa une rasade de Jack Daniel's au moment où il s'asseyait.

Barron prit le verre dans ses doigts et but à petites gorgées, étudiant le visage ravagé, bouffi d'alcool, la barbe de quatre jours, les yeux injectés de sang, les chicots jaunes, image type à travers l'écran interface des verres fumés des cent millions de paumés qui constituaient son public selon les récents sondages Brackett.

— Le gwand Cauc est venu jusqu'ici, dit Franklin d'une voix presque agressive. C'est-y pa cwoyable ! La gwande vedette Jack Bawon dans un endwoit comme ça !

— J'ai été vidé à coups de pied au cul de bouis-bouis plus minables, affirma Barron en finissant son verre d'un trait à moitié pour le réconfort, à moitié pour le geste.

Franklin l'observa avec attention de ses yeux non moins opaques que les lunettes que Barron portait encore, et déclara finalement en versant une autre tournée :

— C'est bien possible, Jack, c'est bien possible. Ouais… finie la gnôle à bon ma'ché pou' Hen'y George Fwanklin. Wien que la meilleu' qualité pou' mon invité d'honneu' et pou' moi. Avec cinquante mille dolla' on peut en acheter du bon whisky et des mauvaises femmes…

— Si nous parlions un peu de cet argent, Henry ? fit Barron, qui avait remarqué parmi ceux qui étaient assis à des tables voisines plusieurs regards inquiétants, mais dirigés plutôt vers Franklin que vers lui. Celui qui vous l'a donné vous a bien laissé un nom ?

— Et apwès ? grommela Franklin en emplissant à nouveau les verres. Je ne me souviens pas très bien, et ça n'a aucune impo'tance, pas vwai, Jack ? De toute façon, un type qui vous achète votwe fille, c'est sû'ment un cwiminel, et il donnewait un faux nom !

— Vous est-il venu à l'esprit que *vendre* votre fille pouvait également être criminel ? demanda Barron.

— Écoutez-moi, mon vieux Jack, on peut pa'ler d'homme à homme, n'est-ce pas ? fit Franklin en agitant mélodramatiquement son index sous le nez de Barron. Il y a deux so'tes de gens dans la vie : ceux qui ont quelque chose à pe'dwe et ceux qui n'ont wien à pe'dwe. Un Cauc qui se pwomène avec une se'viette pleine de fwic sous le bwas, il a sû'ment quelque chose à pe'dwe, il peut fai' attention à la Loi pa'ce que la Loi est de son côté, à moins qu'il ne fasse quelque chose de vwaiment stupide. Mais un pauvwe nègwe qui n'a qu'une vieille cabane et quelques a'pents de mauvaise te' qui ne lui appa'tiennent même pas et une pauvwe gosse à nouwi', qu'est-ce que la Loi peut lui appo'ter ? Depuis sa naissance jusqu'à sa mo' la Loi est contwe lui pa'ce qu'il a la peau noi' et qu'il est pauvwe et qu'il est allé en pwison une ou deux fois pou' avoi' twop bu ou pou' s'êtwe battu ou pou' avoi' volé pou' nouwi' son ventwe. Quand on est pauvwe on ne peut pas fai' autwement.

— Et comme cela, vous avez vendu votre propre chair, comme si vous étiez un marchand d'esclaves ? Je ne vous comprends pas, Franklin, ou plutôt je préfère ne pas essayer.

Franklin avala son whisky d'un coup, se versa de nouveau à boire et contempla d'un air morose le liquide ambré :

— Le Caucasien Noi', qu'ils vous appellent... Elle est bien bonne, pa'ce que ça n'existe pas, un Caucasien Noi'... et *comme cela*, ça n'existe pas non plus. Essayez de vous mettwe à la place d'un pauvwe Noi' qui n'a jamais wien eu pendant quawante-twois ans, qui a vécu de bons de l'État et de beu' de cacahuètes, qui mettait de côté en un mois juste de quoi se soûler la gueule une nuit pou' oublier qu'il n'était wien et ne sewait jamais wien, et que sa fille, qui lui mange la moitié de sa paye, ne vaudwait jamais mieux que lui, et un beau jou' qu'il a un peu twop bu peut-êtwe, un cinglé de Cauc vient lui mettwe sous le nez un paquet de billets de cent dolla' en lui disant que tout ce qu'il demande c'est... (Franklin s'interrompit, se mit à trembler convulsivement, eut un unique sanglot, avala son verre d'un trait, s'en versa un autre et le but aussitôt.) Écoutez, monsieur Bawon, reprit-il. Je vous ai dit tout ce que je sais. Peut-êtwe que j'ai mal agi – peut-êtwe que je suis un misséwable – mais je veux wetwouver ma fille ! Je ne veux pas la laisser à un cinglé de Cauc ! Je suis un miséwable, mais je veux ma fille… je wendwai l'a'gent s'il le faut… Je suis son pè', et je n'ai wien d'autwe qu'elle au monde. Il faut que vous m'aidiez à wetwouver ma fille…

— D'accord, d'accord, fit Barron.

Les yeux suppliants, larmoyants, injectés de sang de Franklin étaient rivés à lui, les yeux d'un homme qui sait qu'il a mal fait mais qui ne veut pas l'accepter tout à fait, qui ne se voit pas en crapule ou en criminel mais en victime prédestinée du fait de sa peau noire, paumé congénital pris au piège d'un jeu truqué en noir et blanc. Son regard accusait Barron, lui-même, sa fille, l'acheteur de sa fille et l'univers tout entier, et il proclamait : « Ce n'est pas ma faute si je suis une ordure, c'est vous tous qui m'avez fait naître comme ça. »

— Je vais vous aider, dit Barron, je ne peux pas faire autrement. N'importe comment quand l'heure du choix arrive je suis bien obligé de me mettre de votre côté. Je ne sais pas ce que je peux faire, mais je vais m'en occuper dès ce soir. D'accord ? On va voir ce qui se passe quand on fait suer Jack Barron. D'abord, on va droit chez le Gouverneur, je veux qu'il mette tous ses flics sur la piste, qu'il passe tous ses dossiers au crible. Venez, foutons le camp d'ici.

Henry George Franklin fixa sur lui un regard de stupéfaction incrédule :

— Vous êtes séwieux ? Vous allez faiwe ça pou' moi ! Vous allez me condui' chez le Gouve'neu' ? Lui di'ce qu'il doit fai' !

— Tu parles si je vais lui dire ce qu'il doit faire ! (Cet enculé de Luke, il me doit bien ça pour le tour qu'il m'a joué aujourd'hui, qu'il fasse son boulot pour une fois ça l'empêchera de trop jouer avec ma tête.) Et de plus gros que lui feront ce que je dirai quand je serai de retour à New York !

Subitement, il se souvint de ce qui l'avait réellement amené dans le Mississippi : Benedict Howards. La première fois depuis près d'un mois que je passe une journée entière sans penser à cet emmanché, se dit-il. Mais toute cette histoire est liée à Howards, d'une façon ou d'une autre. Il m'a presque menacé de me faire la peau si je le rencontrais, il a peur que ce type ne m'apprenne quelque chose, mais quoi ? Le pauvre bougre ne sait pas distinguer son coude de son cul. Ça ne tient pas debout. À moins que…

— O.K., Jack, fit Franklin en se levant de sa chaise. Vous savez, pou' une gwande vedette de la télé, vous êtes dwôlement O.K… Vous n'avez pas un tout petit peu de sang noi' quelque pa' ? Qui sait si vous n'êtes pas un vwai Caucasien Noi', apwès tout ?

Au-dehors, King Street avait franchi la ligne de minuit ; les activités déclinaient : camés ayant eu leur dose ou leur crise, maisons d'abattage au rythme ralenti, poivrots cuvant leur vin dans une flaque de vomi, paniers à salade ramassant les feuilles mortes humaines. Un brouillard londonien fait de fumée de haschisch, de graisse rance, de bière répandue et d'urine de poivrot recouvrait les immeubles, les caniveaux, les ruelles, d'une mince pellicule poisseuse.

À ses côtés, Henry George Franklin marchait silencieusement, la tête rentrée dans les épaules, comme un poivrot après l'euphorie, ramené ivre mort au violon ou pissant dans son froc au coin d'une ruelle obscure. Il en avait fait assez pour ce soir et jusqu'à l'aube blême il remettait son sort entre les mains des dieux. Et Barron, gagné par la contagion, pensa : Cette histoire de fous, la coller à Luke et ne plus y penser. Que puis-je faire d'autre ?

Il parcourut des yeux la rue à la recherche d'un taxi. Rien d'autre en vue qu'un panier à salade, un camion en stationnement et deux vieilles bagnoles modèle 1970. Réflexe new-yorkais, il commença à remonter la rue, et puis, dans une rue comme ça, il ne se voyait pas planté là sans rien faire. Franklin suivait sans protester, zombi au regard vitreux.

Il avait parcouru une centaine de mètres lorsqu'une brusque illumination le frappa. Quelque chose n'allait pas. Un picotement à la nuque le fit ralentir et se retourner…

Comme une gifle en pleine figure, dans une pétarade de feux d'artifice, une guêpe de métal invisible déchira l'air à ses oreilles et une poubelle en fer qui se trouvait entre lui et le mur d'un immeuble voisin explosa dans un jaillissement de débris gris et de peaux d'oranges mouillées.

Barron plongea à plat ventre sur le trottoir, les bras repliés à hauteur de sa tête, et se laissa rouler derrière une voiture en stationnement tandis qu'une nouvelle détonation éclatait, suivie d'un gémissement sourd et écœurant. Il vit Henry George Franklin plié en deux, s'agrippant le ventre. Puis une troisième balle fracassa le crâne de Franklin et l'envoya heurter le trottoir en arrière comme un pantin sanglant et désarticulé.

De l'autre côté de la rue, des gens accouraient en criant, débouchant d'une ruelle adjacente, et il vit un type ajuster posément le canon scié d'un fusil à lunette sur le couvercle rouillé d'une poubelle derrière laquelle il était accroupi.

Un éclair de fumée, et une balle fit explosion à travers deux vitres de voiture, ricochant sur le mur derrière Barron et crevant le pneu juste à côté de sa jambe dans un sifflement d'air expulsé et une pluie de verre granulé. Nouvelle pétarade, et la carrosserie fut ébranlée à deux reprises contre sa joue tandis que la balle transperçait le double revêtement de métal de la portière opposée à celle où il était blotti, et se perdait dans celle-ci.

Au bas de King Street, deux flics arrivaient en courant tandis que le panier à salade faisait une marche arrière saccadée en actionnant lugubrement ses sirènes.

Un fracas métallique, et le tueur s'enfuit dans la ruelle en renversant la poubelle d'un coup de pied.

Barron se releva. Son pantalon était déchiré aux deux genoux et il saignait légèrement. Il tremblait violemment. Cinq balles, en autant de secondes, les cinq premières qu'il ait jamais affrontées.

À deux mètres de lui gisait Franklin, une flaque de sang à hauteur de l'estomac, la tête transformée en une bouillie de sang méconnaissable. Barron vomit, se détourna et vit un policier courir vers lui, et c'est seulement à cet instant qu'en un éclair d'adrénaline la réalité se fraya un chemin à travers le circuit retardateur de son esprit.

Bang ! Bang ! Bang ! Bang ! Bang ! La première balle était pour *moi* ! Si je n'avais pas bougé au bon moment j'étais mort… un tas de viande en décomposition… quelle différence, si ce n'est qu'il m'a raté. Et il n'avait pas l'intention de me louper, l'enculé. Après avoir eu Franklin il est revenu à moi, l'enfant de putain voulait vraiment ma mort, Oswald-Ruby-Sirhan assassin détraqué… image d'un homme ajustant posément sur un couvercle de poubelle un fusil au canon court, engin d'acier ultraprécis, ultra-puissant, à tir rapide, pas un 22 long rifle acheté par correspondance, pas un Manlicher-Carcano. Un outil de professionnel.

Et un boulot de professionnel. Un tueur à gages engagé exprès pour me liquider !

— Vous n'êtes pas blessé ? lui demanda le policier qui l'avait rejoint après un rapide coup d'œil inintéressé au corps disloqué et aux affreux débris qui jonchaient le trottoir.

Son visage épais était celui de n'importe quel flic, mais il était noir.

— Rien de cassé…, murmura Barron, l'esprit autre part, chez lui, devant son poste, Benedict Howards menaçant de le tuer s'il parlait à Franklin…

Howards vert de peur, l'avion de Hennering explosant en plein vol, sa veuve écrasée par un camion loué…

Trois personnes seulement savaient que je venais ici assez longtemps à l'avance pour pouvoir tout organiser, perçut-il à travers son cerveau embrumé. Sara. Luke. Et Howards. Personne d'autre. Howards a assassiné Franklin comme il a assassiné Hennering. Et Howards a essayé de me tuer.

C'est la Fondation qui a acheté Tessie Franklin. L'inspiration semblait venue de nulle part, mais dans son sillage un train de pensées d'une logique évidente se fit jour. Franklin était mort pour une seule raison : Howards redoutait qu'il ne parle. Et la seule chose qui distinguait Franklin de vingt millions d'autres paumés comme lui, c'était qu'il avait vendu sa fille.

Si Bennie avait acheté la gosse, il ne lui restait plus qu'à tuer Franklin pour empêcher Barron de découvrir le pot aux roses ou, si c'était trop tard, supprimer un témoin gênant. Le tueur a peut-être réussi sa mission, après tout : me faire peur. Et m'empêcher de montrer Franklin à la télévision.

— Dites donc, fit le policier. Vous n'êtes pas Jack Barron ? Mais oui, je vous vois toutes les semaines à la télé !

— Mmm..., grogna Barron, perdu dans ses pensées, revoyant en imagination la première balle dirigée vers son front, puis les deux autres tentatives, une fois que Franklin avait eu son compte... non, ça ne fait aucun doute, cet emmanché de Howards voulait ma mort, Franklin ou pas Franklin, et je ne vois pas pourquoi puisque le seul témoin qui pouvait me servir à faire une émission avait disparu. À moins que...

À moins qu'il n'y ait d'autres personnes qui ont vendu leur gosse à la Fondation et qui se promènent dans la nature.

— Je suis bien Jack Barron, dit-il, sortant de sa méditation, et j'habite chez le gouverneur Greene. Pourriez-vous me reconduire le plus vite possible à la Résidence ? J'ai quelques vérifications à effectuer.

— Avez-vous des soupçons sur l'identité de votre agresseur, monsieur Barron ? demanda le flic.

Barron hésita. Non merci, pensa-t-il. Ça reste entre Bennie et moi, trop d'imbrications – trois meurtres, et mon nom sur un bout de papier, l'immortalité, l'émission, la politique nationale et tout ce qui s'ensuit... ça risque de faire trop d'éclaboussures pour de vulgaires flics locaux.

Et il y a autre chose, avoue-le, Jack, baby, quelque chose que seul le Sicilien dans Vince pourrait comprendre. La vendetta, Bennie, juste entre toi et moi et que le meilleur gagne. Tu as attaqué le premier, maintenant c'est mon tour, Howards, méfie-toi des ruelles obscures, parce que je serai là à t'attendre au tournant.

— Je n'en ai pas la moindre idée, monsieur l'agent, dit-il. Pour autant que je le sache, je n'ai pas un seul ennemi au monde.

Chapitre quinze

Ce que c'est que la technique moderne, pensa Jack Barron en engageant sa voiture de location sur la bretelle de raccordement à l'autoroute d'Evers. Tandis que la voiture prenait de la vitesse, il jeta un coup d'œil à l'enveloppe de papier jaune pliée sur le coussin à côté de lui.

Vous prenez les dossiers scolaires et les déclarations de naissance pour les quinze dernières années, vous mettez tout ça sur cartes perforées et vous attendez qu'un bon vieil ordinateur vous régurgite les coordonnées de tous les mouflets qui devraient être à l'école et qui n'y sont pas. Vous avez une petite pile de fiches que vous replacez dans l'ordinateur pour qu'il les confronte avec les déclarations de décès, les transferts de dossiers scolaires pendant ces quinze années, et vous voilà avec environ deux mille cartes d'enfants ne fréquentant pas les écoles mais vivants, et résidant dans l'État depuis un mois au moins. Il ne vous reste plus qu'à recouper tout ça avec les hôpitaux et les asiles de dingues, à tenir compte des cas de destitution de l'autorité parentale et à éliminer ce qui n'est pas dans un rayon de quatre-vingts kilomètres autour d'Evers, et vous voilà avec quatre petites cartes, quatre petites visites, quatre cas cruciaux et irréductibles pour le putain d'État tout entier. Pas plus difficile que ça.

Quatre cartes, quatre enfants noirs âgés de sept à dix ans avec des parents de condition sociale très modeste. Quatre gosses qui ont disparu.

Quatre visites, à quatre baraques en bois déglinguées. Quatre bagnoles flambant neuves dans un décor de bidonville nègre, allant de la Buick à l'incroyable Rolls. Quatre histoires à dormir debout : encore un coup le bobard de la « Fondation culturelle », un autre gosse supposé rendre visite à des parents quelque part, un « mêlez-vous de vos oignons » et cet impayable conard qui est persuadé que son rejeton est à l'heure qu'il est l'héritier adoptif d'un imaginaire royaume africain. Et quatre serviettes pleines de coupures anonymes laissées par quatre Caucasiens huppés différents.

Aucun doute, se dit Barron en prenant la file de gauche, celui qui est derrière tout ça a du fric à ne pas savoir quoi en faire. Des billets de banque plein les poches et une technique impeccable. Des clients soigneusement sélectionnés pour faire le moins de raffut possible, sûrs d'emporter la vente à tous les coups. Ça signifie quelqu'un qui a accès à un ordinateur privé assez costaud, quelqu'un qui peut se payer un expert connaissant le système de classement des Archives d'État du Mississippi – ou même acheter quelqu'un d'assez haut placé à l'intérieur. À cinquante mille dollars par gosse, plus le coût de l'ordinateur, plus les cinq intermédiaires, sans oublier les bakchichs un peu partout pour avoir accès aux Archives d'État... plus d'un million de dollars, rien que pour s'emparer de cinq mioches. Qui donc était capable de faire ça à part ce cinglé d'enculé de Howards ?

Mais pourquoi avait-il tué Hennering ? Ce dernier avait-il découvert quelque chose en rapport avec ces enfants ? Un million de dollars et des meurtres compromettants, rien que pour s'emparer froidement de cinq gosses... on ne peut pas dire que Bennie soit frustré dans son instinct paternel ! Une seule chose a pu le faire agir d'une manière aussi insensée : il fallait que sa peau, sa précieuse vie immortelle soit en jeu. Mais justement, est-ce qu'il ne la risquait pas en recourant à... ?

— Merde, grogna tout haut Barron. Bien sûr que c'est la seule explication. Bennie ne se risquerait à encourir la peine capitale que pour couvrir des meurtres antérieurs, et la seule chose capable au départ de le faire recourir au meurtre, c'est sa fichue immortalité. Je mettrais ma main au feu qu'il a utilisé ces gosses comme cobayes pour mettre au point son traitement d'immortalité. C'est cela qui le met dans tous ses états chaque fois qu'on effleure le sujet devant lui. Et il n'y a que ça qui justifie trois meurtres pour étouffer l'affaire !

Aussi loin qu'il se souvenait, Barron n'avait jamais éprouvé un accès de colère viscérale et non préméditée aussi fort que celui qui le traversait en ce moment. Assassiner des gosses pour s'offrir le luxe douteux d'une immortalité pourrie ! Assassiner Hennering et sa femme, puis Franklin, pour étouffer le tout ! Acheter un membre du Congrès, bientôt un Président sans doute, pour jouir de l'impunité ; se hisser à l'aide d'un monceau de cadavres sur le dos du pays tout entier, pour réaliser un rêve paranoïaque pendant des millions d'années ! Et pour couronner le tout, m'acheter, moi, Jack Barron, pour faire avaler la pilule à cent millions de gogos recensés au sondage Brackett afin qu'un laboratoire à la Frankenstein rende immortels une poignée d'heureux élus, dont je suis !

« Et si vous ne marchez pas, Barron, j'engage un tueur pour vous liquider vous aussi… ! »

Barron enfonça l'accélérateur au plancher dans un spasme de rage, et l'y maintint tandis que la voiture fonçait sur l'autoroute dans un hurlement de chat échaudé.

Tout le monde a son prix et l'immortalité peut acheter n'importe qui, hein, Bennie, pensa-t-il. Tu te crois plus malin que les autres ? C'est parce que tu es une crotte, Howards, une vulgaire crotte. Tu ne comprends pas qu'il y a des hommes qui ne sont pas comme toi, des hommes qu'on peut pousser un peu trop loin. Eh bien, tu m'as poussé trop loin, bougre d'enculé, et tu vas voir ce qui se passe quand on pousse trop loin Jack Barron. L'immortalité… y renoncer maintenant ne servirait pas à redonner la vie aux malheureux gosses qui ont payé pour elle. Mais je l'aurai à ma façon, Bennie, pas à la tienne. Et sur ton propre cadavre. Tu as voulu faire de moi un meurtrier, d'accord, tu as réussi, mais le cadavre ce sera le tien !

Ses mains sur le volant ressentant les moindres inégalités de la chaussée tandis que la voiture fonçait comme un bolide sur l'autoroute, Barron éprouva l'excitation familière de Jack et Sara des soupentes de Berkeley et comprit que ce n'était rien d'autre que la haine qui avait fait tourner le moulin des Bébés

Bolcheviques. En fait, nous détestions souverainement tout ce qui n'était pas exactement comme nous voulions. Notre force et notre faiblesse – nous savions comment réagir à n'importe quoi, mais rien qu'en noir ou en blanc : tout ce qui n'était pas totalement bon était nécessairement mauvais et détestable. Et comme nous étions du côté des Anges, tout ce qui était contre nous était forcément mauvais. Ne pas haïr, nous appelions cela baisser froc. Ne jamais se fier à quelqu'un de plus de trente ans… parce que quand un adolescent devient un homme, il cesse de voir avec autant d'acuité la limite de haine entre ce qui est bien et ce qui est mauvais, et si vous restez quand même dans le Mouvement vous n'êtes qu'un opportuniste falot, un putain de *politicien*… un Lukas Greene en proie à tous les cauchemars.

Voilà la définition de la politique, des adultes jouant à des jeux de gosses, jeux de haine, pour en retirer les émotions simples que je retire de *Bug Jack Barron*, occuper le devant de la scène en couleurs vivantes, autoadmiration et rien d'autre. Et c'est légitime. Mais la vraie différence entre le show-business et la politique, ce n'est rien de plus compliqué que la haine. Tu crois que tu comprendrais ça, Luke ? C'est toi le baisse-froc, c'est toi, pas moi, qui joues au jeu de haine de la politique, au jeu oublié de Berkeley qui ne t'inspire même plus.

D'ailleurs, il y a quelque chose dans la haine qui rappelle la drogue. Quand on y pense la tête froide, on sait que ça ne va pas loin, mais sur le moment quel frisson mes aïeux ! Ça vous donne la force d'aller jusqu'au bout de ce que vous voulez – en le ressentant au niveau des tripes. Plaisir stupide d'accrocher la tête de Howards au bout d'une pique…

Menant la voiture à un train d'enfer qui exigeait toute sa présence physique, le volant vivant et mortel entre ses mains tandis que la plaine défilait comme un éclair, Barron jouissait du danger suspendu à ses réflexes, du pouvoir de ses mains diffusé dans les roues par des prolongements prothétiques de métal.

Il anticipait également par un circuit de contre-réaction parallèle le moment d'abandon total où, relié électroniquement à cent millions de téléspectateurs recensés au sondage Brackett, branché sur le circuit de pouvoir de Luke, Morris, des Républicains et de la C.J.S., il canaliserait aux commandes de *Bug Jack Barron* des énergies capables de distribuer la mort et de mener une guerre sans merci dans un engagement absolu pour une vengeance absolue, pour l'immortalité qui était le plus absolu des enjeux.

Je te ferai une émission, Howards, telle que tu n'en croiras pas tes yeux. Je te découperai menu, je serai immortel quand tu ne seras plus qu'un mauvais arrière-goût dans cent millions de palais, que tu seras figé sur la chaise électrique dans une grimace de Frankenstein.

Il relâcha un peu l'accélérateur, sentant la tension du moment se dissiper dans un tiède relent d'adrénaline. Tu es cinglé, tu sais, Jack, baby. Il n'y a qu'un conard ou un Sicilien pour haïr à ce point…

Peut-être, pensa-t-il en se raccrochant à son souvenir de haine ; mais même une tête froide doit savoir au besoin se servir de ses glandes.

L'atmosphère enfumée de ces salles de conférences est par trop ridicule, se dit Lukas Greene. Malgré la climatisation, l'air surchargé était en train de devenir irrespirable. Tandis que Sherwood Kaplan allumait encore une de ces horribles Kool Supremes mentholées (« Prenez la vape et restez Kool ») et que Deke Masterson se roulait un clope traditionnel de Bull Durham (où est-ce qu'ils continuent à fabriquer ce truc-là ? se demanda Greene), le cigare humide de Morris se consumait dans le cendrier posé à l'autre bout de la table comme la bite verte d'un cadavre en décomposition. Et c'est symbolique à souhait, se dit Greene. Le Grand Old Party est un cadavre qui se putréfie lentement et, vert ou pas, Greg Morris est certainement une vieille bite pourrie. Reste à voir ce qu'on peut faire pour la mettre dans le sac.

— Mes jers amis, je zubbose gue vous vous demandez bour guelle raison je vous ai réunis ze zoir ? fit-il avec l'accent de Bela Lugosi.

Morris le regarda d'un œil mauvais, mais ce n'était pas lui qui comptait pour l'instant ; Kaplan et Masterson étaient les véritables cibles de l'opération de ce soir. Le premier, au visage de chérubin maussade, lui accorda un sourire falot tandis que le second restait impassible comme un sphinx noir.

— Inutile de faire le con, Luke, fit Masterson de sa voix rocailleuse et posée. Nous savons que vous nous avez attirés ici pour nous convaincre d'accepter Jack Barron. Et peut-on savoir où il est, votre soi-disant Caucasien Noir ?

— Il doit arriver d'un instant à l'autre. Mais vous prenez le problème cul par-dessus tête, Deke. Il ne s'agit pas de vous convaincre d'accepter Jack, mais de convaincre Jack de se présenter. Tâchez de ne pas l'oublier quand il sera là.

— Vous vous foutez de nous ? fit Kaplan. C'est déjà assez farfelu de présenter Jack et d'envisager des alliances comme… ça. (Il pointa sa Kool Supreme sur Morris en plissant le nez ostensiblement mais Morris l'ignora souverainement.) Ne nous demandez pas par-dessus le marché de traiter ce guignol en pucelle effarouchée !

— Mettons cartes sur table, dit Greene, pour ne pas avoir à laver notre linge sale quand Barron sera là. Président ou pas président, vous et Deke avez une bonne raison de marcher avec nous, et le gouverneur Greene sait très bien *qui* est cette raison…

— Russ Deacon, fit Masterson comme s'il lâchait une obscénité.

Kaplan fit la grimace. Et Greene pensa : Puisqu'il faut que quelqu'un soit baisé, ce sera ce pauvre Russ, tant pis. Lui et Deke n'ont fait que se tirer dans les pattes pour savoir si le secrétaire C.J.S. de l'État doit être blanc ou noir, un homme à Deke ou un homme à Russ, et si c'est Harlem ou le Village qui commandent la C.J.S. de New York. Jusqu'à présent, avec le fric des Caucs du côté de Russ, Deke n'avait aucune chance, et il sait que sans nous il n'en a toujours aucune.

— C'est exact. Notre frère caucasien, le Représentant Russel Deacon, répondit Greene. Personnellement, je n'ai rien contre lui, mais je veux présenter Barron à la Présidence et j'ai besoin de vous pour faire pencher la balance aux Assises nationales. Donc s'il le faut je suis prêt à vous livrer sa tête sur un plateau d'argent.

— D'accord, dit Kaplan, mais comment comptez-vous vous y prendre ?

— C'est là qu'intervient Jack Barron, justement. Vous, Woody, vous tenez Strip City, c'est-à-dire, à part quelques secteurs du côté de San Francisco, toute la C.J.S. pour la côte Ouest. Deacon contrôle le Village, et pour l'instant ça signifie la C.J.S. de New York. Vous êtes à égalité. Mais si Deacon est écarté, vous devenez le grand manitou des hippies, comme vous l'avez toujours rêvé. Vous tenez la côte Est et la Californie.

— Où voulez-vous en venir ? demanda Masterson. Pourquoi tout ce déballage en présence de notre bon Gouverneur de l'État de Californie ?

Greene sourit en voyant l'expression de mépris amusé qui s'étalait sur le visage de Morris.

— Ce n'est pas compliqué, dit-il. Nous voulons chacun une chose différente. Le seul moyen de l'obtenir, c'est de faire ensemble une partie du chemin. Pour vous, Deke, si Woody évince Deacon du Village, vous contrôlerez la C.J.S. de New York parce qu'il sera à Strip City à quatre mille cinq cents kilomètres de là et que tout ce qui l'intéresse à New York ce sont les hippies. Sans compter qu'avec une C.J.S. noire à New York vous coupez l'herbe sous le pied de Malcolm Shabazz et de ses petits rigolos du « retour-à-l'Afrique » qui étaient aussi dans vos pattes. Vous, Woody, vous vous en fichez de laisser Deke régner sur New York tant qu'il n'y a qu'un seul grand manitou des hippies. Et moi… vous savez comme je suis lié à Jack. S'il gagne, je représenterai le pouvoir noir derrière le trône de la Maison Cauc. (Morris ricana. Très bien, pensa Greene. Qu'il rigole si ça lui fait plaisir.) Voilà donc quels sont les intérêts en jeu. Et maintenant, mes amis, dites-moi un peu qui a un nom plus magique que Russel Deacon au Village ?

— Jack Barron…, fit Kaplan lentement.

— Précisément. Or Jack se fout pas mal de la politique des partis. Et notre ami le gouverneur Morris se moque éperdument des affaires intérieures de la C.J.S. Rien ne s'oppose donc à ce que nous nous servions de Jack, une fois que nous serons d'accord, pour faire tomber Deacon. Vous saisissez le topo ?

Masterson sourit.

— O.K., dit-il, vous marquez un point. Disons que je marche avec vous sous réserve que Jack Barron me convainque qu'il est prêt à jouer le jeu.

— C'est d'accord pour moi aussi, dit Kaplan. Mais... dites-moi, vous ne pensez pas qu'il puisse *vraiment* gagner ?

Attention ! pensa Greene. C'est là qu'il faut jouer serré. Ils savent qui dirigerait le parti si Jack était vraiment élu. Fais l'innocent. Laisse-les croire que tu n'es qu'un couillon de kamikaze qu'ils peuvent manipuler comme ils veulent.

— Qui sait ? dit-il. Je pense que ça vaut le coup d'essayer, avec les Républicains de notre côté... Ce n'est pas du tout cuit, mais c'est la meilleure chance que nous aurons jamais. D'après moi, il faut la tenter. Qu'en pensez-vous, Morris ?

— Vous savez ce que je pense de vous et de votre espèce, Greene. Et vous savez l'amour que je porte à Barron. Mais c'est ou lui ou bien un pantin démocrate désigné par Howards. Avec la Fondation contre lui, Teddy le Prétendant n'a pas la moindre chance. Aussi unissons-nous, messieurs, jusqu'à ce que les Démocrates soient battus. Après, je suis sûr que... le meilleur parti gagnera.

— Voilà qui est net, fit Greene. C'est pour cela que nous avons tous besoin de Barron. Rien qu'en se présentant, il modifie l'équilibre des forces, gagnant ou perdant, et fout par terre la cabale Fondation-Démocrates, ce qui est toujours ça de gagné. Mais de grâce rappelez-vous qu'il n'est pas très chaud pour ce projet et que c'est à *nous* d'essayer de le convaincre.

Et maintenant, se dit-il, il n'y a plus qu'à attendre, tout est prêt pour que l'oiseau rentre au nid, au nid de Berkeley où tout a commencé.

Dans le silence pesant qui s'était instauré, il éprouva deux émotions distinctes : l'amertume et l'espoir. Quoi qu'il pût arriver maintenant, ce serait le couronnement de toute sa carrière, le moment de vérité ; il avait voyagé dans le train de la C.J.S. aussi loin qu'il pouvait aller.

Aussi loin qu'un *Nègre* pouvait aller, se dit-il. J'ai choisi sur mesure mon substitut, mon copain, un *Cauc*. Si Jack gagne je deviens Président par procuration. Jack a perdu le goût de la politique. Une image présidentielle pure et blanche pour me servir de prête-nom, voilà ce que je peux espérer, c'est tout. Je n'ai même pas besoin de le manipuler, il ne veut pas salir ses mains… à la blancheur de lis. Et puis, il est de notre côté ; Père Fondateur et toute la suite. Qu'il gagne, et il sera trop content de jouir de la gloire et de me laisser faire le sale boulot.

Président par procuration, pouvoir noir derrière le trône à la blancheur de lis. Fais-toi une raison, pauvre Nègre, aucun homme de couleur ne peut aller plus loin. Encore heureux si ton copain cauc se laisse persuader de te porter sur son dos ! Mais ne te fais pas d'illusions, même toi tu n'as jamais pu savoir ce qui se passait réellement dans la tête de Jack Barron.

Il va falloir encore recommencer ce cirque, se dit Jack Barron en entrant dans la salle de conférences et en voyant les trois hommes assis autour de la table avec Luke. Il savait qui ils étaient ce qu'ils étaient et ce qu'ils attendaient de lui. Mais malgré la dent qu'il avait encore contre Luke, un certain instinct lui disait d'y aller mollo, de ne pas les brusquer maintenant que leur histoire de candidature à la con faisait potentiellement partie des forces qui allaient s'affronter, au même titre que les enfants disparus, pouvoir de l'immortalité contre la vie contre la mort pouvoir des cent millions de téléspectateurs recensés au sondage Brackett circuit électrique à haute tension qu'il comptait enrouler peu à peu autour de Benedict Howards. Et le moyen le plus facile pour manœuvrer les gens c'est de les laisser croire que ce sont eux qui vous manœuvrent.

Avant que Luke ait pu placer son speech préparé d'avance, Barron traversa la salle en trois grandes enjambées, planta une *Acapulco Gold* entre ses lèvres et l'alluma en s'asseyant d'une cuisse sur le bord de la table à côté du siège de Luke. Arborant son plus beau sourire de mouflet arrogant, il souffla un nuage de fumée de marijuana dans la direction générale de Gregory Morris et dit avec cynisme :

— Salut la compagnie, à ce que je vois on a préparé une petite réception en mon honneur ? Je ne savais pas que c'était mon anniversaire aujourd'hui. Ou peut-être que c'est moi qui offre ce petit… cocktail électoral ?

Et il adressa un clin d'œil à Luke pour le bénéfice de la galerie. L'espace d'une seconde, le visage de Luke perdit toute expression, Masterson se crispa sur son siège et ce conard psychopathe de Woody Kaplan pouffa presque de rire en voyant son ex-ennemi mortel Greg Morris écarquiller les yeux.

— Si nous causions tout de suite des choses sérieuses en laissant de côté les salamalecs d'usage ? reprit Barron, conscient de couper l'herbe sous le pied de Luke et de neutraliser la cabale grotesque réunie devant lui. Vous êtes ici pour me demander d'être candidat à la Présidence sur un programme de coalition Républicains-C.J.S. Maintenant que vous savez que je le sais, annoncez vos couleurs sans arnaque et sans tourner en rond, parce que la journée a été duraille.

Pauvre Luke, il a bonne mine ! se dit Barron qui se marrait à l'idée que ces quatre types réunis dans une salle enfumée n'avaient qu'un mot à dire pour faire de lui un candidat présidentiel. S'ils savaient que Howards peut les acheter quand il veut un par un et à peu de frais ! Et Bennie n'est qu'un pauvre conard que je me charge de faire tourner en bourrique malgré ses cinquante milliards. Tout ça c'est du show-business, la politique c'est du show-business mais sans la classe, et toutes ces grosses têtes d'enflés sont des types comme vous et moi madame, un peu plus noix c'est tout. Au jeu de *Bug Jack Barron*, même sans ma sellette magique, ils n'ont aucune chance contre moi parce qu'ils sont sérieux et que moi je ne joue que pour la galerie.

Ce fut Kaplan qui récupéra le premier.

— Toujours le même, hein, Jack ! fit le maire de Strip City avec comme un soupçon d'envie dans la voix. Mais ne te leurre pas, cette fois-ci ce n'est plus comme avant, toutes les billes sont en jeu.

— Toutes tes billes à toi, peut-être, mais pas les miennes. Et vous feriez mieux de me croire, vous tous, parce que vous perdez votre temps si vous vous figurez que je vais dire amen à n'importe laquelle de vos élucubrations rien que pour avoir l'honneur de vous servir d'homme de paille. Vous avez votre tambouille à faire et moi la mienne. Si nous pouvons nous servir du même feu c'est très bien. Sinon au revoir.

— O.K., nous jouerons selon vos règles, fit Masterson. Je ne sais pas ce que vous voulez, mais moi c'est la tête de Russ Deacon qui m'intéresse. Et Woody veut la même chose. Livrez le morceau, et nous avons assez de voix aux Assises nationales pour vous faire passer.

Voilà donc l'explication, se dit Barron. Oui, ça se comprend. Pauvre Russ, c'est lui qui serait ici à jouer ce jeu dégueulasse si Luke pensait qu'il détenait les bonnes cartes. Ce n'est pas le pouvoir qui corrompt, ce sont les concessions qu'on fait pour l'avoir. Woody, Masterson, Morris, Luke, Howards – cinq hommes différents, mais ils sont tous pareils finalement parce qu'ils ont la même guenon sur le dos. Des camés de pouvoir, voilà ce qu'ils sont, ni plus ni moins.

Barron tira une longue bouffée sur son Acapulco Gold.

— Vous voulez vraiment dire que vous n'êtes pas un groupe de patriotes animés du désir sacré de trouver un Moïse qui fera sortir du merdier les Enfants d'Israël ? Mes amis, vous allez finir par détruire toutes mes illusions candides !

— Avant d'être chargé au point de radoter, intervint Morris, vous feriez mieux de fermer votre grande gueule pour changer et d'écouter ce que j'ai à vous dire. Je me soucie comme de ma dernière chaussette des histoires de famille de la C.J.S. – elles ont toutes le charme et l'attrait d'une réunion du Comité central du P.C. chinois – et il m'est tout aussi indifférent que vous soyez un néo-Bolchevique à la noix, Barron, parce que je suis persuadé que nous pouvons nous entendre. Nous ne nous aimons pas, mais ce qui compte réellement c'est que nous avons des ennemis communs, comme Benedict Howards, ou même, qui sait, Teddy le Prétendant. Nous perdons notre temps si nous essayons de nous tirer dans les pattes. Êtes-vous décidé oui ou non à conclure un marché ?

C'est un rat d'égout mais il n'a pas peur que cela se voie, pensa Barron. Mieux vaut encore un Républicain sans complexe que ces trois baisse-froc, Héros des causes perdues. Et dire que j'ai appartenu à la C.J.S. !

— Bien sûr que ça m'intéresse, répondit-il. La question, c'est, quel genre de marché ? Qu'est-ce que chacun en retirera ?

— Voilà qui est plus raisonnable, fit Luke, essayant de reprendre la situation en main. Inutile d'y aller par trente-six chemins, il te suffit de convaincre Deke et Woody de marcher pour que nous sortions d'ici avec un accord aux termes duquel tu seras candidat aux Présidentielles sur la base d'une plate-forme commune anti-Howards. Morris et moi et toutes les voix du Sud aux Assises nationales sommes déjà engagés et les pontes Républicains sont prêts à marcher du moment qu'on leur garantit l'investiture commune de la C.J.S. Deke et Woody donneront leur accord si Jack Barron, en tant que tête de liste de la C.J.S. nationale, accepte de torpiller Deacon. Ça ne peut pas être plus simple, Claude – tu nous laisses utiliser ton club de supporters du Village contre Russ Deacon, et tu peux être Président des États-Unis.

— Avec toi comme Vice-Président, fit Barron, obéissant à une impulsion soudaine. (Il vit Morris virer au pâle à la pensée d'un Nègre Bébé Bolchevique sur sa précieuse liste Républicaine. Autant voir tout de suite jusqu'où tu es disposé à aller, mon vieux Greg.) Qu'est-ce que vous en dites, Morris ? Sans Luke sur la liste commune, il n'est pas question que je me présente. Êtes-vous capable de faire avaler ça à votre parti ?

— Hé, une seconde..., protesta Luke.

— C'est comme ça, Luke. Tu m'as entraîné là-dedans, tu seras avec moi que tu le veuilles ou pas. Alors, Morris, on est toujours dans le coup ?

— Si j'accepte Greene, fit Morris en tripotant son cigare, ça veut dire que c'est nous qui choisissons les Secrétaires aux Départements d'État, de la Défense, des Transports, du Commerce et du Travail ; la majorité des membres de la F.T.C.[1] du N.L.R.B.[2] et de la F.C.C. ; à l'expiration de leurs mandats les deux premiers sièges vacants à la Cour suprême, le Chef du

1. Federal Trade Commission (Commission fédérale de réglementation du commerce).
2. National Labor Relations Board (Bureau national du travail).

Bureau du budget, le Président du Bureau des Chefs d'États-majors réunis et l'Attorney général. Demandez maintenant à vos petits copains de la C.J.S. ce qu'*ils* en pensent.

Barron inclina la tête en direction de Luke, et ne fut pas surpris (mais aurait préféré l'être) de l'entendre dire « J'accepte » tandis que Masterson et Kaplan hochaient la tête à l'unisson en faisant leurs calculs instantanément. La politique ! Les politiciens ! Où est la différence entre Morris et ceux de mon bord ? Des junkies qui vendraient leur propre mère à un marchand d'esclaves d'Arabie saoudite si on leur agitait la came sous le nez avec suffisamment de conviction…

— Et Deacon ? demanda froidement Masterson.

— Qu'est-ce que j'en ai à foutre de votre Deacon ? répondit Barron avec une désinvolture mesurée. Vous voulez un candidat, nous sommes bien d'accord ? Pas un politicien. Les politiciens, ce sont des paumés. Ce qui vous intéresse, c'est de vous servir de moi comme façade ? D'utiliser mon nom contre Deacon ? Comme vous voudrez, je vous laisse votre politique, et ne comptez pas sur moi pour faire votre sale boulot.

— Messieurs, fit Luke avec un gros sourire à manger de la merde, je crois que plus rien ne s'oppose à ce que nous tombions d'accord. Il s'agit maintenant de régler les modalités…

— Pas si vite, l'interrompit Barron. Maintenant que nous avons vu ce que je pouvais faire pour vous, il vous reste à me dire ce que *vous* comptez faire pour *moi*.

— Tu débloques ? fit Luke. Nous allons faire de toi le futur Président des États-Unis.

— Vous m'excuserez si je ne tombe pas en extase. Mais pour commencer, vous allez faire de moi un *candidat* à la Présidence, ce qui n'est pas pareil. Entre nous, mes enfants, je ne crois pas avoir la plus petite chance. À part le Démocrate qui aura la bénédiction de Howards, je ne vois pas qui peut gagner. À moins que Teddy le Prétendant ne bénéficie d'un véritable miracle à la Convention. Et si Teddy décroche l'investiture, nous sommes frits. Nous ne pouvons même pas l'associer à Benedict Howards, parce qu'il lui faudra d'abord passer sur le corps de Bennie pour gagner. Mais ce n'est pas tellement ça qui compte.

Je ne tiens pas à être candidat, et encore moins à être Président. À vrai dire ça m'emmerde plutôt. Croyez-le ou pas, mes enfants, mais je suis sur quelque chose de mieux, et la seule chose qui pourrait me pousser à entrer dans votre combine, c'est que j'ai besoin de votre soutien, Morris. J'ai besoin que vous m'aidiez à me protéger de Bennie Howards. Voilà mon prix.

— Qu'est-ce que c'est que ce « quelque chose de mieux » dont vous parlez ? demanda Morris.

Et son regard trahissait l'assurance tranquille qu'il avait de pouvoir manœuvrer à coup sûr ce conard de Barron qui ne voulait même pas être Président au départ. Tu parles d'une aubaine ! Et Luke et les autres avaient la même expression radieuse sur leur visage.

— Ça ne vous regarde pas pour l'instant. C'est en train de prendre forme. Si je n'ai pas besoin de votre aide, rien ne me forcera à me présenter. Et si j'en ai besoin, ne vous inquiétez pas, tout le pays saura pourquoi. Tout dépendra de ma prochaine émission. Disons que si je déclare la guerre à Howards, je veux que vous soyez derrière moi pour veiller à ce que les commanditaires ne se défilent pas, que Bennie ne puisse exercer assez de pressions sur le réseau pour qu'ils me laissent tomber et que la F.C.C. se tienne tranquille de la même façon.

» Voyez-vous, la seule chose qui puisse m'inciter à me présenter, c'est que j'aurai peut-être besoin de vous pour sauver *Bug Jack Barron*. Croyez-le ou pas, messieurs-dames, mais cette émission c'est tout ce qui compte pour moi et je n'ai pas envie de la sacrifier pour de vagues espoirs accrochés au bout d'un bâton. Le show-business, il n'y a que ça de vrai.

— Le *show-business* ! lança Luke. On lui parle de la Présidence des États-Unis et il nous sort le *show-business* !

— À votre place je serais ravi de m'entendre parler comme ça, dit Barron avec un sourire grinçant. (Autant mettre les points sur les *i* puisque ces conards font semblant de ne pas comprendre.) Et d'abord, pourquoi tenez-vous tellement à ce que je me présente si ce n'est justement parce que j'appartiens au show-business ? Être Président c'est une chose et être candidat c'en est une autre. Des tas de types qui excelleraient au pouvoir sont minables comme candidats. Et vice versa. Eisenhower n'a-t-il pas battu Stevenson ? Et si je n'avais pas raison, croyez-vous que Morris accepterait de me toucher même avec des pincettes ? La politique ce n'est pas mon rayon et je n'ai aucune qualification pour être Président. Voyez un peu l'aubaine pour des types comme vous si vous réussissiez à me faire élire – vous n'auriez plus qu'à déterminer entre vous qui tient le gouvernail, et en ce qui me concerne ça ne me fait ni chaud ni froid. Mais si j'ai besoin du Grand Old Party pour m'aider à conserver mon gagne-pain, alors je vous promets de me boucher le nez et d'être le meilleur foutu *candidat* sur le marché. Briguer l'emploi numéro un dans notre sacrée Amérique, c'est du show-business sur toute la ligne. Rappelez-vous Ike, rappelez-vous Reagan, rappelez-vous J.F.K. Et ne médisez pas du show-business, mes enfants, que vous le sachiez ou pas c'est votre meilleure arme. Alors, qu'en dites-vous, Morris, vous soutenez mon jeu si je soutiens le vôtre ?

On croirait qu'ils viennent de tomber dans un trou, se dit Barron sans même chercher à cacher son sourire de garnement satisfait. Les junkies de pouvoir, le meilleur moyen de les asseoir sur le cul, c'est de parler directement à la guenon en ignorant le bonhomme. Même entre eux ils n'osent pas s'avouer ce qu'ils sont et ils se trouvent sans ressources dès qu'ils ont affaire à quelqu'un qui n'a aucune raison de faire comme si l'Empereur ne se baladait pas à poil.

Et voilà pourquoi, comprit-il soudain, un margoulin comme Howards, qui ne brille pas particulièrement par ses qualités intellectuelles, peut les acheter et les vendre comme des voitures d'occasion. Il n'est pas plus doué qu'aucun d'eux, il est simplement un peu plus salaud, et il n'a pas de façade à préserver. C'est un junkie de pouvoir, mais c'est aussi le plus grand fourgueur du quartier, et tous les junkies n'ont qu'à dire amen. C'est pourquoi je fais ce que je veux de lui : il sait que sa came ne prend pas sur moi.

— Entendu, répondit finalement Morris. À mon avis vous êtes complètement dingue, mais pourquoi pas après tout ? Si vous vous présentez, nous serons obligés de couvrir votre émission de toutes les façons – et vous aurez à malmener Howards. Alors c'est d'accord, Barron.

À côté de lui, Barron entendit Luke pousser un soupir de triomphe. Désolé pour toi mon pauvre vieux, pensa-t-il en disant :

— Une minute, je n'ai pas encore accepté. Vous avez de la concurrence, vous savez – celle de Benedict Howards par exemple. Maintenant que votre position est claire, avant de faire le grand saut je veux voir ce qu'il a à me proposer.

— Qu'est-ce qu'il peut vous offrir de mieux que la Présidence ? demanda Morris.

— Faites-moi confiance, dit Barron avec un sourire, vous ne me croiriez pas si je vous le disais. Je ne sais même pas si je le crois moi-même. Mais mettez-vous devant votre poste mercredi, et vous aurez la réponse. Je vous promets que si je décide de marcher avec vous, vous aurez la réponse à toutes vos questions. Vous verrez la plus belle émission de télé en direct depuis que Ruby a tué Oswald.

Chapitre seize

— Et si vous me disiez plutôt, miss Westerfeld, ce que *vous* avez fait pendant ce temps ? fit Jack Barron en ôtant sa sportjac et sa chemise et en envoyant rouler ses chaussures dans un coin tandis qu'il appuyait sur un bouton de la console murale pour ouvrir les parois vitrées coulissantes de la terrasse.

Une froide bouffée d'air pur (à cette heure matinale et au vingt-troisième étage) secoua la semi-torpeur du voyage en avion et il sortit le torse nu sur la terrasse, suivi d'une Sara frissonnante de froid et mal réveillée.

— Mais je t'ai seulement demandé ce qui s'est passé à Evers ! fit-elle d'une voix humiliée.

Barron haussa les épaules, grimaça un faible sourire et la serra dans ses bras, autant pour la réchauffer que pour se réchauffer lui-même.

— Il faudrait trois heures pour te donner les détails, mais voici à peu près ce qui s'est passé. À ma descente d'avion, Luke est là pour m'accueillir en fanfare avec la presse au grand complet et tout un putain de cinéma. Après ça je rencontre Franklin et j'apprends que quelqu'un a bien acheté sa fille mais ce n'est pas tout, quatre autres gosses sont portés manquants à peu près dans les mêmes circonstances et en remontant aux sources je trouve Benedict Howards. Je file à la Plantation de Luke où Morris, Woody Kaplan et Deke Masterson m'attendent pour me faire le coup du Complot-dans-la-salle-enfumée, je déconne un moment avec eux, je saute dans l'avion et me voici en direct en couleurs vivantes. Satisfaite ?

— Il y a quelque chose que tu ne me dis pas, fit Sara avec conviction. On dirait que quelque chose… quelque chose de terrible vient de t'arriver. Comme si… Jack, pour l'amour du ciel, dis-moi la vérité !

Barron contempla la ligne d'horizon de Brooklyn et de l'East River, claire et pure dans le matin comme une foutue carte postale en Technicolor. Encore deux heures au plus, pensa-t-il, et l'air va s'emplir des miasmes de mille milliards de tonnes de saloperies de toutes sortes, et le fleuve va se mettre à puer comme un cloaque immonde et toutes les cheminées vont entrer en action. On se demande ce qu'ils fabriquent dans toutes ces putains d'usines. De la merde, probablement. Comme disait je ne sais plus qui : « Il ne fait aucun doute que la présence de l'Homme sur la Terre ne soit l'aboutissement le plus parfait et le plus efficace d'un processus évolutionnaire tendant à transformer le plus possible d'aliments en merde. » Et pour ce qui est d'être dans la mouscaille, on peut dire que je suis servi ! Alors tu vas tout dire à la petite dame, Jack, baby, parce que la prochaine fois elle pourrait très bien se trouver dans la ligne de tir.

— Benedict Howards a tenté de me faire tuer, fit-il tranquillement. (Il sentit les bras de Sara se crisper et elle appuya sa joue contre son torse glacé.) Mais la balle est passée très loin, mentit Barron. Je ne sais pas, peut-être qu'il voulait seulement me faire peur. Le coup du tueur embusqué, comme à Dallas. Mais il a eu ce pauvre Franklin, quand même. Howards voulait vraiment l'empêcher de parler.

— Mais pourquoi ? demanda Sara. Après tout le mal qu'il s'est donné pour te mettre de son côté !

— C'est justement ça la question. Mais je crois avoir trouvé en partie. Howards tue Hennering parce que ce pauvre diable a découvert quelque chose en rapport avec le traitement pour l'immortalité qui lui fout tellement les foies qu'il se sent obligé de tirer le signal d'alarme. Howards tue Franklin pour m'empêcher de découvrir que la Fondation achète des enfants noirs, et il essaie de me tuer, ou tout au moins de me faire peur, pour éviter que ça ne passe à la télé. La seule explication possible, c'est que les larbins de Howards ont dû utiliser ces pauvres gosses comme cobayes humains pour mettre au point le traitement, et que certains d'entre eux ont dû y rester. Bennie n'accepterait de risquer la chaise électrique que pour couvrir un meurtre antérieur, et une seule chose a pu le pousser à tuer au départ, c'est sa foutue immortalité.

— Qu'allons-nous faire maintenant ? demanda Sara.

Dans le regard qu'elle levait vers lui il vit d'insondables tunnels reliés à ses tripes, à des colères surgies du passé guêpe de métal effleurant son oreille Franklin gisant dans une mare sanglante s'étalant des soupentes de Berkeley à King Street, Evers, salle enfumée où quatre (cinq) baisse-froc partageaient des rêves chimériques en jouant à leurs jeux de junkies de pouvoir. « Personne ne fait ça à Benedict Howards », et l'arme au canon d'acier, froide et professionnelle sur le couvercle de poubelle, fait voler derrière lui les écorces d'orange et les détritus mouillés comme le crâne éclaté d'un junkie, et la guêpe de métal siffle à ses oreilles – « Le Caucasien Noir ! Le Cau-ca-sien Noir ! »... et ce que tu veux tu le sais très bien, Jack, baby !

Il lui sourit de son regard de mauvais garnement, sachant presque mot pour mot quelle allait être la réponse mais voulant entendre parler son ancien moi familier par les lèvres de Sara, et demanda :

— Qu'est-ce que tu veux que nous fassions ?

— Ça ne te suffit pas ? Howards est un assassin, et même si tu ne peux pas en apporter la preuve tu peux le coincer en faisant une émission avec les parents de ces gosses... mais tu sais mieux que moi comment détruire la Fondation, tu l'as presque fait déjà à deux reprises. Et nous pourrions prendre des précautions pour que personne ne puisse... ne puisse... Je n'ai pas peur.

— Je me demande si Madge Hennering disait la même chose, fit Barron. (Il savait que cette dérobade était de pure forme. Bennie Howards était acculé au mur de toute façon. Qu'est-ce qu'il peut me faire ? pensa-t-il. Avec Morris et les grands pontes du G.O.P. derrière moi il ne peut plus m'enlever l'émission. Quant à ses tueurs... maintenant que je sais qu'ils sont là, il ne doit pas être difficile de les éviter. L'enfant de putain a tout de même essayé de t'assassiner. Tu ne vas pas le laisser s'échapper comme ça ? Il verra que Jack Barron n'est pas Ted Hennering.) Tu as raison pour une fois, Sara. On ne peut pas le laisser s'en tirer comme ça. Assis sur un monceau de cadavres, faisant la loi pendant le million d'années à venir... Je peux encore couler son projet de loi et l'arranger si bien qu'il n'aura même plus assez de voix démocrates pour faire échec au Prétendant. Seulement...

Seulement peut-être que l'enjeu est trop important pour que je me permette de m'offrir cette vengeance, pensa-t-il. De l'autre côté du fleuve, des nuages de fumée dense commençaient à obscurcir un ciel bleu qui se prolongeait haut, très haut, jusqu'à un néant gris bordé par... l'éternité. Et c'est un morceau difficile à avaler, l'éternité. Il faut être un héros pour s'attaquer à ça. Jésus des hippies soi-même y aurait réfléchi à deux fois. Il est mort pour nous sauver, mais il avait son petit coin d'éternité réservé (« et si tu es noir, quand tu t'en vas plus d'espoir »). Je me demande quelle sorte de Bébé Bolchevique il aurait fait s'il avait dû mettre ça en jeu, sa précieuse immortalité, du haut de sa vieille croix de bois ?

— Bien sûr, c'est tentant d'en parler comme ça, reprit-il. Ça nous permet d'oublier la seule chose que Bennie a à mettre dans la balance – pas de Bennie, pas d'immortalité. Tu es prête à renoncer à ça aussi, Sara ?

Cette fois-ci, Sara le regarda sans rien dire. Nul ne pouvait donner la réponse à cette question. Mais il y a ce morceau de papier, pensa-t-il.

— Écoute, dit-il brusquement. Tu es prête à tenter le grand jeu aujourd'hui, quitte ou double ?

— Que veux-tu dire ?

— Je vais appeler Bennie immédiatement, lui dire que nous partons pour le Colorado, que nous voulons subir le traitement tout de suite. Et quand ce sera fait... il ne peut plus rien contre nous. C'est son unique carte, et une fois qu'il l'aura jouée il sera à notre merci. Qu'en dis-tu ? Es-tu prête à devenir immortelle *aujourd'hui* ?

— Mais… qui te dit qu'il n'en profitera pas pour se débarrasser de nous ?

— La technique moderne, plus un petit peu d'astuce. J'emporte avec moi un miniphone, et je le ferai parler, je le pousserai à bout jusqu'à ce qu'il débine tout le truc et…

— Qu'est-ce qu'un… miniphone ?

— Hein ? Oh… c'est un nouveau gadget des laboratoires de Bell, un vidphone privé portatif pas encore sorti sur le marché, strictement réservé aux officiels. Ça émet directement sur le réseau de satellites normaux, et on peut s'en servir de n'importe quel endroit. Je n'ai qu'à installer un circuit multiple avec quelques postes ici et au studio et régler le miniphone sur la fréquence du circuit en branchant des magnétophones pour enregistrer tout ce que Bennie dira à des milliers de kilomètres de là et laisser à Vince des instructions pour qu'il expédie des copies de la bande à Luke, au F.B.I., à Morris et même à la presse peut-être s'il m'arrive quoi que ce soit. Il suffira que je m'arrange pour que Bennie se mouille quand il croira que nous sommes seuls, et avec ça il ne pourra rien contre nous.

— Cette fois-ci c'est pour de bon alors ? dit-elle. J'entends parler de nouveau le vrai Jack Barron…

Et les bras de Sara autour de sa taille, ses lèvres entrouvertes, son regard reflétant des abîmes nus de plaisir sans fond semblaient le dévorer insatiablement dans les draps de Berkeley rues du danger de Meridian bruits de nuit tropicale d'Acapulco, Sara qui le poussait, Sara qui l'aspirait à elle qui lançait des éclairs de vénération vorace et semblait lui crier tandis que son propre sang montait dans ses artères : « Vas-y, Jack ! Vas-y ! Vas-y ! »

Les méfaits des camés du pouvoir. De quoi reluire gratis dans chaque paquet, et un paquet gratis chaque fois qu'on reluit. Des salades à la Bébé Bolchevique et tu le sais, mais quand même ça fait quelque chose de se sentir à nouveau le feu sacré. Oui, en ce temps-là on voyait tout avec des yeux de gosses, c'était nous contre toute la saloperie du monde, et merde, on n'avait pas forcément tort. Puis est venu l'âge de raison, trente ans, tout le monde a voulu goûter à l'action, passe-moi la casse et je te passerai le séné, et ceux qui sont restés en arrière ont porté la guenon sur leur dos. Comme Luke… ce n'est pas qu'il *voulait*, mais il ne se rendait pas compte que la guenon du pouvoir finit par vous accrocher tôt ou tard, que vous le vouliez ou pas. C'est ce que j'ai pigé quand j'ai tout plaqué. Le baisse-froc ce n'était pas moi mais eux, ou tout au moins ils l'étaient autant que moi, et le show-business était la seule chose qui pouvait me tirer d'affaire. Oui, dans la politique tout le monde finit par vendre son père et sa mère et si je n'avais pas eu la veine d'avoir le show-business c'est ce que je serais en train de faire moi aussi. En tout cas une chose est certaine, si je laissais Benedict Howards s'en tirer comme ça je serais le plus grand baisse-froc de tous les temps…

— Je crois que je n'ai pas tellement le choix, dit-il.

Comme des cerises qui s'alignent dans un cliquetis de machine à sous, il vit l'arc réflexe pavlovien de vénération amoureuse se fermer derrière la vitre de ses paupières. Elle descendit lentement sa bouche le long de son torse, léchant, mordant, laissant une coulée de fluides exquis tandis que ses mains dégrafaient puis libéraient le pantalon avec une dextérité proprement masculine. Elle tomba à genoux, chevelure flottante, mains ondulantes sur lui, bouche mouvante contre lui et autour de lui dans une progression à la fois sinueuse et fluide, et sa langue mobile, ses lèvres vibrantes et chaudes l'aspirèrent…

Elle s'arrêta en pleine action, leva sur lui un regard égaré comme si dans la chair de son ventre elle voyait le marbre de quelque héroïque statue ; puis miséricordieusement ses paupières se fermèrent, ses ongles s'enfoncèrent dans les rondeurs de son cul et elle le poussa dans sa bouche comme un gros morceau de melon sucré. Elle gémit une seule fois, doucement, adoptant son tempo, plus vite, plus vite, plus vite en un rythme asymptote, pétrissant, griffant, suçant, plus vite, plus vite, plus vite…

Plus vite, plus-vite plus-vite plus-vite plus-vite – et il se plia en avant, en suspens tandis qu'en lui des ondes de plaisir culminaient, culminaient-culminaient-culminaient culminaientculminaientculminaient par séries pulsées saccadées explosives qui se confondirent se dopplérisèrent s'emmêlèrent crête à crête en un éclair infini hors du temps… exhalant un puissant soupir, il explosa en elle en une synapse inversée de tension libérée, saisit la tête de Sara entre ses deux mains et lentement la releva à sa hauteur et déposa un doux baiser sur les lèvres moites gonflées d'amour.

La brise venue du fleuve, tiède et sereine, l'emplit d'un calme profond. Dire que tout ça c'est de la frime, tout ce putain de tourbillon quand on est en son centre ça n'a plus de réalité. Et n'importe qui peut se trouver au centre pour peu qu'il se donne la peine de s'asseoir et de regarder. Qu'est-ce qu'un autre a de plus que vous ? Prenez le plus grand ponte de la création et pelez-le jusqu'à ce qu'il soit aussi nu qu'un ver. Tout ce que vous aurez en face de vous c'est un type qui au fond de lui-même ne croit même pas à ce qu'il est. Seul contre seul vous valez bien n'importe quel autre conard, vous êtes assez grand pour regarder les autres de l'endroit où tous ces politiciens de mes deux croient pouvoir dicter au pays ce qu'il a à faire. Vous le savez mais eux pas, voilà tout. C'est ça le show-business – la seule façon de s'offrir des sensations fortes sans se faire épingler par la drogue, et sans avoir besoin de piétiner quiconque au passage. La politique ! De la merde ! Tout ce dont vous avez besoin pour faire partie du jeu, c'est un peu de muscle et beaucoup de culot.

Et un estomac vachement blindé.

Non, non, trop beau pour être vrai, se dit Benedict Howards, trop facile victoire sur les forces du cercle noir qui s'estompe Jack Barron serviteur de la mort pénétrant dans son nez et sa gorge par des tuyaux de plastique.

Comme une marionnette spasmodique, Howards fit pivoter son fauteuil et un décor hollywoodien de montagnes situées au nord-est du Bâtiment administratif du Complexe d'Hibernation des montagnes Rocheuses se déploya devant lui dans une splendeur soigneusement préservée de toute construction. Mais ce n'était pas un décor, c'étaient quatre mille hectares de Rocheuses infranchissables et inhabitées. Et la semaine prochaine, une fois signés les titres de propriété, les quelques routes venant de l'extérieur seront coupées et je serai en sécurité au milieu d'un domaine privé accessible seulement par avion et avec mon consentement – en sécurité pendant le million d'années à venir.

Vingt millions de dollars. Cet abruti de Yarborough me prend pour un fou d'acheter quatre mille hectares de désolation pour vingt millions de dollars. Pauvre mortel ! Amortis sur un million d'années, ça représente vingt dollars par an. Une assurance sur la vie pas chère quand on a tout son temps devant soi.

Tout paraît sous un autre jour quand on a un million d'années devant soi. Cinquante millions pour faire passer le projet de loi au Congrès, cent millions pour acheter un Président tous les quatre ans et, si on ne peut pas l'acheter, dix millions pour louer les services d'un professionnel pour tuer *n'importe qui*... Teddy Hennering, et, pourquoi pas, Teddy le Prétendant aussi, si le besoin s'en fait sentir.

On peut faire pratiquement n'importe quoi avec un capital qui travaille et des amortissements espacés sur un million d'années. Même économiser l'argent des soi-disant experts fiscaux ; c'est plus simple d'acheter une loi quand on a ce qu'il faut pour la faire tenir un million d'années.

Alors, Jack Barron, tu pourras te brosser, j'ignore quel sale coup tu prépares en venant ici subir ton traitement quand je te supplie de le faire depuis des semaines quand tu sais presque sûrement que c'est moi qui ai payé ce bougre d'abruti qui t'a raté ; mais je m'en fiche tu peux penser ce que tu voudras l'important c'est que tu sois venu. Toi et ta femme dans la gueule du loup et pas question de ressortir d'ici sans ma permission. Que vous n'aurez qu'une fois que vous aurez subi le traitement, que vous serez trop engagés pour pouvoir reculer, que le million d'années à venir sera sur la balance et pas seulement vos pauvres soixante-dix années d'espérance de vie. Alors, Barron, tu connaîtras le cercle de mort qui s'estompe, charogne grouillante livrée six pieds sous terre aux asticots becs de vautours ricanant pendant dix mille ans tubes de plastique enchevêtrés pénétrant dans ton nez et ta gorge ta vie drainée goutte à goutte dans des bocaux de plastique images de Négrillons éviscérés roulant des yeux sanglants chairs cancéreuses testicules fripés cercle de putréfaction qui s'estompe s'estompe s'estompe...

— Mr. Barron est ici, fit la voix de plastique de la secrétaire à l'interphone.

Howards fit pivoter son fauteuil en clignant une fois des yeux et revint à la réalité. Il faut que je me surveille, pensa-t-il. Encore deux jours et ce sera fini. L'affaire Barron réglée je serai en sécurité, plus de visages qui s'estompent de Négrillons éviscérés roulant des yeux de peur…

La porte s'ouvrit, livrant passage à Jack Barron. Quelque chose de dur et de noir émanait de son regard, comme un cercle tourbillonnant de danger qui s'estompe. Il traversa la pièce sans quitter Howards des yeux, prit un siège près du bureau sur lequel il posa ses pieds et alluma une de ses saloperies d'Acapulco Golds de camé en disant :

— Inutile de faire une attaque d'apoplexie, Bennie, cette fois-ci c'est fini on vide l'abcès strictement entre vous et moi. Je sais tout, Bennie, absolument tout ; je vous tiens par la peau du cou et j'ai les meilleures raisons du monde de ne pas vous lâcher, et vous savez lesquelles.

Il sait ! pensa Howards. Le cercle qui s'estompe, les Négrillons éviscérés… non, non, il ne peut pas savoir *cela*. Encore un de ses bluffs à la con.

— Je ne sais pas à quoi vous jouez, dit-il, mais de toute façon ça ne marchera pas. Vous êtes sur mon terrain à présent, et c'est la dernière fois que vous oserez l'oublier.

— Vous ne seriez pas des fois en train de me menacer, n'est-ce pas ? demanda Barron de sa voix de gamin arrogant. Vous savez que ça ne paie pas de menacer Jack Barron. Vous ne l'avez pas encore appris ? Apparemment non. Vous avez cru pouvoir agir avec moi comme avec Hennering. Mais vous voyez que ça n'a pas marché.

Ainsi il est au courant pour ce traître de Hennering. Et il sait que c'est moi qui ai payé ce crétin de tueur à gages du Mississippi – et il croit pouvoir se servir de ça contre moi ! Se pourrait-il que ce soit tout ? Pas de cercle noir qui s'estompe de vautours assassins de tubes de plastique chairs cancéreuses ratatinées comme des prunes fripées Négrillons éviscérés… reprends tes esprits, mon vieux. Il est impossible qu'il sache. Et même s'il sait, il est ici dans la gueule du loup. Et pour se rassurer, Howards caressa le bouton d'appel dissimulé sous le rebord du bureau.

— Mais pourquoi êtes-vous venu ? demanda-t-il.

— Je vous l'ai dit au vidphone. Sara est dans l'antichambre, et nous voulons tous les deux exercer notre droit d'option pour subir le traitement. Vous avez une objection ?

Howards avait failli éclater de rire. Ce crétin est ici pour me forcer à lui faire exactement ce que je voulais, et qu'il refusait. Mais ça ne tient pas debout !

— Pas d'objection, fit-il d'une voix quelque peu incertaine. Soyez régulier avec Benedict Howards, et vous n'aurez pas à vous plaindre.

— Parfait. La raison pour laquelle j'ai changé d'avis est que j'ai découvert le grand secret au cours de mon voyage dans le Mississippi. Cinq gosses achetés deux cent cinquante mille dollars, ensuite on essaie de me tuer pour m'empêcher de continuer mon enquête, il n'y avait qu'une seule conclusion possible puisque vous êtes le seul à avoir été au courant de mon déplacement suffisamment longtemps à l'avance pour organiser l'attentat.

« Il sait ! Il sait ! Quelqu'un a parlé. Palacci ? Un autre médecin ? Yarborough, Bruce, Hennering (non, Hennering est mort !). Un enfant de putain a parlé, s'est vendu au cercle noir éviscéré de la mort dans des tubes de plastique, un salaud d'enculé a vendu un million d'années… ou est-ce qu'il bluffe encore ? Est-ce qu'il sait tout ou bien fait-il semblant ? Il faut que j'en aie le cœur net. »

— Vous n'êtes sûrement pas stupide à ce point, Barron. Vous dites vous-même que vous savez que j'ai tué Hennering. (Avouons ; lâchons-lui ça dans les gencives, pour voir comment il va réagir… Non ! Non ! pensa Howards tandis que Barron souriait placidement, sans qu'un seul muscle de son visage tressaillît. Ça, il le savait déjà, aucun doute là-dessus.) Alors qu'êtes-vous venu faire ici ? Vous vous doutez que si j'ai tué Hennering, un foutu *sénateur*, je n'ai pas de raison d'hésiter à vous faire subir le même sort ! Qu'est-ce qui vous fait croire que je vais vous rendre immortel alors que je peux vous tuer beaucoup plus facilement que Hennering, et à meilleur compte également ?

Et sous son bureau, Howards toucha du pouce le bouton d'appel.

Barron mit la main dans la poche de sa sportjac (Une arme ? pensa Howards dans un moment de pure panique) et posa ce qui ressemblait à un minuscule transistor avec deux grilles de haut-parleurs sur le bureau. Un de ces miniphones sortis par Bell, se dit Howards.

— Voilà l'explication, dit Jack Barron. Vous reconnaissez ça ? C'est un miniphone qui émet directement sur la fréquence des satellites et qui a retransmis fidèlement chacune de vos paroles à trois récepteurs différents en trois lieux différents de New York. Et avant que vous ayez seulement réfléchi au moyen de trouver une parade, cinq copies de la bande seront entre les mains de Luke Greene, Gregory Morris, le F.B.I., l'Associated Press et les flics du Colorado – si je ne suis pas de retour mardi à New York pour les arrêter. Vous avez avoué avoir commis un meurtre, Howards, et votre propre voix est prête à le crier sur les toits au cas où il m'arriverait quoi que ce soit… ou même, si votre façon de sourire me déplaisait.

Benedict Howards poussa un soupir de soulagement. Pauvre con, pensa-t-il ; tu t'es pris au piège toi-même en croyant que tu pouvais faire quelque chose contre moi maintenant que tu es ici. M'accuser de meurtre, quelle rigolade ! En me menaçant de la chaise électrique, tu ignores que tu signes ton propre arrêt de mort, Barron ! Il ne *sait* pas… il ne sait pas la seule chose qui compte. Demain je retournerai contre lui la même arme, la condamnation à la chaise électrique au cas où il prendrait à l'immortel Barron la fantaisie de vouloir me doubler. Et dire qu'il m'a fait marcher… Alors qu'il est venu de son propre gré au piège du cercle qui s'estompe de Négrillons éviscérés… toi et moi désormais liés, assassins immortels risquant un million d'années. Et tout ça pour venir naïvement se jeter dans la gueule du loup !

— Maintenant la partie est finie, Howards, reprit Barron. Je veux tous les détails sur votre traitement, et n'ayez pas peur de parler des techniques de labo utilisées pour le mettre au point, ça je suis déjà au courant.

Howards sourit en appuyant sur le bouton. C'était ça, il est persuadé que tous ces Nègres éviscérés du cercle de mort qui s'estompe, cette racaille qui vend sa propre chair qui ne mérite pas de vivre nous a servi de cobayes de luxe. Inutile de lui dire comme il se trompe. Mieux vaut attendre après l'opération, qu'il le sente lui-même en se réveillant immortel. Je n'aurai pas besoin alors de lui dire qui est le patron. Il le dira tout seul.

— Ne vous en faites pas, Barron. Vous aurez bientôt la réponse à toutes vos questions. Mais pas avant que vous ne soyez en mesure de comprendre ce que ça signifie.

— Je vous avertis, Howards. Je veux tout savoir immédiatement, ou bien…

À ce moment-là, deux gardes en uniforme, pistolet au poing, firent irruption.

Barron se leva, faisant volte-face et pâlit en voyant les armes braquées sur lui. Mais le temps qu'il se retourne vers Howards, il avait de nouveau son putain de sourire inonique au coin des lèvres, et paraissait vraiment se foutre de sa gueule !

— Votre bluff ne prend pas, Bennie. Allez-y, demandez à vos singes rasés de me descendre si vous l'osez, et vous allez directement sur la…

— Vous descendre, Barron ? (Benedict Howards eut un sourire de triomphe.) Pourquoi ferais-je une chose pareille ? Vous m'êtes bien trop précieux vivant et immortel. Ces messieurs vont simplement vous escorter jusqu'à la salle d'opération, je ne voudrais pas que vous vous perdiez en chemin. Vous autres, vous prendrez également au passage la femme qui attend dans l'antichambre. Vous subirez l'opération en même temps et vous serez tous les deux mardi à New York comme vous l'aviez prévu, mais avec une toute petite modification : vous serez plus que jamais disposé à prendre *mes* ordres.

— Vous êtes cinglé, dit Barron. Mais ça n'a aucune importance, je vous tiens exactement comme je le voulais. Jusqu'à ce que je sois sorti d'ici, c'est vous qui commandez. Je n'ai rien à y perdre et tout à y gagner. Mais pourquoi ces armes ? Vous pouvez dire à vos gorilles de les ranger, ils n'en ont pas besoin.

— Simple mesure de précaution. Quand on a à garder un million d'années, on a intérêt à se montrer prudent. Mais ne vous en faites pas, quand vous vous réveillerez immortel, vous comprendrez ce que je veux dire.

Ce que ça signifie de se réveiller chaque matin de respirer l'air en sachant que ça durera l'éternité aussi longtemps que vous serez dans vos quatre mille hectares à l'abri des assassins membres du Congrès Président projet de loi d'utilité publique maintenant à distance le cercle noir qui s'estompe, à l'abri derrière les murs inexpugnables du pouvoir en sécurité pour l'éternité enfermé à double tour derrière une barrière de montagnes infranchissables.

Tu sauras ce qu'on a à perdre quand on est immortel, Barron. Tu sauras ce que c'est que d'être un larbin aux ordres de Benedict Howards, pouvoir de ce que je décrète vie éternelle contre mort éternelle livré six pieds sous terre aux asticots nègres éviscérés becs de plastique pénétrant dans ton nez ta gorge ricanant pendant un million d'années perdues rien que ma bouche close entre toi et le cercle noir qui s'estompe et ta bouche close entre la mort et moi mais elle sera close à jamais, cet enregistrement c'est la chaise électrique pour toi *et* pour moi chairs calcinées testicules comme des prunes fripées… toi et moi nous sommes liés pendant le million d'années à venir.

Et le cercle noir qui s'estompe et qui nous tient est toujours là pour être repoussé par quatre mille hectares de montagnes infranchissables, Congrès, Président, silence… et il nous attend avec ses tuyaux de plastique ses bassins grouillants d'asticots ses fluides vitaux drainés goutte à goutte… mais personne n'aura Benedict Howards, les assassins à la chaise électrique Nègres éviscérés roulant des yeux de peur n'auront jamais la force de refermer sur moi le cercle noir qui s'estompe, non, jamais… jamais… Jamais ! Je repousserai le cercle avec mon pouvoir de vie et de mort ! Jamais… Jamais… Ils ne m'enlèveront jamais l'Éternité !

Il s'aperçut que Baron le dévisageait bouche bée, et que dans son regard se lisait un mélange de crainte, de confusion et d'horreur. Seigneur, de quoi dois-je avoir l'air ? Il faut que je me contrôle… savoir voir les choses de loin, de très loin… Un million d'années d'amortissement ! Oui, reprends-toi, tu n'as rien à craindre jamais le cercle noir cancéreux de Négrillons éviscérés condamnation à la chaise électrique ne t'enlèvera…

Il entendit sa propre voix, étrangère pâle et croassante crier :

— Conduisez-le à la salle d'opération ! Emmenez-le ! Emmenez-le ! Jamais ! Jamais ! Ils ne me feront pas mourir… cercle noir qui s'estompe… tu ne gagneras jamais… Je te tuerai ! Tuerai ! Je ne mourrai jamais !

Chapitre dix-sept

Pistolets le long d'un corridor blanc... montagnes vertes se profilant derrière les draps sentant l'éther... plafond citron... ombres feutrées de la lumière du jour faisant place à l'éclat bleuté et fluorescent du bloc opératoire... pistolets des gardes qui l'étendent sur la table roulante dans la tiédeur d'un oreiller douillet... aiguille de penthotal d'indifférence somnolente... mouvement de la table qui roule sur un fond de montagnes flottantes... blouses blanches et froides de docteurs blancs et froids... infirmiers mélangeant des liquides... acier impersonnel des bistouris bleuis par le scialytique... tampons d'ouate dans la tiédeur du lit montagnes ombrées flottant au plafond... odeur d'hôpital mêlée aux senteurs de pins... aiguille instillant le sommeil au creux de son bras... Et derrière lui il sentit les vibrations d'une autre table roulée sur le théâtre des opérations (Sara ?) dans une semi-conscience faite d'indifférence-incapacité de bouger ses membres... les blouses blanches... le scalpel électrique... éclat bleuté de l'acier contre la blancheur des draps plafond citron montagnes froides, vertes... euphorie de l'anesthésie léthargie du réveil... odeur d'éther senteur flottante des aiguilles de pins docteurs citron...

Ensuite (quand ?) le chaos devint le souvenir d'un moment du passé et Jack Barron se réveilla, rétrospectivement conscient d'un interminable séjour à la frontière interface de la veille et du sommeil, images du passé préopératoire brouillées dans le présent postopératoire comme si l'instant insaisissable de la transition se trouvait prolongé de dix mille années. Mais il avait maintenant pleinement conscience qu'il était :

Allongé dans un lit d'hôpital, la tête au creux d'un oreiller douillet les yeux fixant le vague d'un plafond citron, à sa gauche une longue baie vitrée donnant sur les montagnes Rocheuses et l'odeur des pins filtrait à travers l'écran thermique frémissant qui empêchait la brise froide des montagnes de pénétrer.

Zut, se dit-il, quel jour sommes-nous ? Combien de temps suis-je resté inconscient ? Aucun calendrier dans la chambre aux murs blancs et nus, rien que le lit et une petite table d'hôpital, même pas une montre. Et s'ils m'ont mis en sommeil artificiel, ce qui est probable, pas moyen de savoir combien de temps ça a duré.

Des souvenirs affluèrent confusément dans son esprit. Ces gorilles armés m'ont conduit à la salle... Non, une seconde, ils ont commencé par me conduire ici, ils m'ont allongé sur une table roulante et m'ont fait une piqûre, et j'étais déjà à moitié inconscient quand ils m'ont conduit à la salle d'opération. Puis ils ont amené quelqu'un d'autre – sans doute Sara – la dernière chose dont je me souvienne. Sara doit être immortelle elle aussi maintenant...

Immortel ?... Je ne me sens pas différent, tout au moins je ne le crois pas. Se concentrant sur son corps, Barron sentit un léger tiraillement dans ses muscles abdominaux, un élancement à peine perceptible dans son dos et une impression de faiblesse somnolente pareille à ce que l'on éprouve au lit après une nuit pénible. Pas différent, vraiment, je me sens toujours *moi*, rien de plus.

Est-ce qu'il y a *quelque chose* de différent ?

Barron tendit tous ses sens, essayant de se rappeler comment il avait toujours ressenti son corps, comme quelque chose dont on n'a pas conscience, sauf si on est vraiment fatigué ou malade. Mon imagination, parce que je le cherche, ou bien est-ce que *vraiment* je me sens différent ? Difficile à dire. Je ne me sens pas malade. Un peu faible des suites de l'opération, quoi que ce soit qu'on ait pu me faire, peut-être, mais pas de pouvoir surhumain genre vision aux rayons X, ça c'est sûr. De la faiblesse, oui, mais d'une drôle de sorte, presque trop bonne, comme si j'allais pouvoir me lever et faire un mille mètres... ou est-ce de penser que je suis peut-être immortel qui fait que je me raconte des histoires ?

Immortel... mais merde, comment savoir si on est immortel ou pas tant qu'on n'a pas vécu deux cents ans ? Aucune raison de se sentir soudain différent. En réalité, je suppose qu'on doit rester le même, jeune et fort comme au commencement, quand on passe le cap des quarante, soixante-dix, cent ans... ce qui change, sans doute, c'est qu'on ne doit *jamais* sentir de différence. Quarante ans, cent ans, deux cents ans, on se sent toujours le même, et ce changement-là on ne s'en aperçoit qu'après qu'il ne *s'est pas* produit.

Immortel... Aucune raison de sentir le changement, ils pourraient aussi bien vous dire que c'était pour vous enlever votre appendice, et vous ne le sauriez même pas...

Hé, suis-je pour de vrai immortel, ou bien toute cette histoire n'est-elle qu'un bateau ? Comment faire pour savoir, alors que tout ce que j'ai c'est la parole de Bennie. Ils m'ont peut-être monté une mise en scène pour me calmer, je ne peux pas savoir, tout ce qui est sûr c'est qu'on ne peut pas faire confiance à Bennie. Mais perdant ou gagnant, de toute façon les jeux sont faits et ça ne change rien. Dès que je rentre à New York je m'occupe de lui. À ma prochaine émission je le finis pour de bon... j'ai ces bandes en lieu sûr comme garantie de partir d'ici vivant, immortel ou non, et peut-être...

Pourquoi pas ? Mettre Bennie sur la sellette, et lui passer les bandes... Qu'est-ce qu'il peut faire ? Me poursuivre pour diffamation alors que c'est sa propre voix qui l'accuse ? Sais pas, mieux vaut peut-être demander d'abord aux avocats. Les bandes magnétiques peuvent être truquées, et ne servent pas de preuve auprès des tribunaux. Ça veut dire que je suis obligé de trouver un autre moyen pour l'accuser de meurtre si je ne veux pas me retrouver avec un procès sur les bras ? À moins que je ne me serve des bandes pour le faire avouer sur les ondes... ça ne devrait pas être très difficile à faire. On dirait qu'il débloque complètement maintenant, d'après les yeux qu'il avait… j'y arriverais peut-être. C'est sûr que ce serait un beau coup, mais dangereux comme tout s'il ne se laisse pas bluffer. Mieux vaut y réfléchir, et demander conseil… peut-être les avocats du G.O.P… ?

La porte s'entrouvrit, et un homme brun vêtu d'une tunique blanche, visiblement un docteur, passa la tête à l'intérieur et dit :

— Ah, monsieur Howards. Il est éveillé. C'est fini.

Benedict Howards entra dans la chambre à la suite du médecin.

— Eh bien, examinez-le tout de suite, Palacci, et dites-moi si cela a pris.

— Inutile, monsieur Howards. S'il est éveillé maintenant c'est que l'opération a réussi. Le seul danger était que le traitement immunosuppressif échoue et qu'apparaisse une réaction d'allergie aux greffons. C'est une chose qui arrive, voyez-vous, environ deux fois sur cent. Mais si c'était le cas, il serait probablement plongé dans le coma avec une forte fièvre. En fait, il serait sans doute déjà mort. Mais tout s'est bien passé, il est immortel et en bonne santé, et la femme aussi.

— Sara ! s'écria Barron avec un sentiment de culpabilité. Comment va-t-elle ?

— Elle va parfaitement bien, fit Howards dont le regard avait le même éclat de démence que la dernière fois (combien de temps s'était écoulé ?) dans son bureau… Elle est immortelle maintenant, tout comme vous et moi. Qu'est-ce que vous en dites, Barron, quel effet cela vous fait-il de vous réveiller immortel, de sentir cette odeur de pins, de vous dire que vous ne mourrez jamais… aussi longtemps que vous coopérerez, bien sûr… ?

— Je ne sens rien, Howards, dit Barron, sur ses gardes. Je ne me sens pas du tout différent. Et qu'est-ce qui me prouve que vous ne m'avez pas ouvert puis refermé, ou simplement mis en sommeil pendant… combien de temps, au fait ? Quel jour sommes-nous ?

— Nous sommes lundi, répondit Palacci. Vous êtes resté…

Benedict Howards leva la main pour l'interrompre :

— Laissez-moi parler. Quand peut-il se lever ? J'ai quelques petites choses à montrer à Mr. Barron. Il est temps qu'il sache qui commande pour de bon.

— Après quarante heures de sommeil artificiel, il pourrait se lever maintenant. Ce n'est pas une opération majeure techniquement parlant. Nous n'avons pas besoin d'implanter les greffons très profondément.

— Dans ce cas, allez lui chercher ses vêtements, dit Howards. Mr. Barron et moi nous avons quelques mots à nous dire en privé.

Tandis que le docteur sortait en refermant la porte derrière lui, Barron s'adossa à la tête de lit. Il se sentit étonnamment fort et beaucoup plus maître de la situation qu'allongé sur le dos.

— Allez-y, Howards, dit-il. Prouvez-moi que je suis immortel. J'avoue que je n'ai pas la moindre idée de ce que je devrais ressentir, mais jusqu'à présent je n'ai eu aucune autre assurance que votre parole. Et vous savez le grand cas que je fais de votre parole, Bennie. N'oubliez pas les bandes. Vous avez intérêt à être compréhensif pour que je ne sois pas en colère. Et tant que je ne suis pas en colère, vous avez une chance de continuer à vivre.

— Vous et vos sacrées bandes, ricana Howards. Une fois rentré à New York, vous allez m'expédier toutes les copies et nous en ferons un bon feu de joie.

Barron ne put réprimer un sourire. Il est complètement dingue, se dit-il.

— De quelle planète venez-vous, Bennie ? Prouvez-moi que vous avez rempli votre part du marché et je vous laisserai peut-être tranquille. Je dis bien peut-être – ça dépendra de mon humeur du moment. Mais une chose est sûre, ces bandes appartiennent à bibi et je m'en servirai pour vous garder – pardonnez-moi l'expression – dans le droit chemin. La peine encourue pour un meurtre est la chaise électrique, et vous feriez bien de ne pas l'oublier.

— J'essaierai, Barron, fit Howards (mais ses yeux de paranoïaque riaient. Riaient !). Et vous feriez bien de ne pas l'oublier non plus. Vous *êtes* immortel, et je vais vous le prouver. Je vais tout vous montrer, vous faire faire la visite des lieux, et vous allez voir *comment* on vous a rendu immortel. Vous n'aurez pas besoin d'autre preuve, pour ça vous pouvez me faire confiance.

— Vous radotez, Howards. En quoi cela prouverait-il quoi que ce soit ?

Benedict Howards éclata de rire, et la certitude glacée de son regard paranoïaque emplit Barron d'une mortelle appréhension. D'une façon ou d'une autre, Howards ne doutait pas un seul instant de son triomphe.

— Chaque chose en son temps, dit-il. Vous verrez. Vous verrez pourquoi j'avais intérêt depuis le début à vous rendre immortel. Peut-être que ces bandes magnétiques mettent ma vie entre vos mains, mais ce qui met la vôtre entre les miennes c'est votre propre immortalité. Je vous possède sur toute la ligne, Barron, vous êtes ma créature maintenant, et vous ne pourrez plus jamais l'oublier. Mais attendez que vos vêtements arrivent, et je vous le prouverai. Oh, oui, je vous le prouverai !

— Voyez-vous, Barron, d'après ce qu'ils m'ont expliqué, tout réside dans les glandes, fit Benedict Howards tandis que l'ascenseur s'immobilisait après une longue descente dans les entrailles de l'hôpital.

Ça ne m'étonnerait pas de voir un souterrain humide à la Frankenstein, pensa Barron tandis que la porte de l'ascenseur coulissait silencieusement pour révéler un banal corridor d'hôpital aux murs blancs sans fenêtres baignés d'une lumière fluorescente.

— Question d'équilibre endocrinien, paraît-il, continua Howards en emboîtant le pas aux deux gardes armés, pistolets à l'étui mais bien en évidence, qui étaient descendus avec eux dans l'ascenseur.

Apparemment, ils avaient des ordres précis, car Howards ne leur avait pas adressé un seul mot depuis qu'ils avaient quitté la chambre d'hôpital. Il avait seulement débité un tas de propos incohérents sur les hormones et les glandes. Barron l'écoutait à peine. Le regard lointain et vitreux de Howards, son débit de mitraillette et sa façon de tourner la tête de tous les côtés comme un oiseau apeuré lui semblaient on ne peut plus éloquents. Bennie avait fini par perdre complètement les pédales. Et ce putain de jargon médical dont je suis sûr qu'il ne comprend pas la moitié…

Oui, mais c'est là le hic, se dit Barron. Si c'était vraiment un attrape-couillon il aurait appris sa leçon par cœur et ce serait à peu près cohérent. Bennie n'est pas assez vicieux pour jouer la comédie à ce point. Ce qui signifie…

C'est pour de bon. Du moins, il y a des chances. *L'immortalité*. Peut-être que je l'ai vraiment, qu'il ne me fait pas marcher ? Immortel ! Je ne sens aucune différence, mais après tout je suis jeune et en bonne santé, et si c'est vrai je ne me sentirai *jamais* différent, ni maintenant ni dans un million d'années…

Mais qui sait ? Howards a changé, ça ne fait aucun doute. Plus le temps passe et plus il est paranoïaque. En fait, toute cette foutue Fondation repose sur une idée paranoïaque. Et plus Howards a de l'argent, plus il a de temps à vivre, plus il chie dans son froc à l'idée de perdre tout ça. Ce qui l'amène exactement où je voulais qu'il soit.

D'accord, mais pourquoi Bennie est-il persuadé que c'est lui qui m'a amené là où il voulait ?

Drôle de merdier… Mais soudain une illumination glacée le traversa : Howards avait été prêt à faire n'importe quoi pour le rendre immortel. Et maintenant il est arrivé à ses fins. Il m'a eu ? Mais comment ? Il ne peut plus me toucher maintenant, et je crois le tenir dans le creux de ma main. Le traitement… oui, il est entré en transe chaque fois que j'ai abordé ce sujet devant lui. Et maintenant qu'il est en train de tout m'expliquer, je ne l'écoute même pas ! Une chose est à peu près certaine en tout cas : ce traitement, quel qu'il soit, ils me l'ont fait subir. Mais écoute, bougre de con, écoute-le ! N'est-ce pas pour cela que tu es venu ?

— Un homme a l'âge de ses glandes, expliquait Benedict Howards. Si vous pouviez conserver l'équilibre hormonal que vous aviez étant gosse, vous ne cesseriez jamais de grandir… Non, c'est le contraire, je pense… ou plutôt… mais ce n'est pas ça qui est important. Le fait est que vous n'êtes jamais plus vieux que vos glandes. Dans une certaine mesure, les glandes d'un gosse empêchent son corps de vieillir. Son anabolisme excède son catabolisme, ou quelque chose comme ça. Enfin, quoi qu'il en soit, au moment où le processus s'inverse vous commencez à vieillir, à vous rapprocher de la mort, du cercle noir... D'après ce qu'ils m'ont dit, normalement un être humain est toujours soit en train de grandir soit en train de vieillir, jamais au milieu, selon l'équilibre de ses glandes. C'est comme une horloge à minuit tapant. Entre un coup de balancier et le suivant, vous changez de jour. Un coup vous grandissez, un coup vous vieillissez. Continuez à grandir, me disent-ils, et tôt ou tard ça finira par vous tuer. Je n'ai pas très bien compris pourquoi... mais quoi qu'il en soit, au moment où vos glandes dépassent cette ligne, quelque part entre treize et dix-neuf ans paraît-il, c'est là que vous commencez à mourir. Vous saisissez, Barron ? Vous comprenez ? L'immortalité est dans le coup de balancier.

— Balancier... balancier.., répondit finalement Barron. C'est le vôtre qui est détraqué, Howards.

— Vous êtes vraiment bouché, Barron. Vous ne comprenez pas ? Si c'est exactement mardi minuit, et si vous arrêtez l'horloge au moment précis où mardi finit et où mercredi n'a pas encore eu le temps de commencer, vous êtes coincé au milieu. Ni en train de grandir ni en train de vieillir. C'est ce que Palacci appelle « l'équilibre homéostatique endocrinien ». Arrêtez l'horloge entre deux battements et vous avez l'immortalité. C'est ce que nous avons découvert : le moyen d'équilibrer les glandes. Vous et moi, Barron, nous avons des glandes qui resteront toujours jeunes. Nous sommes immortels ! Immortels !

Ce serait presque convaincant, se dit Barron en fouillant ses souvenirs de deux trimestres de biologie à Berkeley. « Anabolisme plus catabolisme égale métabolisme. » Cette formule obscure issue de quelque vieux mémento jaillit à la surface. Mais qu'est-ce que ça pouvait bien vouloir dire ? Le métabolisme est une sorte de compte en banque biologique : l'anabolisme représente la croissance, et le catabolisme l'usure... ou bien tout le contraire ? N'importe comment, chez un gosse la croissance est supérieure à l'usure de sorte que le compte est créditeur. Et chez un adulte c'est l'inverse ; vous êtes débiteur, donc vous commencez à mourir. Oui, mais si vous pouviez être juste entre les deux, et rester comme cela indéfiniment, vous seriez immortel, d'après ce que dit Howards ! Ce serait ça, l'immortalité, un réglage des glandes analogue au réglage de l'allumage par le mécanicien ? Mais comment procèdent-ils ?

— Je crois que je commence à saisir maintenant, Bennie. Mais je serais curieux de savoir comment vos hommes s'y prennent pour… trafiquer toutes ces glandes ?

Howards lui jeta un drôle de regard et les mots glacés qu'il lui répondit sonnèrent d'une façon curieusement obscène :

— Des radiations. Beaucoup de radiations. Une dose massive émise pendant deux jours.

Barron eut un frisson. Des radiations – un mot maléfique, comme le cancer. Une dose massive pendant deux jours ! Mais cela signifie…

Howards se mit à rire :

— N'ayez pas peur, Barron, vous n'allez pas en mourir. Je n'en suis pas mort, et j'ai subi exactement le même traitement que vous. Mes hommes ont découvert une particularité de certaines radiations : à dose élevée et mortelle, elles sont capables de stabiliser les glandes, si on les prend assez jeunes, à ce fameux point d'équilibre homéostatique…

— Mais toutes ces radiations… quel effet ont-elles sur le corps humain ?

Howards fit la grimace, et son regard devint vitreux comme s'il se projetait un film porno sur quelque écran à l'intérieur de sa tête. Il murmura quelques paroles incohérentes où il était question de Nègres, puis parut sortir de son hébétude au moment où les gardes s'immobilisaient devant une porte d'acier.

— Je ne l'ai jamais vu moi-même, mais il paraît que c'est quelque chose d'horrible, fit-il. Les chairs pourrissent et se désagrègent, et le corps entier devient le foyer d'un million de cancers… mais les glandes restent intactes, si les toubibs calculent bien leur coup. Mieux que…

— Espèce de cinglé ! hurla Barron, qui faillit sauter à la gorge de Howards mais s'arrêta net lorsque les gardes sortirent leur pistolet.

— Ne vous excitez pas, Barron ; je n'ai pas dit que *vous* aviez été irradié, dit Howards en caressant le bouton de la porte d'acier. (Il sourit :) Je vais vous montrer maintenant pourquoi nous nous portons tous les deux à merveille, et cela pour l'éternité, et aussi pourquoi vous êtes à ma merci. J'ai dit que vous aviez des glandes qui resteraient jeunes, qui vous garderaient jeune pour l'éternité… mais je n'ai pas dit que c'étaient *vos* glandes ! (Et avec un regard de démence bestiale, Howards ouvrit la porte.)

À première vue, le spectacle qui les attendait derrière la porte de fer était celui d'une section d'hôpital tout à fait normale : une grande salle étroite, avec une allée centrale séparant deux rangées d'environ douze lits chacune disposée perpendiculairement aux deux murs. À l'extrémité opposée de la salle se trouvaient une série de pupitres électroniques entourant un petit bureau derrière lequel un homme en blouse blanche était assis. À la droite de ce bureau il y avait une autre porte.

Mais c'étaient les occupants des lits qui donnaient à la salle ce caractère grotesque et monstrueux qui emplissait Barron d'une nausée incrédule.

Vingt-quatre lits, et dans chacun un jeune enfant, âgé de six ans au moins et d'une dizaine d'années au plus. Plus de la moitié étaient noirs. Tous étaient nourris par voie intraveineuse, mais les tuyaux alimentant les aiguilles fixées avec du sparadrap à leurs aisselles étaient reliés non pas à des flacons goutte-à-goutte mais à une conduite principale qui aboutissait au complexe de monitoring au fond de la salle. Une installation analogue servait à vider les sondes qui sortaient de chaque lit et chaque enfant avait des électrodes fixées à sa poitrine et à son front. Tous ces fils convergeaient en un câble central qui aboutissait aux pupitres de contrôle. On n'entendait pas un seul bruit dans la salle, aucune tête ne se tourna, aucun muscle ne bougea. Tous ces enfants étaient plongés dans un coma profond.

Leur âge… la prédominance des Noirs… Jésus en Harley-Davidson ! pensa Barron. Ce sont les malheureux gosses achetés par la Fondation !

— Du beau travail, hein ? fit Howards. Quand on pense au spectacle que pourrait donner toute une marmaille déchaînée et au personnel qu'il faudrait pour s'en occuper… À court terme, c'est un équipement extrêmement coûteux ; mais si vous songez aux économies de nourriture, salaires et énergie, avec un amortissement même à moyen terme ça fait pas mal d'argent de gagné.

— Mais qu'est-ce que vous faites à ces pauvres gosses ? s'écria Barron. Qu'est-ce qu'ils ont ? Pourquoi sont-ils tous dans le coma ?

— *Qu'est-ce qu'ils ont ?* fit Howards d'une voix neutre, mais dans son regard était tapie une terrible lueur de démence. Ils n'ont rien du tout, ce sont des spécimens physiques irréprochables, car sinon, croyez-moi, nous ne dépenserions pas tout cet argent pour les conserver ici. Nous ne leur faisons rien dans cette salle, c'est notre garderie. Le processus entier est parfaitement indolore pour tous ces gosses. Du début jusqu'à la fin ils ne sentent rien. Pour qui me prenez-vous, pour une espèce de sadique ? Ils restent endormis et nourris au glucose jusqu'à ce qu'ils soient prêts à être traités. De cette façon nous économisons du temps et de l'argent et aussi une belle pagaille. Un seul homme aux commandes du moniteur peut faire tout le travail.

Ce n'est pas possible, se dit Barron tandis que Howards le précédait ainsi que les gardes le long de l'allée centrale. Mais c'était on ne peut plus réel, il le savait. Il n'était que de sentir l'affreuse odeur de mort qui émanait des rangées d'enfants endormis reliés par des tuyaux et des câbles à un démentiel circuit d'horreur. Et c'est tout ce qu'il y voit ? Une putain de chaîne de production ! Mais production de *quoi* ? Bennie est complètement déboussolé… la prochaine fois que je l'ai sous la main à mon émission, j'en fais de la charpie…

Mais il se prit à écouter, dans une sorte de fascination épouvantée, les explications que continuait à lui donner Howards sur le ton d'un directeur des ventes commentant la visite guidée d'une foutue usine de réfrigérateurs :

— Naturellement, nous n'en sommes qu'au stade expérimental… Si nous pouvions résoudre la question de la réanimation au sortir des Hibernateurs, nous n'aurions pas besoin de toute cette comédie – il nous suffirait de les irradier dès qu'ils arrivent, puis de les fourrer dans un hibernateur pour les utiliser au fur et à mesure de nos besoins ; cela nous économiserait pas mal d'argent. La technique est en ce moment à l'étude, mais il paraît que ce ne sera pas au point avant quelques années. Alors, en attendant, on utilise les moyens du bord. Le plus difficile est de les maintenir en vie après l'irradiation. Avec la dose reçue, sans compter le cancer, aucun d'entre eux ne dure plus d'une quinzaine de jours. Aussi la synchronisation est-elle difficile à établir, et le mieux est d'en avoir toujours une douzaine ou plus sous la main. Si seulement ils pouvaient trouver le moyen de conserver les glandes en bon état dans un hibernateur, songez aux tracas qui nous seraient épargnés.

Lorsqu'ils arrivèrent à hauteur de la porte au fond de la salle, l'homme en blouse blanche quitta un bref instant des yeux ses cadrans tandis que Howards lui disait :

— Ne faites pas attention à nous. Je fais faire le tour du propriétaire à notre tout premier client. (Puis tournant vers Barron un regard de folie insondable :) Nous sommes tout de même assez bien montés pour une installation pilote, vous ne trouvez pas, Barron ?

Ce dernier se sentit finalement saturé. Un assassin ! Un salaud d'infanticide ! Il est en train de tuer tous ces gosses à petit feu ! Mais pourquoi me montre-t-il ça ? Pour qui me prend-il, moi… il doit savoir que je ne le laisserai jamais…

— Vous n'avez pas fini avec toutes vos conneries ! hurla-t-il. (Et voyant la partie vitrée de la porte devant lui opacifiée par une série de lignes sinueuses comme une lucarne de W.-C., il se dirigea dessus.) Et qu'est-ce qu'il y a derrière cette putain de porte ?

Avec l'agilité d'un chat, Howards s'interposa entre lui et la porte, les yeux agrandis de terreur.

— N'entrez pas là, dit-il d'une voix sifflante. Croyez-moi, vous ne supporteriez pas ce spectacle. C'est la section post-radiations. Des chairs putréfiées… tombant en lambeaux… cancéreuses… C'est horrible, Barron, il paraît que c'est insupportable. Je n'y ai jamais mis les pieds moi-même, je ne veux pas voir ça. Les docteurs, ils sont habitués à ce genre de spectacle…

Mais nous serions malades tous les deux si vous ouvriez cette porte.

— Qu'est-ce que vous leur faites ? BON SANG DE BORDEL, QU'EST-CE QUE VOUS LEUR FAITES ?

— Ne gueulez pas comme ça, Barron. Vous n'avez pas encore deviné ? Avec juste la dose de radiations nécessaire, les glandes de ces gosses peuvent être maintenues au point d'équilibre homéostatique qui empêche le corps de vieillir. C'est l'immortalité, mais il y a deux pépins majeurs. Primo, ça ne marche qu'avec des enfants de moins de douze ans, ce qui signifie pas d'immortalité pour les adultes – pour nous. Et secundo ça n'irait pas loin de toute façon puisque les radiations que nous utilisons pour stabiliser les glandes constituent une dose mortelle. Ironique, n'est-ce pas ? Nous avons trouvé le moyen de rendre les gosses immortels, mais le traitement leur est fatal – « L'opération a parfaitement réussi, mais le patient a succombé »...

» Mais les glandes, elles, ne meurent pas, Barron. Après avoir été irradiées elles restent saines et parfaitement stabilisées pour maintenir un homme en vie pendant l'éternité. Les radiations ne tuent pas les glandes, et tout ce qu'elles demandent c'est un nouveau corps bien sain qui les nourrira et qu'elles maintiendront jeune et vivant indéfiniment. Une simple greffe, et avec les techniques dont nous disposons les greffes réussissent presque toujours. Ils ne sont même pas obligés de placer les glandes à l'endroit du corps où elles seraient normalement situées, un simple greffon dans l'abdomen et un autre dans le dos suffisent – même pas une opération majeure, du gâteau pour mes hommes. Vous voyez ce que je veux dire ? Nous avons maintenant des glandes qui nous feront vivre éternellement, mais ça ne veut pas dire que ce sont forcément *les nôtres*.

Serpents ondulants limaces visqueuses bavant sur sa peau, Barron éprouva l'incoercible besoin de s'arracher le ventre de ses propres ongles, d'extirper les globes de chair verdâtre et gluante qui distillaient en lui leurs fluides vitaux éternels et l'emplissaient à jamais d'une vie usurpée... Images d'enfants endormis de montagnes... bidonvilles d'Evers visage écrabouillé de Franklin guêpe de métal sifflant à ses oreilles cadavres répandant leurs viscères poubelles éclatées d'où jaillissaient des flots de sanie visqueuse où il se noyait ! se débattait parmi des corps de petits Nègres qui grouillaient sur lui dans lui comme des vers... tout cela traçait un épouvantable sillon d'angoisse indélébile dans la chair frissonnante de son cerveau.

— Espèce d'assassin forcené de mes couilles ! s'écria-t-il d'une voix hystérique. Salaud monstrueux ! Vous n'avez pas le droit de vivre ! Je vous tuerai, Bennie, je vous le promets, d'une façon ou d'une autre je vous tuerai ! J'ai ces bandes magnétiques... Je vous ferai la peau, même si vous m'abattez ici même à l'instant même ! Allez-y, dites à vos gorilles de me descendre ! Ça vaudrait mieux pour vous ! Tuez-moi ! Tuez-moi ! Parce que de toute façon j'aurai votre peau ! Sale bâtard d'enculé...

Avec un grognement bestial, il se jeta sur Howards, sentit l'extrémité de ses doigts effleurer la peau sèche et squameuse du cou de Howards... et les gardes le saisirent, chacun par un bras, et l'immobilisèrent en une double clé irrésistible.

— Assassin ? glapit Howards. Pourquoi me traitez-vous d'assassin ? D'accord, nous sommes vivants, et ils sont morts... Mais combien de temps croyez-vous qu'ils auraient vécu ? Même pas un siècle et ensuite, de toute manière, ils en seraient au même point – morts. Leurs deux vies ont été sacrifiées en échange de deux millions de vies. Vous ne comprenez pas ? La vie sort victorieuse à un million contre un. Ce n'est pas de l'assassinat, c'est le contraire, repousser le cercle noir qui s'estompe, le repousser, empêcher de se refermer le cercle noir de la mort qui s'estompe, reculer l'échéance d'un million d'années ! Assassin, vous plaisantez ! C'est si je ne l'avais pas fait que je serais un assassin... assassin de soi-même, livré au cercle noir qui s'estompe, Nègres éviscérés six pieds sous terre asticots dix millions d'années de vautours ricanants aux becs de plastique pénétrant dans le nez la gorge cercle noir qui s'estompe de mort et de meurtre...

Tandis que Howards hurlait, roulant des yeux de pure terreur, son visage haine à haine à quelques centimètres du sien, Barron sentit quelque chose se glacer en lui – la froide logique d'un circuit électrique isolé par des années-lumière de distance, l'horreur kinesthésique des choses cousues dans son corps se muant en images de mort point-de-phosphore sur l'écran de télé de son esprit. Il lutta pour trouver un terrain solide, le trouva dans le réflecteur interface formé entre sa connaissance et l'image-mosaïque-point-de-phosphore de la folie qui se lisait dans le regard de Howards.

Mollo, se dit-il. Tu es toujours Jack Barron le donneur de coups de pied au cul, et tu es vivant. Posément, il s'obligea à reprendre son sang-froid et à absorber la réalité interface. Il faut que je l'arrête, que je le tue, que je le finisse pour de bon. J'ai ce qu'il faut pour ça, les bandes, *Bug Jack Barron*, cent millions de téléspectateurs au sondage Brackett, la protection du G.O.P. ; je peux l'avoir comme je veux… *Mais ces glandes à l'intérieur de ton corps comme des crapauds visqueux distillant le sang de bébés assassinés pour te maintenir en vie…*

— Vous voyez, poursuivit Howards, revenu lui aussi à un niveau plus raisonnable de réalité, pourquoi finalement je vous ai amené où je voulais. Légalement, oui, c'est du meurtre, et il me faudra encore quelque temps avant de changer la loi. Il *nous* faudra quelque temps, Barron – parce que vous êtes concerné exactement autant que moi à présent. Le contrat que vous avez signé… Je parie que vous n'avez pas lu les petits caractères, ceux où vous reconnaissez être légalement responsable de toutes les conséquences du traitement. Vous pensiez que c'était simplement pour nous couvrir au cas où vous seriez mort ? Le contrat a été rédigé par un groupe d'experts et il est en béton armé. Il constitue une reconnaissance légale de complicité d'assassinat devant n'importe quelle juridiction du pays. C'est pratiquement une confession, et si vous faites quoi que ce soit contre moi j'achèterai vingt témoins qui jureront que vous saviez tout du traitement quand vous avez signé. Nous sommes dans la même barque, Barron, et si vous tenez à la vie vous avez intérêt à m'obéir.

Une rage furieuse et désespérée envahit Barron : chairs putréfiées limaces molles distillant goutte à goutte des fluides usurpés liquides innommables emplissant ses veines du sang de bébés disloqués mâchoires de crocodile d'un Howards démoniaque arrachant des lambeaux de chairs cancéreuses, s'en foutant du moment qu'il était immortel du moment qu'il était entouré de gardes armés cinquante milliards de dollars projet de loi d'Hibernation Président corrompu (corrompu avec quoi ?), Congrès corrompu impuni à jamais vampire immortel dominant à jamais la terre…

— Vous croyez me faire peur, Howards ? hurla-t-il. Vous croyez que c'est ça qui va vous sauver ? Avec… avec… (tordant son corps d'angoisse) ces *choses* en moi, vous êtes si sûr que ça que je tiens à la vie ? Je vous aurai, Howards, et il n'y a rien que vous puissiez faire pour m'en empêcher. Je vous aurai, même si je dois y laisser ma vie.

— Pas seulement *votre* vie, dit Benedict Howards. Vous n'appréciez pas l'immortalité, d'accord, c'est votre droit d'être cinglé. Vous vous sentez souillé, vous voulez mourir, personnellement je m'en fous. Mais si la découverte a été si terrible pour vous, qu'est-ce que ce sera pour votre femme ?

— *Sara…*

— Vous avez la mémoire courte, Barron. Votre femme a signé le même contrat que vous ; elle peut être inculpée de complicité d'assassinat. Qu'il y ait un procès, et nous sommes tous les trois dans le bain. Et c'est vous qui l'avez poussée à signer, pas vrai ? Si vous ne jouez pas le jeu c'est *vous* qui serez responsable de sa mort. Ne venez pas me parler de meurtre, Barron. Vous aussi vous êtes un meurtrier, de quelque côté que vous vous tourniez.

— Vous… vous lui avez tout dit ?

— Ai-je l'air d'un crétin ? Vous êtes un fou, Barron. On ne peut pas prédire ce que vous êtes capable de faire, même si votre propre vie est dans la balance. Mais miss Westerfeld – ou Mrs. Jack Barron, comme vous préférez – nous savons très bien comment elle risque de réagir, n'est-ce pas ? Je ne lui ai rien dit, bien sûr. C'est ma meilleure garantie. Tant que vous filerez doux elle ne saura rien. Voilà comment je vous tiens. Oui ou non, Barron ? Allez-y, dites-le, je veux l'entendre de votre propre bouche.

Merde, pensa Barron ; c'est vrai qu'il me tient comme ça. Il le sait, et il sait que je le sais… je suis pris au piège ! Je ne peux pas le dire à Sara, elle… pire que de me quitter, elle en deviendrait complètement dingue. Il faut que… il faut… merde, je ne peux rien faire !

— D'accord, Howards, pour l'instant vous gagnez.

— Pour l'instant ! Elle est bonne, elle est vraiment bien bonne, Barron. *Pour l'instant.* Un instant qui durera un million d'années ! Et vous voulez savoir, mon vieux ? Tôt ou tard vous viendrez me remercier, vous comprendrez comment je vois les choses. Vous ne pouvez pas vous empêcher de vouloir rester en vie, n'est-ce pas ? Immortel… d'ici à cinquante ans peut-être vous comprendrez que l'immortalité mérite que l'on fasse *n'importe quoi* pour l'avoir, n'importe quoi… Nègres éviscérés, chairs putréfiées… vous me direz merci, Barron. Vous êtes immortel, vous êtes plus qu'un homme, votre vie vaut un million des leurs. Laissez faire le temps. Vous apprendrez à m'aimer, c'est moi qui vous le garantis.

Dans le regard dément de Howards, Barron capta la peur, une peur mortelle d'une espèce qu'il n'avait jamais ressentie jusqu'alors. Peur que Howards eût raison, peur que dans cinquante ou cent ou mille ans ces choses qui étaient en lui le rendissent pire qu'une horrible carcasse pourrie, peur qu'un jour il ne regardât ces yeux de monstre paranoïaque que pour… se voir lui-même.

Chapitre dix-huit

Pas moyen de sortir de ce foutu piège, se dit Barron en arpentant la terrasse du penthouse sous le ciel couvert de New York. L'humidité glacée de l'accalmie entre deux averses pénétrait sa sportjac malgré le col relevé. Le soleil couchant badigeonnait de pourpre sale l'écran de nuages opaques et les bruits étouffés de la rue à l'heure d'affluence semblaient avoir leur agressivité décuplée par la boue noire et poisseuse (composée de crachin et de bonne vieille merde new-yorkaise) qui dégringolait sur la chaussée, les trottoirs, les voitures et les gens affairés comme des insectes vingt-trois étages plus bas dans le crépuscule arrivant au galop.

Mardi soir. Bientôt la nuit, puis le matin, puis le crépuscule à nouveau et l'heure fatidique : 20 heures, heure d'été de la côte Est. Et puis… mais quoi ? Qu'est-ce que tu vas faire ? Est-ce qu'il y a une seule foutue chose que tu *puisses* faire ?

À l'intérieur, Sara écoutait un des vieux albums crachotants de Dylan qu'elle avait apportés avec elle, et la voix sautillante venue d'un passé désuet et simple le raillait d'une involontaire ironie :

I wish I could give Brother Bill his big thrill;
I would set him in chains at the top of the hill,
Then send out for some pillars and Cecil B. DeMille[1]…

---

1. Voir note 1, p. 145. (*N.d.T.*)

Si le vieux Dylan vivait encore, il serait soufflé de voir à quel point ses paroles tombent à pic vingt ans après. Le pauvre bâtard était un peu trop en avance pour le vrai festival de la paranoïa, il avait pressenti ce qui se passe maintenant, et ce serait formidable si ça pouvait être aussi simple que ça, le bon vieux truc à la Samson, ni vu ni connu je casse tout, j'arrive au studio enchaîné au putain de réseau, et han ! je fais s'écrouler l'édifice sur la tête de tout le monde.

Ce ne serait pas difficile de passer les bandes, de cuisiner Bennie devant le micro et de déballer aux cent millions de téléspectateurs la vérité sur les glandes-vampires molles distillant dans les veines les fluides usurpés de bébés disloqués… leur dire qui les a mises là et pourquoi, les arracher sanglantes et dégoulinantes les jeter à la face de cent millions de paumés pour qu'ils voient quel genre de héros est leur Caucasien Noir, Jack Barron le donneur de coups de pied au cul, se mettre en colère et découper Howards et sa Fondation et tous ses larbins en petits morceaux saignants… Il suffit d'écarter les bras et de pousser, et les murs de pierre crouleront et tout sera anéanti, il suffit que tu aies le courage de gueuler et de te précipiter dans l'abîme et d'entraîner Sara…

Il eut un frisson en réalisant soudain que le titre de la chanson qu'écoutait Sara était *Tombstone Blues*. On ne pouvait trouver plus approprié en vérité.

Howards a beau être complètement dingue, il connaît la valeur d'*une* chose – et peut-être qu'il n'a pas tellement tort après tout. La vie. Le simple fait de survivre. L'heure de la vérité venue, aucun homme ne se transformera de son plein gré en kamikaze s'il peut faire autrement. Sara… oui, il y a Sara, stupidement chargée à l'adrénaline depuis que nous sommes rentrés du Colorado, qui s'imagine que c'est fini, que nous sommes immortels, ensemble pour l'éternité, et que demain soir c'est la nuit du jugement pour Bennie Howards avec Jack Barron le Bébé Bolchevique de retour au peuple dans le rôle de l'Ange de l'Apocalypse, et la main dans la main nous marcherons ensemble dans le soleil levant tralala dzim boum boum et les petits oiseaux jusqu'à la fin de l'Éternité.

Sara… Vas-y, raconte-toi que tu ne le fais pas à cause de Sara. S'il n'y avait pas Sara, tu foncerais sur Howards comme un putain de kamikaze, en criant *banzaï* vive l'Empereur ! Les milliers d'années je m'en fous, la complicité d'assassinat je m'en fous.

Sûr que tu le ferais. Des milliers d'années… un million d'années, renoncer à tout ça. Sûr que s'il n'y avait pas Sara tu te suiciderais rien que pour le plaisir d'emporter Howards avec toi dans la tombe. Cause toujours. Tu ferais la peau de tes burnes !

Mort… Barron retourna le mot dans son esprit, le pressa comme un citron pour en extraire tout le jus acide de la réalité brutale. *Mort…* Personne n'était jamais revenu pour dire comment c'était. Peut-être qu'un jour ils dégèleront quelqu'un dans leurs Hibernateurs, et alors on saura ce que c'est que d'être mort avant son trépas. Mais pas de place pour les assassins dans les Hibernateurs ; pas de congélation éclair à la sortie de la chaise électrique… « Si tu es noir, quand tu t'en vas plus d'espoir. » Le Caucasien Noir… Voilà encore un autre aspect du slogan attrape-couillon de Luke. Mort… un million d'années transformé en merde, réduit en poussière. *Sûr que tu le ferais.* Dommage qu'il y ait Sara, Jack Barron n'a pas peur de mourir. Mes couilles !

Le blues de Tombstone…

La classe t'étouffe, Barron, quand tu joues la scène du héros tu la joues jusqu'à l'os ; renoncer à plus de quarante, cinquante ans, renoncer à un million d'années, à l'éternité, pour que peut-être d'ici une centaine d'années une bande de paumés entassés dans une putain de soupente s'extasient sur la noblesse et le désintéressement de Jack Barron (vous vous souvenez ?), et tu parles d'une paire de belles jambes que ça te fera quand tu seras mort. Le Caucasien Noir de mes couilles…

« Et si tu es noir, quand tu t'en vas plus d'espoir. »

C'est cela qu'ils voient quand ils sont devant un Cauc ? Masque blanc et blafard de papier mâché contre la réalité de la mort couleur noire couleur de néant noir des damnés noir de la jungle dans le ventre des bébés noirs puits de sang noir alimentant un pâle et éternel vampire blanc ?

C'est le choix crucial – blanc ou noir, gagnant ou perdant, vivant ou mort, et pas de moyen terme. Vivant pour l'éternité sur un monceau de cadavres – ou bien faire partie des cadavres. C'est l'un ou l'autre.

Si ce n'était pas pour Sara tu serais du côté des perdants, du côté des paumés des cadavres pour l'éternité – le putain de Caucasien Noir c'est bien toi ? Sûr que c'est toi ! Sûr que tu le ferais !

Et comme un égout lâchant des gouttes de sanie grisâtre, la pluie new-yorkaise se remit à tomber, une pluie grise et lourde, poisseuse et sans surprise.

Devant lui, la cité étendait ses grises perspectives délavées ; derrière lui dans le living-room Sara avait mis en marche l'orgue chromatique qui faisait scintiller la pièce de couleurs… de musique… chatoiement des flammes orangées du foyer sur la riche moquette rouge et les boiseries… Sara rayonnante de vie innocente et immortelle… Et dans cette Californie de l'esprit qu'il s'était créée vingt-trois étages au-dessus de la grise boue new-yorkaise, il fallut que la pluie, lourde, sale et poisseuse, le frappe pendant plusieurs minutes avant qu'il ait la force de rentrer.

Le living-room puait l'Éternité. Il la sentait dans l'épaisseur de la moquette dans la flamme-phénix du foyer les accords métalliques de la guitare la plainte de l'harmonica la voix grinçante de Dylan (*feu* Dylan), le tam-tam de la pluie sur le dôme à facettes que l'orgue chromatique constellait de taches mouvantes dans l'odeur douce-amère de haschisch qui flottait dans l'air le mur de bidules électroniques maintenant en couleurs vivantes le contact-réalité avec tout le reste de l'univers, écoute l'odeur chatoyante de l'Éternité ! La vie !

La vie… La vie était une flamme orangée à l'odeur de bois saisissant des steaks aux jus grésillants fumée du haschisch musique couleurs couleur bleue couleur rouge émeraude tintant sur le dôme à facettes, était la plainte répétée d'un harmonica vibrant dans la nuit, était la sensation de chaque muscle tendu alors qu'il marchait sur la moquette souple était chaque bouffée d'air inspirée-expirée-inspirée apportant l'odeur de la pluie de la flamme du haschisch du corps de Sara, était le goût de sa propre langue à l'intérieur de sa bouche, était tout ce qui arrivait à chaque instant dans son univers intérieur électrique, était la montée de son sang dans ses artères… et la vie était Sara.

Une peau blanche qu'il touchait avec ses yeux goûtait avec son nez, une nudité aux courbes soulignées par la tunique ouverte de velours noir jambes nues écartées sans pudeur sur la fourrure orange du couvre-lit, battant à retardement la mesure de sa tête blonde, agitant une Acapulco Gold à moitié fumée (encore la cendre sur le tapis, merde !) tandis que les éclairs bigarrés de l'orgue chromatique ricochaient sur les facettes du dôme caressant sa chair de mille doigts obscènes de lumière scintillante et que sur son visage s'étalait un sourire innocent sourire d'enfant de bébés déchirés limaces molles distillant leur jus sous les gros mamelons marron de plaisir hurlements de visages noirs mourant… Mollo, Jack, mollo !

Image parfaite sur l'écran moniteur de son esprit, elle était là les seins toujours fermes et massifs, peau tendre et douce des nuits de Berkeley Acapulco Los Angeles chevelure libre flottante, là dans sa chambre dans sa réalité contrôlée rêve humide de Californie de l'esprit, resterait toujours là jeune tendre et éternelle, éternelle Sara… Et sous la douce et lisse nudité, limaces molles et verdâtres distillant le sang usurpé d'enfants noirs goutte à goutte goutte à goutte goutte à goutte…

— Jack ! Tu es trempé !

Elle se leva d'un bond, les seins se mouvant gracieusement comme deux museaux de chiots effrontés sous l'étoffe sensuelle. Pieds nus, elle traversa vers lui la moquette à longues enjambées tandis qu'il avançait sans ciller, se débarrassant l'une après l'autre de ses pantoufles mouillées (merde pour la moquette !) et faisant glisser la sportjac. De ses doigts agiles elle ôta la chemise trempée tandis qu'il laissait fonctionnellement tomber son pantalon qu'il repoussait du pied. Puis ils se tinrent ainsi un long instant, se touchant à peine, elle en tunique lui en caleçon.

Yeux dans les yeux, yeux sans fond de Berkeley-passé-présent-New York non encore mêlé dans l'éternité, yeux vainqueurs triomphant de l'avoir ramené dans la ligne de Berkeley d'avoir gagné l'immortalité comme une sucette gratuite à lécher toute l'éternité, rien qu'à elle, sans pots cassés à payer, yeux de femme brillant d'avoir exaucé tous les rêves de la petite fille – et tout était mensonge.

Du bidon, et demain soir elle le saura, apprendra quel genre de héros je suis quand je commencerai à descendre en flammes les concurrents de Bennie au lieu de lui porter le coup de couteau qu'elle attend. Impossible de lui épargner ça, mais au moins elle n'aura jamais besoin de savoir pour les limaces molles distillant dans sa chair du sang de bébés noirs usurpé…

Il baissa les yeux devant le regard innocent qui l'accusait, fixa son attention sur le centre tactile de son corps-réalité, sur les seins flottants libres sous l'étoffe entrouverte sur le ventre lisse avec son grain de beauté décentré comme un second nombril guidant son regard vers le triangle bouclé au milieu des cuisses lisses et pleines, hyper-réelles comme la réalité sculptée d'un Michel-Ange, statue de marbre plus vivante, plus réelle que la réalité et, s'il acceptait de jouer le jeu de Bennie, tout aussi éternelle.

— Jack…

Elle sourit, soupira, se méprenant sur son regard, et laissa glisser la tunique de velours noir sur ses épaules d'un mouvement ondulant des bras qui fit tressauter ses seins. Puis elle se pencha en avant, écrasant sa poitrine contre le torse dur, image-contraste interface homme-femme, l'entourant de ses bras féminins et musclés, jeunes et tendres et vigoureux comme… un animal doté de la vie éternelle.

Elle se frotta en riant contre son torse, crocheta ses jambes de sa jambe nue et le fit basculer en arrière de tout son poids. Il se laissa faire en l'entraînant gentiment mais irrésistiblement sur lui, sentant sous ses doigts les muscles féminins de son épaule sous la douceur satinée de la peau, sentant son ventre se presser contre son ventre.

Chair contre chair, rondeur des formes rampant sur lui selon un rythme lent, il entoura de ses deux mains les fesses douces et actives, les jambes fermes qui l'enserraient se contractaient s'ouvraient à lui, l'excitaient toison contre toison tandis qu'elle remontait ses lèvres le long de son torse, laissant une coulée de vif-argent, mordillant son cou son menton, lui faisant entrevoir l'éclat de petites dents perlées le bout rosé de sa langue au moment où il ferma les yeux, ses hanches se mettant au diapason de son rythme pelvien, sa bouche rencontrant sa bouche.

Leurs haleines mêlées, il sentit les cavernes de son âme ouvertes sur sa bouche et comme une éruption de chair massive et souple la langue tiède de Sara s'engouffra en lui l'écrasant dans un renversement de plaisir masculin-féminin, l'emplissant d'une envahissante présence liquide, créature amorphe et autoguidée, organisme tremblant et aveugle issu des profondeurs intimes de son corps comme une glande témoin des jus secrets de la vie distillés goutte à goutte distillés dans sa bouche et emplissant ses joues de liquides poisseux de sirops sécrétés goutte à goutte limace molle glande visqueuse et verte distillant sécrétant distillant sécrétant des fluides usurpés dans sa bouche gonflant ses joues du sang des bébés cancéreux, l'étouffant, le noyant dans des fluides de vie usurpés, nectar poisseux de l'immortalité volée aux bébés noirs endormis sur la longue pente de l'Éternité, sondes cathéters tuyaux de glucose convergeant de façon obscène en un tuyau central de mort descendant dans sa gorge, le fouillant, l'étouffant, monstrueuse langue autoguidée l'étouffant, l'étouffant, l'étouffant, faisant monter en lui d'irrépressibles réflexes de vomissement, haut-le-cœur de bébés disloqués limaces molles langue aveugle et poisseuse emplissant sa bouche de fluides usurpés selon un atroce rythme pelvien…

Dans un spasme réflexe affolé, il repoussa la bouche de Sara, secoué par l'horreur de ce qu'il venait d'éprouver, et elle resta sur lui inerte, le regard confus et meurtri, tandis qu'il la regardait comme un animal pantelant pris au piège.

— Jack… ? Qu'est-ce qu… Tu…

Il sentit l'intérieur de ses joues se durcir et se contracter, sa langue gonfler et se dessécher comme une masse de cuir bouilli. Non, se dit-il. Je ne peux pas vivre avec une femme si chaque fois que je la touche elle a le goût de glandes vertes limaces molles distillant des fluides de vie usurpés. Il faut que je lui dise, car sinon nous serons l'un pour l'autre des morceaux de viande malpropre, séparés pour l'éternité, nous mentant pour l'éternité. Il faut que je lui dise, quoi qu'il arrive.

— Entre nous… la vérité, Sara, murmura-t-il. Je… j'ai quelque chose à te dire.

Elle s'étendit contre lui, lui prit les joues dans ses mains moites.

— Que se passe-t-il ? Je ne t'ai jamais vu ainsi… Quand je t'ai embrassé c'était comme si j'embrassais un… (Il sentit son corps frémir contre lui.) Et ça t'a donné… la *nausée*, n'est-ce pas ? Je l'ai senti.

— Pas toi, Sara. Je te jure que ce n'était pas toi. C'est moi, c'est ce foutu monde de merde, c'est Benedict Howards…

— *Benedict Howards ?* Qu'est-ce que le fait de faire l'amour avec moi a à voir avec Benedict Howards ?

Barron fit une grimace. Comment lui expliquer : C'est comme ça, tu comprends, tu es une meurtrière, tu as des glandes dans ton corps qui ont été volées à des bébés, qui te souillent tellement que je les sens quand je t'embrasse ?

— Sara… Bordel ! gémit-il, éprouvant un spasme de futilité. Je ne sais pas comment te dire ça. Nous sommes des meurtriers, des *meurtriers*. Nous avons l'immortalité dans nos corps… mais sais-tu à quoi ça ressemble ? Ça ressemble à des glandes molles – tu as déjà vu des glandes ? – vertes et moites et distillant une horrible substance qui te maintient en vie, qui nous maintient en vie pour l'éternité. Juste une question de glandes, c'est tout ce à quoi tient notre immortalité. Mais ce ne sont pas les nôtres, Sara, nous les avons volées. Volées à des enfants, des bébés morts et disloqués…

Il eut un spasme de répulsion glacée. Le regard de Sara paraissait s'être retiré à des années-lumière de là ; il vit son corps devenir une masse molle, ses mains tomber sur son torse tandis qu'elle murmurait :

— Mais de quoi parles-tu ?

— De ce que nous a fait Howards. Son traitement pour l'immortalité, c'est une transplantation de glandes, rien d'autre. Ils irradient les glandes pour les stabiliser parfaitement, et elles empêchent notre corps de vieillir, pendant l'éternité. C'est ce qu'ils appellent l'équilibre homéostatique endocrinien. Mais ce ne sont pas *nos* glandes, tu comprends ? Des glandes d'*enfants*. Ça ne marche qu'avec des glandes d'enfants. C'est pour ça que Howards a tué Hennering. Il avait découvert que la Fondation achetait des enfants pour les soumettre à des radiations mortelles afin d'équilibrer leur système endocrinien et de transplanter leurs glandes pour rendre des adultes immortels.

— Mais... mais les enfants, qu'arrive-t-il aux enfants quand on leur enlève leurs...

— Bordel de merde, qu'est-ce qui te prend ? hurla Barron, sentant les vibrations se répercuter dans la poitrine nue qui était contre lui. Tu n'as pas entendu un seul mot de ce que je viens de dire ? Ça les tue, Sara. Ça les tue ! Si les radiations ne les tuent pas d'abord, c'est l'opération qui le fait. Si toi et moi nous sommes vivants et immortels, c'est grâce à la mort de deux enfants achetés exprès par Howards. Nous sommes des meurtriers, c'est ce que j'essaie de te faire comprendre, des meurtriers purement et simplement !

Il la vit, la sentit se rétracter dans une attitude fœtale, ses épaules se dérobant, ses genoux remontant le long de ses cuisses comme du papier qui se racornit au contact du feu. Ses mâchoires s'affaissèrent, et au fond de ses yeux parut s'opérer une régression comme un plan de coupe rapide avec effet de zoom inversé.

— Des meurtriers... meurtriers... meurtriers... (Elle retourna le mot dans sa bouche jusqu'à ce qu'il ne soit plus qu'un assemblage de syllabes indistinctes et dépourvues de signification.)

Barron lui saisit les joues dans ses mains et la secoua. Son corps se détendit un peu mais son regard était toujours absent, à des années-lumière de là, électriquement isolé, et lorsqu'elle parla ce fut avec la voix d'un capitaine d'astronef parvenant froide et détachée de quelque part au nord de Pluton.

— Dans mon ventre ? Des glandes ? Des enfants ? Mutiler des enfants, déchirer des enfants et leur arracher des morceaux de chair vivante pour les recoudre dans mon ventre ?

— Sara, je t'en supplie, tu ne vas pas perdre la boule maintenant, fit Barron d'une voix stridente. Imagine ce que je ressens à l'idée que Bennie m'a roulé, m'a couillonné comme un débutant, m'a forcé à lui *demander* de me rendre immortel, à lui faire mille concessions pour finalement, au moment où je crois avoir remporté la victoire pour toi et moi, m'apercevoir que... m'apercevoir qu'à l'intérieur de moi...

— Tu ne savais pas ? dit-elle, bondissant comme un chat acculé dans un coin. Il ne t'a rien dit ? Il t'a roulé, et quand tu t'es réveillé seulement il t'a tout expliqué ?

— Pour qui me prends-tu ? hurla Barron. Tu crois que je l'aurais laissé me faire une chose pareille si j'avais été au courant ? Tu crois que je l'aurais laissé disséquer des bébés rien que pour pouvoir devenir immortel ? Qu'est-ce que tu crois donc que je suis ? Un foutu monstre ?

— C'est *lui* qui nous a fait ça, murmura Sara d'une voix rauque. C'est *lui*, c'est ce monstre avec ses milliards et ses corps congelés et ses tueurs et ses yeux de reptile glacé qui voient à travers vous, qui vous jaugent, vous évaluent comme un quartier de viande... Nous n'avions pas une chance contre lui, personne n'a aucune chance, Benedict Howards peut forcer n'importe qui à faire n'importe quoi, il peut vous rouler ou vous acheter ou vous tuer. Personne ne peut l'arrêter. Et ce sera ainsi toute l'éternité, il achètera des enfants, les disséquera, les possédera, il possédera tout le monde, jusqu'à la fin des temps, avec son regard de reptile, avec...

— Sara ! Pour l'amour du ciel, Sara !

Soudain elle agrippa son torse, ses doigts se transformant en griffes qu'elle lui enfonça cruellement dans la chair.

— Il faut que tu l'arrêtes, Jack ! Toi seul peux l'arrêter ! Nous ne pourrons plus vivre avec nous-mêmes, nous ne pourrons plus vivre ensemble, vivre avec ces choses volées dans nos corps tant que tu ne l'auras pas arrêté ! Il faut que tu le fasses !

Il aurait voulu crier : Oui ! oui ! je le ferai ! mais au lieu de cela se trouva confronté avec la même froide réalité. Jouer au kamikaze, c'est la seule façon de lutter contre Benedict Howards. Et ça nous conduit à la chaise électrique en même temps que lui… mourir, pourrir mangé par les asticots, ne rien sentir ne rien entendre ne rien voir… n'être plus rien. Renoncer à être jeunes et ensemble un million d'années. Un million d'années de bébés disséqués de glandes vertes limaces molles distillant goutte à goutte leurs fluides usurpés…

— Je ne peux pas ! Je ne peux pas ! cria-t-il. Bennie a été trop malin pour moi. Ces contrats que nous avons signés sont une reconnaissance implicite de complicité d'assassinat. Tu sais ce que ça signifie ? Ça signifie que nous serons jugés pour *meurtre*. Je dénonce Bennie, et il nous dénonce et nous finissons tous en chœur sur la chaise électrique. Morts. Je règle son compte à Bennie et nous mourons tous. Tu sais ce que ça veut dire, *mort* ? Tu sais à quoi nous renoncerions ?

— Ce n'est pas juste ! s'écria-t-elle. Nous n'avons rien fait ! Nous ne sommes pas des assassins nous sommes des victimes, tout comme les enfants. Nous ne savions pas !

— Nazis ? ironisa Barron avec un fort accent prussien. Che fous assure que nous n'avons chamais été nazis, nous étions dans la Résistance comme quatre-vingts millions d'autres Allemands. Nous ne savions pas, nous ne faisions qu'exécuter les ordres. Jawohl, mein Herr, chuste les ordres ! Va dire ça aux juges, ma poupée, et on verra où ça nous mènera quand Bennie produira vingt témoins à sa solde qui jureront que nous savions très bien en quoi consistait le traitement quand nous avons signé. Il nous a eus, Sara, il n'y a rien que nous puissions faire si nous voulons rester en vie pour le raconter.

— Mais il *faut* faire quelque chose ! Nous ne pouvons pas le laisser agir comme il veut ! Il doit bien y avoir un moyen de l'arrêter !

— Le seul moyen, dit Barron, c'est le bon vieux kamikaze. Tu es prête à le faire ? Tu es prête à mourir, maintenant que tu as un million d'années devant toi ? Tu as assez de couilles au cul pour te *suicider* ?

— Non, dit-elle simplement, mais avec des abîmes de tourments dans ses yeux.

— Moi non plus, fit Barron, et il sentit en lui quelque chose se réfugier à l'échelle point-de-phosphore d'une réalité-ersatz électronique.

— Ce n'est pas juste… ce n'est pas normal…, murmura Sara, et sa peau devint froide et son regard aussi opaque et indéchiffrable qu'un miroir en acier inoxydable.

— Tu as sans doute raison, dit-il tandis que le corps de Sara, masse de chair maintenant inerte et irréelle, pesait de façon obscène sur lui. Mais c'est comme ça, il n'y a rien à faire.

Et soudain l'air de la chambre leur parut glacé et ils se levèrent et s'habillèrent sans s'adresser un mot. Comme deux étrangers.

Chapitre dix-neuf

Sara Westerfeld laissa tomber la capsule et s'assit sur le canapé face aux lumières crépusculaires de Brooklyn en attendant que l'acide agisse. Il devrait y avoir sept cents microgrammes là-dedans, se dit-elle, mais c'est resté ici depuis que j'ai emménagé chez Jack, jamais songé à en reprendre jusqu'à ce que… jusqu'à…

Son corps frissonna, bien qu'il fît une chaleur de juin, une chaleur moite comme de la mélasse coulant sous sa peau, comme des choses molles et visqueuses dans son corps…

Elle se leva, se dirigea vers la console murale proche, actionna une manette et les parois de verre de la terrasse se refermèrent en coulissant. Elle mit le thermostat à 21°, régla l'humidité à « mi-sec », et le climatiseur se mit à pomper de l'air frais par la série d'ouvertures disposées en cercle à la base du dôme à facettes.

Elle alla jusqu'au panneau de commande électronique, bloqua la bande qui diffusait des bruits de ressac sur un cycle perpétuel, programma l'orgue chromatique dans la gamme des bleus et des verts, se rassit sur le canapé en se plongeant dans la contemplation de l'horizon assombri par-delà le fleuve. Le spectacle évoquait maintenant une peinture murale, séparée par la vitre interface de la terrasse de la réalité intérieure baignée de bleu et de vert, d'odeurs de pins et de bruits de ressac.

Elle fit un effort pour se concentrer, pour mêler en un même tourbillon les couleurs et les sons, pour aider le L.S.D. à faire son effet. Le meilleur moyen de faire un mauvais trip, se dit-elle. Vouloir que cela marche… Quelle idée, aussi, d'avoir pris de l'acide juste le soir de l'émission, avec Howards, l'homme-reptile en sécurité dans son antre de pouvoir et ces choses sanglantes en moi, volées à des enfants morts…

Un sombre frisson la traversa (l'acide commençait à agir ?) et elle songea à l'inconscience avec laquelle elle s'était tournée vers le L.S.D., comme si c'était l'acide qui la prenait au lieu du contraire, comme si c'était une chose qui attendait de naître ou de mourir en elle, une chose avec laquelle son esprit conscient n'avait aucun contact, hors de portée de l'arc réflexe de son bras, extérieure à sa volonté, une chose douée de formes et de raisons propres qui pouvaient ou pas correspondre à l'idée que Sara se faisait d'elle-même, un capitaine aveugle guidant son navire intérieur pour un voyage inconnu sur une mer enténébrée, et elle comprit que l'acide agissait.

Une peur viscérale s'empara d'elle tandis que l'autre Sara, à l'intérieur, se moquait d'elle, lui rappelant qu'il pouvait y avoir des raisons et des compulsions de prendre de l'acide à n'importe quel moment, et que certaines d'entre elles pouvaient être inspirées par des forces maléfiques.

Maléfique… le mot avait des résonances médiévales, chuchotis de robes de moines, sombres complots issus de Sade ou des livres d'histoire européenne… Maléfique… quelque chose d'inquiétant et de sournoisement reptilien, de sinistre et visqueux mais de quelque peu désuet aussi… un mot aux dents de crocodile comme le sourire de Benedict Howards dans son antre à la blancheur de squelette de dieu de la mort… Maléfique… des choses vertes et molles rampant sous des roches humides dans un clair de lune turquoise, suçant les fluides vitaux des cadavres, cadavres de bébés disloqués, éventrés…

Maléfique… Les bleus et les verts tournoyaient comme des reptiles dans un vivarium, comme des tentacules sous le dôme à facettes, et le bruit du ressac était un long soupir issu d'un océan sans fond que la nuit enveloppait… Maléfique… L'air était froid et sec dans la chambre, comme la peau d'un reptile…

Maléfique… Il y avait dans ce mot une odeur de vieillesse inéluctable, odeur musquée d'un marécage hors du temps… odeur de Benedict Howards, d'éternité malsaine, comme si l'homme-reptile parcourait la vie à l'envers, comme si l'ombre d'un futur d'un million d'années de folie de pouvoir et de peur avait déjà fait de lui un être non humain, mort comme aucun homme encore n'était mort avant lui, mort d'une vieillesse en fermentation depuis un million d'années, vampire étiolé se nourrissant de sang comme un cancer peureux, mort mais incapable de connaître la mort.

Embrasse-moi et tu deviendras immortel. Tu seras métamorphosé en crapaud mais tu vivras éternellement. Une vision grotesque de plastique verdâtre flotta devant ses yeux, un monstre qu'elle avait vu quelque part dans un appartement de Berkeley il y avait une éternité de cela... hideuse parodie de crapaud loucheur et baveux en plastique vert, assis sur un socle évoquant un marécage de Walt Disney entouré de petits crapauds bondissant frénétiquement comme des têtards vers un écriteau que tenait le monstre et qui proclamait : « Embrasse-moi et tu deviendras immortel. Tu seras métamorphosé en crapaud mais tu vivras éternellement. »

Et la tête de crapaud monstrueuse commença à se transformer sous les bruits de ressac qui se déversaient autour d'elle comme un flot maléfique et noir. Les yeux grotesques et loucheurs devinrent les yeux glacés et reptiliens de Benedict Howards ; et le rictus idiot devint ricanement de crocodile, sourire blafard d'homme-reptile impatient, implacable et omniscient. Les silhouettes bondissant avec adoration vers l'écriteau levé étaient des êtres humains de plastique en nombre incalculable, véritable fleuve de corps vivants et gesticulants qui se disputaient pour être engouffrés les premiers par les mâchoires béantes de crocodile et être réduits en une bouillie de plastique vert et de chair de crapaud qui coulait comme une bave visqueuse entre les dents à la blancheur de squelette. Et plus haut, beaucoup plus haut, levant son écriteau comme un sceptre dans un ciel déchiqueté, était Benedict Howards, ses yeux de reptile fouillant tels deux trous noirs les ténèbres finales, sa bouche de crocodile ressemblant à une vaste caverne qui engloutissait les adorateurs du signe : « Embrasse-moi et tu deviendras immortel. Tu seras métamorphosé en crapaud mais tu vivras éternellement. »

Le signe de l'immortalité.

Et voilà, se dit-elle, l'immortalité de Howards. Oh, l'avons-nous embrassé, ce crapaud, avec ses lèvres vertes et visqueuses comme des glandes palpitantes ; ses lèvres de reptile courant sur notre corps comme celles d'un vieux pervers… dedans, dehors, embrassant, léchant, dégoulinant de bave sanglante, monstre vert d'immortalité…

Elle frissonna, essayant de chasser cette vision, regarda par-delà la paroi vitrée le ciel presque sombre dominant la cité tandis que les bruits de ressac l'entouraient comme le murmure éternel de toute chose et qu'elle luttait saisie d'une angoisse mortelle, environnée des ombres sinueuses bleues et vertes de l'orgue chromatique… et soudain l'écran interface entre la réalité glauque et maléfique qui l'enveloppait et la réalité bidimensionnelle de la cité au-delà des parois de verre s'inversa, et elle ne fut plus à l'intérieur regardant au-dehors mais à l'extérieur regardant au-dedans.

La lumière bleue et verte ondulant derrière elle se tordant comme une forêt de tentacules le grondement du ressac pareil au soupir exhalé par quelque mammifère marin échoué sur la grève, semblaient la pousser contre la paroi vitrée de réalité interface comme une bulle de méthane expulsée des profondeurs verdâtres d'un marais huileux. Elle sentait le poids, la pression derrière elle de tout l'univers de la chambre, comme si les monstres verts et aveugles tapis au fond des plus inexplorables profondeurs de son subconscient remontaient bouillonnants à la surface et poussaient son esprit conscient à abandonner son crâne.

Elle gémit, s'appuya contre la paroi vitrée et tourna la poignée frénétiquement ; mais quand les vitres coulissèrent enfin, elle se retrouva prise au piège dans la zone interface de la réalité elle-même : les brumes vertes de démence le déchaînement du ressac derrière elle devenant un cauchemar irréel n'étaient que le résultat d'un mauvais voyage à l'acide ; mais devant elle la brise moite venue de la cité obscure aux millions de lumières semblait porter le souffle de quelque jungle côtière immuable. Plus réel que toutes les réalités, il y avait là un gouffre, un vide qui s'ouvrait sur un infini dans lequel elle pouvait se laisser aspirer et monter, plus haut, éternellement plus haut, jusqu'à ce qu'elle se noie dans l'océan d'elle-même et se perde à jamais.

Elle perçut quand même le chant de sirène de ce néant sans fond qui l'appelait, qui l'attirait… et elle se sentit forcée d'aller regarder, d'aller jusqu'à la rive de cet océan noir et infini – et elle sortit sur la terrasse.

À nouveau la réalité changea.

C'était comme si elle venait d'entrer dans un monastère tibétain perché au sommet de quelque montagne ascétique. Elle sentit la paroi interface entre sa personnalité et l'Univers exécuter un saut quantique vers l'extérieur, comme si un télescope interne venait d'accroître brusquement son grossissement. En franchissant le seuil de la terrasse elle sentit le dôme éclater en morceaux, comme un écran de satellite éjecté, la laissant nue aux marches noires et mystérieuses d'une infinité qui commençait à la limite de son être pour se déployer dans l'éternité extérieure.

Et loin au-dessous d'elle, scintillante arabesque de lumières et de bruits de rue, la cité électrique brillait comme une feuille continue de protoplasme incandescent, miroitant en ondes kinesthopiques du halo de Brooklyn à l'horizon jusqu'au pied de la montagne de béton sur laquelle elle était perchée comme un œil solitaire au bout du pseudopode d'une amibe humaine à l'échelle d'un continent contemplant sa propre vastitude chatoyante.

Avec le murmure du ressac toujours derrière elle, elle alla jusqu'au parapet, se pencha en ayant l'impression d'être sur l'interface, d'*être* l'interface entre l'organisme de lumières vivantes, humaines, tendues vers elle, et le sombre gouffre de néant infini qui béait au-dessus d'elle.

L'immortalité… était une boue de lumière électrique dressée vers les étoiles, et elle était en équilibre sur le fil du rasoir entre la vie et la mort, l'éphémère et l'éternel, l'humain et l'immortel, la raison et la sainte démence plus réelle que la raison, plus cohérente, menant à un infini hors du temps qui pouvait être à elle si seulement elle avait le courage de rompre les amarres qui la retenaient au rivage du moi et de remettre son destin à cet océan miséricordieux.

Elle se retourna à demi comme pour regarder derrière elle, et le carrousel bleu et vert de la chambre aux bruits de ressac lui fut un rappel méchant et moqueur des choses visqueuses usurpant la vie de bébés disloqués qui l'avaient attirée dans les présentes ténèbres.

Maintenant le bruit du ressac semblait venir d'en bas, comme si une vaste mer invisible venait briser ses lames au bord du parapet contre lequel elle s'appuyait, l'appelant d'une voix d'éternité inarticulée, l'incitant à se précipiter dans les flots bouillonnants pour se faire emporter très loin… très loin… loin du visage de reptile de Benedict Howards, loin de ses yeux glacés de crocodile qui la dévisageaient dans son antre de mort à la blancheur de squelette… très loin, même, des monstruosités qui distillaient le meurtre dans son corps… très loin… très loin…

Sur un socle de pierre à quelques mètres d'elle se trouvait un vidphone. L'écran vide et gris parut bondir sur elle. Jack ! Jack ! Oh, Jack…

JACK JACK JACK… La forme de son nom était un miroitement dur devant son regard, et sa main composa toute seule le numéro privé du studio. JACK JACK JACK…

— Sara… ! (Le visage de Jack était une petite lune de phosphore à la blancheur de squelette sur l'écran du vidphone.) Qu'y a-t-il ? Tu sais bien que l'émission commence dans une demi-heure !

Malgré la taille dérisoire de l'écran, la folle chevelure bouclée et le regard sans fond faisaient crépiter d'électricité phosphorescente l'obscurité qui entourait Sara.

— Qu'est-ce que tu comptes faire à l'émission de ce soir ? demanda-t-elle. (Mais la voix qui disait ces mots semblait avoir une mesure d'avance sur elle, et elle ne sut ce qu'elle était en train de dire qu'une fois que les mots eurent quitté sa bouche.)

— Tu plaisantes, Sara. Tu sais très bien ce qui va se passer. C'est Bennie Howards qui commande ce soir.

— Tu ne peux pas faire ça. (À nouveau, c'étaient les mots qui forçaient ses lèvres, sa langue, ses joues, à faire les mouvements nécessaires. Elle ne les disait pas, ils se disaient eux-mêmes.)

Il faut que tu arrêtes Howards. Quel que soit le prix à payer, il le faut.

Le visage de Jack se plissa de colère :

— J'ai assez d'emmerdements comme ça. Ne reste pas dans mes jambes, veux-tu, Sara !

Ne reste pas dans mes jambes... Dans mes jambes... Les mots étaient une accusation de plus. Je *suis* dans ses jambes, pensa-t-elle. C'est à cause de moi qu'il fait ça.

— Je ne te laisserai pas faire. (Elle entendit le son de sa propre voix étrangement réverbéré.) Tu fais ça à cause de moi et je ne le permettrai pas, c'est trop injuste. Je ne te laisserai pas te vendre à Benedict Howards pour que je puisse rester en vie. Ce serait trop horrible.

— Épargne-moi tes états d'âme, veux-tu ? J'ai déjà assez du merdier où je suis. Et ne te raconte pas d'histoires, ça ne ferait aucune différence si j'étais tout seul. J'ai envie de continuer à vivre, c'est tout. C'est si difficile que ça de faire entrer une chose pareille dans ta petite tête ?

Il ment, se dit-elle. Il ment pour moi, et je l'aime pour ça. *Mais je ne peux pas le laisser faire.*

— C'est pour moi que tu le fais, dit la voix mécanique intérieure de Sara. Je le sais, et je sais que tu mens pour moi également. Mais je ne vais pas te laisser faire, Jack, je ne vais pas te laisser faire.

— Qu'est-ce que tu racontes ? dit-il, et sa voix métallique, bizarrement, sonnait plus réelle que la réalité dans le circuit amplifié du vidphone. Qu'est-ce que tu t'imagines ? Écoute, Sara, tu sais ce que j'éprouve pour toi, mais ne va pas croire des choses... personne ne joue avec ma tête, pas même toi.

— Pas même Benedict Howards ?

Sur l'écran minuscule du vidphone elle vit les mots qu'une autre avait prononcés pour elle torturer cruellement le visage de Jack. Il répondit :

— Pas même Howards... ce sont les circonstances, je n'y peux rien, mais ce n'est pas laisser Howards jouer avec ma tête, c'est accepter de vivre dans la réalité. Tu devrais essayer un de ces jours, Sara.

Elle tourna les yeux vers le tapis de lumière vivante qu'était la cité, vers le grand corps d'humanité angoissée dont elle n'était qu'une insignifiante partie tandis que les ténèbres qui la cernaient l'appelaient par les bruits de ressac d'un océan intemporel dans les profondeurs bouillonnantes de l'éternité ; l'appelaient, promettant le pardon et l'issue… la seule issue…

— Ne t'es-tu jamais dit, murmura-t-elle, qu'il y a mieux que la réalité, qu'il y a des choses plus pures, plus propres, où l'on est à l'abri du sang des enfants morts et de tout ce qui est pourri et souillé et maléfique…

— Merde, jeta Barron, tu es complètement cinglée ! Tu t'es défoncée à l'acide ! Reprends tes esprits, Sara, reviens… Jésus à bicyclette, tu n'aurais pas pu choisir un autre moment pour prendre de l'acide ? Avec ce merdier où nous sommes, tu *savais* que tu ferais un mauvais trip. Pourquoi bordel as-tu fait ça ?

Devant l'image de Jack fantôme gris sur blanc à un million de kilomètres et un millier d'années de là, elle-même s'interrogea : *Pourquoi ?* Bien sûr qu'elle avait su, au fond d'elle-même, que ce serait un mauvais trip. Mais qu'est-ce qui pouvait être pire que la réalité, pire que les fragments mutilés d'enfants assassinés cousus dans son corps et dans celui de Jack, tandis que Benedict Howards poursuivrait impuni son chemin pendant l'éternité ? Avec ou sans acide c'était un mauvais trip, un mauvais voyage qui durerait toute l'éternité, sans aucun moyen de revenir, d'en sortir, à moins que…

Elle souleva le vidphone de son socle et le posa sur le rebord du parapet. L'écran lui arrivait maintenant à hauteur de poitrine, et le visage de Jack était un spectre noir et blanc qui tournait vers elle un regard aveugle, incompréhensif. Il faut que je lui fasse comprendre, se dit-elle. Il faut qu'il comprenne.

— Jack, il faut me laisser t'expliquer… (Les mots avaient jailli d'eux-mêmes.) Il n'y a pas d'issue, poursuivit-elle. Ce que tu appelles la réalité est un piège. Pas d'issue pour nous deux, à moins de… à moins de s'évader, de dormir en faisant des rêves innocents jusqu'à la fin des temps… Réalité… Ne vois-tu pas que la seule réponse c'est quelque chose de plus grand que la réalité, de plus pur, de plus propre, quelque chose d'infini, quelque chose à quoi on puisse se donner pour se purifier, pour s'incorporer et ne faire qu'un avec...

— Épargne-moi ton bouddhisme de salon, veux-tu ? J'aimerais que tu puisses t'entendre, Sara, que tu puisses t'entendre vraiment, parce que tu débloques à pleins tubes. Et tu commences à me faire peur. Écoute-moi bien, Sara, et pour l'amour du ciel fais exactement ce que je te dis. Rentre t'asseoir gentiment, mets-toi une belle musique et attends que ça passe. N'oublie pas que tu es défoncée. Tu es en train de faire un mauvais trip, c'est tout. Tu iras mieux quand l'effet de l'acide sera dissipé. Quoi qu'il puisse se passer dans ta tête, n'oublie pas que ça ne durera pas toujours et que tu reviendras. *Souviens-toi que tu reviendras.*

— Revenir ! hurla-t-elle. Je n'ai pas à revenir ! Ce n'est pas l'acide, c'est *moi*. Les glandes d'enfants morts dans mon ventre, ce n'est pas l'acide, Benedict Howards, ce n'est pas l'acide, ce que je suis en train de te faire ce n'est pas l'acide... c'est moi, moi, *moi*, et ça me dégoûte !

— Sara ! Tu ne m'as rien fait, c'est moi qui suis responsable au contraire...

Elle fixa longtemps le visage parlant sur l'écran de vidphone irréel, et l'essence de l'être appelé Jack Barron fondit sur elle à travers les années-lumière de la réalité phosphorescente, image-pulsation du chevalier de Berkeley à l'armure de chair, le Caucasien Noir comme ils l'appelaient, goût de sa langue sur sa langue et de son corps contre son corps, image sur image de JACK BARRON l'atteignant à travers l'écran de réalité noir et blanc, s'incorporant à elle et dansant sur le mur interface de son esprit. Bondissant, explosant, se chevauchant et s'inversant en une configuration de pulsations enchevêtrées, la somme des images formait une essence semblable à un train d'ondes stationnaires figé dans le flux, une essence brillant d'un éclat qui ne faiblissait jamais – une essence qui était le pur JACK BARRON.

Et l'être qu'elle voyait pâlot et réduit à la taille d'un nain sur le vidphone minuscule semblait lancer un démenti angoissé à l'autre Jack qui resplendissait sur l'écran de son esprit. Ce dernier était le véritable Jack, un Jack Barron qui ne pourrait jamais baisser froc, qui quoi qu'il advînt serait toujours JACK BARRON (en lettres capitales écarlates). Combien de fois ai-je douté de lui alors qu'il avait raison ? JACK BARRON… un être plus grand sous tous les aspects qu'elle-même, et elle l'avait toujours su, même quand elle ne savait pas qu'elle le savait. N'était-ce pas pour cela qu'elle l'aimait ? Plus grand qu'elle-même… plus grand que quiconque. Elle lui appartenait, et comment aurait-elle pu souhaiter qu'il en fût autrement ?

JACK BARRON… Voilà ce qu'il perd par amour pour moi, parce qu'il ne peut pas accepter de me voir mourir – et s'il perd Jack Barron, moi aussi je perds Jack Barron et le monde entier le perd aussi. Parce que je l'aime et qu'il m'aime… Ce n'est pas juste !

— Jack… Jack… Je t'aime, pardonne-moi, je n'y peux rien, je t'aime !

— Moi aussi je t'aime, Sara, dit-il d'une voix calme, apaisante.

Elle éprouva comme un tourbillon de tendresse, et l'aima pour cela et se mit à se haïr elle-même pour l'amour qu'il lui portait. Je suis en train de le détruire…

— Je le sais, et je t'en demande pardon… pardon de t'aimer et d'être aimée par toi. Cela te détruit, Jack, cela te force à devenir quelque chose de moins que ce que tu étais destiné à être. Je ne peux pas l'accepter… Je ne le permettrai pas !

Ne le permettrai pas ! Cette pensée emplissait son esprit. Je ne *peux* pas le permettre. Il faut que je sauve Jack… que je le sauve de Howards, l'homme-reptile… des choses mortes dans mon corps… il faut que je le sauve de moi-même. De moi !

Tandis qu'elle contemplait les lumières sans nombre de la cité-amibe qui s'étendaient à ses pieds comme les pèlerins devant la Montagne, elle se dit qu'elle savait qui était en réalité au sommet de cette montagne, celui vers qui tout le monde levait les yeux, le seul qui pût réussir à faire crouler les murs de la Fondation Président des États-Unis de la Coalition pour la Justice Sociale, le Caucasien Noir. Luke ne s'était pas trompé, c'était Jack – Jack sur toute la ligne, suivi par toute une nation, et il n'y a que *moi* qui l'arrête.

Moi seule l'empêche d'être Jack, le JACK BARRON dont tout le monde a besoin. Il m'aime, il m'aimera toujours, il ne me quittera jamais et aussi longtemps que je vivrai je ne pourrai jamais le quitter, nous sommes trop l'un à l'autre. Aussi longtemps que je vivrai…

D'un bond soudain et insensé, elle se retrouva accroupie sur l'étroit parapet de béton dans le champ du vidphone, contemplant l'écran à moins d'un mètre de son visage, les muscles tendus souplement comme ceux d'un chat prêt à bondir.

— Sara ! Ne fais pas l'idiote ! cria Barron. (Et elle le sentit lutter pour contrôler sa peur, et sut qu'il allait gagner. Il gagnerait toujours.) Tu es chargée ! lança-t-il d'une voix volontairement dure qui était comme une gifle en pleine figure. N'oublie pas que tu es chargée et descends de là… mais doucement, sans te presser, sans faire de faux mouvement ; mets d'abord une jambe par terre, et fais passer ton poids dessus avant de descendre… Sara ! Secoue-toi ! Fais ce que je te dis !

— Je t'aime, Jack, dit-elle à l'image lointaine sur l'écran du vidphone. Je t'aime, et je sais que tu m'aimeras toujours. C'est pourquoi il faut que je le fasse. Pour que tu sois libre – libre de moi afin de pouvoir être vraiment Jack Barron, libre de voir ce que tu es et ce que tu as toujours été, libre de faire ce que tu as à faire. Il le faut ! Et tant que je serai là tu ne seras jamais libre. Je le fais parce que je t'aime et parce que tu m'aimes. Adieu, Jack… Souviens-toi, seulement parce que je t'ai aimé…

Elle se dressa convulsivement sur ses jambes et vacilla sur l'étroit parapet tandis que le vidphone à ses pieds hurlait :

— Ne fais pas ça, Sara, bon Dieu ne fais pas ça ! Tu es chargée, tu ne sais pas ce que tu fais ! Pour l'amour du ciel, ne saute pas ! ne saute pas !

Mais la voix qui la suppliait était faible et mécanique et semblait venir d'un autre monde, un monde noir et blanc, irréel, pris au piège à ses pieds dans une boîte sans signification et qu'elle ne voyait même pas ; une voix noyée par le bruit du ressac qui enveloppait ses épaules de verts tentacules bruissants, de l'haleine fétide de bébés éventrés, verts tentacules de lumière se coulant dans son dos, issus du gouffre de son corps la poussant en avant dans une avalanche d'enfants morts, de millions d'asticots grouillant dans sa peau. Et devant elle, au-dessus d'elle, sous elle, l'entourant de partout, était l'apaisante douceur veloutée d'un océan de néant noir prometteur d'un sommeil infini, sans rêves, tranquille et pur, à l'abri pour l'éternité de la douleur et du remords et des corps disloqués de bébés éventrés, un océan sans fin qui lui murmurait : « Je t'attends, je t'attends, je t'attends, donne-toi à moi… »

— *Sara !*

La voix de Jack était le cri lointain d'un monde déjà abandonné, souvenir estompé d'un cauchemar irréel de tentacules verts et de bébés disloqués distillant leurs fluides visqueux dans son ventre, sourire de crapaud de Benedict Howards sur un socle de plastique vert sur un monceau de cadavres asservis pour l'éternité, avec Jack enchaîné à lui par un millier de liens dont chacun était une partie de son corps à elle…

Je le fais pour toi, mon amour ! Pour toi !

La sensation de Jack enfin libre Jack enfin Jack entièrement Jack fut un délicieux spasme orgastique qui traversa les muscles de ses jambes (Sara ! Sara ! Sara ! entendit-elle crier une voix lointaine), tandis que l'air sifflait dans les rémiges de ses cheveux, libre et légère et flottante, sa pensée éclatant en ondes concentriques qui s'incorporaient à l'obscurité comme une nuée diluée jusqu'à ce que tout ce qui restât d'elle fût un long cri, une forme tactile-olfactive qui saturait chacune de ses synapses sensorielles :

JACK et dans ses rétines un tourbillon d'étoiles JACK et
son visage se tire se tord JACK sensation de chute
libre nausée JACK masse grise qui monte JACK
cris en bas JACK peur JACK mauvais trip
à l'acide JACK pour toi JACK j'ai peur
JACK aide-moi JACK je ne veux pas
JACK la mort JACK l'éternité
JACK non JACK non JACK
non non JACK non JACK
éclair de douleur
aveuglante
JAC-

●

Chapitre vingt

●

Sara
Non ! Cela
n'a pas pu ar-
river. Sara tu n'es
pas morte Sara, non pas
ça pas morte écrasée sur le
trottoir d'en bas au milieu d'une
flaque de… Sara, non ! Sara, non ! tu
ne peux pas ne peux pas être morte ! Sara !
Sara folle garce, comment as-tu pu me faire ça !

Comment as-tu pu me faire ça… l'horrible égoïsme de cette pensée arracha Jack Barron au néant d'hébétude où il avait pris refuge comme un chien battu et qui geint et lui permit de regagner la réalité.

L'écran de vidphone en face de lui montrait un pan de ciel noir formant un angle insensé avec la partie du parapet de béton d'où un instant avant…

Il tendit vivement le bras, débrancha le vidphone et dans un même mouvement tira une Acapulco Gold du paquet qui était sur son bureau. Il la planta entre ses lèvres, l'alluma et inhala la fumée à grandes bouffées haletantes.

Comment as-tu pu me faire, ça… oh, Barron, pauvre chié ! Comment as-tu pu *lui* faire ça ! Salaud sans cœur ! Enculé de la mort ! Sara ! Sara !

Il se mortifia en évoquant ses yeux : yeux sans fond au moment de lui faire une pompe ; yeux brillants de petite fille mon héros quand elle était nue à côté de lui dans la soupente de Berkeley ; yeux glacés qui le transperçaient en lui criant baisse-froc ! le jour où ils avaient rompu ; yeux vitreux qui étaient devenus opaques comme des miroirs en acier tandis que leurs corps s'écartaient l'un de l'autre la dernière nuit (la dernière nuit ! la dernière qu'il y avait jamais eu pour eux, et ils l'avaient passée comme des étrangers !) pauvres grands yeux perdus points de phosphore fenêtres ouvertes sur une jungle d'acide grise et nue, et ça s'est passé sous mes yeux et tout ce que j'ai su faire c'est gueuler des conneries dans ce putain de vidphone alors que ses yeux devenaient de plus en plus fous alors qu'elle s'enfonçait dans son cauchemar de trip à l'acide, ses yeux dans le néant d'insanité du L.S.D., et je n'ai su que la regarder sauter ; pauvres grands yeux perdus, et je n'ai pas été foutu de trouver quelque chose à faire pour l'en empêcher !

SaraSaraSara… plus de Sara, jamais, plus de trou noir béant en forme de Sara Sara Sara Sara dans le ciel de sa nuit qui ne serait jamais comblé, même en un million d'années, et ce million d'années de merde il l'*avait*, un million d'années à être sans elle, un million d'années à la regarder sauter, un million d'années à savoir qu'il l'avait tuée…

Tu déconnes, mon vieux, se dit-il. Cesse d'essayer de te raconter des histoires. Peut-être que tu devrais, mais tu ne te sens pas coupable. Tu ne l'as pas tuée, c'est ce putain d'acide, tu ne pouvais rien y faire, elle a voulu repiquer au truc, elle l'a fait pour me sauver, pour me rendre libre d'être le foutu héros Bébé Bolchevique que je n'ai jamais été… pour me sauver… De quoi ? De tenir à la vie ? De m'accrocher ? Sara… Sara… Je ne t'ai pas tuée, c'est toi qui m'as tué… tué le meilleur à l'intérieur de moi-même. Déchiré mes entrailles de chair et de sang pour les remplacer par un circuit électronique… Je n'arrive même pas à pleurer sur ta mort. Ce n'est rien de ce que j'ai fait qui t'a tuée, Sara, c'est ce que j'étais. Assassin… vampire de bébés… pas même ça, hein, Sara ?

Un putain de baisse-froc, voilà ! Vendu à cet enculé de Benedict Howards, même mon corps ne m'appartenait pas, livré aux limaces vertes distillant goutte à goutte leur immortalité visqueuse... Tu ne m'as pas tué, je ne t'ai pas tuée, nous étions déjà morts tous les deux, si morts que nous ne supportions même plus de nous toucher... cet enculé de Howards nous a tués tous les deux. Tués en nous rendant immortels, n'est-ce pas ce qu'il y a de plus con ?

Sara... Je ne sais pas te pleurer, Sara, il ne me reste plus de larmes. Mais... je peux tuer pour toi, tuer cette ordure de Howards. Oh, oui ! Je peux encore haïr ! Peut-être que tu n'étais pas si folle que ça, après tout, parce que tu vas avoir ce que tu voulais, toi et ces cent millions de pauvres couillons qui attendent.

Oui, ils vont avoir une émission telle qu'ils n'en ont jamais rêvé ! Ils veulent un foutu héros, je vais leur en donner un sur un plateau d'argent, on va voir s'ils aiment ça ! Pour une fois tous ces pauvres crétins ils vont en avoir pour leur argent.

Le vidphone se mit à sonner. Il prit la communication et le visage de Gelardi apparut sur l'écran, livide et blême. Barron sut qu'il était au courant avant même que l'autre murmurât :

— Jack... la police vient d'appeler... Sara...

— J'ai assisté à tout, Vince, dit-il rapidement, décidé à lui épargner l'embarras d'annoncer la chose. Ne me dis rien, même pas ce que tu éprouves. Je sais... Je sais...

— Jack... Je regrette d'être obligé d'en parler, mais nous commençons l'émission dans neuf minutes. J'essaie de contacter les gros pontes du réseau pour qu'ils nous autorisent à passer une vieille bande, afin que tu n'aies pas à...

— Inutile ! lança Barron. Ce soir je fais quand même l'émission, pour Sara ! C'est ça le show-business, que veux-tu... le spectacle continue...

— Jack, tu n'es pas obligé...

— J'ai pris ma décision, Vince ! Plus qu'aucune autre dans l'histoire de ce foutu métier, cette émission doit avoir lieu ce soir. Je te verrai tout à l'heure au studio, Vince – mais merci quand même.

— Jack, fit Gelardi dans l'interphone, son visage livide trop réel pour coller à la réalité noir et blanc du studio derrière la paroi de verre de la cabine de contrôle. Écoute, tu n'es pas obligé de prendre l'antenne ce soir, j'ai le feu vert de la direction pour passer une bande du mois dernier si tu... c'est-à-dire...

Jack Barron s'assit dans le fauteuil blanc devant le rideau noir sur fond kinesthopique, reluqua l'opérateur (jamais il ne s'apercevait de sa présence pendant une émission) qui le regardait avec un visage terreux et constata que le téléguide était allumé et indiquait : « 3 minutes ». Il régnait une atmosphère de catastrophe qui semblait s'étendre jusqu'à la régie.

Cette pensée l'irrita. Ces putains de gros manitous du réseau font comme s'ils étaient sincèrement navrés de ce que... de ce qui... Oui, je sais, tout ce qui les intéresse c'est est-ce que ce cinglé de Barron est capable de s'en tirer s'il prend l'antenne maintenant avec ce cadavre encore chaud sur les bras, qu'est-ce qu'il a dans la tête Gelardi vous le croyez capable d'éviter le fiasco, bon Dieu, si on leur passe une reprise ce soir sans l'avoir annoncée, après ces trois ou quatre dernières semaines... oh, mon pauvre indice Brackett !

Mais ça, pensa Barron, c'est le show-business. Le spectacle doit continuer, et il n'y a rien à faire. Mais pourquoi faut-il que le spectacle continue ? Il n'y a pas de secret là-dedans, s'il ne continue pas les téléspectateurs pourraient s'imaginer qu'il n'y a qu'un être humain comme eux derrière leur petite boîte, et ça ferait dégringoler la cote. Ce qui est un motif suffisant dans ce foutu métier pour demander n'importe quoi.

Cependant Barron était emmerdé de voir que le studio tout entier s'apprêtait à soigner son ulcère après une catastrophe massive. Le spectacle continue – c'est de la connerie, d'accord, un jeu idiot, mais pas plus qu'autre chose. Et le spectacle va continuer, ça c'est sûr ; ils n'en croiront pas leurs yeux quand ils verront la cote. Parce que ce soir c'est le Grand Soir, le super-show des super-shows : avec deux vedettes en couleurs vivantes de la scène et de l'écran et de la politique de ruisseau qui vont s'affronter devant vous dans un combat mortel.

— Remue-toi, Vince ! fit-il en faisant claquer sa voix comme un fouet pour regagner le contrôle. Je vais prendre l'antenne, et faire une émission comme personne n'en a jamais vu. Reste derrière moi, vieux, laisse-moi l'antenne quoi qu'il arrive, tu peux me faire confiance, je sais ce que je fais, et si tu m'enlèves l'antenne et que le réseau ne te soutient pas tu es sacqué.

— Dis donc, geignit Vince d'une voix blessée tandis que le téléguide annonçait : « 2 minutes ». C'est *ton* émission, Jack…

— Pardon, Vince, je n'avais pas l'intention de te menacer, je dois simplement m'assurer que tu es de mon côté et que tu ne me reprendras l'antenne sous aucun prétexte, même s'il faut dire merde au réseau et à la F.C.C. J'ai à faire une chose qui est plus importante que le réseau, et j'ai besoin de savoir que tu ne tenteras pas de m'arrêter. C'est l'heure du choix, vieux : pour qui travailles-tu, pour le réseau ou pour moi ?

— Qu'est-ce que j'étais il y a huit ans ? dit Gelardi, toujours blessé. Tu es le meilleur dans le métier, l'émission c'est *toi*, ce n'est ni l'affaire du réseau ni la mienne. Tu n'avais pas besoin de le demander – tu sais que je travaille pour toi et pour personne d'autre.

— O.K. Dans ce cas, accroche-toi bien. Appelle-moi Benedict Howards – et ne t'en fais pas, je te garantis qu'il ne se défilera pas.

Le téléguide indiqua : « 90 secondes ».

— Tu appelles *d'abord* ?

— Ce soir c'est spécial. Grande première mondiale. C'est moi qui suis sur la sellette.

Gelardi haussa les épaules, et un semblant de sourire revint sur son visage :

— Qui veux-tu comme réserve en cas de défaillance ?

— Pas de réserve ce soir. On travaille sans filet. Rien que Howards et moi – au corps à corps.

Vince lui décocha un étrange regard apeuré, puis un faible sourire, et se tourna vers son vidphone. Le téléguide indiqua : « 30 secondes ».

Tandis qu'il attendait, Barron contempla immobile la face gris-vert du moniteur. Il se sentait un vide aux tripes – caverne moite hantée par des fantômes – et l'écran était hypnotique ; il avait l'impression que son vide intérieur sortait à la rencontre du vide cathodique pour fusionner avec, pour former un tunnel de réalité dans le non-espace du studio, comme si rien d'autre n'existait dans l'univers entier que cet écran et le circuit qui les reliait. Mais même le réseau logiquement censé le faire communiquer avec cent millions d'autres écrans-réalités ne lui paraissait pas réel. Il n'y avait que lui et le tube à rayons cathodiques.

L'écran du moniteur s'anima de couleurs vivantes, image point-de-phosphore allant au fond des yeux : son propre nom, « BUG JACK BARRON » en lettres écarlates imitation du YANKEE GO HOME avec une voix off grosse et bourrue : « Quelque chose vous fait suer ? »

Montage sonore de clameurs de colère, puis la même voix reprend : « Alors, faites suer Jack Barron ! »

Et il se trouva confronté avec son propre visage, réalité-miroir en couleurs vivantes qui bougeait chaque fois qu'il bougeait, les yeux dans l'ombre, le pli de la bouche sinistre. Il prit quelque recul par rapport à lui-même, vit le visage sur l'écran devenir un peu moins tendu, moins âpre, et répondre à sa volonté comme un mannequin actionné à distance.

Pendant qu'ils passaient la première publicité pour Acapulco Golds, il s'arracha à sa vertigineuse communion avec l'écran, vit que le téléguide annonçait : « Howards en ligne » – et ce fut comme si un circuit nerveux annonçait à son propre cerveau que son poing était prêt à entrer en action. Il avait du mal en vérité à sentir la dualité interface de son corps. Ses capacités sensorielles étaient autant dans le téléguide et le moniteur que dans sa propre chair. Il était à la fois le studio, la salle d'enregistrement, la régie, la cabine de contrôle – tout cela faisait partie de lui et inversement.

Et tout le reste – souvenir de Sara, limaces molles dans son corps, tout ce qu'il avait jamais été – se trouva remisé par réflexe, bouclé, irréel. Il eut conscience du mécanisme qui était en train de se mettre en place – le circuit électrique prenait la relève – et éprouva un sentiment de soulagement à l'idée que ce qui allait se passer maintenant se situerait non pas au niveau des tripes mais à celui de l'image en couleurs vivantes de Jack Barron le donneur de coups de pied au cul retour sur la sellette magique.

Son visage réapparut sur l'écran du moniteur.

— Voici *Bug Jack Barron*, dit-il en sentant bouger ses lèvres et en les voyant bouger sur l'écran du moniteur. Mais ce soir, mes amis, vous allez assister à une émission légèrement spéciale. Depuis des années vous faites suer Jack Barron en vous servant de lui comme d'un porte-parole pour arriver jusqu'aux pontes intéressés lorsque vous avez un problème. Ce soir, les choses vont se passer d'une manière légèrement différente. Nous allons jouer à intervertir les rôles. Ce soir, c'est Jack Barron qui a un problème.

Par une étrange distorsion de la perspective, il eut l'impression de faire mouvoir ses lèvres directement sur l'écran dans un circuit réflexe électronique cerveau-points de phosphore. Et il ajouta :

— Ce soir, *Jack Barron fait suer Jack Barron.*

Il modela le visage sur l'écran en un indéchiffrable masque diabolique (faisons transpirer Bennie, qu'il ne se doute de rien jusqu'à ce qu'il soit trop tard et qu'il ne puisse pas faire autrement que de vider son sac devant les caméras !), puis reprit :

— Ce soir, nous allons apprendre quelques petites choses sur la cryogénie humaine que personne ne sait encore. Depuis quelques semaines, il semble que nous n'ayons pu faire deux émissions d'affilée sans mentionner la Fondation pour l'immortalité humaine, et ceux d'entre vous qui pensent qu'il s'agit d'une simple coïncidence risquent sous peu d'avoir un choc. Beaucoup de gens vont d'ailleurs avoir des surprises ce soir. Aussi ne quittez pas vos postes, chers téléspectateurs, car dans quelques instants vous allez assister à une tranche d'histoire vivante et vous allez voir ce qui se produit quand Jack Barron fait suer Jack Barron. (Inclinant la tête en avant pour capter dans ses yeux des reflets d'ombres kinesthopiques, rendant son image sur l'écran menaçante et sournoise, il enchaîna :) D'ailleurs, vous n'aurez pas à attendre longtemps car je vois que Mr. Benedict Howards est déjà en ligne.

Transmettant l'ordre à Vince de lui donner les trois quarts de l'écran, il prit la communication sur son vidphone n° 1 et le visage de Benedict Howards apparut dans le coin inférieur gauche du moniteur, pâle fantôme de vidphone gris sur gris enveloppé par l'image hyper-réelle en couleurs vivantes de Jack Barron. Ce soir tu es sur mon terrain, Bennie, pensa-t-il, et d'ici que je te lâche tu vas avoir une idée de ce que la paranoïa peut être vraiment…

— Vous êtes en ce moment à *Bug Jack Barron*, monsieur Howards, et ce soir nous allons tout dire aux téléspectateurs sur… (il marqua une pause exprès, grimaça un sourire menaçant de sous-entendus qui pétrifia Howards puis lui tendit la perche)… le projet de loi d'Hibernation publique !

Il vit les traits de Howards se liquéfier, chaque muscle tendu s'affaisser en un répit momentané qui n'était qu'un prélude à l'estocade. Qu'il croie que je joue le jeu jusqu'au moment où la vapeur sera renversée et où il sera trop mouillé pour pouvoir me raccrocher au nez.

— Avec plaisir, dit Howards d'une voix mal à l'aise. Il est temps en effet d'éclaircir toutes ces histoires à dormir debout qui courent sur la Fondation pour l'immortalité humaine.

Barron fit un magnifique sourire, tapa du pied deux fois pour que Vince partage l'écran entre eux et répondit :

— Ne vous inquiétez pas pour ça, monsieur Howards. Avant la fin de cette émission, tout sera… *éclairci.* (Et une nouvelle fois, il vit Benedict Howards se raidir sous l'emphase du dernier mot. Mouille, salaud, mouille, pensa Barron. Et ce n'est que le début…) Parlons donc de ce projet de loi d'Hibernation, reprit-il en ayant l'impression de jouer au ping-pong avec la tête de Howards. On peut penser que si la loi était votée, elle donnerait à la Fondation pour l'immortalité humaine le monopole de la cryogénie ; est-ce exact ? Aucun autre organisme n'aurait légalement le droit de mettre des corps en Hibernation ; la Fondation aurait le champ libre pour…

— Pas tout à fait, dit Howards en saisissant la perche arrangée à l'avance au Colorado. La Fondation deviendrait plutôt un service public comme le téléphone ou l'électricité – ce serait un monopole, bien sûr, dans la mesure où certains services publics ne peuvent fonctionner qu'en tant que monopoles, mais un monopole strictement contrôlée par le gouvernement fédéral dans l'intérêt public. (Bravo, exactement ce qu'on avait prévu, hein, Bennie ? Mais il y a une petite modification au programme.)

— Eh bien, tout ceci me parait raisonnable, ne trouvez-vous pas, chers téléspectateurs ? fit Barron.

Et sur l'écran l'image de Benedict Howards parut adresser à son homologue un sourire complice qui signifiait : « Ça y est, je t'ai dans la poche. » Barron téléguida sur les lèvres du mannequin électronique une moue de larbin obséquieux, et pendant une folle seconde eut l'impression d'être sur l'écran face à face avec un Howards en chair et en os.

— Je ne vois pas, reprit-il, comment qui que ce soit pourrait élever une objection. Mais puisque c'est si simple que ça, monsieur Howards, pourquoi ne pas l'avoir dit plus tôt ? Et pourquoi tout ce remue-ménage au Congrès autour de votre projet de loi ? Voulez-vous que je vous dise d'où proviennent tous vos ennuis, monsieur Howards ?

— Essayez toujours, Barron, fit prudemment Howards.

Jack Barron actionna sa pédale pour demander à Vince cinq minutes avant le prochain spot publicitaire. La synchronisation allait être essentielle.

— De vos tripatouillages sémantiques, dit Barron d'un air si candidement innocent que Benedict Howards flaira le sarcasme et que la peur s'insinua dans son regard gris sur gris ; mais tout cela se passait à un niveau encore trop subtil, jugea Barron, pour que les téléspectateurs se doutassent de quelque chose.

Ce qui lui rappela brusquement la présence, de l'autre côté de l'écran, de cent millions de témoins recensés au sondage Brackett.

— Que voulez-vous dire ? glapit Howards, et Barron sentit qu'il luttait pour rester maître de lui.

— Votre projet de loi est en difficulté parce qu'il est mal rédigé, voilà tout. Trop compliqué et trop long pour quelque chose qui se veut simple et direct... Toutes ces petites clauses vicieuses et contournées comme un alambic... c'est difficile de les interpréter.

(Il tira de sa poche une feuille de papier vierge, le vieux truc à la Joe McCarthy.) Écoutez, poursuivit-il en agitant sa feuille de papier vers l'image de Howards sur le moniteur. Pourquoi ne pas s'expliquer tout de suite, sans plus attendre ? Cent millions d'Américains ne demandent qu'à vous écouter, monsieur Howards, et qui sait si votre projet de loi ne passera pas ensuite comme une lettre à la poste, pour peu que nous ayons pris la peine de débroussailler un peu le terrain tout autour, ne croyez-vous pas ?

Ayant prononcé ces paroles empoisonnées, il transmit le signal à Vince de lui donner les trois quarts de l'écran et aussi sec Howards ne fut plus qu'un avorton mort de frousse serrant les fesses sur son coin de sellette magique. Soudain, Barron se rendit compte que pour cent millions de personnes la scène était *réelle*, plus réelle que la réalité parce que c'était un pays tout entier qui participait à cette expérience sensorielle directe ; l'histoire était en train de se créer sous leurs yeux, encore que ce fût une histoire non événementielle qui n'avait de réalité que sur leur écran. Un étrange frisson glacé le parcourut tandis qu'il prenait pour la première fois conscience de la puissance sans précédent que représentait son image sur cent millions de récepteurs.

Comme une horloge intérieure toujours présente, le téléguide annonça : « 4 minutes ».

Il composa sur son image un masque dur d'inquisiteur, mais parla d'une voix suave, innocente, qui créait par contraste une inquiétante aura :

— Voyons voir… selon ce projet de loi, il serait mis sur pied une commission de cinq membres nommés et révoqués à la discrétion du Président. Drôle de clause, vous ne trouvez pas ? Il semble que la commission serait entièrement contrôlée par le Président qui pourrait nommer qui il veut quand il veut…

— L'Hibernation humaine est un problème délicat, fit Howards sur la défensive comme un garçon surpris en train de voler des confitures. Si les membres de cette commission étaient nommés pour une durée déterminée, ils risqueraient de commettre des erreurs qu'on ne pourrait pas réparer pendant des années. Et dans le cas présent, ce sont des vies humaines qui sont en jeu.

— Il est vrai que la Fondation pour l'immortalité humaine a le plus grand respect pour la... *vie humaine*, dit Barron tandis que le téléguide annonçait : « 3 minutes ». Mais voici qui est encore plus intéressant. C'est le passage qui donne à la Commission pour l'Hibernation tout pouvoir de « délibérer et de statuer sur l'opportunité de toutes opérations actuellement entreprises par la Fondation pour l'immortalité humaine ou à entreprendre ultérieurement par ladite Fondation dans le cadre de l'extension de la vie humaine ». En langage clair, il semble que cela signifie que la Commission opérerait indépendamment du Congrès et qu'elle aurait en fait le pouvoir de fabriquer ses propres lois dans le domaine de... l'extension de la vie humaine.

— Eh bien... euh... cela ne répond-il pas à votre première question ? demanda habilement Howards, essayant de se raccrocher à ce qu'il pouvait. Le Congrès est beaucoup trop lent à réagir. Disons... disons que nous mettions au point un jour un traitement d'immortalité : il pourrait s'écouler des années avant que le Congrès ne l'approuve, et pendant ce temps des êtres humains mourraient inutilement. Une commission comme celle que nous envisageons pourrait nous permettre d'agir aussitôt. Bien sûr, c'est une lourde responsabilité pour les membres de la commission, mais c'est justement pour cela que le Président doit pouvoir nommer et révoquer à volonté ces hommes, pour que la commission reste soumise au contrôle de... l'opinion publique. Tout cela a l'air compliqué, mais c'est absolument nécessaire.

Tu parles d'un merdier, se dit Barron. En réalité, le projet de loi n'est rien d'autre qu'un blanc-seing accordé à la Fondation tant que le Président est d'accord. Et Bennie compte bien mettre dans sa poche le prochain Président, et si ce n'est pas celui-là ce sera l'autre. Une chose qu'il a à profusion, c'est du *temps*. Que son projet de loi soit adopté et qu'il ait son larbin en place à la Maison-Blanche, et il pourrait... faire décréter légal le meurtre de jeunes enfants, ou tout au moins demander à la commission de fermer les yeux. Il est temps de montrer à cet enculé l'autre côté du rasoir.

— En d'autres termes, Howards, vous et le Président serez seuls maîtres à bord. La Fondation aura la haute main sur l'Hibernation et… *l'extension de la vie humaine*, et seul le Président, en tout état de cause, pourra vous dire ce qu'il convient de faire ou de ne pas faire.

L'image de Howards lança des éclairs comme un rat pris au piège, et la paranoïa intérieure commença à percer dans son regard.

— Le Président…, bredouilla-t-il pratiquement. Quel mal y a-t-il à cela ? Croyez-vous que…

— Je me demande simplement s'il est sage de confier un tel pouvoir à un seul homme, fût-il le Président, répondit Barron tandis que le téléguide indiquait : « 2 minutes ». Je veux dire qu'un homme, et même un Président, peut toujours être acheté. Avec tout votre argent, et peut-être… *quelque chose de plus…* ?

— Vous êtes cinglé, Barron ! glapit Howards, perdant tout son calme, les pupilles en feu. Vous diffamez le Président des États-Unis !

— Qui, moi ? fit Barron en demandant à Vince de couper le son et de donner à Howards les trois quarts de l'écran. Je suis trop poli pour diffamer qui que ce soit. Je suis en train de parler d'un hypothétique Président dans des circonstances hypothétiques, aussi tout ce que je risque c'est un procès hypothétique, pas vrai ?

Le visage de Howards était un masque de paranoïa muette et impuissante encerclant celui de Barron sur l'écran.

— Considérons donc une situation parfaitement hypothétique et farfelue, reprit-il en faisant donner tout l'écran à Howards. Supposons, dis-je, que la Fondation pour l'immortalité humaine finisse par mettre au point un traitement pour l'immortalité…

Un tressaillement de pure terreur convulsa le visage de Howards devant cent millions de témoins recensés au sondage Brackett tandis que Barron demandait tout l'écran pour lui-même et que le téléguide annonçait : « 90 secondes ».

— Plaçons notre petite histoire juste après les prochaines élections présidentielles et disons, sans citer aucun nom, que le Président qui vient d'être élu est le candidat soutenu par la Fondation. Tout cela nous semble impossible, n'est-ce pas, chers télespectateurs, car voyez-vous la Fondation n'a *que* cinquante milliards de dollars de marge de manœuvre, avec en prime l'immortalité… et ce ne serait pas un pot-de-vin suffisant…

Son visage sur l'écran lui renvoyait des taches de phosphore en couleurs vivantes dans un circuit de pouvoir à rétroaction ; il se sentait en communication directe avec cent millions de téléspectateurs pendus à ses lèvres, aspirant les images de leur écran de verre et conscients de la gravité de l'instant. Approchez, mesdames et messieurs, vous allez assister à quelque chose de sensationnel, le spectacle de l'histoire en train de se faire, en direct et sans tromperie, et *ça* c'est du show-business !

— Disons donc… simplement par amour de la discussion, n'est-ce pas, prononça lentement Barron tandis que le téléguide affichait : « 60 secondes », que notre hypothétique traitement pour l'immortalité comporte un os. Disons… vous savez tous, n'est-ce pas, à quel point j'ai l'esprit mal tourné, que ce traitement implique une sorte de greffe d'organe qui confère l'immortalité au receveur mais qui, malheureusement, provoque la mort du donneur. Processus extrêmement délicat et coûteux, comme vous le voyez, puisque d'une façon ou d'une autre il s'agit de se procurer des victimes. Autrement dit, pour rendre quelqu'un immortel, la Fondation doit tuer quelqu'un d'autre. Je crois que dans le jargon juridique il y a un terme pour ça… Je crois qu'on appelle cela un *assassinat.*

Juste le temps de préparer Bennie, se dit Barron au moment où le téléguide marqua : « 30 secondes ». Et il laissa filtrer dans son image électronique un rayon de la haine qu'il sentait en lui histoire de suggérer à cent millions de conards recensés au sondage Brackett que tout ce qu'il racontait n'était pas forcément du vent.

— Vous voyez donc où nous en sommes ? Ce n'est qu'une situation des plus *hypothétiques*, mes amis, dit-il avec une intonation sardonique. Mais hypothétiquement, si le projet de loi d'Hibernation publique est accepté dans l'état où il est, et si la Fondation pour l'immortalité humaine fait élire son candidat à la Présidence, et si elle découvre un *hypothétique* traitement pour l'immortalité nécessitant le recours au meurtre, alors, *hypothétiquement*, la Fondation pour l'immortalité humaine pourrait très bien assassiner des gens et être couverte légalement... (il marqua un temps d'arrêt, emplissant trois secondes d'émission d'un silence mortel, afin d'être bien sûr que personne ne risquait de perdre ce qu'il allait dire)... *hypothétiquement...*, articula-t-il lentement (et le mot dans sa bouche était presque une accusation). Mais il reste que la Fondation fait tout ce qu'elle peut pour que le projet de loi soit adopté, et *cela* ce n'est pas hypothétique, et beaucoup de gens bien placés pour savoir de quoi ils parlent font état de certaines bisbilles entre la Fondation et un candidat à la Présidence qui est mort récemment dans des circonstances... *douteuses*, et cela non plus n'a rien d'*hypothétique*. Mais nous tâcherons d'en savoir un peu plus sur toutes ces hypothèses – si Mr. Benedict Howards n'a pas peur de rester en ligne – juste après ce petit mot de notre sponsor bien réel, lui.

— Qu'est-ce que tu fabriques ? lui demanda Vince à l'interphone dès que défilèrent les premières images de la publicité. (Ses traits étaient crispés et tendus, mais laissaient transparaître une sorte d'excitation ravie.) Les vidphones sont déchaînés, et Howards radote. Il déconne littéralement, Jack ! Il parle de te tuer, et de Nègres éviscérés et de cercles noirs... ça n'a aucun sens. Il est complètement sonné, Jack. Dieu sait ce qu'il est capable de raconter si on le lâche sur l'antenne maintenant.

Pris par l'odeur du combat, Jack Barron se trouva en train de répliquer de sa voix gouailleuse de *Bug Jack Barron* :

— Le Dieu des hippies n'a rien à voir là-dedans, Vince, la seule chose qui compte c'est que moi je sache ce que Bennie va dire, compris ? Ne le laisse pas raccrocher, et passe-le-moi dès que nous reprendrons l'antenne.

Le téléguide marqua : « 60 secondes ». Derrière la paroi vitrée de la cabine de contrôle, Vince fit la grimace en disant nerveusement :

— Tu es déjà à la limite, Jack. Si tu laisses un fou comme Howards, qui connaît le secret de la moitié des tombes du pays, raconter n'importe quoi sur l'antenne, nous allons avoir sur les bras des procès à n'en plus...

— C'est moi qui décide, fit abruptement Barron. Mais... tu n'as peut-être pas tout à fait tort. (Serait-ce possible de me tirer quand même des pattes de Howards, de le laisser couler sans m'enfoncer avec lui ?) Écoute bien ce que je vais te dire. Quand je parlerai, donne-moi les trois quarts de l'écran et coupe le son de Howards. Quand je lui lancerai la balle, donne-lui les trois quarts, laisse-le radoter une ou deux secondes et coupe-lui le son en me redonnant l'écran. On fera ça sans arrêt, et ainsi il ne pourra pas placer plus de quelques mots, vu ?

— Voilà qui ressemble davantage au vrai Jack Barron que nous aimons tous, dit Gelardi tandis que le téléguide annonçait : « 30 secondes ».

Les dernières images de la publicité pour Chevrolet disparurent du moniteur et Barron ressentit une fois de plus le pouvoir absolu qu'il exerçait sur l'écran, pouvoir d'une configuration de points de phosphore artificiels reliant directement son esprit à cent millions de cerveaux, pouvoir d'une réalité-illusion qui n'avait même pas d'existence. La vie et la mort, pensa-t-il. Rien que Bennie et moi, et ce pauvre con n'a pas une seule chance. Quels que soient les atouts qu'il détient en réalité, sur ce terrain-là il n'aura jamais la moindre chance parce que sur ces cent millions d'écrans il ne dira jamais que ce que je lui ferai dire, il ne *sera* que ce que je le laisserai être. C'est *ma* réalité, c'est comme s'il était pris au piège à l'intérieur de ma tête.

Et il comprit, finalement, le point de vue de Luke et de Morris. Quelle importance, qu'il soit ridicule comme Président ? Ce qu'est l'homme de chair et de sang à l'intérieur du studio ne compte absolument pas, la seule chose qui compte c'est ce que voient cent millions de crétins sur l'écran, il n'y a que cela de réel, l'image, parce que quand il s'agit de savoir ce qui se passe dans Ce Vaste Monde Qui Nous Entoure l'image c'est tout ce que connaissent ces pauvres cons.

Tu parles d'une farce ! se dit-il tandis que le téléguide affichait : « Début d'émission » et qu'il contemplait son propre visage électrique, ses yeux des puits sinistres de pouvoir rien que parce qu'il inclinait un peu la tête de façon à capter les reflets kinesthopiques de la toile de fond derrière lui. Je peux faire *ce que je veux* sur ce putain d'écran, ce que je veux – personne n'est de taille à se mesurer à moi dans *ce type* de réalité, quelle que soit sa stature par ailleurs dans la réalité privée de chair et de sang que personne ne voit. Ce qui se passe sur l'écran, c'est ma volonté faite chair ; c'est moi qui fais la règle du jeu, moi qui contrôle chaque foutu point de phosphore que le pays voit. Pourquoi ne me feraient-ils pas Président aussi bien que n'importe quoi – merde, depuis Truman ils n'ont pas élu Président un seul *homme*, ils votent pour une image et c'est tout ; et au jeu des images, qui est meilleur que Jack Barron ?

Dans le quadrant inférieur gauche le visage irréel en noir et blanc de Benedict Howards était rien de moins que pathétique. Howards n'avait pas le plus petit commencement d'une chance, parce que ce que le pays tout entier était en train de regarder c'était non pas Bennie Howards mais une édition d'un Howards revue et corrigée par Jack Barron.

— Eh bien, annonça-t-il avec un sentiment de confiance qu'il jugeait presque obscène, revenons à notre petite histoire *hypothétique.* Il y a quelques instants au cours de cette émission nous avons évoqué certaines recherches sur l'immortalité, n'est-ce pas, monsieur Howards ? (Howards se mit à hurler muettement sur l'écran et Barron, pensant à Sara, éprouva une joie sauvage à l'idée des affres de frustration paranoïaque que devait endurer Howards, sachant que c'était sa vie qui partait à vau-l'eau et qu'il n'y avait absolument rien qu'il pût faire, même pas crier.) Vous disiez alors que la Fondation n'avait mis au point aucun traitement pour l'immortalité... Et si moi je prétendais le contraire ? Et si j'étais en mesure d'en apporter la preuve ? (Fais gaffe, Jack, baby, aux lois sur la diffamation !) Qu'est-ce que vous avez à répondre à cela, Howards ? Allez-y, je vous défie de m'apporter le démenti ici même, devant cent millions de témoins !

Le visage de Jack Barron était un monstre en triple grandeur en couleurs vivantes entourant l'image muette de Benedict Howards. Tandis que Vince inversait le rapport, Barron comprit ce qui allait se produire au moment même où...

Le regard de Howards se figea, et chaque pore de son visage grossièrement dilaté par l'écran noir et blanc sembla diffuser une diabolique démence. Lorsque Vince lui coupa le son, il était en train de hurler :

— … tuerai, Barron ! Je vous tuerai ! (Puis il blêmit soudain en se rendant compte que le son passait.) C'est un mensonge ! réussit-il à crier d'une voix un peu moins rauque. C'est un mensonge scandaleux ! Il n'existe aucun traitement pour l'immortalité, je vous en donne ma parole, rien que le cercle noir qui s'estompe et que nous combattons, nous sommes du côté de la vie contre le cercle noir contre les Nègres évisc… (Son visage se mit à trembler lorsqu'il prit conscience de ce qu'il avait failli dire, et il se tut au moment même où Vince lui coupait le son pour donner les trois quarts de l'écran à Barron.)

Merde, qu'il parle ou pas c'est la même chose, se dit Barron. Je n'ai qu'à faire mon petit numéro et les laisser voir le résultat sur son visage…

— Ne vous énervez pas, Howards ! dit-il d'un ton glacé. Mais si ça peut vous faire plaisir, nous allons reprendre notre petite hypothèse par l'autre bout. Supposons donc, *puisque vous insistez*, qu'il existe un traitement pour l'immortalité nécessitant oh… disons la transplantation de certaines glandes qui implique la *vivisection* de jeunes enfants…

Il marqua un temps d'arrêt. À nouveau Howards hurlait muettement sur son petit morceau d'écran comme un insecte impuissant empalé au bout d'une épingle : Tortille-toi, ordure ! Continue ! S'il te restait deux sous de cervelle tu raccrocherais mais tu ne peux pas, hein ? C'est trop tard pour toi maintenant.

— Vous me suivez ? reprit Barron. Si un tel traitement existait, et s'il reposait sur le meurtre de jeunes enfants, cela expliquerait pas mal de choses amusantes, n'est-ce pas ? Par exemple pourquoi Mr. Howards est si pressé de voir passer son projet de loi au Congrès et de se constituer une petite commission sur mesure pour que la Fondation ne soit responsable que devant le Président… Spécialement si le Président que nous élirons n'est responsable que devant *lui*. Qu'est-ce que vous en pensez, monsieur Howards ? Vous n'approuvez pas mon petit raisonnement ?

Gelardi inversa les images, et le visage égaré de Howards domina l'écran une fois de plus.

— Espèce de…, commença-t-il à crier.

Puis Barron discerna presque le rideau tiré sur son regard d'halluciné, un rideau de silence, sa seule retraite possible.

— O.K., fit Barron en reprenant les trois quarts de l'écran. Il semble que Mr. Howards n'apprécie pas tellement… les situations hypothétiques. Prenons donc des faits bien réels. Parlons des candidats présidentiels (Fais gaffe aux lois sur la diffamation !). Je me contente de répéter ce que tout le monde a pu lire dans les journaux, mais de l'avis de pas mal de gens feu le sénateur Hennering était bien placé pour décrocher l'investiture démocrate. Et les choses étant ce qu'elles sont, cela signifie qu'il était bien placé pour les Présidentielles. Ce avant d'avoir eu son… *malencontreux accident.* Mais dites-nous, monsieur Howards : étiez-vous un homme à Hennering, ou Hennering était-il un homme à la Fondation ?

Cette fois-ci, Howards se rebiffa lorsque le son lui fut restitué et que les images furent interverties :

— C'est de la diffamation, Barron, et vous le savez !

Mais avant qu'il ait pu placer un autre mot, Vince le relégua dans le coin silencieux.

— Diffamation ? Envers qui ? demanda Barron. Voilà qui serait intéressant à savoir : Hennering ou vous ? De toute façon, je ne diffame personne, je pose simplement une question. Et force m'est de constater que primo Hennering était rapporteur du projet de loi d'Hibernation devant le Sénat, et que secundo le ballon présidentiel de Hennering avait derrière lui une quantité de fric impressionnante. J'ai ces lois sur la diffamation suspendues au-dessus de ma tête, aussi je vous laisse finir tout seuls. Et comme deux et deux font… Vous saisissez, tout le monde ? Bon, parce que voici quelques nouvelles *hypothèses* très intéressantes.

» Supposons qu'une Fondation que je ne peux pas nommer à cause des lois sur la diffamation ait acheté un candidat présidentiel que je ne peux pas nommer non plus qui soutient un certain projet de loi – que je ne nomme pas – destiné à couvrir un traitement à la dzim boum boum équivalent à une série d'assassinats en règle ; et supposons toujours que notre innommable sénateur de l'Illinois *ne sait rien* de ce traitement. Tout le monde m'a bien suivi jusqu'à présent ? Si ce n'est pas merveilleux de vivre dans un pays libre où on peut… faire des hypothèses autant qu'on veut pourvu de ne citer aucun nom. Même quand tout le monde sait quoi mettre à la place des espaces blancs… (Il marqua un instant de pause et contempla le visage de Howards réduit à un masque terreux, indifférent à ce qui se passait, convaincu que c'était fini pour lui.) Allons un peu plus loin. Imaginons que notre sénateur découvre en quoi consiste le… *traitement*. Imaginons que ça ne lui plaise pas du tout, et qu'il appelle le président de cette fondation dont je ne peux pas dire le nom pour lui dire où il peut se mettre son fameux traitement. Imaginons que notre sénateur lui dise qu'il va s'opposer au projet de loi qu'il avait jusqu'ici parrainé et dévoiler tout ce qu'il sait sur notre hypothétique Fondation à la tribune du Sénat. Cela signifie que le président de la Fondation en question sera jugé pour meurtre, à moins que… à moins que quelque chose ne vienne empêcher notre sénateur de parler. Pouvez-vous nous dire, monsieur Howards – à titre *hypothétique*, naturellement – ce que *vous* feriez si vous étiez le président de cette Fondation hypothétique et qu'un sénateur menaçait de vous envoyer à la chaise électrique ?

— … vous poursuivrai ! cria la voix de Howards lorsque Vince lui restitua le son. Je vous traînerai devant les tribunaux, Barron ! Je vous ferai monter sur la chaise électrique ! Vous serez…

Gelardi le réexpédia prestement dans son coin inférieur gauche, et Barron ressentit tout le poids de l'instant en suspens. Maintenant ou jamais, pensa-t-il. Je n'ai plus qu'à donner le signal ; il est prêt pour la boucherie. Ça signifiera ma mort, peut-être, avec ce contrat qui équivaut à une confession signée, par Sara et moi… Sara ! SaraSaraSara… Plus de Sara… Il sentit en lui les limaces molles distillant goutte à goutte les fluides usurpés de bébés disloqués, et dans un éclair pur de rage destructrice il sut que ce serait d'abord avoir la peau de Bennie et ensuite essayer de sauver la sienne.

— Essayons maintenant de regagner ce qu'on appelle par manière de plaisanterie la réalité, reprit Barron. Fait numéro un, le sénateur Theodore Hennering a trouvé la mort dans une explosion d'avion en plein vol qui ne laisse aucune preuve qu'il ait pu s'agir d'un meurtre, hypothétique ou pas. Fait numéro deux, quelques semaines plus tard la veuve de Hennering passe sous les roues d'un camion de location dont le chauffeur prend la fuite. Qu'est-ce que vous dites de ça, monsieur Howards ?

Vince lui donna les trois quarts de l'écran juste assez longtemps pour qu'on l'entendît murmurer : « Je ne sais pas, moi… une coïncidence… », puis lui reprit le son et remit Barron à la place d'honneur.

Et voilà le plus périlleux, se dit Barron. Si je réussis maintenant, au moins je n'aurai pas de procès en diffamation.

— Voici maintenant un fait dont personne n'a eu connaissance à part moi : peu de temps avant son assassinat, Madge Hennering m'a appelé pour me dire que Howards avait menacé son mari, juste avant sa mort, de le tuer car il avait découvert quelque chose de si terrible au sujet des activités de la Fondation qu'il avait décidé de changer de camp. Et là, ce n'est pas non plus de la diffamation de ma part, mentit Barron, car je peux prouver ce que j'avance. La conversation tout entière a été enregistrée au magnétophone.

— C'est un mensonge ! hurla Howards dans le bref laps de temps imparti par Vince. Un mensonge du cercle noir qui s'estompe ! Un foutu mensonge !

— Attention à ce que vous dites, Bennie, fit Barron en plaçant un sourire ironique sur les lèvres de son double électronique. Vous me traitez de menteur et ça c'est de la diffamation, j'ai la bande pour le prouver.

Il marqua un temps d'arrêt, sachant ce que le prochain maillon de la chaîne allait devoir être. Il faut que je l'accuse carrément de meurtre, et *ça* c'est de la diffamation de quelque côté qu'on le prenne, à moins qu'il ne m'apporte la preuve que je n'ai pas encore – et que je n'aurai que si je risque le tout pour le tout. Mais d'accord, allons-y gaiement !

— La semaine dernière, j'ai fait un voyage éclair dans le Mississippi pour interroger un homme – vous l'avez vu ici même – qui prétendait que quelqu'un lui avait acheté sa fille pour cinquante mille dollars, poursuivit Barron, flirtant toujours avec les lois sur la diffamation. Peut-être quelque *fondation* en quête de matière première pour ses transplantations de glandes... vous voulez que je vous fasse un dessin ? Toujours est-il que trois personnes, et pas une de plus, étaient au courant de mon déplacement : le gouverneur Lukas Greene, un ami de très longue date ; la femme que j'aimais ; et... Benedict Howards. Cet homme à qui je devais parler s'est fait descendre sous mes yeux par un tueur professionnel qui m'a manqué de peu. Une de ces trois personnes a payé ce tueur pour descendre George Franklin et pour essayer de m'assassiner. De laquelle s'agissait-il ? Mon ami, ma femme, ou...

Barron s'interrompit de nouveau, à la fois pour jouir de l'effet produit et parce qu'il hésitait à franchir ce nouveau Rubicon au-delà duquel sa vie même risquait d'être en danger. Le visage de Howards sur l'écran du moniteur était cendreux mais étrangement calme, comme s'il se reconnaissait impuissant contre ce qui allait venir mais se consolait à l'idée qu'il ne serait pas le seul à être détruit. Je t'emmerde, Bennie ! pensa Barron. Et vive l'Empereur... pendant un million d'années !

— ... ou Benedict Howards, qui a acheté la fille de cet homme pour l'assassiner froidement dans son laboratoire du Colorado, Benedict Howards qui est immortel grâce aux glandes d'enfants innocents cousues dans son misérable corps, Benedict Howards qui a assassiné Theodore Hennering et sa femme et Henry George Franklin, Benedict Howards qui a essayé de m'assassiner. Après tout, monsieur Howards, c'est la première fois qui coûte le plus, n'est-ce pas ? On ne peut mourir qu'une seule fois sur la chaise électrique.

Il transmit l'ordre à Vince de restituer le son à Howards et de lui donner toute l'image. Le moment de vérité, pensa Barron tandis que le visage de Benedict Howards s'étalait sur l'écran comme une vessie bouffie. Je suis bon pour un procès en diffamation si Bennie n'est pas assez cinglé pour se laisser prendre à mon jeu. Il laissa le visage muet de Howards engloutir trois à quatre secondes de temps d'émission ; dans son regard il perçut la lutte entre une rage paranoïaque aveugle et les vestiges cyniques de l'esprit amoral et calculateur qui avait édifié la Fondation et s'était hissé jusqu'à sa fichue immortalité en massacrant en chaîne des enfants innocents et en trouvant encore à redire sur le prix de revient.

Deux faces de la même médaille, se dit Barron. Un paranoïaque à froid s'en prendra sans pitié à n'importe qui parce qu'il est *persuadé* que tout le monde en a après lui ; et le même type dès qu'il craque ne sera plus qu'une loque hurlante frappant aveuglément tout ce qui bouge. Il faut que j'arrive à lui faire sauter le pas !

— Quel effet cela vous fait-il, Howards ? demanda-t-il en laissant parler ses propres viscères. Quel effet cela vous fait-il d'avoir en vous des glandes volées à un enfant mort, des choses visqueuses comme des limaces molles qui vous rampent sous la peau – vous les sentez ? – qui vous dévorent lentement lentement lentement et vous dévoreront pendant un million…

— Arrêtez ! Arrêtez ! hurla Howards, et son visage emplit l'écran d'un masque de terreur animale, ses yeux tournant comme des derviches, ses lèvres tremblantes et molles comme celles d'un homme en transe. Je ne veux pas qu'ils me tuent ! Je ne veux pas être étouffé par le cercle noir qui s'estompe de Nègres éviscérés de tuyaux de plastique dégoulinants pénétrant dans mon nez ma gorge ! Je ne veux pas qu'ils me tuent ! Personne ne peut tuer Benedict Howards ! Je les achète je les possède je les tue sénateurs président, cercle noir qui s'estompe… je ne veux pas mourir ! Non ! Non ! Je ne veux pas qu'ils me…

Dzing ! À la fin Vince n'avait pas pu tenir le coup ; le visage de Howards avait disparu de l'écran, le son était coupé et l'image de Jack Barron emplissait tout l'écran.

Bordel de merde ! avait failli s'exclamer Barron. C'est bien le moment de faire du sentiment ! Qu'est-ce qui… Mais soudain, un éclair de compréhension le traversa : Bennie est *complètement* déboussolé ! Il ne sait même plus ce qu'il dit. Peut-être que je peux faire plus que lui faire avouer qu'il a tué Hennering. S'il pouvait reconnaître sur l'écran qu'il m'a entortillé, que j'ignorais en quoi consistait le traitement… la vérité ! Peut-être qu'il est assez sonné pour avouer la vérité. Mais il faut que je déballe tout, que je désamorce sa machine infernale et que je remette mon sort entièrement entre leurs mains, ma vie et tout. Tu parles d'une grande première télévisée… la vérité chiée dans toute sa splendeur !

— Racontez-leur, Howards, racontez à tout le fichu pays comment vous les avez roulés. Parlez-leur de Teddy Hennering, parlez-leur de la Fondation pour l'immortalité humaine, parlez-leur de l'immortalité vue de l'intérieur. Dites-leur quel effet ça fait d'être un assassin.

Il marqua un moment d'arrêt, appuya une fois sur la pédale gauche… et rien ne se produisit. Derrière la paroi vitrée de la cabine de contrôle, Vince secoua négativement la tête. Barron appuya à nouveau sur la pédale ; même réaction de Vince. Barron écrasa la pédale au sol. Vince grogna muettement, et capitula. Le visage de Howards emplit les trois quarts de l'écran.

— Racontez-leur, ou c'est moi qui serai obligé de le faire à votre place, reprit Barron en enfonçant à deux reprises la pédale de droite pour demander un commercial dans deux minutes. (Il faillit sourire en voyant Gelardi joindre les deux mains pour mimer une prière de gratitude.)

— Écoutez-moi, Barron, il n'est pas encore trop tard, geignit Howards, son visage rendu blême par une terreur abjecte d'où avait disparu toute trace de rage. Pas trop tard pour arrêter le cercle noir qui se referme qui se referme… Je ne dirai à personne, je vous le jure, je ne le dirai à personne… vous et moi nous pouvons vivre éternellement, Barron, nous n'aurons jamais besoin de mourir, nous serons jeunes et forts pendant un million d'années, il n'est pas trop tard, je le jure, vous et moi et votre femme aussi…

Donnant l'ordre à Vince de laisser l'écran partagé comme il l'était, Barron répondit doucement, modérément, en laissant passer dans les yeux de son double quelque chose de plus dur qu'un regret et de plus glacé que de la colère :

— Ma femme est morte, Howards. Elle a sauté du haut du vingt-troisième étage, *du vingt-troisième*. Un suicide… mais pas pour moi. Pour moi, vous l'avez tuée, de façon aussi sûre que si vous l'aviez poussée. Vous avez peur maintenant, Bennie ? Vous commencez à voir où je veux en venir ?

Incroyablement, la terreur totale qui déformait le visage de Howards accomplit un saut quantique. Ce n'était plus de la peur maintenant, c'était un abîme de désespoir paranoïaque. Tout ce qu'il put faire, c'est murmurer : « Non… non… non… non… non… » comme un enfant obscène âgé d'un million d'années qui bavait de ses lèvres tremblantes. Maintenant il savait que c'était fini.

Barron demanda et obtint l'écran et le son pour lui tout seul ; le téléguide afficha : « 90 secondes ».

— Ma femme est morte parce que Benedict Howards l'a rendue immortelle, reprit-il. Elle était immortelle et ça l'a tuée, vous saisissez l'humour ? Elle ne pouvait pas continuer à vivre avec elle-même quand elle a découvert… Son immortalité a fait une autre victime, voyez-vous. Quelqu'un qu'elle n'avait jamais vu et qui est mort pour qu'elle puisse être immortelle – un pauvre gosse dont le corps a été irradié par la Fondation jusqu'à ce qu'il ne soit plus qu'un cancer vivant, afin de lui prélever ses très précieuses glandes pour les greffer dans le corps de ma femme. Et la faire vivre éternellement.

» Mais elle ne vivra pas un million d'années. Elle est morte. Elle s'est tuée parce qu'elle ne supportait pas de vivre en sachant ce qu'on lui avait fait. J'aimais cette femme, aussi vous me pardonnerez si je pense qu'elle n'a pas agi simplement sous le poids de la culpabilité. Elle me l'a dit, juste avant de sauter. Elle savait qu'il s'en tirerait, qu'il vivrait éternellement pour tuer, pour corrompre ou éliminer tous ceux qui se mettraient en travers de son chemin à moins que… à moins que quelqu'un ne soit assez fou ou désespéré ou se fiche suffisamment des conséquences pour clamer sur les toits ce qu'il était en train de faire. Sara Westerfeld s'est tuée pour me faire faire exactement ce que je suis en train de faire. Elle est morte pour *vous* ! Qu'est-ce que vous dites de *ça*, téléspectateurs de mon cœur ?

Barron se sentit enveloppé par la brume de cristal de la légende. Le studio, le moniteur, les silhouettes derrière la vitre de la cabine de contrôle étaient des choses qui ne pouvaient pas exister. Les paroles qu'il avait prononcées étaient des choses qu'il n'avait *jamais* prononcées en public, devant cent millions de personnes. Ce qui était en train de se passer n'avait jamais été filmé par des caméras et on pourrait regarder le petit écran pendant toute l'éternité sans jamais rien y voir qui s'en approchât.

Mais *c'était* en train d'arriver, à cause de lui, et il n'y avait rien de plus facile au monde. L'histoire, pensa-t-il, je suis en train de faire l'histoire, et c'est quand même du show-business. Des images qui bougent et qui fabriquent un putain de mythe…

Il actionna du pied la pédale et Howards reparut sur le quart de l'écran avec le son. Mais il était aussi rigide et muet qu'une photo en noir et blanc.

— Allez-y, Howards, profitez de votre dernière chance, racontez-leur le reste. Dites-leur *pourquoi* vous avez rendu Sara Westerfeld immortelle, dites-leur qui d'autre vous avez rendu immortel. Allez-y, défendez-vous !

Howards demeura silencieux. Il ne semblait même pas entendre. Le téléguide annonça : « 30 secondes » et Barron sut qu'il était prêt pour le dernier round. Après ce commercial, Howards allait saigner pour de bon.

— Tant pis, poursuivit-il avec des lames de rasoir dans la voix. C'est moi qui vais leur dire. (Il fourra la main dans sa poche et en sortit la même feuille de papier vierge qui lui avait servi précédemment.) Vous voyez ceci, mes amis ? C'est un contrat d'Hibernation, mais d'un modèle très spécial. Il y est écrit que la Fondation pour l'immortalité humaine s'engage à faire subir au titulaire du contrat un traitement à l'issue duquel il devient immortel…

Il s'interrompit, agita le morceau de papier devant la caméra comme un linge sanglant :

— Ce contrat, c'est le mien, dit-il.

Pendant que le commercial passait, Barron vit l'atmosphère de confusion et de veillée funèbre qui régnait dans la cabine de contrôle. Le visage de Gelardi à travers la paroi vitrée semblait avoir vieilli de dix ans. Il parla dans l'interphone :

— Jack, qu'est-ce que tu…

— Laisse-moi l'antenne, Vince.

— Mais que se passe-t-il ? Est-ce que tu te rends compte de ce que tu es en train de faire ?

Si je me rends compte ! pensa Barron. Est-ce que je me suis jamais rendu compte de ce que je faisais avant ce soir ?

— Ne m'enlève pas l'antenne, Vince, dit-il, et assure-toi que Howards reste au bout du fil.

Gelardi hésita, et ce fut d'une voix bouleversée qu'il continua :

— Les gros pontes sont déchaînés. Ils gueulent que tu les exposes au plus grand procès que l'histoire ait jamais connu. Ils m'ordonnent de te retirer l'antenne. Je suis désolé, Jack...

— C'est *mon* émission, Vince ! hurla Barron. Tu peux dire à ces enculés d'aller se faire foutre ! Tu peux leur dire aussi que tout ce que j'ai dit est vrai, et que la *seule* façon pour eux d'éviter un procès en diffamation est de me laisser continuer ce que j'ai commencé.

— C'est une sale histoire, dit Gelardi tandis que le téléguide annonçait : « 60 secondes ».

— C'est un sale monde, Vince, dit Barron en coupant l'interphone.

Le vieux junkie de pouvoir va avoir son compte, ça c'est sûr, pensa-t-il. Benedict Howards est à ma merci malgré son pouvoir, malgré le fromage démocrate qu'il tient entre ses sales pattes. Sur ce terrain, c'est moi qui dicte les règles du jeu. Et je peux faire plus que sauver ma peau – ce qui n'est plus un problème à présent – je peux foutre en l'air la cabale qui déchire le pays ; saccager tellement les prochaines élections que *n'importe qui* aura une chance de l'emporter ; et je peux le faire sur-le-champ, en direct en couleurs vivantes !

Un rêve, oui, un rêve de Jack et Sara de Berkeley, Jack Barron sous les projecteurs en train de foutre le bordel. Un rêve devenu réalité. J'ai sous la main l'ordure qui connaît l'endroit où sont les cadavres (mais qui les a enterrés au départ ?), prêt à être taillé en pièces.

Sara ! Sara ! Si seulement tu pouvais être là pour voir ce qui va suivre ! *Bug Jack Barron* coulera peut-être mais il ne coulera pas tout seul et ça risque de faire du bruit. Sara… Sara… C'est la seule façon de pleurer pour toi que je connaisse.

Il contempla le pub dénué de sens qui passait sur le moniteur tandis que le téléguide affichait : « 30 secondes », et il sut que d'ici une demi-minute son image, réalité plus réelle que la réalité, allait faire brûler cent millions de regards tout comme s'ils étaient avec lui dans la pièce.

Il allait leur faire beaucoup plus que ça, il allait les faire regarder par ses yeux, entendre par ses oreilles, il allait les réduire à la dimension d'un point de phosphore dans sa tête.

En un étrange renversement de perspective, il comprit que s'ils faisaient partie de lui, l'image de Jack Barron faisait aussi partie d'eux. Ce à quoi il s'était toujours dérobé lui était tombé sur le coin de la gueule de l'endroit qu'il soupçonnait le moins. *Bug Jack Barron*, que ça lui plaise ou pas, était le pouvoir, un pouvoir terrible et sans précédent, qui le plaçait devant l'alternative à laquelle chaque camé de pouvoir depuis le commencement des temps avait été confronté : avoir assez d'aplomb pour prétendre être quelque chose de plus qu'un homme, ou baisser froc vis-à-vis de millions de gens qui ont mis une partie d'eux-mêmes dans l'image qu'ils se font de vous, et être moins qu'un homme.

Tandis que le téléguide annonçait : « Début d'émission », Jack Barron comprit qu'il n'y avait qu'une façon pour lui de jouer cette partie. J'ai été traité de beaucoup de noms, se dit-il, mais de *modeste* jamais.

Sur l'écran, le paquet d'Acapulco Golds disparaît en fondu pour faire place à un visage, une image de vidphone grise et floue, quelque peu distendue. Il y a quelque chose d'inhumain dans le regard, un vide un peu trop luisant, et la bouche tremble tandis que la salive perle au coin des lèvres.

Par-dessus ce gros plan de Benedict Howards, une voix mesurée, ferme, mais empreinte d'une douleur réprimée qui lui donne son caractère d'authenticité totale, la voix de Jack Barron :

— Tiens ! Tiens ! Nous reprenons donc le cours de notre émission, et pour les téléspectateurs qui viennent d'allumer leur poste je précise que l'homme que vous voyez en ce moment sur votre petit écran est Benedict Howards, celui qui croyait pouvoir acheter n'importe qui aux États-Unis, moi y compris – et entre nous, mes amis, *il avait raison*.

Le visage noir et blanc sur l'écran semble crier muettement quelque chose, comme si les mots ne sortaient pas de sa gorge, puis il disparaît, remplacé par le visage en gros plan de Jack Barron. Les cheveux blond-roux sont en désordre, comme si l'importance du moment l'empêchait de les coiffer ; les yeux semblent immenses, prêts à bondir de leurs orbites nappées d'ombre pour transpercer l'écran ; et assez étrangement, il paraît à la fois vieilli et rajeuni.

— Vous croyez peut-être qu'on ne peut pas vous acheter ? poursuit Barron, et sa voix est amère, désillusionnée et pourtant ironiquement indulgente. Vous en êtes bien sûrs ? Vous en êtes si sûrs que ça ? Moi aussi je l'étais, mes amis. Mais si l'acheteur s'appelle Benedict Howards ? Si le prix est la vie éternelle ? Vous êtes toujours sûrs ? Imaginez un peu ce que c'est que d'être mort. Vous dites que vous ne pouvez pas ? Bien sûr que vous ne pouvez pas. Vous ne pouvez *rien* faire quand vous êtes mort. Pensez-y, parce que tous vous allez mourir un jour, vous serez livrés au néant, *morts* – à moins que Benedict Howards n'estime avoir de bonnes raisons de vous accorder la vie éternelle. Et il pensait avoir une bonne raison de m'acheter, et moi je me suis vendu. Je n'ai aucune excuse, mes amis, sinon que je ne voulais pas mourir. Et vous ? Ainsi, tel que vous me voyez, je suis immortel avec des glandes d'enfants morts cousues dans mon corps. Qu'est-ce que vous dites de ça ? Vous me haïssez – ou ce picotement dans vos entrailles est-il simplement de l'envie ? Mais avant de juger…

Maintenant toute la moitié gauche de l'écran est occupée par le visage de Benedict Howards, spectre gris de paranoïa menaçante que Jack Barron cloue de ses grands yeux verts en disant :

— Allez, Howards, racontez-leur le reste.

— Le reste… ? marmonne Howards comme un petit garçon perdu. Quel reste ? Il ne reste plus rien que le cercle noir qui s'estompe de la vie qui s'enfuit dans des bocaux de plastique Nègres éviscérés… vous êtes en train de me tuer, Barron, le cercle noir de la mort se referme sur moi et m'étouffe, m'étouffe... Le reste ? Le reste... ?

La sportjac bleu ciel, la chemise jaune, les cheveux blond-roux de Barron et son regard meurtri semblent une oasis d'humanité en bataille à côté de la démence gris sur gris émanant de la deuxième moitié de l'écran, aussi irréelle et surnaturelle qu'un documentaire vacillant sur Adolf Hitler.

— Vous n'oubliez pas quelque chose, Bennie ? Rappelez-vous ce que vous me disiez dans le Colorado, vous me disiez que jamais je n'aurais le courage de faire ce que je fais en ce moment. Rappelez-vous le contrat, et la petite clause spéciale justement prévue pour une telle occasion. Vous avez oublié ce que vous me disiez ?

Le visage de Howards semble se gonfler comme un ballon gris qui remplit l'écran tout entier ; il en sort un jet saccadé de paroles sur un registre de plus en plus aigu :

— J'aurai votre peau, Barron, je me vengerai assassin au service du cercle noir qui m'étouffe, vous m'avez assassiné Barron, je vous aurai je vous tuerai comme vous me tuez... (L'image de Jack Barron en couleurs vivantes apparaît dans le quadrant inférieur gauche, fragment d'humanité fragile menacée par le monstre gris qui l'entoure mais pourtant plus forte que lui.) J'ai votre nom noir sur blanc dans le contrat, glapit Howards. Devant n'importe quelle cour du pays c'est une confession. Complicité de meurtre ! Oui, je peux le prouver, j'ai son nom dans le contrat, il accepte les conséquences légales du traitement – si je vais sur la chaise électrique il y va avec moi. Vous aussi vous êtes un assassin, Barron !

Venant du monstre gris, les mots sont irréels et une sorte de soulagement s'instaure lorsque les images permutent et que le visage de chair et de sang de Barron emplit les trois quarts de l'écran, reléguant la photo de journal de Benedict Howards dans le coin gauche comme pour rétablir l'ordre naturel des choses.

— *Moi aussi ?* Je suis un assassin *moi aussi* ? demande Barron, et chaque syllabe semble impliquer une totale conviction, venant d'un *homme* et non plus d'une image.

— Oui, vous aussi ! Vous le savez très bien et je peux le prouver ! Vous êtes un assassin aussi, Barron !

Jack Barron se détourne de cette chose qu'il domine, et dans son regard, son regard *humain* tourné vers les téléspectateurs, se lit une rage meurtrie.

— Je suis un assassin aussi, dit-il. Vous l'avez entendu, tous : un assassin *aussi*. Ne vous avais-je pas dit que je m'étais vendu à Howards ? Il m'a rendu immortel, mais d'abord il m'a fait signer un contrat où je reconnais endosser toutes les responsabilités légales du traitement subi, y compris celle de meurtre. Oui, de meurtre, car la Fondation achète des enfants pour les tuer et transplanter leurs glandes et j'ai en moi des morceaux de l'un de ces malheureux gosses. Je suis donc un assassin moi aussi.

L'image de Benedict Howards s'éclipse, et le visage de Jack Barron emplit l'écran. À cet instant, une transformation paraît se produire dans ce visage aux traits incisifs. Il s'adoucit, revêtant presque une tendresse vulnérable, et ses grands yeux brillants se voilent de culpabilité et d'autoaccusation – un visage qui vous donne envie de consoler l'âme blessée qu'il recèle, un visage qui dans sa douleur porte la marque d'une indubitable et bouleversante franchise.

Et lorsque Barron parle, sa voix est pondérée, tranquille, sans l'ombre d'un artifice :

— Maintenant, je vais vous demander quelque chose que jamais je n'ai demandé à personne. Je n'en ai pas le droit, mais je vais vous demander de me croire sur parole quand je dis que je n'étais pas au courant. Je ne savais pas que l'immortalité pour moi signifiait la mort pour un gosse jusqu'au moment où je me suis éveillé sur un lit d'hôpital et où Benedict Howards me l'a dit. Je ne suis pas un petit saint, et vous le savez comme moi. J'avoue que je tenais assez à l'immortalité pour me vendre à Howards, et vous avez tous les droits de me mépriser pour cela. Mais tuer des enfants, c'est une chose que je ne puis avaler sous aucun prétexte et en aucun cas, et c'est la seule chose que je vous demande de croire. Des preuves ? Howards les a toutes de son côté, ainsi que les meilleurs témoins que l'argent puisse acheter pour jurer que j'étais au courant de ce que je faisais. Ma seule preuve de bonne foi, c'est que je me trouve en ce moment devant vous pour remettre ma vie entre vos mains et vous dire la vérité parce que je ne pourrais pas me supporter autrement. Il ne me reste plus qu'à espérer que vous me croirez.

Un silence, trois secondes entières de silence mortel qui semble durer une éternité, et le regard de Barron emplit l'écran comme une blessure béante, une fenêtre ouverte sur son âme. Regard meurtri et étrangement humble qui contient une certaine mesure de défi, honnête et sans artifice, et qui n'a d'autre appui que la vérité. Pourtant, dans ce défi ouvert et sans défense, brille la certitude de la vérité.

Un insoutenable moment de réalité humaine jailli de la configuration de points de phosphore sur l'écran en deux dimensions…

Puis soudain le moment passe et le visage de Barron retrouve une certaine dureté (rendue poignante par la douceur que l'on devine derrière) tandis que le regard se fait à nouveau résolu.

— Il me reste une chose à vous dire, mes amis, pour que vous connaissiez la vérité affreuse. Je vous ai expliqué ce que Bennie avait fait pour moi. La question, maintenant, c'est : Qu'étais-je censé faire pour lui ?

Le visage en papier journal de Benedict Howards apparaît dans le quadrant inférieur gauche, et Barron n'est plus une victime mais un inquisiteur lorsqu'il abaisse son regard vers lui.

— Qu'est-ce que vous en dites, Howards ? C'est vous qui le leur racontez, ou moi ? Dites-leur comment vous achetiez des enfants, dites-leur combien de membres du Congrès vous avez dans vos poches, et ce que vous comptez faire à la prochaine convention démocrate. Dites-leur pourquoi vous aviez besoin de moi, comment vous pensiez pouvoir utiliser mes services.

Le visage de Howards s'agrandit, occupant les trois quarts de l'écran avec Barron en haut à droite fustigeant du regard l'image grise.

— Non ! Non ! s'écrie Howards. Vous vous méprenez, vous ne comprenez pas, il n'y en a aucun qui comprenne, le cercle noir qui s'estompe doit être repoussé, repoussé... Je veux la vie, je suis du côté de la vie contre la mort ! Sénateurs, membres du Congrès, président... doivent être du côté de la vie et pas du côté du cercle noir qui s'estompe qui se referme sur les Nègres éviscérés becs de vautours pénétrant dans le nez la gorge la vie qui s'enfuit goutte à goutte dans des éprouvettes des bocaux de plastique...

Howards est soudain comprimé dans le coin gauche de l'écran, vociférant silencieusement pendant que Jack Barron l'ignore et dit en regardant droit devant lui :

— Et voilà, chers téléspectateurs ; tout ce que j'étais censé faire, c'est vous mentir. Vous raconter assez de bobards pour faire passer son projet de loi sur l'Hibernation, puis l'aider à hisser au pouvoir son président fantoche – vous ne devinerez jamais quel parti il paie ? J'empeste peut-être l'odeur de la Fondation, mais la moitié des Démocrates du Congrès empestent plus que moi. Je ne puis vous donner de noms ; peut-être que certains auront le courage qu'a eu le pauvre Hennering et se lèveront pour être comptés. Et s'ils ne le font pas... eh bien, vous n'aurez qu'à lire la liste des membres du Congrès qui défendent le projet de loi de la Fondation. On ne peut pas poursuivre le *Journal officiel* pour diffamation !

Le visage de Howards emplit maintenant la totalité de l'écran. Son regard est vitreux et de petites pustules de salive pointent au coin de ses lèvres tremblantes tandis que la voix invisible de Barron chantonne presque :

— Vous êtes un homme mort, Bennie. Mort... mort... mort. Vous allez rôtir sur la chaise électrique. Vous allez être mort... mort... mort...

— *Nooooon !* hurle Howards. Je vous tuerai vous achèterai tous vous écraserai détruirai les forces du cercle noir qui s'estompe personne ne peut faire mourir Benedict Howards, sénateurs gouverneurs membres du Congrès, les tuerai tous les achèterai tous... Personne ne peut tuer Benedict Howards, personne ! Jamais ! Jeune et fort pour l'éternité...

Les yeux déments percent l'écran, et le cri devient rauque, dur, sauvage.

— Barron ! Barron ! Je vous aurai, Barron ! Je vous tuerai ! Tuerai ! Tuerai !

Surgi de nulle part, un grand poing gris s'abat soudain sur tout l'écran dans un scintillement de taches grises et d'éclairs de phosphore accompagnés d'un grésillement électrique.

Rien que l'écran mort et le bruit parasite l'instant d'une mesure, puis le champ gris d'impulsions erratiques est repoussé dans le quadrant supérieur droit comme par la main de Barron. Plan rapproché de ce dernier qui occupe le reste de l'écran et indique le carré vacant (néant grésillant de la tombe) de son regard.

— Vous tous, bande de gogos, écoutez-moi ! crie-t-il. Contemplez ce que vous avez fait ! Nous sommes tous responsables de Benedict Howards, nous aurons toujours nos Benedict Howards parce qu'il y aura toujours des hommes pour connaître le Grand Secret : *tout le monde peut être acheté.* Qui a envie de mourir ? Qui a envie de passer sa vie dans un piège à rats ? Qui a envie de bouffer de la crotte ? Ils connaissent la réponse, et ils vous bernent… Politiciens, camés de pouvoir qui vous donnent juste assez pour vous garder à leur merci avec leur Aide sociale, Aide médicale, Aide aux Nègres et autres duperies du même genre… des miettes de leur gâteau, voilà tout ! Juste assez pour vous maintenir bien sages, et pas une miette de plus ! Respirez un grand coup, bouchez-vous le nez et regardez autour de vous pour changer… Des Benedict Howards, il y en a des milliers parmi nous, qui portent le nom de gouverneurs, sénateurs, membres du Congrès, présidents… La seule différence, c'est qu'ils n'ont pas la même envergure que lui, c'est tout. Et qu'est-ce que vous comptez faire pour les arrêter ? Rester les fesses bien calées dans votre fauteuil comme vous avez toujours fait, ou bien profiter de l'occase ? Il suffit de posséder un gosse pour se faire un beau tas d'oseille – beaucoup plus de trente deniers. Qu'en dites-vous ? Vous en avez assez ? Ou bien laisserez-vous les choses continuer ainsi jusqu'à ce que vous mouriez ? Mais attention, je vous préviens, désormais quand vous mourrez vous serez tout seuls ! (Barron se tait et semble rigoler doucement tout en enchaînant avec ce haussement d'épaules de garnement incorrigible qui lui est familier :) Et j'ai bien peur, chers téléspectateurs, que vous ne soyez obligés avant de tenter votre chance d'attendre la fin de ce petit mot palpitant de notre sponsor.

ÉPILOGUE

Jamais… jamais… jamais… tu ne me tueras jamais, Barron ! Personne personne personne ne fera mourir Benedict Howards, Votre Honneur ! Je vous tuerai vous achèterai pouvoir tout-puissant de la vie contre la mort… vous rendrai immortel, Votre Honneur… Jack Barron est du côté du cercle noir qui s'estompe… Je suis innocent je suis du côté de la vie, Votre Honneur… Personne ne fera mourir Benedict Howards, personne ! Jeune et fort et puissant femmes à la peau douce cercles réfrigérés du pouvoir Los Angeles, Dallas, Vegas, New York, Washington pour l'éternité, Votre Honneur…

Benedict Howards arpentait sans répit la petite chambre ; calculant, tramant, murmurant des menaces entre ses dents. C'était une jolie chambre, un peu nue, pas tout à fait ce à quoi il était habitué, mais pas tout à fait non plus une cellule de prison. Ouais, pensa-t-il, peut-être qu'après tout ces bougres d'avocats savaient ce qu'ils faisaient.

« Nous demandons l'ajournement du procès pour cause d'incapacité mentale. »

Tu vois, Barron, même toi tu n'as pas réussi ! Personne ne pourra tuer Benedict Howards ! Jeune et fort et puissant pendant un million d'années ! L'éternité ! Ni chaise électrique ni prison, rien qu'un petit séjour dans un sanatorium d'État jusqu'à ce que ces fichus avocats de luxe trouvent le moyen de me faire sortir intact. Et ils m'ont donné leur parole qu'ils le feraient ! Ils ont tout le temps, ils ont un million d'années devant eux (« … délire paranoïaque… »), et j'ai tout le temps de former de nouveaux avocats (« … état semi-hallucinatoire… ») des générations de putains d'avocats (« … dans l'incapacité d'assurer sa défense… l'accusé devra être transféré dans un établissement pénal pour malades mentaux jusqu'à ce qu'il soit déclaré apte à passer en jugement… ») mutation contrôlée, des générations de nouveaux avocats chargés de tenir à distance cette inculpation pour meurtre jusqu'à ce qu'ils puissent me tirer d'affaire.

Benedict Howards, un malade mental ! Quelle blague ! Quelle blague jouée à Jack Barron et aux sénateurs, président, membres du Congrès, Votre Honneur. Pauvre conard, je n'ai même pas eu besoin de vous acheter, Votre Honneur. Vous auriez pu vivre éternellement, Votre Honneur, mais vous êtes trop crétin, vous avez fait exactement ce que mes avocats demandaient en me mettant ici où le cercle noir qui s'estompe de la chaise électrique ne peut rien contre moi, ne pourra jamais rien tant que mes avocats le repousseront, l'empêcheront de se refermer pendant le million d'années à venir.

Tout ce qu'ils ont à faire, c'est invalider cette inculpation de meurtre et dès le lendemain je sors d'ici, parce que je ne suis pas fou, Benedict Howards est l'homme le plus sain d'esprit du monde, plus sain que n'importe quel homme, mieux qu'un homme, immortel comme un dieu…

Howards arpenta la chambre en pensant : J'ai payé très cher pour avoir des chambres d'hôtel bien pires que ça du temps de mes débuts dans les plaines stériles du Texas quand je ne pouvais pas m'offrir mieux. Après tout ce n'est pas un mauvais marché, cet idiot de gouvernement me nourrit et me loge pour rien pendant que j'attends tranquillement que l'inculpation soit levée… Alors je n'aurai plus besoin de simuler, je me ferai déclarer sain d'esprit et il n'y a rien de plus facile au monde parce que personne n'a jamais été moins fou que je ne le suis…

Oui, elle n'est pas vilaine, cette chambre… la vue est jolie, le lit n'est pas trop mal, on m'apporte mes repas à domicile quand je le demande, et il y a même… il y a même… il y a même…

Howards se glaça soudain. Ne pas y penser ! Je ne dois pas y penser ! Elle se met en marche dès que j'y pense ! Ce bâtard de Barron ! Cet enculé ! Il l'allume de l'intérieur, quand il veut !

Il suffit que j'oublie une seconde, que j'oublie que je ne dois pas y penser, et elle s'allume… toute seule… ne pas y penser… ne pas…

Mais Benedict Howards savait qu'il était trop tard. Il avait *déjà* pensé à la télé encastrée dans le mur, là-haut, à un endroit qu'il ne pouvait atteindre de ses poings rageurs pour fracasser le cercle noir de Jack Barron qui le menaçait, immortel comme moi, m'épiant ! M'épiant pour l'éternité ! M'épiant ! M'épiant !

Malgré lui, il avait levé les yeux pour guetter le visage redouté sur l'écran. Il fallait être vigilant, ce salaud de Barron l'épiait sans relâche ! Et Barron est immortel, c'est moi qui l'ai rendu immortel, je ne peux pas me débarrasser de lui il est du côté du cercle noir qui s'estompe… être vigilant, ne jamais lui tourner le dos…

Benedict Howards secoua le poing vers l'écran de télé, cet écran qu'ils lui avaient juré de débrancher du circuit général le jour où il avait essayé de grimper au mur pour le fracasser. Mais ils avaient menti ! Ils avaient menti !

— Je t'aurai, Barron ! Ordure, j'aurai ta peau ! Je te tuerai, je t'achèterai ! Tu entends, Barron, tu es à moi ! À moi jusqu'à la semelle de tes chaussures !

Mais le visage phosphorescent embusqué derrière l'écran de verre se tient coi et sourit sardoniquement, ses yeux luisant dans l'ombre du cercle noir, noir et moiré qui se ferme, se ferme, cercle noir de la mort qui s'estompe…

Howards recula chancelant, sentit le bord du lit s'enfoncer dans le bas de son dos, tomba à la renverse, les tuyaux de plastique pénétrant dans son nez sa gorge, l'étouffant, drainant sa vie goutte à goutte dans des bocaux point-de-phosphore tandis que les visages de Barron des docteurs et des infirmières se tordaient en des rictus moqueurs au milieu du cercle noir qui s'estompe emportant sa vie goutte à goutte dans des tuyaux de plastique pénétrant dans son nez sa gorge pour l'éternité…

— Nooooon ! (Howards hurla, hurla, hurla.) Je vais mourir je vais mourir je vais mourir…

Des bruits de pas dans le couloir, l'homme avec sa seringue à nouveau, seringue de sommeil, d'obscurité, de rêves du cercle noir qui s'estompe qui se referme, obscurité qui se referme, visage de Jack Barron, la vie qui s'enfuit goutte à goutte pour l'éternité… l'éternité…

— Je ne suis pas fou ! hurla Howards. Je ne suis pas fou ! Je vais mourir… Je ne veux pas mourir, pas mourir pas mourir… ne les laissez pas me tuer ! Ne les laissez pas me tuer !

Lukas Greene repoussa son vidphone et passa sur ses yeux une main lasse. Malcolm aussi, se dit-il… ça en fait combien ? Quatre ? Cinq ? Tout le monde veut se présenter ! Comment disent les Chinois quand le ventilateur commence à faire voler la merde : « Nous vivons une époque bien curieuse. »

Difficile de prévoir ce qui va se passer maintenant. Quand Jack a torpillé Howards, toute la merde a volé dans le ventilateur de la nation. Teddy le Prétendant bloquant l'investiture démocrate « normale », si tant est que ça puisse exister encore… Vieux Démocrates « tendance Fondation » évincés du parti, présentant leur propre candidat… Démocrates ralliés à la C.J.S… Républicains dissidents boudant la coalition et présentant *leur* candidat… et à présent Malcolm Shabazz qui se présente, et même le vieux Withers qui fait des vagues. Mais avec Jack à la tête de la coalition C.J.S.-Républicains, nous avons probablement une longueur d'avance.

Ce qui est sûr, c'est que la situation est un vrai cauchemar de bookmaker ! Oui, nous vivons une époque bien curieuse. Mais ce qui me console, c'est que nous avons au moins autant de chances que les autres de sortir au-dessus du paquet quand les masses sacro-saintes se réuniront pour le verdict final.

Il soupira. Président Jack Barron, pensa-t-il, et vice-président Lukas Greene… cesse donc de chialer, pauvre Nègre, tu savais que c'était comme ça ou rien du tout, Jack en tête et toi le numéro deux de couleur, couleur de la merde, et tu seras allé aussi loin qu'un Nègre peut aller.

Le Caucasien Noir, tu parles d'une rigolade, pauvre Nègre blanc que tu es, comme si un Nègre blanc ou un Caucasien noir ça pouvait exister ! Et qui sait, se dit-il, peut-être que c'est pour ça que je me suis lancé là-dedans. S'il peut y avoir vraiment un

Caucasien noir, pourquoi pas un Nègre blanc… à la Maison-Blanche, peut-être, un jour… Mais inutile de te raconter des bobards, mon vieux, c'est en ce moment que ça se joue, et si la C.J.S. doit finalement se payer un Président ce sera Jack et pas toi, un Blanc pas un Noir.

Allons, se dit Greene, secoue-toi, rappelle-toi pourquoi tu as tout monté au départ. Ça t'avait pris aux tripes, tu te souviens ? Et tu n'as commencé à changer d'avis que quand les événements se sont précipités. Mais maintenant c'est fini, ce n'est plus la même main, et peut-être qu'on a quelques atouts cette fois-ci.

Et puis, sans Jack, nous ne serions nulle part. Quoi qu'il en tire, il l'a mérité amplement, il a payé son dû, le pauvre vieux, avec la mort de Sara et lui immortel, le seul immortel en dehors de Howards confiné je ne sais où dans un asile de dingues. Non, tu n'as pas à envier Jack ! Peut-être qu'il n'a jamais été aussi près d'un Caucasien noir, de la seule façon qui compte, comme un Noir est un étranger sur la terre de quelqu'un d'autre… tout seul… Et qui est plus seul à présent que ce pauvre Jack Barron ?

Greene frissonna en pensant à cet homme qui était son ami et qui serait peut-être encore en vie alors que lui aurait regagné la poussière depuis un million d'années. À moins qu'ils ne découvrent à temps un nouveau traitement d'immortalité. Mais en attendant, qui peut se vanter d'être plus seul que Jack, qui peut voir ce qu'il voit, sentir ce qu'il ressent… ?

Qui peut le regarder dans les yeux et l'appeler son ami… ?

Jack Barron retourna l'Acapulco Gold dans ses doigts, hésitant à la porte de son bureau. Mollo, Jack, baby, pas plus d'une par jour, et cesse de te ronger comme ça je te dis. Tu ne vas pas nous faire le coup du vague à l'âme pendant dix mille ans…

Mais il y a tant de choses que je voudrais oublier et qui ne devraient jamais l'être. Sara… je n'oublierai jamais Sara…

Ah oui, tu crois ? *Jamais*… Le mot avait des tas de significations nouvelles, comme tout le reste quand on le regardait avec des yeux nouveaux. Des yeux qui seraient toujours neufs, jeunes, qui se transformeraient chaque matin au réveil comme ceux d'un gosse qui sait qu'il a toute sa vie devant lui, pour toujours, à quoi ressemblerai-je dans un millier d'années ?

Mille ans tout seul…

Non, c'est une façon périmée d'envisager les choses. Un jour ils découvriront le moyen de donner l'immortalité à tout le monde sans avoir besoin de tuer personne. Maintenant que le public est au courant et que la loi d'Hibernation publique est sûre de passer quel que soit le nouveau président… ce n'est plus qu'une question de temps pour que tout le monde se retrouve où je suis, et en attendant je peux rester seul, j'ai tout le temps qu'il faut. En attendant…

En attendant, je suis en plein dans la politique jusqu'aux élections – il fallait bien contenter Morris pour sauvegarder l'émission. Et puis c'est assez marrant après tout, avoue-le.

Quarante-sept candidats à la Présidence se démenant dans tous les sens comme autant de poulets décapités, jurant que tout ça va changer, qu'ils apportent la solution dont le pays a besoin. Et qui sait, je peux même gagner – et c'est là que ces bons vieux E.-U. d'A. recevront leur plus beau coup de pied au cul. Mais pas à la manière qu'imaginent Luke et ses copains…

La tête que fera Luke, pensa-t-il. Un coup à le faire pisser dans son froc ! « La Justice Sociale »… Je voudrais gagner rien que pour que cet enculé de Morris puisse voir ce que c'est que la Justice Sociale selon Jack Barron. Une fois qu'on aura fait entrer un Noir à la Maison-Blanche, même par la petite porte, plus rien ne sera pareil.

La politique ! Les politiciens ! Ces cons n'ont pas le moindre sens de l'humour. Ils croient qu'ils ont trouvé une figure de proue pour gagner à leur place, un pantin qu'ils pourront baiser en coulisse après les élections.

Mais ils se foutent le doigt dans l'œil. Si je gagne, il y en a qui vont chier des briques au moment de l'Investiture ! Quand le vieux Jack Barron annoncera qu'il renonce à la Présidence en faveur du vice-président Lukas Greene. Le vice-président *noir* Lukas Greene !

Ça leur apprendrait à tous ces conards à jouer au jeu des figures avec le champion du monde. Une bonne tarte à la crème bien onctueuse au visage de la nation, exactement ce dont elle a besoin, quatre années de présidence noire... et qui sait, peut-être qu'à la fin ils aimeraient tellement ça qu'ils en redemanderaient.

En attendant...

Il ouvrit la porte, entra dans le bureau de Carrie Donaldson. Carrie leva les yeux vers lui en demandant avec circonspection :

— Oui, monsieur Barron ?

Après tout, pourquoi pas ? se dit Jack Barron. Tes blessures guériront, et tu lui dois bien quelque chose. Et puis, elle se débrouille bien au lit, rappelle-toi.

— Si on allait déjeuner ensemble, Carrie ? demanda-t-il. Je n'ai pas envie de travailler cet après-midi.

— Est-ce une proposition... Jack ?

Barron se mit à rire. Cela faisait du bien.

— C'en est une. Tant que tu continueras de m'appeler Jack.

— *Jack*... fit-elle en lui prenant la main. (Et ensemble ils quittèrent le bureau.)

Une fille comme les autres ? se demanda Barron. Ou quelque chose de plus ? Bah, quelle importance, ce que ça durera, une nuit, une semaine ou bien cent ans, qu'est-ce que ça peut faire ?

Soudain plus rien ne paraissait compter de ce qui allait se passer dans une minute, un an ou un siècle. Il avait presque appris à penser à Sara sans que cela soit aussi douloureux. Il avait compris finalement qu'il avait tout le temps de cicatriser même ses blessures les plus profondes, de concevoir tous les plans qu'il voulait autant de fois qu'il le voudrait et puis d'en changer ensuite. Il avait tout le temps devant lui pour faire n'importe quoi.

Tout le temps au monde.

Jack Barron et moi

Ce devait être en 1969 puisque je rentrais de Londres, et à Los Angeles puisque j'écrivais pour le *Los Angeles Free Press* et qu'on était en pleine affaire Charles Manson ; on ne parlait que de ça dans tout le pays, et mon journal couvrait localement le procès. Or, il s'est avéré que l'accusé idolâtrait *En terre étrangère*, de Robert Heinlein. Dans ce roman, le personnage principal, présenté comme sympathique, « désincarne » les gens qui le dérangent (toujours en se réclamant de vertueux principes, bien sûr), et Manson voyait dans le comportement de ce « Mike » une justification des pratiques que lui-même s'était autorisées. Le jour où j'ai rencontré Heinlein, lors d'une convention de science-fiction, je n'ai pu m'empêcher de lui demander comment il avait réagi en apprenant que, de l'avis général, son livre avait inspiré l'assassinat – entre autres – de Sharon Tate, ou du moins servi de modèle à Manson au moment de mettre ses assassins en ordre de marche. Il m'a regardé droit dans les yeux et, l'air neutre, m'a gratifié d'une réplique qui m'a beaucoup servi depuis : « Le fabricant décline toute responsabilité en cas d'utilisation non conforme. »

En vertu de ce principe, et en tant qu'auteur de *Jack Barron et l'éternité*, je me dégage moi-même de tout soupçon d'implication dans la campagne électorale réussie de Robert K. Dornan, membre du Congrès, dans l'échec de celle de Pat Buchanan pour l'investiture du parti républicain, dans la dérive extrême droitière de ce même parti républicain, et dans la création de la Fondation Alcor pour la Prolongation de la Vie par cryogénisation. Certes, le concept de l'émission de télé dans *Jack Barron* a inspiré celle qu'a animée le très droitier « Bob » Dornan, et comme dans mon livre, il a fini par la mettre au service de ses ambitions politiques. Et on a pu dire de Patrick Buchanan, autre présentateur vedette reconverti en candidat à la présidentielle, qu'il se situait un peu à droite d'Attila le Hun. Mais est-ce ma faute si les émissions calquées sur « Bug Jack Barron » ont aussi eu pour invités vedettes des politiciens d'extrême droite, eux-mêmes ex-présentateurs de talk-shows ? C'est vrai, j'ai dit dans *En direct*[1] que Hollywood avait plus de pouvoir que Washington et que le show-biz avait la haute main sur la politique, mais c'était des dizaines d'années plus tard – à ce moment-là plus personne n'en doutait. Là non plus, le concepteur ne saurait être tenu pour responsable des mauvais usages qui peuvent être faits des concepts dérivés…

Vrai aussi : j'ai prédit que le parti républicain finirait par être complètement pris en otage par une minorité d'extrême droite, la classe des rentiers ; mais si *mes* futurs républicains à moi penchaient déjà très à droite, ils étaient loin de se montrer aussi cyniques au sommet et aussi délirants à la base que ceux d'aujourd'hui. J'étais très en avance sur le déroulé de l'histoire politique américaine, dont le roman décrit à peu près l'ère allant de Reagan à George W. Bush… et peut-être un peu trop conservateur par rapport à la période actuelle.

Si, en 1968, *Jack Barron* a été taxé de sous-littérature, et son auteur traité de dégénéré par je ne sais quels vieux réacs du Parlement anglais, c'est surtout parce qu'il montrait les partis politiques et leurs calculs sous leur vrai jour ; ça n'avait jamais été fait, ou alors pas souvent, en fiction spéculative – et ça n'a peut-être pas été fait depuis, d'ailleurs. Et sachant que *Jack Barron* a été écrit en 1967, c'est-à-dire en plein fantasme psychédélique (on imaginait déjà la légalisation des drogues douces sous la bannière de la contre-culture triomphante), je comprends aussi que les multiples spots de pub mielleux pour les cigarettes « améliorées » Acapulco Gold (sponsor de Jack Barron) qui ponctuent l'émis-

1. Folio, 2011. *(N.d.T.)*

sion n'aient pas beaucoup plu aux conservateurs anglais. Mais je peux peut-être m'attribuer un petit rôle dans l'avancée vers la vente libre de la marijuana, via les médias et les intérêts économiques dominants. Et si vous y voyez un usage non conforme, ma foi… la désapprobation des cons est un insigne honneur.

Quant à la Fondation Alcor, elle présente en effet beaucoup de ressemblances avec ma Fondation pour l'immortalité humaine ; oui, leur *business model* commun consiste à soutirer une fortune aux candidats à la cryogénisation *post mortem* ; oui, le roman est antérieur à sa création ; non, elles ne savent pas plus l'une que l'autre ramener à la vie leur stock d'Hibernatus. Mais pour autant que je le sache, il n'y a pas à la tête d'Alcor de psychopathe sans scrupules comparable à Benedict Howards. Moi-même je ne sais pas très bien quoi penser du business de la cryogénie. Je connais des auteurs de science-fiction qui se sont laissé tenter. De même que mon ami Timothy Leary. « Évidemment, les chances de ressusciter sont minimes, disait-il. Mais étant donné l'autre terme de l'alternative, c'est toujours mieux que rien. »

C'est là que ça devient un peu ambigu. Si l'écrivain n'est pas responsable des mauvais usages qu'on peut faire de ses histoires quand ils ont des conséquences imprévues, voire haïssables, comment puis-je en tirer quelque gloire si j'obtiens, au contraire, le résultat escompté ?

Vu *Jack Barron* et la quasi-totalité de ce que j'ai écrit par la suite, je ne peux nier que je suis un écrivain engagé. Je suis politisé depuis l'âge de six ans, c'est de famille. Par chance, il existe en français une distinction très nette entre « politique » tout court et « politique politicienne ». La première est une sorte de realpolitik littéraire pour laquelle culture et politique modèlent forcément le monde, et inversement ; pour elle, la littérature ne peut donc pas être apolitique. La seconde est un jeu auquel jouent des individus dont c'est le métier, et d'autres qui veulent prendre leur place. J'avoue bien volontiers que mon roman a été inspiré par la rencontre de ces jeux de pouvoir, d'une part, et d'autre part une aspiration universelle et bien humaine : vivre éternellement.

J'avais écrit *Ces hommes dans la jungle*[1] dans le cadre d'un contrat avec les éditions Doubleday sous l'égide d'un directeur de collection de SF appelé Larry Ashmead. Rétrospectivement, il fallait des c… pour écrire à l'époque un roman de SF où on trouvait pêle-mêle des scènes de sexe assez crues, un culte voué au marquis de Sade, un personnage principal forcé de se livrer au cannibalisme, un virulent plaidoyer contre la guerre du Vietnam, plus Che Guevara et ses efforts – cyniques et fatals – pour exporter la révolution cubaine en Bolivie.

De fait, il s'agissait au départ d'une longue nouvelle destinée au premier tome des *Dangereuses visions* réunies par Harlan Ellison[2], dont la ligne éditoriale était : renverser les tabous de la manière la plus scandaleuse possible. Et puis j'ai décrété que ça méritait d'être un roman à part entière.

Doubleday ayant une option sur mon roman suivant, quel qu'il soit, j'ai baratiné Larry Ashmead lors d'un « déjeuner de travail » précédé de trois martinis chacun. Avant même la fin de l'apéritif je lui avais vendu le roman en question, dont je n'avais pas écrit un mot et qui n'avait même pas de titre. C'était *Jack Barron et l'éternité.*

Beaucoup d'œuvres de science-fiction traitaient déjà de l'immortalité ; on trouvait même çà et là des immortels ayant assujetti la masse des mortels. Mais personne n'avait jamais décrit ce que j'avais résumé pour Ashmead, le cœur de mon histoire, à savoir la transition. Le stade auquel l'immortalité devenait achetable (ou présentée comme telle), quoique au prix fort ; un bien que seuls pouvaient s'offrir ce qu'on appelle aujourd'hui les « 1 % ». Le stade où une Fondation pour l'immortalité humaine se mettait à louer des chambres froides pour loger à prix d'or des cadavres congelés en échange d'une simple promesse : inventer tôt ou tard la technologie nécessaire à leur résurrection.

L'individu qui se retrouverait à la tête d'un business pareil serait fabuleusement riche et disposerait d'un pouvoir immense, avant même qu'on trouve comment accéder à l'immortalité. En

1. Lattès, 1974. *(N.d.T.)*
2. J'ai lu, 1975. *(N.d.T.)*

fait, il pourrait même préférer qu'on ne trouve jamais… sauf pour lui-même, évidemment.

Quel pouvoir pourrait alors rivaliser avec la puissance conférée par cette promesse d'immortalité réservée à l'élite dominante ? Pour la forme, j'ai posé la question à Larry Ashmead.

Il y a eu un silence. Puis j'ai répondu moi-même :

— La télévision.

J'ai appris plus tard qu'en 1967, pendant que j'écrivais *Jack Barron*, Brian Aldiss travaillait à son *Barefoot in the Head*[1] et Norman Mailer à *Pourquoi sommes-nous au Vietnam*[2] *?* Pour diverses raisons, ces romans n'ont pas paru la même année, mais tous trois ont été rédigés sur une période trop courte pour qu'on puisse penser que nous nous sommes mutuellement influencés. Pourtant, leurs styles respectifs semblent avoir muté ; ils sont radicalement différents de nos manières précédentes, et ce avec une même intention : décrire la mutation de la conscience sous l'effet d'une intervention extérieure, l'écriture elle-même devant refléter la conscience altérée du personnage principal.

Naturellement, le « courant de conscience » n'avait déjà rien de nouveau à l'époque ; ce procédé, inventé par James Joyce dans *Ulysse*, fut une petite révolution en son temps ; mais en 1967, il figurait depuis longtemps dans la palette de tout écrivain. Chez N. Mailer, il servait à projeter le lecteur dans la tête d'un adolescent de la contre-culture – dans sa conscience bizarrement modifiée par le télescopage du *Summer of Love* et de la guerre du Vietnam, thème central du roman. Brian Aldiss, de son côté, se positionnait dans l'avenir pour évoquer une Europe qui, complètement stoned à cause d'une guerre menée à coups de substances hallucinogènes, se retrouvait plongée dans une multitemporalité variable ; pour ce faire, il employait plusieurs personnages-points de vue s'efforçant de guider le lecteur dans ce qu'il appelle leurs « autoroutes multivalentes ». Quand je lui ai demandé ce qu'il prenait à l'époque – acide ? peyotl ? –, il m'a assuré qu'il n'avait

1. Inédit en français. *(N.d.T.)*
2. Grasset, 1968. *(N.d.T.)*

jamais usé de drogues psychédéliques de sa vie. Si on n'avait pas été amis, jamais je ne l'aurais cru… « Alcool, Joyce et Gurjieff – c'est largement suffisant », prétendait-il. À Norman Mailer, j'ai demandé s'il avait lu *Pour comprendre les médias* de Marshall McLuhan, avant d'écrire *Pourquoi sommes-nous au Vietnam ?* comme moi quand je cherchais un angle pour *Jack Barron* ; il m'a répondu que oui. Mais Brian, lui, m'a affirmé que non, et qu'il n'en avait pas l'intention.

J'avais donc signé un contrat pour un roman sans titre, en mettant en avant ce qu'on appelle aujourd'hui un « concept vendeur » ; il ne restait plus qu'à l'écrire. Et le concept était : la seule instance de pouvoir susceptible de tenir tête à une entité telle que la Fondation pour l'immortalité humaine est la télévision, parce que la télévision modèle, manipule, réinvente la conscience des téléspectateurs, donc, logiquement, les stratégies électorales.

Que le médium soit ou non le message, comme le veut le mantra, j'ai retenu de *Pour comprendre les médias* que la conscience elle-même se trouve à l'interface entre l'apport sensitif et l'activité cérébrale, et que c'est le *sensorium* (apport de l'ouïe, de la vue, de l'odorat, du toucher et du goût) qui, concrètement, *suscite* la conscience ; d'une certaine façon, il *est* la conscience, engendrée par la prédominance relative de l'un ou l'autre sens, telle que déterminée par le médium dominant de la période. Avant l'invention de l'imprimerie par Gutenberg, l'apport sensoriel dominant, du moins en Occident, est la parole – véhiculée par l'ouïe. Par la suite, avec la généralisation de la lecture, c'est la vision qui passe au premier plan ; le médium dominant sera plus tard le cinéma (muet, puis parlant), et enfin la télévision, qui créera une conscience multimédia. En fait, le médium *n'est pas* le message. Il ne contient aucun message. Mais les médias sont la matrice au sein de laquelle *tous* les messages sont présentés au sensorium. Le médium est donc l'ensemble des apports sensoriels alimentant le sensorium. Modifier les rapports entre les différents sens, c'est modifier la conscience, indépendamment du message perçu. D'où le façonnage de la conscience collective contemporaine par ce médium omniprésent qu'est la télévision.

Je tenais une structure narrative assez puissante pour me permettre de placer auprès d'un éditeur un roman inexistant en n'évoquant que son concept de base. La confrontation au sommet entre l'affect suprême (la perspective de l'immortalité), d'une part, et d'autre part le pouvoir suprême de la télévision comme médium dominant (faire muter la conscience elle-même), qu'il s'agisse d'éduquer les masses ou de leur vendre l'universelle panacée sous la forme de tel ou tel parti politique, de transformer la paix en guerre et la guerre en paix, ou de la merde en gros tas de fric.

Ce point de départ exigeait – ou plutôt engendrait forcément – deux personnages emblématiques chargés de se livrer une bataille aux enjeux suprêmes, et ce au niveau existentiel suprême. L'affrontement entre l'aspiration à l'immortalité, dont sont nées presque toutes les religions, et le pouvoir de la télévision : altérer et manipuler la conscience elle-même. Dans un coin du ring, le concepteur et champion de la Fondation pour l'immortalité humaine. En face, le poids lourd insurpassable de l'audimat, un présentateur vedette qui joue les médiateurs entre les spectateurs et l'invité, mais nourrit de secrètes ambitions personnelles, évidemment politiques, ou quelque chose d'approchant.

J'ai nommé Benedict Howards et Jack Barron.

Mais qui étaient vraiment ces hommes, outre qu'ils incarnaient chacun un camp de ce conflit existentiel ? Quelles devaient être leur vie privée et leurs motivations profondes pour qu'ils s'animent en tant que personnages, en tant que personnes ?

« C'est le caractère qui forge le destin », dit-on ; à moins que ce ne soit l'inverse, ou peut-être les deux. Benedict Howards semblait destiné à être le « méchant » de l'histoire de par son statut de maître ultra-riche de la Fondation, qui ne cesse de s'enrichir et d'accumuler du pouvoir à mesure qu'il vend sa promesse d'immortalité (sans garantie) à ceux qui ont les moyens de s'offrir la cryogénisation dans l'espoir d'un retour sur investissement.

Seulement voilà : la mort, je l'avais moi-même regardée en face. J'avais passé une semaine à l'hôpital avec 41° de fièvre et sans fermer l'œil. Pire qu'un mauvais trip. On conseille souvent aux apprentis écrivains de parler de ce qu'ils connaissent. Alors j'ai greffé mon vécu dans le passé de Benedict Howards. Une expérience qu'il n'a vraiment, mais alors *vraiment* pas envie de revivre ; malheureusement, elle revient sans arrêt le hanter sous forme de flash-back. Peu à peu, elle est devenue un noyau de terreur pure au centre de sa psyché, et son plus grand souhait est de ne plus jamais en être victime. Le but ultime de sa Fondation lui inspire une foi aussi effrayante que passionnée. Certes, elle lui rapporte une fortune, mais il la réinvestit dans la recherche scientifique tant il appelle de ses vœux la vie éternelle, avant tout pour lui-même.

Il était évident que sa version de l'histoire devait être racontée de l'intérieur – l'intérieur de sa conscience. Or, je l'ai dit clairement, quoique bien longtemps après l'avoir pressenti sur un plan moins théorique : en littérature, le seul moyen de tracer le portrait d'une conscience, c'est de faire en sorte qu'elle se reflète dans le style. Et comme Benedict Howards n'était pas un intellectuel, il fallait que son récit soit à la troisième personne, et non à la première. Si je voulais plonger le lecteur dans sa conscience, pour les passages correspondant à son point de vue il fallait que j'emploie une langue traduisant le style de sa psyché à *lui*, et non le style de la mienne.

Et Jack Barron, qui était-il ? Avant tout, quel devait être le concept d'une émission de télé dont le présentateur vedette tienne le coup face au pouvoir immense d'un Benedict Howards ?

Je ne revendique certainement pas l'invention du « vidphone », qui fait partie de l'attirail de la science-fiction depuis toujours. Cela dit, je crois tout de même que c'est dans *Jack Barron* qu'il joue pour la première fois un rôle clé dans une émission de télé à fort indice d'écoute.

Une heure en prime time, une fois par semaine, en direct. L'idée : les téléspectateurs appellent pour « faire suer » (« *bug* ») la star avec leurs petites misères, leurs colères et leurs difficultés matérielles. Leurs chances sont faibles, mais ils gardent malgré tout l'espoir que le producteur de l'émission trouvera leur histoire assez poignante ou assez sensationnelle (de préférence les deux) pour leur accorder leur quart d'heure de gloire et d'infortune à l'antenne. Après quoi Jack Barron pourra peut-être exercer son pouvoir médiatique et jouer les redresseurs de torts.

Ce sont les chiffres d'audience hebdomadaires de Jack Barron qui constituent ce pouvoir médiatique, et vice versa. Les téléspectateurs lui téléphonent, et l'appel impérieux qu'il lance ensuite aux puissances qui nous gouvernent, jusques et y compris le président des États-Unis, ne peut guère rester sans écho : son audience est si vaste que ses interlocuteurs auraient de sérieux problèmes de relations publiques. Voilà pour le concept. Quant au décor, il se résume à un beau fauteuil pour Jack, une caméra unique en permanence fixée sur lui et un écran de contrôle. Bref, trois fois rien. Le plus gros poste budgétaire, c'est le numéro vert. Une série de standardistes filtrent les appels et, en cabine, le producteur choisit ceux qui passeront à l'antenne, parfois en consultant Jack pendant les pauses publicitaires. De temps en temps – ou la plupart du temps... – il s'agit de comparses sélectionnés en amont. Donc, le récit peut décoller le jour où Jack Barron appelle Benedict Howards et le défie à l'antenne, en direct, devant ses innombrables téléspectateurs. Et là...

Et là, j'ai calé.

Et d'un, comment allait s'appeler l'émission ?

Ensuite, qui était la star sur le plan humain, affectif, personnel ? Quel était le style de sa conscience à *lui,* et pourquoi était-il ce qu'il était ?

Qui n'a jamais écrit de roman ou de nouvelle dira bien sûr que cette deuxième interrogation est la plus importante, la plus contrariante des deux ; mais l'écrivain, lui, sait qu'en réalité c'est la première. D'après Shakespeare, « ce que nous appelons une rose embaumerait autant sous un autre nom » ; c'est possible, mais pour ma part, je sentais que le nom de l'émission devait aussi être le titre du roman, et pour me mettre à écrire, il fallait que je le trouve.

En définitive, ce blocage a peut-être été bénéfique. Je pense que je le savais déjà, mais à force de tâtonner j'en ai eu la confirmation : on ne trouve pas le titre d'une œuvre de fiction par un simple effort de volonté. J'ai essayé ; ça n'a pas marché. Ça ne marche presque jamais. En enchaînant vainement les tentatives, on ne réussit qu'à s'énerver. Pour tout dire, j'ai aussi essayé l'herbe ; mais ça ne faisait que détourner ma conscience, qui s'égarait dans des considérations assez vaseuses sur le passé de Jack, sa vie amoureuse, la conscience de son ex-femme Sara, le grand amour de sa vie, ainsi que sur son amitié ancienne avec Lukas Greene, gouverneur noir de l'État du Mississippi, et les origines de cette liaison triangulaire. Mais finalement, c'est peut-être l'herbe qui avait raison... Si je n'arrivais pas à trouver un nom d'émission – donc un titre de roman –, si j'en avais besoin pour me mettre à écrire, c'était peut-être qu'avant de commencer il valait mieux savoir qui étaient mes personnages au lieu de les tenir pour de simples éléments narratifs.

En fin de compte, le titre a surgi de nulle part, ou plutôt du grand nulle part qui produit habituellement ce genre de *satori* – qu'on appelle ça le subconscient, l'inconscient collectif ou tout ce qu'on voudra.

BUG JACK BARRON.

Avec le recul, je vois bien que le mot « *bug* » relevait de l'argot contemporain, lequel était déjà un peu passé de mode en 1971 quand le roman est paru en France sous le titre *Jack Barron et l'éternité* ; dans la plupart des cas, les traductions dans d'autres langues s'inspirent d'ailleurs du titre français, et non de l'original. Si j'avais su à l'époque ce que je sais maintenant, j'aurais peut-être écarté ce titre venu de nulle part ; mais dans ce cas, je me demande ce que j'aurais fini par choisir, et combien de temps il m'aurait fallu pour trouver quelque chose d'acceptable (en anglais *Jack Barron and Eternity* est vraiment très mauvais) et donc pour me mettre effectivement à écrire.

Alors certes, l'éphémère « *bug* » est daté, mais d'un autre côté, l'argot et ses perpétuelles mutations font partie intégrante de la langue à un instant T, il produit et est produit par la *Weltanschauung*, la vision du monde en vigueur, le « style de conscience » propre à l'époque. Dans les œuvres de science-fiction situées dans l'avenir, l'usage est de ne pas en tenir compte sur le plan du style proprement dit et d'employer ce qu'on appelle une « écriture blanche », ou « transparente », non marquée par son temps – une « langue standard » qui « n'attire pas l'attention sur elle ».

Dans sa chronique de mon premier recueil de nouvelles, *The Last Hurrah of the Golden Horde*[1], paru bien après *Jack Barron*, Algis Budrys, un auteur et critique que je respecte, louait les mérites des histoires elles-mêmes, mais regrettait qu'elles soient toutes rédigées dans des styles différents. Quand Norman Spinrad allait-il enfin trouver son style à lui ?

La réponse est : jamais. La vérité est que j'ai recours à l'équivalent littéraire de la « Méthode » de l'Actor's Studio mise au point par Stanislavski, et c'est avec *Jack Barron* que j'ai commencé. L'idéal, en littérature contemporaine, est souvent d'introduire le lecteur dans la conscience des personnages ; cela n'implique pas forcément l'emploi de la première personne, mais il me semble que l'écrivain ne doit pas systématiquement faire entendre sa propre voix, quelle qu'elle soit. Il vaut mieux adapter son style à ces consciences différentes. En écrivant selon le point de vue de tel ou tel personnage, on doit *devenir* le personnage, de telle manière que le lecteur puisse en faire autant. C'est une leçon que j'ai apprise sur le tas en écrivant *Jack Barron*. Jack devient une espèce de cyborg qui décide en direct de ce qui va s'afficher sur l'écran (subdivisé en plusieurs images distinctes) en appuyant sur des pédales qui envoient des signaux au producteur de l'émission. Par la même occasion, il observe le résultat ainsi que sa propre image en temps réel. Très concrètement, il devient par là, et en toute connaissance de cause, l'avatar autocréé que les téléspectateurs tiennent pour réel.

Voilà le fondement même de son pouvoir ; c'est ainsi qu'il existe à l'antenne. Et pour moi, introduire les lecteurs dans la conscience d'un tel individu, en faire des adeptes de la « Méthode » transposée en littérature afin qu'ils se prennent pour le personnage le temps d'une scène…, là est l'ambition littéraire suprême. Et dans le cas de ce roman, il m'était impossible de m'y prendre autrement.

1. Du titre de la nouvelle « Le Dernier Hurrah de la Horde d'Or », parue en 1978 dans *Le Livre d'or de la science-fiction : Norman Spinrad* (Presses Pocket). (*N.d.T.*)

ment, tout ceci relève de l'analyse *a posteriori* – une mon propre procédé suscitée par la critique d'Al- s et ma critique de cette critique. En réalité, sur le t j'ai adopté ce procédé spontanément, dès le début, et narché ; j'avais l'impression que c'étaient les personnages -mêmes qui écrivaient le roman.

Je n'avais encore jamais lu de synopsis ni de scénarios ; j'ai appris plus tard, en m'essayant à l'exercice, que j'avais réinventé la démarche tout seul dans mon coin, par ignorance et par nécessité.

J'étais aussi parvenu à la conclusion que le roman devait en grande partie se dérouler durant l'émission. Ma « Méthode » appliquée au style me permettait de restituer le vécu de Jack Barron, mais aussi de Benedict Howards, de Sara Westerfeld et de Lukas Greene. L'élément narratif central devait cependant être l'impact de l'émission sur la masse des téléspectateurs, donc sur l'attitude gouvernementale en matière de politique raciale, mais aussi vis-à-vis des manigances de la Fondation pour l'immortalité humaine. Il fallait même que le point culminant de l'intrigue soit vu par l'intermédiaire de la télévision.

Comment faire ? J'ai fini par comprendre qu'il fallait simplement décrire ce que diffusaient ces millions de postes de télé, image et son, du point de vue d'une tierce personne neutre, dont on n'entende pas la voix intérieure, et ce au présent afin de recréer l'aspect « immédiat », les sensations directes et passives caractéristiques de l'expérience télévisuelle.

Fallait y penser.

Il a fallu qu'on me confie le scénario d'un épisode de *Star Trek*, et que je demande un exemple à Harlan Ellison pour m'apercevoir que j'avais réinventé la roue.

Au milieu des années 1960, en matière de science-fiction, genre habituellement considéré comme destiné aux adolescents par les éditeurs et les bibliothécaires, il y avait des tabous. Pas de jurons, pas de sexe, pas de références au contexte politique. *Ces hommes dans la jungle,* qui avait pour but avoué d'encourager les auteurs à renverser ces tabous, on l'a vu, bousculait au moins les deux premiers ; pourtant, il avait été publié sans problème. Mais j'ai tout de même jugé prudent de poser la question à Larry Ashmead en ce qui concernait Doubleday.

« Allez-y, me suis-je entendu dire. Pas de tabous. Écrivez comme si ça n'existait pas. De fait, ça n'existe pas. »

Libéré d'un grand poids, je l'ai pris au mot. Mais quand je lui ai rendu le manuscrit achevé, il m'a dit que si je n'enlevais pas tout ce qui relevait du sexe et de la politique, Doubleday ne le publierait pas.

« Il restera à peine de quoi faire une longue nouvelle », ai-je observé.

Et Doubleday a refusé de publier un roman pour lequel la maison m'avait pourtant établi un contrat.

Est-ce que ça m'a étonné ? Est-ce que ça aurait dû m'étonner ?

Oui et non.

On était alors au plus fort du conflit opposant la « contre-culture » et l'« establishment » dans les années 1960-1970 ; la guerre du Vietnam en faisait également un combat politique, les républicains et les démocrates centristes d'un côté, et de l'autre, les démocrates de la Nouvelle Gauche ainsi que l'aile gauche du parti démocrate. Tout cela à une époque où la science-fiction était méprisée par la bonne société littéraire – mauvais genre, et trop populaire, en plus d'être délibérément orientée vers les jeunes par les éditeurs. Et après tout, je m'étais suffisamment méfié pour interroger Ashmead. Les auteurs de science-fiction ne connaissaient que trop bien les restrictions qui leur étaient imposées depuis longtemps. Du moins jusqu'à ce que…

… Eh bien, jusqu'à ce que *Jack Barron* devienne une cause célèbre[1] des deux côtés de l'Atlantique et soit finalement publié. J'avoue, je savais très bien ce que je faisais en écrivant ce roman ; justement, j'avais bien l'intention de donner un bon coup de pied dans les fourmilières du type *Dangereuses visions*, et d'inaugurer une littérature spéculative capable de rivaliser sur tous les plans avec les œuvres dites « sérieuses » : pertinence culturelle,

1. En français dans le texte. *(N.d.T.)*

.aire, forme expérimentale et, oui, thématiques ɛst une bataille que j'ai fini par remporter, avec les .ıi l'ont livrée comme moi, en Grande-Bretagne, aux .ıs et en France ; elle fait désormais partie de l'Histoire. .ır le moment, je devais savoir qu'elle avait cours, sinon, ırais pas éprouvé le besoin de choisir mon camp.

Après tout, Jack Barron a lui-même été le leader charisma-.que du « troisième parti » que j'ai inventé dans le roman, la Coalition pour la Justice Sociale, avant de perdre ses illusions et de « trahir » en passant dans le camp du show-biz. Et, au fond, le roman raconte comment il perd pour de bon l'amour de sa vie, qu'il avait réussi à reconquérir, et comment cela l'entraîne, entre autres facteurs, à retrouver son idéalisme malgré lui et à mettre son avatar télévisuel au service de cette re-politisation.

Il est également vrai que j'ai montré du doigt les manœuvres du parti républicain de l'époque – et de la phase qui lui a immédiatement succédé – en des termes qui ne laissaient guère de place à l'ambiguïté, et que j'ai prédit avec un certain degré de précision ce qu'il allait devenir. Vrai aussi que dans chaque émission il y avait un spot publicitaire pour des cigarettes additionnées de marijuana.

Alors, aurais-je donc dû être très surpris que Doubleday refuse le livre, alors que, d'après Ashmead, il n'y avait pas de tabou dans la maison ? Je lui en ai voulu, mais à la réflexion, je comprends bien que Larry occupait un poste de nature strictement éditoriale, qu'il était sûrement sincère, et que ce genre de décisions, ce sont les administratifs qui les prennent, plus haut dans la hiérarchie ; et c'est encore valable aujourd'hui.

Puisque *Jack Barron* était catalogué « science-fiction », il n'était pas très difficile, pour un éditeur spécialisé dans les littératures dites « de genre » de refuser un livre plein de « gros mots », de scènes érotiques explicites (ouvertement qualifiées de « dépravées », « pornographiques » ou « impossibles à proposer à la tranche d'âge adolescents et jeunes adultes »), car personne n'avait encore publié des choses de ce type dans une collection de science-fiction. Une démarche beaucoup plus facile et politiquement neutre que de faire entrer la réalité dans les ouvrages de science-fiction. Alors que, naturellement, la politique – culturelle ou « politicienne » – y avait toute sa place, dans la matière même du roman mais aussi vu les difficultés que j'ai rencontrées quand j'ai cherché à le faire éditer ailleurs.

On l'a vu, Doubleday avait publié, au sein d'une collection de science-fiction, *Ces hommes dans la jungle*, qui m'avait valu une réputation sulfureuse dans ce petit milieu ; et c'est en tant que roman de science-fiction que ce même éditeur a refusé *Jack Barron*. Sur le plan commercial, cette décision est sans doute assez compréhensible pour l'époque. « Aucune collection de SF n'a jamais publié ce genre de texte, on ne peut pas prendre le risque. »

Restait donc la possibilité de le faire publier en tant que roman de littérature générale. Henry Miller, William Burroughs et D.H. Lawrence avaient surmonté depuis longtemps l'interdiction des jurons ; par ailleurs, et parmi beaucoup d'autres, James Joyce, D.H. Lawrence et Henry Miller – toujours eux – ainsi que Norman Mailer et Jack Kerouac avaient libéré la littérature des tabous de la sexualité crue et de l'écriture non « transparente ». De plus, chez les grands noms de la littérature, l'enthousiasme de gauche était plus que « politiquement correct ». J'ai donc insisté auprès de mon agent pour qu'il place *Jack Barron* en « littérature générale » ; il m'avait pourtant prévenu que je n'avais aucune chance, et que de son côté, il continuerait à démarcher les éditeurs de science-fiction.

Le roman a vainement fait le tour des éditeurs de littérature générale, mais n'a été refusé ni pour son manque de mérites littéraires, ni pour ses scènes « dépravées », ni même pour son côté subversif. Il a été refusé parce que *c'était de la science-fiction*. Chez les éditeurs spécialisés, il l'a parfois été sous prétexte qu'il allait « souiller les fluides corporels[1] » des amateurs, de la même manière que la contre-culture menaçait de corrompre la jeu-

1. Allusion au film de S. Kubrick *Docteur Folamour*, dans lequel un général psychopathe est convaincu que les Soviétiques veulent détruire les États-Unis en polluant les « fluides corporels » des Américains de sexe masculin en répandant du fluor dans l'eau. *(N.d.T.)*

nesse aux yeux de néandertaliens de la politique tels que George Wallace ; mais le plus souvent au prétexte que *ce n'était pas de la science-fiction.*

Eh pourtant si, c'en était. Et en même temps, ce n'en était pas. Les deux à la fois. Le zèbre est-il un animal blanc à rayures noires ou noir à rayures blanches ? Les refus ont duré un an, et puis un jour, j'en ai emporté les premiers chapitres à la Milford Science-Fiction Writers' Conference. J'y ai fait la connaissance de Michael Moorcock et j'ai appris qu'en fait le zèbre devait être considéré comme un animal invisible à rayures blanches et noires.

On appelait ça la *New Wave.* C'est Judith Merrill qui avait inventé l'expression en s'inspirant du renouveau du cinéma français dans les années 1960, et bon gré mal gré, l'étiquette était restée. Ce mouvement littéraire d'origine britannique entendait allier la recherche stylistique et formelle d'avant-garde et les thématiques de la fiction spéculative. L'expression s'est répandue aux États-Unis, et Harlan Ellison a décrété que *Dangereuses visions* en était l'anthologie emblématique ; il voulait dire par là qu'elle portait haut les couleurs de la libération de la littérature spéculative et jetait par-dessus les moulins toutes les contraintes, toutes les idées préconçues.

Le magazine britannique *New Worlds* était sans conteste la vitrine de cette « Nouvelle Vague » ; il était amplement transatlantique, et son rédacteur en chef, Michael Moorcock, y occupait une place de gourou littéraire. Moorcock affirmait pourtant – avec peut-être un peu de condescendance – que les auteurs qui se revendiquaient de la « New Wave » étaient justement ceux qui n'en faisaient pas partie. D'ailleurs, c'est ce que nous répondions invariablement quand on nous collait cette étiquette. Et ce n'était pas faux, même si nous étions camarades en littérature. Moorcock détestait l'idée même de clans pour de saines raisons théoriques ; autant que moi après avoir été si souvent rejeté par les snobs de la profession et les éditeurs spécialisés en science-fiction, sans compter l'aile droite et/ou philistine des fans. Avec *New Worlds*, qui était *son* magazine comme *Astounding* avait été celui de John Campbell, Moorcock était investi d'une mission complexe qui, au sens le plus large, *était* la New Wave, même si son premier théoricien et représentant éditorial répugnait à la ranger dans cette catégorie – ou dans toute autre, d'ailleurs.

Chez Moorcock, ce qu'on appelle « littérature générale » et « science-fiction » étaient toutes deux dans une impasse créative. En méprisant les thèmes d'ordre spéculatif, la première n'avait plus aucune pertinence par rapport aux multiples facettes de la *Weltanschauung* culturelle tandis que, porté par les ondes probabilistes, le présent avançait vers le futur. La seconde, dans son isolement de chapelle, sa niche de genre et son adhésion à la prétendue « tradition des pulps », n'avait pas tout le sérieux requis sur le plan strictement littéraire ; de plus, elle n'était pas en prise avec la vie culturelle contemporaine, et il lui manquait les outils stylistiques et formels qu'offrait la littérature de langue anglaise dans son ensemble. Ou, comme je l'ai résumé plus tard : « La science-fiction traite de sujets d'envergure cosmique par le biais d'une écriture digne des magazines à deux sous. La littérature générale, elle, applique ses techniques littéraires raffinées et hautement évoluées à la contemplation des résidus nichés au fond de son propre nombril. »

La mission, si vous l'acceptez, consiste alors à accentuer les aspects positifs et éliminer les aspects négatifs de l'une comme de l'autre et à brandir notre bannière, celle d'une littérature anglophone qui parle au cœur spirituel et culturel de l'espèce humaine et à sa conscience en marche. Une littérature de très haut niveau qui puisse être lue non seulement par les intellectuels, mais aussi par le quidam qui a peut-être choisi d'acheter un livre plutôt que de la bière. Et pourquoi pas ? Norman Mailer l'avait bien fait. Hemingway aussi. Et Shakespeare avant lui. Et que dire de Dickens ? Ce qui avait existé, on pouvait sans doute le reproduire, non ?

Moorcock avait une autre théorie, qui pouvait être considérée comme faisant partie intégrante de l'hypothèse ci-dessus ou la complétant par des considérations plus techniques : il n'y avait pas de raison pour que l'écriture, voire le récit lui-même, occupe le premier plan. La manière d'écrire et de raconter pouvait chevaucher les événements, considérés comme une succession de vagues qui déferlent. Puisque la chose était possible en poésie, pourquoi pas en littérature ?

Ce qui précède explique assez bien pourquoi Moorcock a publié *Jack Barron* en six épisodes dans *New Worlds,* et pourquoi, à mesure qu'ils paraissaient et donnaient lieu à une controverse des deux côtés de l'Atlantique, les éditeurs de science-fiction américains qui avaient eu peur de lui surenchérissaient à présent les uns sur les autres pour le reprendre sous forme de volume.

Pour ça aussi, il y a une théorie. Elle est parfois attribuée à Lénine : « Le capitalisme est [...] capable de nous vendre la corde pour le pendre. » Un directeur de collection que nous ne nommerons pas m'a agressé devant un auditoire fourni, avant de publier sa harangue dans un fanzine très connu. Il m'a taxé de cynisme parce que, même si *Jack Barron* était bien un roman vil et malfaisant, effectivement susceptible de souiller les « fluides corporels » du lectorat de science-fiction, le jour où il avait voulu me l'acheter parce que sa notoriété allait lui rapporter de l'argent, ce cynique de Spinrad avait refusé de le lui vendre. Pardonnez-moi de récrire Lénine, si c'est bien de lui qu'il s'agit, mais à mon avis, le capitalisme ne peut nous vendre la corde pour le pendre que *s'il réalise un bénéfice au passage.*

En définitive, l'histoire de *Jack Barron*, de ses tribulations éditoriales aux États-Unis, de sa mise en accusation par le Parlement britannique et de sa parution puis de sa réception en France est un « Conte de trois cités », pour faire une petite allusion culturelle[1].

New York, Londres et Paris sont les trois épicentres de l'édition mondiale en anglais et en français et, bien sûr, les trois capitales économiques et culturelles (ainsi que politiques pour les deux dernières) de ces sphères linguistiques. Ces trois villes fonctionnent souvent comme autant de rouages d'un même mécanisme, pour le pire et parfois pour le meilleur. *Jack Barron*

1. Cf. Charles Dickens, *A Tale of Two Cities, A Story of the French Revolution* (1859), paru en France sous les titres successifs de *Paris et Londres en 1793* (1861), *Un conte de deux villes* et *Le conte de deux cités. (N.d.T.)*

ayant été rejeté par toute l'édition new-yorkaise, les chaînes de libraires britanniques WHSmith et Menzies ont décidé d'arrêter de distribuer *New Worlds* après trois épisodes. Le ministère de la Culture britannique a défendu le magazine, et des députés conservateurs l'ont attaqué parce qu'il défendait un éditeur capable de publier de telles saletés (c'est là qu'ils m'ont traité de dégénéré).

Mais là-dessus, Macdonald achète le livre en Grande-Bretagne et, aux États-Unis, Avon Books en acquiert les droits aux (modestes) enchères. Il s'agissait de collections de science-fiction, mais plutôt littéraires. C'était Avon qui, sous l'égide de Peter Mayer, avait introduit sur le marché nord-américain le Réalisme magique venu d'Amérique latine ; George Ernsberger, directeur de collection de science-fiction, commençait à faire de même avec la New Wave.

L'édition britannique grand format chez Macdonald, le livre de poche américain chez Avon et le grand format américain publié par Walker sont sortis à peu près en même temps. Depuis lors, sous une forme ou une autre (parfois de justesse), *Jack Barron* a toujours été disponible en anglais. *God save the Queen!* dois-je donc en conclure, tout « dégénéré » que je suis. C'est grâce à ces vieux réacs que *Jack* a été arraché à son statut de roman « impubliable » en Grande-Bretagne comme aux États-Unis.

« Vive la France ! » s'écrie aussi l'auteur de *Jack Barron et l'éternité*[1], puisque le livre y est disponible sans interruption depuis 1971. Si, comme je l'ai dit, le titre ne me plaît pas, je remercie du fond du cœur Guy Abadia, le traducteur, qui a certainement contribué à donner au roman la place bien particulière qu'il occupe en France. C'est Gérard Klein qui a acheté *Jack* pour le compte des éditions Robert Laffont, et lui encore qui, des années plus tard, souhaitera publier *L'Enfant de la fortune*[2] – mais à condition que la traduction soit, là encore, signée Abadia. Je comprenais cette exigence, avec laquelle je ne pouvais qu'être d'accord. *L'Enfant de la fortune* aurait sans doute été

1. En français dans le texte. *(N.d.T.)*
2. Robert Laffont, coll. « Ailleurs & Demain », n° 127, 1990. *(N.d.T.)*

très difficile à traduire par quelqu'un d'autre, en raison de la langue très particulière que j'avais inventée et qui faisait partie intégrante du récit. Comme dans *Jack Barron*. Les deux romans n'étaient pas du tout écrits de la même façon, mais comme tous deux s'éloignaient radicalement de l'anglais standard, le défi à relever pour le traducteur était de même nature. À ce moment-là, sa traduction de *Jack* – notre singulière collaboration – était disponible depuis près de vingt ans, et le livre était devenu culte en France ; Abadia n'avait donc plus à faire ses preuves.

Mais comment expliquer que *Jack* soit paré d'une telle aura culturelle, littéraire, voire politique en France depuis tout ce temps ? Il serait hypocrite de ma part de taire que mon roman a eu des répercussions complexes dans certains cercles français – le milieu de la science-fiction, bien sûr, mais aussi littéraire en général, voire artistique, ainsi que journalistique et, oui, politique. *C'est vilain de se vanter*, disait ma mère. Et si j'accepte volontiers les compliments quand je ne les ai pas cherchés, ici je préfère arrêter tout de suite de me lancer des fleurs et essayer plutôt de comprendre le phénomène.

Jack Barron a donc été écrit en 1967, publié pour la première fois en anglais sous forme de livre en 1969, et édité en France en 1971. Mais découpé en six épisodes dans *New Worlds* en 1968.

1968 : année de l'assassinat de Robert Kennedy et de Martin Luther King, et deuxième année de ce qu'on appelle les « guerres de la contre-culture ». Richard Nixon est élu président des États-Unis, porté par le rugissement anxieux de sa prétendue « majorité silencieuse » ; ce jour-là, « la musique est morte », comme dit la chanson[1]. En France, c'est Mai 68 : « la rue » – les étudiants et les ouvriers, mais aussi les intellectuels avant-gardistes et les journalistes qui couvrent les événements enclenchent le processus qui aboutira en 1969 au départ de De Gaulle, à l'issue du référendum qu'il aura lui-même convoqué. De Gaulle, LE président par excellence… Cette petite révolution n'a peut-être pas été une

1. Extrait de la bande-son du film *American Pie* renvoyant à l'accident d'avion qui coûta la vie à Buddy Holly, Ritchie Valens et J. P. Richardson, dit « The Big Bopper », en 1968. *(N.d.T.)*

victoire totale, culturellement et politiquement, mais *elle ne s'est pas non plus soldée par un échec.* Elle est devenue partie intégrante de l'ADN artistique, journalistique et littéraire français, mais aussi de sa culture populaire.

Le « Swinging London » de 1969 fut une mutation culturelle de moindre ampleur et sans grandes répercussions sur le plan politique ; mais de même que la New Wave, en fiction spéculative, se référait à la Nouvelle Vague du cinéma français, il semble que le mouvement ait eu une résonance non négligeable dans certains milieux français.

Le temps que *Jack Barron* paraisse en France, un certain nombre d'étudiants avaient fini leurs études ; ils étaient à leur tour devenus professeurs, journalistes, écrivains, patrons, et même hommes politiques. Et leur année 1968 à eux avait débouché sur l'éviction de De Gaulle, pas sur l'élection d'un Nixon. Leur année 1968 à *eux* n'avait pas échoué, elle. On pouvait très bien bâtir une carrière individuelle sur cette victoire – partielle, certes, mais non négligeable. Il était donc naturel pour ces ex-étudiants de se pencher sur leur passé récent, sur ce qu'ils étaient devenus entre-temps, et sur ce qu'ils pouvaient encore devenir. À mon avis, ils se sont reconnus en Jack Barron. Naguère, l'engagement avait été leur priorité absolue ; puis ils avaient perdu leur innocence idéaliste en faisant leur chemin dans le monde de l'industrie, de l'art ou de l'université – les cercles du pouvoir. Pour finir, ils s'étaient demandé s'il n'y avait pas très concrètement moyen de le retrouver, tout en le combinant au réalisme bien terre à terre de leur vie telle qu'elle était.

Si *Jack Barron* est encore pertinent aujourd'hui, c'est peut-être qu'en un sens il l'est *davantage* qu'à l'époque où je l'ai écrit, parce qu'à quelques détails techniques près la réalité que j'ai prédite est la réalité actuelle. Excuse-moi, maman, mais il faut que je me vante un peu, là.

Pour reprendre la formulation si mystique d'Eisenhower : « Les choses sont plus telles qu'elles sont maintenant qu'elles ne le furent jamais. »

Ça, c'est la mauvaise nouvelle. Ce n'est ni l'Ère du Verseau ni le siècle de Périclès qu'on nous avait promis ; l'avenir fictif de

Jack Barron n'était pas brillant non plus. La bonne nouvelle, c'est qu'en dépit du sort funeste qui l'attend au point culminant du roman le personnage continue à avancer bon gré mal gré parce qu'il *doit* le faire, et qu'il le sait fort bien.

Le prix à payer par Sara pour lui avoir dit ce qu'elle-même *doit* lui dire est terrible, mais ça n'aura pas été en vain.

Pas de repli possible, baby. Et pas question de capituler non plus.

Le prix de la liberté, c'est de faire le nécessaire.

Composition
NORD COMPO

Achevé d'imprimer en Espagne
par BLACKPRINT CPI
le 6 décembre 2015.

Dépôt légal décembre 2015.
EAN 9782290105498
OTP L21EDDN000711N001

ÉDITIONS J'AI LU
87, quai Panhard-et-Levassor, 75013 Paris

Diffusion France et étranger : Flammarion